COLLEC

Philippe Djian

Vers chez les blancs

Gallimard

Philippe Djian est né en 1949 à Paris. Il a exercé de nombreux métiers : pigiste, il a vendu ses photos de Colombie à *L'Humanité Dimanche* et ses interviews de Montherlant et Lucette Destouches, la veuve de Céline, au *Magazine littéraire* ; il a aussi travaillé dans un péage, été magasinier, vendeur...

Son premier livre, *50 contre 1*, paraît en 1981. *Bleu comme l'enfer* a été adapté au cinéma par Yves Boisset et *37°2 le matin* par Jean-Jacques Beineix. Il est aussi l'auteur de *Lent dehors* (Folio n° 2437), *Sotos* (Folio n° 2708), et d'une trilogie composée d'*Assassins* (Folio n° 2845), *Criminels* (Folio n° 3135) et *Sainte-Bob* (Folio n° 3324) paru en 1998.

And we thank Thee that darkness reminds us of light.
O Light Invisible, we give Thee thanks for Thy great glory!

T. S. ELIOT

Je ne sais pas comment je vais faire.

Je n'en ai pas la moindre idée. Je ne suis pas chez moi. Je suis seul dans une maison que l'on m'a prêtée. Aujourd'hui, je me suis forcé à sortir et suis allé me promener au bord de la mer. J'ai ramassé des coquillages vides et quelques crabes à moitié morts que j'ai fourrés dans un sac, mais ce n'est pas une solution. D'ailleurs, ils empestent.

Je ne sais pas si je vais devenir fou.

Je ne parviens toujours pas à me coucher dans un lit. Parfois, je m'endors sur une chaise et je tombe. La plupart du temps, je pleure. Je ne m'en rends même plus compte. Je dois aussi prendre certains médicaments à heure fixe.

J'ai eu quarante-cinq ans il y a quelques jours. Malheureusement, il semblerait que je sois en pleine forme. Pas de cancer ni autre saloperie en vue. Mais cela suffira-t-il ? Vais-je réussir à rassembler mes forces ?

Je me le demande. Je suis déjà mort, d'une certaine manière.

Je suis dans mon jardin et je ne le sais pas encore. Je regarde le ciel. En ce moment, Édith et les enfants sont à bord d'un avion qui les ramène d'Australie. Ils n'ont pas réussi à obtenir de billets pour arriver plus tôt et je n'ai donc pas de gâteau d'anniversaire. Mais ils sont en route. Cela suffit amplement à mon bonheur. Peut-être mon nez est-il encore levé en l'air lorsque leur avion explose en plein vol. Mais je ne m'aperçois de rien.

Aujourd'hui, je suis dans une maison que l'on m'a prêtée et j'ai ramassé des coquillages et quelques crabes.

Je ne crois pas être en mesure de vivre sans Édith.

Je ne sais pas comment je vais faire.

« Pourquoi pas un porno ? » me demanda Édith.

Il était tard. J'essayais de terminer un article sur une algue, la *Super Blue Green*™. Mon bureau était encombré de documentation.

Je fis celui qui n'avait rien entendu.

Ensuite, au moment du coucher, elle évoqua de nouveau la chose :

— Ça ne me fait pas peur, tu sais…

— La question n'est pas là. Je crois que nous pouvons trouver d'autres solutions.

J'abandonnai mon visage, dans le miroir de la salle de bains, pour lui jeter un coup d'œil. Elle avait installé un oreiller dans son dos, rabattu le drap sur elle et tenait un magazine qu'elle n'avait pas encore ouvert. Son regard était dans le vague.

Le lendemain soir, au cours d'un dîner en ville, elle ne quitta pas Nicole Vandhoeren des yeux.

« Comment tu la trouves ? »

Je la trouvais très bien. Son mari, Patrick Vandhoeren, avait obtenu un prix très important l'année passée pour son second roman. Je l'admirais beaucoup. Il avait également publié un recueil de nouvelles dont la moitié était en cours d'adaptation et son succès allait grandissant. Nicole, quant à elle, avait pris quelques kilos. Elle avait une poitrine remarquable.

— Mais encore ?...

— Que veux-tu dire ?

— Eh bien, tu as couché avec elle...

— Oui, et nous avions vingt ans... Où veux-tu en venir ?

Au cours de l'année écoulée, j'avais écrit une bonne cinquantaine d'articles, des textes de chansons, une pièce de théâtre et un roman. Je n'avais pas eu le temps de rigoler, mais je ne me plaignais pas. De son côté, Édith avait réalisé un court métrage pour la télé et avait décroché un poste d'intervenant dans une école d'arts visuels. Pourtant, compte tenu des sommes que le fisc nous arrachait brutalement des mains, compte tenu des sacrifices que nos enfants nous infligeaient à tour de rôle et sans parler du reste, nous nous trouvions, Édith et moi, dans une situation financière incertaine.

— Je peux adapter *La petite Roque*. Je peux essayer de rattraper le coup sur *Un tramway*... On doit pouvoir tenir. Je vais vendre des algues.

— Je suis sûre qu'elle serait d'accord.

— Comment peux-tu dire une chose pareille ?!

— Je le sais. Fais-moi confiance. Est-ce que tu veux parier ?

— Écoute, je ne suis pas certain que ce projet soit une très bonne idée. Mais quoi qu'il en soit, laisse les Vandhoeren en dehors de ça. S'il apprenait que nous voulons faire tourner sa femme dans un porno, il me briserait comme une allumette !

Quelques jours plus tard, nous les avions à la maison.

Édith ne m'avait pas prévenu. J'étais allé chercher un colis et un jeune inspecteur des douanes, l'oreille transpercée par un anneau, m'avait gardé jusque tard dans l'après-midi en essayant de me faire craquer. J'avais eu le même problème avec la vitamine E et le ginkgo que je faisais venir de Londres par boîtes de deux cent cinquante.

J'étais dans le garage, occupé à examiner puis à ranger mes flacons d'algues dans un réfrigérateur (j'en avais cinq à présent et ils représentaient, ainsi que leur contenu, presque toutes mes économies), lorsque Édith vint m'annoncer que nous avions du monde.

Nous étions au printemps et Nicole Vandhoeren portait une petite robe toute simple, très ajustée.

« Regarde-la en pensant à ce que je t'ai dit... », me glissa Édith.

Le jardin était coiffé d'un ciel rose. Quelques particules de pollen dansaient dans la lumière et mon gazon resplendissait : on aurait dit qu'il envoyait un message d'amour au firmament.

Patrick Vandhoeren souffrait d'aigreurs et de digestions pénibles depuis quelque temps. Je venais de lui offrir trois gélules d'enzymes et, après les avoir avalées, il me considérait avec une perplexité amicale.

— Et donc, tu fais venir ça des États-Unis...

— Oui... Mais je préfère ne pas en parler. Ou une autre fois, si ça t'intéresse...

Un jeune gars, planté à côté de lui, ricanait en buvant mon vin. Je n'arrivais plus à me souvenir pour quel journal il travaillait, ni même s'il avait parlé de moi en bien ou en mal. Avec le temps, je finissais par les confondre les uns et les autres et quelquefois Édith me faisait remarquer que je venais de serrer une main qui m'avait traîné dans la boue. Stupéfiant !

— Et donc, tu fais venir ça des États-Unis, si j'ai bien compris...

— Oui, de l'Oregon.

— De l'Oregon... Pourquoi pas ?... Qu'est-ce que j'en ai à foutre ?!...

Pendant ce temps-là, j'observais sa femme du coin de l'œil.

Vingt-cinq ans plus tôt, effectivement, j'avais couché avec elle. Enfin, « couché » n'est pas le terme exact. L'affaire s'était déroulée à l'occasion d'un concert des *Sex Pistols*, dans les infâmes toilettes d'un club, et je ne me souvenais plus de tous les détails.

« C'était donc toi ?!... », m'avait-elle déclaré un beau soir, l'index pointé sur ma poitrine. Nos chemins s'étaient de nouveau croisés un an plus tôt, par l'intermédiaire de Patrick, et nous avions passé une bonne douzaine de soirées ensemble sans faire le rapprochement.

— Tu veux dire que...

— Mon Dieu !... Francis !...

— Nom d'un chien !...

Ça, pour être une surprise !... Nous nous étions dévisagés de longues secondes, tâchant de déchirer le voile troublant qui enveloppait nos visages. J'avais recommandé deux Martini.

— Eh bien ça, alors !... Mais c'est tellement loin !... Tu ne portais pas la barbe ?

— Tout juste. Et toi, tu avais les cheveux courts et ils étaient rouges.

— Orange.

— Exact.

— Eh bien... avait-elle soupiré en souriant. Nous en avons fait de belles, il me semble !...

Édith ne me croyait pas tout à fait lorsque je lui affirmais que mon souvenir de la chose demeurait très vague. Je ne gardais pourtant en mémoire qu'une sombre cabine de W.-C. démunie de papier hygiénique (ce qui n'avait rien arrangé) et des murs qui tremblaient sous l'effet des basses tandis que l'on cognait brutalement à notre porte. J'ai le sentiment que Nicole me tournait le dos et se tenait appuyée les mains à plat contre le mur. Je revois ses deux mains avec précision, de part et d'autre du tuyau de la chasse d'eau, et ainsi en déduis-je la position que nous avions dû adopter. Bien sûr, il se pouvait qu'elle fût grimpée sur la lunette des W.-C. et se tînt accroupie, ou alors c'était moi qui la soulevais, mais ce ne sont là que des suppositions, de simples variations qui n'apportent pas grand-chose. Pour le reste, le noir était complet. Parfois, je me demandais ce qu'il en était pour elle.

Au début de la soirée, Patrick Vandhoeren vint m'annoncer que mes enzymes semblaient lui faire de l'effet.

— Patrick, as-tu déjà entendu parler de la *Spirulina* ?

— De quoi ?

— Ça ne fait rien. Écoute, il s'agit également d'une algue. Il y a quelques années, tout le monde en était fou. Aujourd'hui, je te parle de la *Super Blue Green Algae*. Elle est environ cent cinquante fois plus forte...

Il me transperça de son fameux regard équivoque :

— Tu cherches encore à me vendre quelque chose ?

— Que dirais-tu si j'étais en mesure d'augmenter ta capacité de travail et ta puissance de concentration ?

— Essaye d'aller en baiser un autre !…

Deux heures plus tard, il était avec moi dans le garage. Alice et Franck s'étaient joints à nous. Je les avais laissés venir car ils étaient de bons clients, fidèles et pas trop cinglés. Devant mes réfrigérateurs, Alice trépignait tout de même un peu sur place. Je lui remis un petit sac de papier muni d'une cordelette afin qu'elle fît elle-même ses emplettes.

— Je viens de recevoir l'*Alpha* et l'*Omega Gold*… lui déclarai-je en décadenassant les portes de mes frigos. Mais attends une minute, Alice : je suis obligé de n'en accorder que deux flacons par personne…

— Francis !… Tu es monstrueux !…

Patrick et moi nous entretînmes un instant à l'écart. Je gardais cependant un œil sur les deux autres car, dans ce genre de situation, je ne faisais confiance à personne. D'un autre côté, leur empressement à dévaliser mon stock était ma meilleure publicité. Patrick les observait avec une grimace, en plissant les yeux.

— Et tu gagnes quoi, là-dessus ?

— Pratiquement rien. Je rembourse mes frais… Je rends service à mes amis. Les voir en bonne santé, c'est tout ce qui m'intéresse.

— Te fous pas de ma gueule.

— Alice aura soixante-dix ans en octobre. Tous les matins, elle fait quarante longueurs de piscine. Après quoi, elle abat douze heures de travail non-stop à son bureau. Elle a rédigé le dernier volume de ses mémoires, qui ne compte pas moins de six cents pages, au cours de cet hiver et, d'après ce que m'a dit Franck, c'est une partenaire sexuelle infatigable. Maintenant, je vais te dire une chose : des gens comme Bret Easton Ellis, Martin Amis ou Stephen King ne jurent que par la *Super Blue Green*. Et Dan O'Brien, médaille d'or du décathlon aux jeux Olympiques, en avale par poignées entières. Voilà… À présent, tu sais tout. Et je pense qu'il était bon que tu sois au courant.

— C'est quoi, ces conneries ?

— Patrick… Tu es en train de mener une course dans le peloton de tête. Tu fais partie des meilleurs mais je veux juste attirer ton attention sur un point : bientôt, la course ne sera plus égale. Tu auras affaire à des surhommes, dopés jusqu'au ras des yeux. Alors que pour quatre cents dollars, tu peux t'offrir le programme complet. C'est à toi de choisir.

— Va te faire foutre !

Que l'on ne s'y trompe pas. La magie du langage, la « petite musique », la maîtrise absolue du style, Patrick les réservait à son œuvre. J'irais même plus loin : il y avait du docteur Jekyll et du monsieur Hyde chez cet homme. D'un côté s'écoulait un fleuve limpide et majestueux qui nous enchantait tous (y compris certains universitaires de la côte Est), mais de l'autre, et par voie de conséquence me semble-t-il, ne filtrait qu'un mince filet d'eau sombre, sans éclat, sans richesse… Encore que… Il y avait là matière à discuter.

— Tu m'entends ? Va te faire foutre !…

— Très bien, Patrick. À ton aise…

Je considérai que l'affaire était pratiquement dans la poche.

Pour ce qui était de Nicole et du vaste projet qu'Édith ruminait à son égard, je n'étais pas aussi confiant. Non seulement je continuais à penser que l'affaire était périlleuse, mais je ne décelais rien d'encourageant dans son comportement. Aussi bien, à quoi pouvait-on voir qu'une femme accepterait de tourner dans un porno ?

Il y avait une demi-douzaine de femmes à la maison ce soir-là, et franchement, si j'avais eu à pointer du doigt celle qui aurait été la plus susceptible de s'y coller, je n'aurais pas désigné Nicole. J'aurais dit Alice. Ou alors Suzanne Rotko qui, sous ses airs d'intellectuelle anémiée, avait parfois un regard étrange et s'enfermait régulièrement dans les toilettes.

C'était justement son anniversaire. En tant qu'agent, elle avait vendu les livres de Patrick dans soixante-deux pays et avait obtenu pour son prochain ouvrage des à-valoir faramineux (j'en étais resté mélancolique durant toute une semaine). Elle avait également vendu le court métrage d'Édith à deux chaînes de télé, pour des sommes ridicules en comparaison mais qui nous avaient remis à flot après notre contrôle fiscal.

Pour moi, elle ne faisait plus grand-chose, si ce n'est qu'elle m'assurait toujours de son estime et achetait régulièrement mes produits, dont une préparation à base de poussière de comète (une espèce de poudre activant les interférences électromagnétiques), que je lui vendais au prix fort.

Nous attendions qu'elle sorte des W.-C. pour allumer les quarante-huit bougies de son gâteau.

« Enfin vous conviendrez qu'aujourd'hui, en matière de sexe, les femmes vont bien plus loin que les hommes !... »

Ça, c'était Olga Matticcio, la meilleure amie d'Édith. Elle écrivait des bouquins salés mais ne touchait guère à la chose pour de névrotiques questions d'hygiène. Elle bénéficiait toutefois de l'air du temps, de la vague de sympathie accompagnant certains films et quelques livres signés par des femmes qui, selon l'expression, n'avaient pas froid aux yeux (et elles étaient encore loin du compte, à mon avis, mais dans ce domaine les hommes ne faisaient plus rien de bon).

Olga était toujours vêtue de façon provocante, surtout depuis qu'elle avait rebondi en selle. Si bien qu'au lieu d'entamer le débat avec elle, la plupart d'entre nous examinaient pensivement qui sa poitrine, moulée par un chemisier transparent, qui le renflement de son entrejambes qu'épousait un vague caleçon en matière extensible et soyeuse.

Mais aussi, la soirée marquait une pause. Le moment était venu où chacun prenait conscience qu'il n'avait plus rien à dire et allait devoir puiser dans ses réserves. De la porte-fenêtre grande ouverte nous parvenait un air tiède et capiteux tandis qu'au loin le ronron du périphérique brisait avec douceur le silence de la nuit changée en jupon rose au-dessus de la capitale.

J'allai frapper discrètement à la porte des W-C.

« Suzanne ?... Hou hou !... As-tu l'intention de nous rejoindre ?... »

Je la laissai finir quelque besogne qu'elle eût en train (méditation, masturbation, cocaïne ?... personne ne savait au juste) et retournai remplir les verres.

Je discutai un moment avec la femme du jeune gars qui n'avait pas cessé de ricaner tout au long de la soirée et qui, me confia-t-elle, travaillait à son premier roman. J'étais heureux de l'apprendre. Elle en était tout excitée. « Marco est tellement doué !... », ne cessait-elle de me répéter avec un curieux soupir.

Édith m'interrogea du regard à propos de Suzanne. Je lui fis signe que je n'avais pas d'information précise.

Olga et Alice tentaient d'arracher Patrick Vandhoeren à certain état de stupeur, lié à l'absorption de mon porto vintage, afin d'avoir son avis sur les pratiques sado-maso écrites à la première personne. Franck et Victor Margoline (le mari d'Olga : vingt ans de séparation mais une amitié indéfectible) fumaient leur cigare dans le jardin.

Nicole s'entretenait avec Henri Sigmund, l'éditeur de Patrick et le mien par la même occasion. Isabelle, sa femme, et le jeune Marco aidaient Édith à débarrasser la table basse pour le gâteau.

Il y avait un bon quart d'heure que Suzanne était enfermée dans les toilettes mais son record n'était pas battu. Peut-être préparait-elle un discours ? Peut-être s'était-elle coincé quelque chose ?

J'allai gratter à sa porte.

« Ma chérie ? Tu as un coup de fil de New York. C'est Bob, de chez Knopf... »

Je m'écartai aussitôt, par peur de prendre la porte en pleine figure.

Mais il ne se passa rien et je commençai à m'inquiéter.

Je retournai dans le salon.

— Dites donc... (J'indiquai du pouce les toilettes dans mon dos :) Suzanne est là-dedans depuis une heure et elle ne répond pas !...

— Est-ce qu'elle a son portable avec elle ? demanda Patrick.

— Je n'en sais rien...

Il tira le sien de sa poche et composa un numéro sous nos regards attentifs.

— Je suis dévié sur sa boîte vocale... soupira-t-il. Y a rien à faire. Est-ce que quelqu'un a une idée ?...

Après avoir défoncé la porte, nous la trouvâmes évanouie sur le sol. Son slip était encore enroulé autour de ses genoux mais je refusai d'y toucher. Alice se chargea de le remettre en place tandis que je giflais Suzanne à toute volée.

Elle revint à elle et fondit en larmes. Je remarquai alors une revue de mode, avec Madonna en couverture, posée sur le sommet de la pile. Je secouai Suzanne :

« Allons, ressaisis-toi !... Tony est mort et tu ne le feras pas revenir !... Est-ce que tu as compris ?!!... »

Nous l'avions assise sur la cuvette des W.-C. Elle me dévisagea puis se jeta à mon cou en poussant un cri déchirant. Je sentis ses larmes couler dans mon col de chemise et le silence ému des autres dans mon dos.

« Bon sang, Suzanne... murmurai-je. Essaye de tenir le coup... »

Je la gardai encore une seconde dans mes bras, puis Édith et Alice l'embarquèrent à l'étage.

Tony était mort la semaine précédente, fauché par une voiture alors qu'il traversait dans les clous. Il avait été le compagnon de Suzanne durant quinze ans et j'imaginais que nous n'étions pas encore au bout de nos peines en ce qui la concernait. C'était pourtant une fille solide, particulièrement dure en affaires et considérée comme une vraie machine de guerre dans la profession. Henri Sigmund en savait quelque chose lorsqu'il s'agissait de signer un contrat avec elle. Il posa la main sur mon épaule comme je sortais des cabinets et il me décocha un sourire affectueux, presque paternel, bien que nous eussions le même âge. Je lui répondis d'un hochement de tête.

J'emportai la revue qui avait déclenché toute l'histoire à cause de cette photo de Madonna et la flanquai à la poubelle. Sur la table de la cuisine, le gâteau de Suzanne commençait à ramollir tristement. J'entendais les femmes murmurer à l'étage et l'eau qui s'écoulait dans les tuyaux d'évacuation, sans doute pleine de larmes, de morve et de rimmel.

— Quelle foutue sentimentale !... marmonna Patrick en m'offrant un cigarillo.

— Oui, tu as raison... Mais n'oublie pas une chose : nous avons eu notre heure, Suzanne et moi, et nous ne connaîtrons plus jamais ça, quoi qu'il arrive... Ni ensemble, ni séparément. Et je ne dis pas ça pour te blesser.

Pendant que je lui parlais, il s'était penché et avait attrapé la revue sur le dessus de la poubelle.

— Faut vraiment être con pour laisser traîner ça !...

— Oh, je sais ce que tu ressens. Mais que veux-tu, j'étais le premier, Patrick... Elle n'avait pas connu ça avant moi. Tu dois t'y faire d'une manière ou d'une autre… Tu sais, la mort de Tony, c'est la fin d'une époque. Elle prenait l'avion pour venir me voir à Martha's Vineyard ou à Florence. Ça ne se passait pas à La Closerie ou chez Lipp.

— Mais Tony pouvait plus te saquer à la fin. Je me trompe ?

— Non, mais il n'était plus tout jeune. Sa vue commençait à baisser.

Il reporta son attention sur la photo de Madonna.

— Tu sais que l'autre jour cette fille a décroché son téléphone ? Elle veut tourner dans un de mes trucs…

— Madonna ?!…

— Oui, Madonna. Pas le chien !… Au fait, c'est quoi, au juste ?

— Un coton de Tuléar. Mais celui-ci a le cou trop long, elle a dû se faire arnaquer. D'ailleurs ses yeux sont un peu trop clairs. Entre nous, Tony m'avait coûté la peau des fesses…

— Dis-moi, franchement… Tu la trouves pas excitante ? Je crois que j'aimerais la rencontrer.

— Tu es sérieux ? Suzanne devrait pouvoir t'arranger ça. Tiens, à propos de Madonna, en voilà encore une qui prend régulièrement des algues.

— Tu connais ses photos pornos ?

— Oui… Mais ça manque un peu de nerfs, tu ne crois pas ? Il n'y a pas un vrai regard derrière tout ça. Et puis, la pornographie est un art délicat. Parle-moi plutôt d'un gars comme Nobuyoshi Araki. Tu aimes le bondage ? Écoute, il faut que nous trouvions un moment pour discuter de ça plus longuement. Ça m'intéresse.

— Moi, c'est elle qui m'intéresse !... fit-il en plissant des yeux sur la revue. Je peux même te dire que j'ai failli lui parler au téléphone.

— Tu ne l'as pas fait ?

— Non, je parle pas anglais.

Patrick et Nicole Vandhoeren n'étaient pas mariés depuis longtemps mais les difficultés du couple n'étaient un secret pour personne. Ce qui ne voulait pas dire que Patrick fût prêt à accepter la contribution de Nicole à certain projet audacieux. Il n'aurait pas apprécié ce genre de publicité, croyez-moi, et ce subit intérêt pour Madonna n'offrait guère de nouvelles perspectives. Patrick était un écrivain impeccable, ce qui signifiait qu'il n'avait pas beaucoup de temps pour s'occuper du reste. Si bien que vivre à deux, dans ces conditions, et accorder à l'autre le minimum d'attention nécessaire, relevait de la pure utopie. Il suffisait d'ajouter à cela qu'ils avaient dix ans d'écart (trente-deux pour lui, quarante-deux pour elle), et que le succès foudroyant de Patrick n'était intervenu qu'après leur mariage, pour obtenir un cocktail explosif.

J'avais parfois l'impression que les couples que nous fréquentions, Édith et moi, s'étaient formés dans un hôpital, dans l'aile réservée aux amputations ou aux blessures à l'arme blanche. Et quand ce n'était pas le cas, ils en prenaient le chemin pour la plupart.

À mon retour au salon, ils m'effrayèrent un instant et le bruit de leurs conversations se changea une seconde en une sourde lamentation, en un déchirant concert de pauvres âmes au désespoir. Ils étaient grimaçants. En fait, ils n'avaient plus rien à boire.

« Eh !... Vous êtes pas assez grands pour vous servir ? »

Ils voulaient de l'absinthe.

Je leur en fournissais à l'occasion et ils y avaient pris goût. Certains d'entre eux avaient déjà fait connaissance avec mon tapis et, je devrais me taire, mais j'avais retrouvé Henri Sigmund lui-même au petit matin, couché derrière le canapé au milieu de ses vomissures. Quant à Isabelle, elle avait passé la nuit dehors, au pied de mon tilleul, et j'avais dû chasser des gamins du quartier qui se rinçaient l'œil, depuis la rue, à la faveur de sa jupe retroussée (ce qui n'avait pas arrangé notre réputation dans le coin).

Je croisai Édith et Olga qui redescendaient tandis que je retournais au garage. Elles précédaient Suzanne qui se cramponnait à la rampe tout en maintenant un mouchoir sous son nez. Elle n'avait plus aussi fière allure qu'à l'époque de mes gros tirages et la disparition de Tony n'avait rien arrangé, mais elle résistait tout de même vaillamment. Je la voyais tout à fait bien dans ce porno, d'autant qu'elle n'était pas mariée, et me jurai d'en parler à Édith.

« Et alors ?!... fis-je en tendant la main vers elle. Tu n'as pas honte ?!... »

Je la serrai dans mes bras un instant, l'embrassai, puis lui glissai dans la main quelques gélules d'un mélange de propolis, d'argile et de pollen que j'avais reçues en échantillons mais que je n'avais pas encore eu le temps de regarder.

— Prends ça avec un peu d'eau et tu seras d'attaque dans quelques minutes, lui murmurai-je à l'oreille. Et tu ne me fais plus jamais ça, d'accord ?

— Est-ce que Patrick m'a vue dans cet état ?

Elle avait la voix encore enrouée par sa crise de larmes et un pli amer déformait sa bouche que je trouvais néanmoins parfaite.

— Non, je ne crois pas. Ne te casse pas la tête.

— Qu'est-ce qu'il va penser de moi ? J'ai vraiment perdu les pédales, non ?... Ça va ? Comment je suis ?

Je l'accrochai au bras de Victor Margoline qui passait par là avec un saladier rempli de glaçons en forme de cœurs. Il affichait un sourire ténébreux qui trahissait son intention de sauter Olga au cas où celle-ci abuserait de la Fée Verte, ce qui, si mes informations étaient bonnes, s'était au moins produit le soir de Noël, lorsqu'il l'avait embarquée sur son dos aux premières lueurs du jour. C'était assez attendrissant, d'une certaine manière. J'estimais qu'il parvenait à ses fins en moyenne une fois par an, à la faveur de situations la plupart du temps imprévisibles, et son obstination à guetter la moindre opportunité, son acharnement à vouloir profiter des charmes de son ex-femme lui valaient toute mon admiration. J'étais toujours prêt à l'aider.

Je refermai la porte du garage derrière moi puis déplaçai quelques caisses pour accéder à ma réserve. Je fus alors pris de vertige et m'assis un instant. Je ne m'inquiétai pas trop, étant plus ou moins habitué à ce genre de chose, mais je ne savais plus très bien où j'étais, ni ce que j'étais en train de fabriquer. Mes extrémités étaient glacées, ma poitrine comprimée, je n'avais plus aucune trace de salive dans la bouche.

« Francis ?... Est-ce que ça va ?... »

Je levai les yeux et regardai Édith s'approcher.

Je me passai une main sur le visage puis hochai la tête.

Encore incapable de prononcer un mot, je tendis un bras vers elle et le refermai autour de sa taille. J'appuyai mon front contre son ventre.

« Veux-tu que je renvoie tout le monde ? », fit-elle en me caressant le crâne.

Sur le coup, je fus tenté d'accepter, car je ne pouvais espérer me sentir mieux que, dans la situation présente, entre les mains d'Édith.

« Non... Je vais essayer de parler à Nicole. Mais, tu sais, je ne te promets rien. »

À mon retour, je fus accueilli avec enthousiasme. Je leur laissai la bouteille et me retirai un instant dans la cuisine pour réfléchir. Comment aborder le sujet avec Nicole ? Je me faisais fort d'écarter Patrick d'un éventuel face-à-face entre sa femme et moi (dussé-je m'occuper moi-même de remplir son verre), le problème n'était pas là, mais m'en trouvais-je plus avancé pour autant ?

Malgré notre antérieure et intime relation, je n'avais pas renoué de liens particuliers avec Nicole Vandhoeren et ma requête risquait de tomber comme un cheveu sur la soupe. D'autant que je sentais chez elle certain agacement envers les gens de notre espèce, certaine acrimonie vis-à-vis d'un milieu qui semblait être à l'origine de ses déboires conjugaux. Ce en quoi elle n'avait sans doute pas tout à fait tort. Le succès nous montait parfois à la tête.

Elle s'occupait d'une agence immobilière. Ce n'était pas le genre de Madonna et ses cheveux avaient retrouvé leur couleur naturelle, mais selon moi elle ne méritait pas le déclin d'intérêt dont Patrick faisait preuve à son égard. Certes, elle s'habillait de manière classique, se tenait plutôt tranquille et ne vous attrapait pas par les couilles à la moindre occasion avec un sourire supérieur. Néanmoins, elle avait un regard vif et volontaire. Édith y avait-elle remarqué une lueur un peu spéciale ? C'était ce que je devais vérifier.

J'allai m'asseoir à côté d'elle sur le canapé. Elle discutait avec Alice tandis que pour ma part je feignais de m'intéresser à une histoire que racontait le jeune Marco à propos de son séjour dans un caisson de privation sensorielle. En fait, et prenant exemple sur l'avachissement général, j'avais collé ma cuisse contre celle de Nicole et surveillais ses réactions.

Il se passa quelques minutes avant qu'elle ne prît réellement conscience de la chose. Il m'avait fallu accentuer légèrement la pression, procéder à un infime va-et-vient qui se devait de rester à la fois précis et vague afin de me préserver une porte de sortie au cas où j'aurais fait fausse route ou de m'en ouvrir une autre dans le cas contraire.

« Bon Dieu, quelle expérience étonnante !... », lançai-je à Marco tandis que Nicole se décidait à glisser un coup d'œil sur nos surfaces de contact.

Elle ne broncha pas et reprit aussitôt sa conversation avec Alice.

Bien. Je me levai. Je terminai mon verre devant la baie ouverte, les yeux levés sur le ciel étoilé et la cuisse encore chaude. Je me sentais assez troublé.

— Je te l'avais bien dit !... me souffla Édith.

— Tu m'avais dit quoi ?!...

— Je t'avais bien dit qu'il ne fallait pas s'y fier... Prépare-toi à d'autres surprises avec elle.

— Écoute, je n'ai jamais prétendu qu'elle était allergique à une espèce d'aventure. Mais ça laisse encore de la marge avant de l'amener à ce que tu veux, tu ne crois pas ?

— Ah, je t'en prie, ne sois pas si défaitiste !... Il suffit de se remuer un peu !

D'accord. Avec Édith, il n'y avait rien d'impossible. C'était en partie pour ça que je l'aimais.

— Très bien ! ai-je conclu. Alors allons-y.

Je ne participais plus aux conversations littéraires depuis longtemps. Je profitai donc d'un accrochage entre Olga et Patrick sur la métafiction, aussitôt relayé par quelques autres, pour aller charger mon lave-vaisselle.

Alice, Isabelle et Nicole firent quelques aller et retour entre le salon et la cuisine pour me prêter main-forte.

Chaque fois que Nicole apparaissait, une sorte de courant électrique envahissait la pièce. Elle s'avançait jusqu'à moi d'un pas décidé puis s'arrêtait net. Elle me tendait alors des couverts ou des plats d'un geste brusque et prenait une profonde inspiration. Nos regards se croisaient une seconde, le néon fixé au plafond grésillait de plus belle, après quoi elle tournait les talons et tout rentrait dans l'ordre.

Pour finir, elle arriva les mains vides et commença à tourner en rond pour chercher du feu. J'avais des allumettes.

Sa cigarette tremblait entre ses doigts. Le compte à rebours du lave-vaisselle se mit en marche et l'on entendit un jet d'eau gicler dans la cuve. Le souffle du phosphore s'embrasant à l'extrémité de l'allumette prit le dessus. Nicole semblait très perturbée. Son regard ne tenait pas en place et elle se mordit la lèvre avant de se lancer :

— Seigneur !... Mais que cherchais-tu à faire, tout à l'heure ? Tu es devenu fou ??!...

Il y avait de la douleur et de l'exaspération dans sa voix.

— Appelle ça comme tu voudras.

Elle se figea. Puis le sang afflua vers son visage et ses joues prirent la couleur d'un sorbet à la fraise.

— Oh merde !... soupira-t-elle.

Puis elle fit demi-tour.

Je restai encore un moment, à ranger, à remplir des sacs-poubelle, à méditer sur cette histoire. Comme j'étais loin d'être considéré comme un cavaleur, je comprenais la surprise de Nicole. D'autant qu'il n'y avait jamais rien eu d'équivoque, jusque-là, dans mon attitude à son égard. Nous avions eu plus d'une fois l'occasion de nous retrouver seuls, l'un avec l'autre, par exemple lorsque je rendais visite à Patrick et qu'il avait oublié notre rendez-vous. Nicole m'offrait alors un verre et nous l'attendions en discutant sans arrière-pensées, se plaignît-elle des absences répétées et louches de son mari, de ses possibles infidélités dont elle ne voulait pas connaître le détail. Nous restions sagement assis, chacun à notre place. En dehors de cette fameuse soirée où nous avions découvert par hasard l'existence d'un lointain rapport sexuel entre nous, le sujet n'avait plus jamais été abordé et aucune allusion n'était remontée à la surface. Je ne regardais pas sous sa jupe lorsqu'elle croisait les jambes. Je n'essayais pas de lui envoyer des messages subliminaux au cours de nos conversations. Je ne me masturbais jamais en pensant à elle. Je descendais à pied quand l'ascenseur était trop petit, je ne la fixais jamais très longtemps dans les yeux, je ne buvais pas dans son verre... enfin, ce genre de choses. Non pas que Nicole ne fût pas désirable, loin de là, mais j'en ai toujours préféré une autre.

Elle se tint le plus éloigné possible de moi, jusqu'à la fin, tout en me gardant à l'œil. Je pouvais presque sentir une force qui me maintenait à distance et déviait ma trajectoire si je venais à passer trop près d'elle. Je n'insistai pas.

Henri Sigmund et Isabelle partirent les premiers avec deux bouteilles d'absinthe dans les poches et cinq cents capsules de vitamine C dosée à trois grammes qu'ils me payèrent en liquide. Je les accompagnai à leur voiture en notant leur prochaine commande dans mon carnet tandis qu'Henri Sigmund, dans un moment d'euphorie, me promettait une jaquette en couleurs pour mon prochain roman (ce qu'il aurait oublié dans le quart d'heure qui suivrait mais partait d'un bon sentiment et c'était l'essentiel).

Ce fut ensuite le tour de Marco et de sa femme qui trouva la soirée très réussie, pleine de gens très intéressants. Marco me glissa un sourire qui signifiait que je ne devais pas la prendre au mot car elle n'avait pas l'habitude de sortir et s'emballait pour pas grand-chose. Il mit son scooter en marche et le descendit du trottoir pour s'engager sur la rue. Sa compagne me tendit une main moite et molle avant de coiffer son casque discrètement sponsorisé par *Harley Davidson* dont l'autocollant faisait le tour. Dans son dos, pendant ce temps-là, son mari s'étalait au milieu de la chaussée avec son engin, dans un bruit de casseroles de mauvaise qualité. Je rentrai aussitôt en feignant de n'avoir rien vu ni entendu.

J'encaissai encore quelques billets dans l'entrée. Du bout du couloir, Patrick observait d'un air soupçonneux la transaction entre Alice et moi.

— Je crois qu'il est intéressé par les algues... me souffla Alice.

— Évidemment qu'il est intéressé !... Est-ce qu'il a le choix ?!... J'espère que tu ne lui as pas parlé du prix d'ami que je te consens, Alice... N'est-ce pas ?

— Ne crains rien. Et puis ce garçon est plein aux as, à présent...

— Oui, mais il ne les lâche pas comme ça, alors tiens ta langue.

Je l'embrassai puis serrai la main de Franck, qui voulut m'entretenir d'homme à homme à propos d'une espèce de chiasse qui le contrariait depuis quelques jours. Je lui posai certaines questions tandis qu'Alice faisait quelques pas au clair de lune et demandait à Marco si tout allait bien.

— Écoute-moi, Franck, ton corps essaye de te dire quelque chose, c'est évident. Alors tends-lui bien l'oreille.

— Et il me dit quoi, d'après toi ?

— Je ne sais pas. Peut-être que tu y vas trop fort avec la vitamine C... Tu sais, j'aimerais que tu essayes un nouveau truc que je vais recevoir prochainement. Je t'en parlerai le moment venu. Il s'agit d'une poudre que les Indiens utilisaient au Mexique, au temps des Incas. Ce n'est pas donné mais très difficile à se procurer, et je vais te dire pourquoi : les gars qui l'ont, ils se la gardent !

— Mince !... Et tu crois que...

— Oui. Fais-moi confiance. Je passerai vous voir et je vous en parlerai dans les détails.

Lorsque je retrouvai les autres, Édith était allée se coucher.

« Merde, allons boire un verre quelque part !... », lança Patrick à la cantonade.

Il avait son compte mais refusait de rester au tapis. Patrick n'était pas une de ces poules mouillées, un de ces petits chroniqueurs mondains qui s'effraient devant une dernière coupe de champagne et finissent à l'Alka-Seltzer avec une bouillotte sur le ventre et une bise à maman. Non seulement il était un écrivain hors pair, mais en tant qu'homme, il jouait dans l'équipe de football de l'AEC (Amicale des écrivains et des critiques) où la qualité et la générosité de son engagement physique en stupéfiaient plus d'un. Je l'avais moi-même raccompagné jusqu'au vestiaire avec la figure et les genoux en sang à la suite d'un match où on lui avait mené la vie dure et je le revois verser des larmes de rage pour avoir dû quitter le terrain alors qu'il ne tenait plus que sur une jambe. Ce genre d'écrivain, croyez-moi, il n'y en avait qu'un par génération.

Malgré tout, personne n'était chaud pour le suivre. Suzanne prétextant qu'elle avait des contrats urgents à revoir pour le lendemain matin. Olga qu'elle se sentait subitement inspirée et impatiente de coucher quelque scène obscène sur le papier avant de l'oublier. Victor qu'il tenait à la raccompagner d'autant qu'elle n'avait pas de voiture. Et Nicole qu'elle se sentait la tête un peu lourde.

— Et toi, est-ce que tu vas te coucher ? me lança-t-il sur un ton méprisant.

— Ma foi, je n'ai pas encore décidé.

— Peut-être que tu en avais autrefois, mais est-ce que tu en as encore ?

Je me grattai la tête.

— Bon, fis-je. D'accord. Si vraiment tu y tiens...

Un sourire tordu se dessina sur ses lèvres. Il pointa l'index dans ma direction, le pouce levé comme le chien d'un revolver. Il allait dire quelque chose mais son regard se voila et il se laissa choir dans un fauteuil en secouant la tête.

Je le laissai récupérer et allai accompagner les autres à la porte.

Suzanne s'excusa une nouvelle fois pour son numéro dans les W.-C. et m'annonça qu'elle essayait de me décrocher un épisode dans un sitcom pour une chaîne câblée mais que rien n'était encore décidé. Je lui répondis que je croisais les doigts. Olga me décocha un clin d'œil. Je souhaitai bonne chance à Victor, qui suivait d'un œil ému la croupe luisante de son ex-femme s'avançant sur le trottoir avec une hésitation de bon augure.

Quand je rentrai, Nicole était penchée sur Patrick. Je m'arrêtai sur le seuil du salon et nous échangeâmes un regard aux significations multiples. Je me dirigeai ensuite vers la cuisine.

Je sortis mon carnet et vidai mes poches sur la table. Du point de vue de mes affaires, la soirée n'avait pas été mauvaise. Je comptai mon argent, confectionnai des liasses et reportai les sommes encaissées dans mon carnet en face des noms de mes différents clients, ainsi que, de mémoire, le détail des produits qu'ils avaient embarqués.

Je repassai devant le salon pour me rendre au garage. Nicole s'était redressée et semblait traverser un moment de confusion mentale.

« Je suis à lui dans une minute !... », fis-je sans marquer la moindre halte.

Je m'installai à un petit bureau d'écolier que j'avais casé entre mes frigos et déverrouillai un tiroir à fond secret que j'avais fabriqué de mes propres mains. J'y déposai l'argent puis recopiai dans un livre de comptes l'état de mes entrées et de mes sorties. Vous me direz, ce genre de meuble bon marché ne me mettait pas à l'abri d'intentions malhonnêtes, mais aussi bien mes gains n'y restaient pas longtemps. Je les apportai régulièrement à la banque. En fait, cet argent était destiné à nos enfants et j'alimentais un compte sur lequel ils se servaient au moyen de leurs cartes de crédit. Il s'agissait d'une sorte de cordon ombilical qui nous reliait encore les uns aux autres. Je les imaginais parfois, à l'occasion d'un retrait, ayant une pensée affectueuse pour leur mère et pour moi, ce qui me réjouissait davantage que l'une de ces stupides cartes postales qu'ils oubliaient régulièrement d'envoyer.

Leur mère et moi avions accusé le coup lorsque leur décision fut prise de poursuivre leurs études, aux États-Unis pour commencer, puis en Australie où ils continuaient de se la couler douce. Au moins, ils étaient ensemble. Et aux dernières nouvelles, Joël et Julien, les jumeaux, pratiquaient le surf avec assiduité en dehors de quelques heures de cours, tandis que Cécilia, la cadette, passait le plus clair de son temps aux assemblées générales de *Greenpeace*. Édith et moi avions fini par convenir que l'important était qu'ils se sentissent bien dans leur peau — et qu'ils fussent bientôt en mesure d'acquérir une relative indépendance financière, mais ça n'en prenait pas le chemin.

« Heu… Francis… »

Je refermai mon tiroir et me tournai doucement vers elle pour ne pas l'effrayer. Elle se tenait sur le pas de la porte, comme prise par des sables mouvants. Je pensai que le mieux était de ne pas me lever car je la sentais encore perturbée, sans doute prête à mal interpréter mon moindre geste. Par malheur, je n'avais allumé qu'une petite lampe à la coupole verdâtre sur mon bureau et j'imaginais que les traits de mon visage prenaient un air inquiétant avec cette ambiance d'aquarium, mais je n'y pouvais rien.

« Alors ? Est-il décidé à y aller ? »

Elle me fixa sans réaction tandis que d'une main incertaine, elle caressait le chambranle de la porte.

« Mais, Nicole, qu'est-ce qu'il y a ?… »

J'associai difficilement la femme que j'avais sous les yeux avec celle que j'avais coincée dans les toilettes environ un quart de siècle plus tôt. Se pouvait-il qu'elle eût changé au point d'avoir l'esprit dérangé par une tentative de séduction amicale qui en aurait amusé plus d'une ? Les gens passaient leur temps à se tripoter dans ces soirées, à se toucher les mains, à se caresser le dos ou les bras, à s'embrasser pour un oui ou pour un non et j'aurais franchi les limites du tolérable en appuyant ma cuisse contre la sienne ?!... Quel tour me jouais-tu exactement, Nicole ? Devais-je croire que tu avais oublié les années soixante-dix ? Je voulais bien admettre que le temps de la rigolade était passé, d'autant que je n'avais moi-même jamais trompé Édith, mais on me mettait encore la main aux fesses à l'occasion en me donnant du « Mon chéri » et je n'en faisais pas un drame. Alors, vois-tu, j'espérais que tu allais te ressaisir très vite. J'avais beaucoup de respect pour la femme sérieuse que tu étais devenue, je comprenais très bien ta nouvelle attitude et t'en félicitais, mais de grâce, ne pouvions-nous en finir avec ce malentendu ? Je n'allais pas te sauter dessus ni t'obliger à quoi que ce soit. Ne lisais-tu pas, faisant abstraction de l'infâme éclairage ambiant, ces bonnes résolutions sur mon visage ? Ou bien ton écrivain de mari avait-il réussi à t'inculquer sa sombre et déprimante vision du monde ?

Elle émergea enfin de son brouillard mental :

— *Tu me demandes ce qu'il y a ?!...*

— Oui, il me semble.

Elle ne répondit pas pour autant. Le silence qui retombait entre nous fut traversé par un râle en provenance du salon.

— Se sent-il toujours d'attaque ? demandai-je.

— Non… J'ai bien peur que non… Mais qu'est-ce qui t'a pris ?!

— Si nous allions voir ce qui lui arrive ?

— Tout va bien. Il a dû s'effondrer sur le tapis. Vas-tu enfin me répondre ?!…

Je closis les yeux un instant et me pinçai la racine du nez.

— Écoute, pardonne-moi… Je n'ai pas réfléchi.

— Oui… Je me doute bien que tu n'as pas réfléchi. Sinon comment expliquer ça ?

Elle se décida à bouger pour s'emparer d'un briquet jetable qui traînait sous la lampe. Elle alluma une cigarette et se planta là, juste à côté de moi, les fesses appuyées contre mon bureau et le regard fixé sur le fond de la pièce comme si la porte automatique allait s'ouvrir pour nous décharger de ce problème.

— Et ça t'est venu comme ça !… reprit-elle sans me regarder.

— Oui… Une impulsion irrésistible… Mais ça ne se reproduira plus, tu as ma parole. Écoute, j'espère que ça ne va rien changer entre nous. Je m'en voudrais terriblement.

— Hein ?… Oh non, rassure-toi… Non, c'est déjà oublié.

Je ne demandais qu'à la croire, mais je voyais bien qu'elle n'avait pas retrouvé son calme. Elle gardait un air préoccupé. Tenant sa cigarette entre l'index et le majeur, elle faisait cliqueter nerveusement l'ongle de son pouce contre celui de son annulaire. Sa respiration était un peu trop courte et un peu trop rapide pour me rassurer tout à fait. Sa jambe gauche, qui n'était pas en extension, accusait un léger tremblement que je traduisais en termes d'impatience. Pour être franc, je ne pensais pas que nous fussions tirés d'affaire.

Puis elle baissa les yeux sur moi et me porta un regard étrange. Mon sentiment, à cet instant précis, fut que toutes les femmes qu'il y avait en elle s'étaient rassemblées pour m'observer avec insistance, jouant des coudes afin de m'apercevoir et m'évaluer pour décider de la suite. Je ne les connaissais pas toutes, bien entendu.

Elle poussa un léger soupir :

— Tu sais, Francis... Nous ne pouvons pas céder à la première folie qui nous passe par la tête...

— Oui, entièrement d'accord.

— La conduite de Patrick pourrait m'autoriser à prendre certaines libertés, mais je ne le fais pas. Au fond, je me demande ce que tu imaginais...

— S'il te plaît, n'y pensons plus.

— Enfin, j'espère que tu ne le prends pas mal de ton côté. C'est mieux comme ça, reconnais-le...

J'acquiesçai volontiers. Prenant une profonde inspiration, elle secoua vivement la tête comme si j'avais dit le contraire.

— Je sais que nous pourrions très bien profiter de cette situation saugrenue !...

Elle faisait sans doute allusion au fait qu'Édith était à l'étage et Patrick étendu dans le salon. Je pouvais comprendre qu'elle se sentît vraiment troublée par une telle configuration. Maintenant qu'elle m'y faisait penser, je l'étais à mon tour.

— Je sais ce qu'est la tentation, reprit-elle en tâchant de se ressaisir un peu. Crois-tu que je ne souffre pas autant que toi de garder la tête froide ? Ce serait tellement facile après ce qu'il me fait endurer !... Est-ce qu'il pense que j'ai fait une croix sur le sexe ?!... Et toi, est-ce que tu le penses ?

— Je ne sais pas au juste... C'est difficile à dire.

— Je pourrais te prouver sur-le-champ qu'il n'en est rien !

Mais quelle rage, quelle volonté d'être entendue elle avait mises dans cette affirmation ! N'importe qui l'aurait crue sur parole.

— Mais ça nous mènerait où, à ton avis ? poursuivit-elle. Dans quel pétrin irait-on se jeter, toi et moi, si nous nous laissions aller ?!...

— Je te reçois cinq sur cinq.

Elle me dévisagea de nouveau, puis sa bouche se tordit.

— Oh, mon Dieu, Francis !... Jamais je ne me suis sentie aussi près de craquer, je te le jure !

Elle souleva un bras avec peine et reposa sa main sur mon épaule. Son geste était un pur joyau de tendresse et de complicité amicale. Mais ses doigts commencèrent alors à se contracter et je sentis bientôt ses ongles s'enfoncer à travers ma chemise.

— Nicole... Tu me fais mal, lui fis-je remarquer.

Comme d'un sac de braises, elle retira vivement sa main de mon épaule. La portant à sa bouche, elle se mordit les doigts.

— Écoute, je suis navré de la tournure que prennent les choses, déclarai-je. Veux-tu que je te serve un verre d'eau ?

— Pourquoi est-ce donc si facile pour les uns et si difficile pour les autres ? Pourquoi ne sommes-nous pas en train de forniquer à mort sur le sol ?!...

Ce n'était pas une question mais un constat amer. En fait, à la réflexion, je pense qu'elle n'y avait jamais songé de façon aussi claire. L'évidence de l'occasion qui se présentait à nous avait sans doute éclaté comme un orage inattendu et particulièrement violent au-dessus de sa pauvre tête, noyant et semant la confusion dans les rangs sympathiques de ses fermes résolutions. Je savais qu'elle travaillait dur et qu'elle n'avait compté ni son temps ni sa peine pour monter son agence et la sortir du lot. En général, dans ce cas de figure, les heures de loisir pouvant être consacrées aux expériences sexuelles en prenaient un coup. De quel profond sommeil l'avais-je donc maladroitement tirée ? Quelle boîte de Pandore avais-je donc ouverte à mon insu ?

Je voulus saisir sa main, celle qui portait encore des traces de morsures, mais elle refusa avec la dernière énergie, se raidissant comme au sortir d'un bain glacé.

— Non, laisse-moi tranquille ! Surtout ne me touche pas !

— Voyons, ce n'était pas ce que tu crois...

— Peut-être ! Mais je t'en conjure ! (Elle essaya de sourire :) Je suis comme un sac de pop-corn sur le point d'exploser !

Je voyais assez bien ce que ça pouvait donner. Elle baissa la tête, ferma les yeux en se mordillant la lèvre. J'en profitai pour me lever.

Je ramassai Patrick et le tirai jusqu'à un fauteuil. Je l'arrangeai un peu tandis qu'il grognait sans parvenir à ouvrir un œil, lui subtilisai un stylo-feutre sans grande valeur qui dépassait de la poche de sa chemise et que je pourrais revendre plus tard.

Je le considérais d'un œil affectueux quand Nicole nous rejoignit en serrant ses bras autour d'elle avec un air mi-figue, mi-raisin.

— Que nous est-il arrivé ? murmura-t-elle.

— Rien du tout.

— Ah, tu trouves !... Alors que tu étais sur le point de me violer il y a une minute !...

— Nicole, je suis à moitié saoul et tu es une femme désirable. Estimons-nous heureux de nous en tirer à si bon compte. Je te demande encore une fois d'accepter mes excuses.

— Est-ce que tu vois l'état dans lequel tu m'as mise ? Est-ce que tu penses que je vais pouvoir rentrer tranquillement et trouver le sommeil après ça ?!...

J'attrapai Patrick par les poignets, l'extirpai du fauteuil et me tournai pour l'installer dans mon dos. Je croisai ses bras autour de mon cou puis assurai ma charge avant de répondre à Nicole :

— Je ne sais pas ce que tu vas faire, mais moi, je sais ce que je vais faire.

— Ne sois pas grossier, s'il te plaît. Ce serait un peu facile, tu ne crois pas ?...

— Cette conversation devient déprimante, non ?

Je traînai Patrick jusqu'à sa voiture. La pointe de ses chaussures raclait le trottoir tandis que les talons de Nicole dansaient à mes côtés. Le jour n'allait pas tarder à se lever.

J'installai Patrick sur le siège du passager. Elle prit le volant. Je fis le tour pour me pencher à son carreau ouvert et constatai qu'elle était courbée en avant. Je me demandai ce qu'elle fabriquait lorsqu'elle se redressa avec un soupir et me tendit une sorte de chiffon blanc que j'identifiai aussitôt comme une partie de sa garde-robe.

« J'imagine que ça pourra t'aider... », fit-elle en démarrant.

Je portai l'objet à mes narines, la regardai s'éloigner avec certain serrement à l'estomac.

Les feux de stop s'illuminèrent quand elle freina à moins d'une dizaine de mètres. Elle fit marche arrière.

Sa main jaillit du carreau et elle me reprit son slip.

« Non, c'est stupide, déclara-t-elle. Et puis tu ne le mérites pas ! »

Elle enfonça l'accélérateur. Je restai encore un moment sur le trottoir, le bras figé mais la main vide.

Drôle de fille, n'est-ce pas ?

Lorsque Édith descendit prendre son petit déjeuner, aux alentours de midi, je finissais de passer l'aspirateur dans le salon. Elle m'adressa un sourire endormi avant de se diriger vers la cuisine qui resplendissait comme au premier jour car je venais d'y consacrer un bon moment. Il faut dire qu'à la suite de notre contrôle fiscal, nous avions écopé d'une forte amende pour avoir employé des femmes de ménage qui n'avaient pas de permis de séjour et que nous avions omis de déclarer. Or l'amende, plus le redressement, plus les pénalités de retard, plus les menaces que l'administration laissait peser sur l'éventuel récidiviste, nous avaient conduits à ralentir notre train de vie. J'avais donc vendu la voiture d'Édith, renoncé à changer la mienne et renvoyé la femme de ménage.

Je ne savais lequel de nos voisins nous avait dénoncés, mais il pouvait à présent constater que je m'acquittais personnellement des différentes tâches ménagères, et même fort bien, malgré qu'il en eût. D'autant qu'à la différence d'Édith, et depuis environ deux ans (quelque chose s'était détraqué au lendemain de mon quarante-cinquième anniversaire), je ne dormais guère plus de quatre heures par nuit. Si bien qu'en général, au moment où les réveils sonnaient dans les maisons, dans les immeubles et dans les tours, arrachant au sommeil une population hagarde et déconfite, j'avais déjà rangé mon tablier et attrapé le fer à repasser.

Je me resservis du café pour tenir compagnie à Édith, qui bâillait encore en préparant son bol de céréales. Comme à son habitude, elle s'étira en saisissant l'un de ses poignets, passa la boucle ainsi formée par-dessus sa tête et grimaça de plaisir avec un petit gémissement. De mon point de vue, ce spectacle était d'une beauté à couper le souffle.

— Alors ? Comment ça s'est terminé ?

— Eh bien, en queue de poisson, d'une certaine manière.

Sans me quitter des yeux, elle se pencha pour attraper le carton de lait dans le frigo. Je lui racontai ce qui s'était passé.

— C'est plutôt bon signe, non ?

— Je ne sais pas.

Elle se donna le temps d'y réfléchir encore une seconde, puis me confirma son sentiment :

— Qu'elle te donne sa culotte, je trouve que c'est bon signe.

— Enfin… elle me l'a reprise aussi sec. Y a du pour et du contre.

Elle agita sa petite cuiller dans ma direction :

— Quand je t'ai parlé d'elle l'autre jour, étais-tu prêt à imaginer un tel geste de sa part ?

Je dus admettre qu'elle avait raison.

— Mais n'empêche que cette histoire ne me dit toujours rien qui vaille… Franchement, je n'ai pas très envie d'aller plus loin.

— Même si je te le demande ?

Je passai une partie de la journée à rédiger le discours que Patrick devait prononcer à Toronto vers la fin du mois sur le thème « Repenser les processus créateurs », mais je n'avais pas trop l'esprit à ça. Au-dessus de ma tête, derrière les deux vasistas de mon bureau aménagé dans les combles, se découpait un ciel d'un bleu infini, difficilement supportable.

Vers six heures, je me levai brusquement de ma chaise et rendis visite à Olga.

« *Elle a fait quoi ??!… Nicole Vandhoeren a fait quoi ??!!…* »

Pour une femme que la droite conservatrice rêvait de flanquer au bûcher avec tous ses livres tordus, Olga me parut très impressionnable. Elle demeura un instant figée à l'aplomb du canapé sur lequel elle comptait s'asseoir, une tasse de thé fumant entre les mains.

« C'est comme je te le dis, affirmai-je. Mais c'est en partie ma faute… »

Elle posa son thé sur la table basse et fila chercher ses cigarettes avant de revenir s'installer en face de moi. Elle portait un short informe et l'un de ces débardeurs de la Bundeswehr que je vendais l'an passé et que bon nombre d'écrivains avaient adoptés pour traîner à la maison. Ses cheveux étaient encore humides car elle sortait du bain obligatoire et prolongé qu'avait nécessité, m'avait-elle confié avec une grimace de dégoût, certain traître débordement de Victor à leur retour. Remarquant la roseur de ses bras et ses jambes, j'imaginais qu'elle avait employé un gant de crin et s'était rincée avec un puissant antiseptique.

— Tu sais, si quelqu'un d'autre me racontait ça, je ne le croirais pas !

— Oui... Je suis toujours surpris de voir de quoi les gens sont capables.

— Francis, même en nous creusant la tête, nous restons toujours en dessous de la réalité, tu le sais aussi bien que moi. Mais cela dit, venant de Nicole, je t'avoue que je suis sidérée ! J'ai toujours cru que cette fille était frigide, pas toi ?

— Pas tout à fait, mais presque.

— Enfin !... soupira-t-elle. Il y a des filles qui se réveillent comme ça, tout d'un coup, et le truc leur est monté à la tête... Inutile de chercher une explication. Si tu veux mon sentiment, je crois que tu n'as rien à voir là-dedans. C'est tombé sur toi, mais ça aurait pu être sur un autre.

J'avais un problème particulier avec Olga, quelque peu insoluble. Elle était la meilleure amie d'Édith et considérait, d'une certaine manière, que tout ce qui appartenait à celle-ci lui appartenait également. Ainsi, se flattant d'avoir les idées larges, elle pouvait très bien concevoir que j'eusse une relation avec une autre femme. Mais à condition que ce fût elle. L'ennui, et nous avions eu de longues, stériles et abrutissantes discussions sur le sujet, venait du fait qu'elle était pratiquement allergique à tout rapport sexuel, sinon accident ou configuration spéciale des corps planétaires. Ni l'un ni l'autre ne s'étaient encore manifestés en ma présence.

« Est-ce vraiment nécessaire ? », me soufflait-elle quelquefois lorsque nous étions étendus sur son canapé et qu'une étreinte amicale, provoquée par une éventuelle lassitude ou le fardeau des soucis quotidiens, commençait à dégénérer. Elle se dressait sur un coude, la poitrine à l'air et la jupe relevée jusqu'à la taille, pour m'adresser un regard consterné. À cet instant, le charme était rompu. Me venaient aussitôt à l'esprit, si d'aventure j'eusse insisté et réussi à enfoncer ses défenses, son peu d'enthousiasme, sa mauvaise volonté et sans doute ses interdictions contre lesquelles il faudrait batailler pendant des heures, comme son catégorique refus que l'on éjaculât en elle pour de sombres raisons d'intégrité interne. Et je ne parlais même pas de son humeur finale, des propos aigres-doux qu'elle tiendrait avant de filer vers la salle de bains pour se briquer de fond en comble jusqu'au sang et se rincer mille fois la bouche avec de l'eau de Botot employée pure. Victor m'avait donné tous les détails.

Et c'était bien dommage, car j'aurais pu entretenir avec Olga des rapports peu compliqués, placés sous le signe d'une vraie amitié et d'un respect commun. Sans compter qu'elle était attirante et qu'en dépit du sévère portrait que j'ai dressé d'elle, on aura compris qu'elle était une partenaire de premier choix pour un flirt assez poussé, ne se dérobant pas sous les caresses et augurant du meilleur tant qu'on n'en venait pas aux choses sérieuses. La plupart des gens qui la rencontraient pour la première fois, et bien plus encore s'ils avaient lu ses livres, s'imaginaient en présence d'une espèce de bombe sexuelle et l'approchaient avec un frisson d'envie avant de battre en retraite aussitôt qu'elle leur accordait un coup d'œil. Pour ce que j'en savais, seules quelques femmes avaient eu la chance de poser la main sur elle. Victor et moi — et Victor bien davantage que moi — étions l'exception à la règle. Son ex et le mari de sa meilleure amie. Quoi de plus normal ?

Après m'avoir assuré que n'importe quel imbécile aurait pu éveiller la convoitise de Nicole dans l'état de lubricité soudain où elle semblait s'être égarée, Olga me considéra avec une moue perplexe. Un air léger de fin d'après-midi gonflait mollement le tulle ocre jaune de ses rideaux.

— Et on peut savoir pourquoi tu lui as fait du genou ?

— Je voulais vérifier quelque chose.

— Quoi ? Si ton charme opérait toujours ? Tu n'as qu'à me le demander...

À cet instant, notre conversation fut interrompue par un type qui venait livrer des fleurs. C'était un magnifique bouquet dont le parfum envahit aussitôt la pièce et derrière lequel Olga disparut un instant tandis qu'elle déchiffrait le carton qui l'accompagnait.

Elle flanqua les deux dans un sac-poubelle que je lui tins obligeamment ouvert.

— Il me baise et ensuite il se sent plus morveux qu'un collégien !... déclara-t-elle avec un haussement d'épaules.

Nous prîmes une bouteille de vin et allâmes nous installer sur la terrasse. Elle se mit à arroser ses plantes.

— Alors, c'est quoi, au juste ? reprit-elle. C'est parce qu'elle est la femme de Patrick ?

— Tu veux rire ?!... Un écrivain comme lui qui me parle d'égal à égal ?!... Mais je n'y ai pas songé une seconde, figure-toi ! Je n'essaye même pas de le battre aux échecs, et pourtant ce serait facile...

Je m'installai à califourchon sur la banquette moelleuse qu'Olga utilisait indifféremment pour travailler ou prendre ses bains de soleil. Il y avait une vue splendide sur les toits de la ville. Quand elle levait les yeux de sa machine à écrire, qui baignait à présent dans les derniers rayons du soleil — et prenait ainsi des allures aguichantes de machine à sous —, Olga jouissait d'un panorama qui n'était contre-indiqué pour aucune espèce humaine ou animale, écrivain ou pas. Lorsqu'elle partait en voyage, Édith et moi nous précipitions pour garder son appartement. J'aurais pu y écrire de bonnes choses, me semblait-il, ou simplement y passer mon temps à m'occuper des plantes qui luxuriaient avec insolence d'un bout de l'année à l'autre, transformant la terrasse en cocon de verdure tropicale. Bien souvent, je me demandais ce que j'avais fabriqué de tout l'argent qui m'était passé entre les mains à l'époque où chacun de mes livres se transformait en best-seller par l'opération du Saint-Esprit. Comment se faisait-il que je ne fusse pas moi aussi installé au-dessus des toits, jetant un coup d'œil paresseux sur quelque roman en cours avec un cocktail de fruits frais dans une main et un Monte Cristo dans l'autre ? Au lieu de quoi j'en étais réduit à des commerces limites et honteux et le fisc me traquait sans relâche depuis des années. Quelque chose m'avait-il échappé ou payais-je pour un hôtel particulier dans une vie antérieure ?

— Je crois que je devrais faire un Yi-King, déclarai-je.

Elle suspendit un instant son arrosage, qu'elle effectuait au moyen d'un arrosoir de fer-blanc au long bec et d'un vaporisateur à piston.

— Fais ce que tu veux. Mais dans ce cas ne viens pas me demander conseil.

— T'ai-je raconté que Nicole et moi avions eu une relation sexuelle au début des années soixante-dix ?

Sans me quitter des yeux, elle vint s'asseoir en face de moi, les bras croisés sur son arrosoir.

— Patrick est au courant ?

— Ne dis pas de bêtises, veux-tu ?

Le milieu littéraire était si petit que nous nous mîmes involontairement à parler à voix basse. Olga me remit en mémoire bon nombre de lamentables affaires sentimentales qui avaient éclaté au cours des six derniers mois dans le monde de l'édition où tout finissait par se savoir. En fait, il ne se passait pas une soirée sans qu'un malheur arrivât et plus d'une carrière avait ainsi été brisée, plus d'un coup bas flanqué, plus d'un parfum saumâtre répandu dans l'air.

« Tu veux t'y risquer ? »

J'aurais pu lui répondre que je n'avais guère de choses à craindre en ce qui concernait ma carrière, mais je ne voulais pas lui donner l'impression de pencher de ce côté. Je l'imaginais capable, bien que les liens qui nous unissaient eussent à présent fait leurs preuves, de me jeter tôt ou tard des bâtons dans les roues. Pour mon bien, cela allait sans dire.

« Je ne suis pas aussi dérangé que tu le crois, fis-je en remplissant nos verres. Et je n'ai pas l'intention de trahir la confiance de Patrick. »

Ma ferme résolution parut la rassurer. D'un geste, elle me signifia bah, n'y pensons plus, puis se mit à inspecter méthodiquement ses ongles.

« Quelle drôle d'idée d'avoir baisé cette fille !... Elle avait donc quelque chose ? »

Plus tard, elle s'endormit sur le canapé tandis que nous regardions une vidéo. J'étais assis à ses pieds, sur le tapis, avec un verre de vin et des chips à l'effigie des animaux de la jungle. Elle avait travaillé une petite heure avant d'abandonner, s'épargnant ainsi l'aggravation d'une migraine qui la poursuivait depuis le matin comme une malédiction. « De toute façon, je ne fais que de la merde ! », avait-elle déclaré en me jetant un coup d'œil. J'étais en train de lire le manuscrit en cours et j'étais d'accord avec elle. J'avais émis un grognement assez vague puis m'étais replongé dans l'une de ces scènes érotiques dont elle avait le secret — « et Jean inonda de sa liqueur le puissant torse d'Adrien tandis que Mélissa, dans le clair-obscur de la chambre imprégnée d'odeurs entêtantes, s'inclinait sur la toison souillée de son amant pour y tremper ses lèvres ». Voilà à quoi elle s'amusait. Voilà ce qui lui valait une réputation sulfureuse et des tirages mondiaux, dont le dixième m'aurait amplement suffi. Parfois, j'étais un écrivain aigri.

Je m'aperçus qu'elle dormait au léger sifflement qui me parvint à l'oreille.

Je me tournai et passai un bon moment à l'observer.

Elle respirait par la bouche. Le sifflement se produisait au terme de son expiration. Si je mettais la flamme de mon briquet devant ses lèvres, même en réglant le débit du gaz au maximum, son souffle parvenait à l'éteindre. Une autre expérience : en obturant ses narines avec mes doigts, j'obtenais un son plus rauque et légèrement inquiétant. Ou encore celle-ci : je me penchais au-dessus d'elle, laissais tomber un peu de salive entre ses lèvres et elle se mettait à faire des bulles.

J'appelai à la maison mais Édith n'était pas encore rentrée. J'allai faire un tour sur la terrasse. La température était encore un peu fraîche, au milieu de la nuit, pour que je songe à y dormir.

Je rentrai chez moi et terminai le discours de Patrick un peu avant l'aube. Je me donnai la peine de le lire à haute voix en tâchant de me glisser dans la peau de ce diable d'écrivain afin de procéder à certains ajustements susceptibles de lui donner la part encore plus belle. J'y avais mis, me semblait-il, la juste dose de provocation, d'hermétisme et de laisser-aller qui lui convenait. Nous avions ainsi obtenu, à l'occasion d'une conférence à Berlin sur l'écriture expérimentale, un assez beau succès. J'avais été de ceux qui l'avaient applaudi debout, subjugué par l'intensité qu'il donnait à chacune de mes phrases (mais étaient-ce encore les miennes ?) et, depuis lors, il ne confiait plus la rédaction de ses interventions à d'autres que moi et veillait à ce que je fusse équitablement payé pour ma peine et mon silence (bien que sur ce dernier point, je le répète, il ne me fût pas venu à l'idée de revendiquer quoi que ce soit).

Je jetai un coup d'œil à ma montre. Je ne me sentais pas fatigué mais décidai malgré tout d'aller m'allonger un moment en attendant le lever du jour.

Édith dormait d'un sommeil profond. Je renonçai à me glisser dans les draps, de peur de la réveiller, et m'étendis sur le couvre-lit après avoir ôté mes chaussures.

Puis je repensai à Nicole Vandhoeren.

Devais-je la relancer ? Avait-elle effacé la soirée d'hier de sa mémoire ou bien était-elle éveillée à cet instant précis et fixait-elle le plafond de sa chambre en songeant à notre histoire, si maigre fût-elle ? Hésitait-elle, comme j'hésitais, à la poursuivre ? S'inquiétait-elle de cette partie de nous-même qui échappe régulièrement à tout contrôle pour le meilleur ou pour le pire ? Y songeait-elle d'une façon détendue, peut-être amusée, ou était-elle en colère ?

Quant à moi, il me vint tout à coup à l'esprit que j'étais en train de penser sérieusement à une femme qui n'était pas Édith et j'eus un instant la sensation d'être redevenu un jeune homme, avec toute l'excitation, l'impatience et la douleur que cela signifiait.

À mesure que les années passaient, j'étais de plus en plus sensible aux différents sentiments qui me traversaient et je prenais soin de les examiner pour mon plus grand plaisir (ou ma plus complète hébétude) avant de les enregistrer, si bien que je savourai, durant de longues minutes, cet état particulier d'apesanteur euphorique qui vous aspire en bloc dans le sillage d'une femme, quand vous n'avez rien encore à perdre.

« Tu ne dors pas ? », m'interrogea Édith.

Je me tournai contre elle, dans la pénombre. Lorsque je sentis sa main dans mes cheveux, les choses devinrent faciles et je lui confiai aussitôt la nature de mes problèmes avec Nicole Vandhoeren.

« Est-ce que tu cherches à m'inquiéter ? », fit-elle en se serrant contre moi.

Mes craintes l'amusaient. Partant du principe qu'elle me connaissait bien, et sans doute davantage que je ne me connaissais moi-même, elle ne voyait pas comment une autre femme aurait pu se glisser entre nous et, disant cela, elle se collait à moi de plus belle en guise d'imparable démonstration.

— Et puis, n'oublie pas que c'est moi qui te l'ai demandé... Crois-tu que je l'aurais fait si j'avais peur qu'il nous arrive quelque chose ? Me suis-je tracassée au sujet d'Olga ?...

— Ne me fais pas rire avec Olga… Est-ce que j'ai jamais couché avec elle ? Tu veux parler de deux collégiens dans l'embrasure d'une porte ? Entre deux cours ?… Écoute… je crois que Nicole est une femme relativement normale. Les choses pourraient donc devenir beaucoup plus sérieuses.

— Très bien, dans ce cas, faisons un marché. Quand je te dirai d'arrêter, tu arrêteras. On est d'accord ?…

Je m'écartai d'elle et la considérai en souriant :

— Tu es têtue comme un âne… Tu sais que tu vas nous attirer des tas d'ennuis ? Mais bon, marché conclu ! Et souviens-toi que tu l'auras voulu.

Je crus qu'elle allait m'embrasser. Au lieu de quoi, elle me mordit tendrement puis farouchement la lèvre.

Je me tamponai la bouche avec de la teinture d'arnica, avalai mes cinq grammes de vitamine C et m'en allai retrouver Patrick en ville.

Je lui racontai que je m'étais heurté contre l'angle vif de mon bureau à la suite d'une fausse manœuvre sur mon siège à roulettes mais il me déclara que nous avions parfois besoin de chiennes enragées pour garder la foi et un minimum de goût pour cette vie déprimante. Autour de nous, dans ce bar situé non loin des quais, on murmurait à quelques tables qu'il s'agissait bien de Patrick Vandhoeren. Elles avaient l'air d'étudiantes, pour la plupart. Patrick n'était pas très beau mais je pouvais facilement mesurer l'attrait sexuel qu'exerçait un écrivain propulsé sur le devant de la scène (et, par comparaison, celui d'un écrivain retourné dans le peloton).

Je lui avais apporté son discours et le coffret à quatre cents dollars. Il s'attarda un instant sur les jambes d'une petite brune qui le fixait d'un œil animal tout en gardant aux lèvres une paille courbée à angle droit et plongée dans un grand verre de *smoothie* blanchâtre et épais. Il soupira puis examina mes flacons d'algues alignés dans leur coffret de voyage (un cadeau très pratique, en plus d'un porte-clés à compartiments pour la prise journalière).

« Qu'est-ce qui me prouve que Madonna prend les mêmes ? »

J'avais découpé un article où elle mentionnait la chose. Pour chacun de mes produits, il se trouvait toujours une personnalité quelconque pour avoir tenté l'expérience quand les gars du marketing avaient bien fait leur boulot. En ce qui concernait la poudre minérale que je fournissais à Suzanne, nous étions sur le point d'avoir Richard Gere en personne.

Sur la photo qui illustrait l'article, Madonna était assise à califourchon sur une chaise de cuisine en aluminium garnie de Plexiglas. Elle prétendait tirer sa forme éblouissante d'une certaine algue, la *Blue Green (Aphanizomenon flos aquæ)* dont j'étais, expliquai-je à Patrick avec la foi du charbonnier, l'importateur exclusif pour le pays tout entier.

Quatre cents dollars, à l'heure où son dernier roman figurait pour la trente-sixième semaine consécutive dans la liste des best-sellers, ne représentaient pas grand-chose pour Patrick Vandhoeren. Il grimaçait néanmoins comme si j'avais enfoncé puis tordu en tous sens une lame au creux de son estomac.

« Malheureusement, ce n'est pas remboursé... », précisai-je.

À deux tables de nous, la fille tenta d'attirer l'attention de Patrick en aspirant les derniers résidus mousseux du fond de son verre, mais il resta indifférent à ce pathétique bruit de vidange.

— Tu crois qu'une rencontre entre elle et moi serait possible ?

— Patrick... Tu pourrais dîner avec le président des États-Unis si tu le souhaitais. En ce moment, aucune muraille ne peut se dresser devant toi. Je te conseille d'en profiter. Sais-tu que j'ai pris le thé avec Richard Ford, à l'époque ?

Tandis qu'il inspectait mes flacons un par un, avec une mine boudeuse, il finit par me demander si j'accepterais de lui arranger cette histoire.

« Mon vieux, ce serait avec plaisir... Mais vis-à-vis de Nicole, tu me mets dans une drôle de situation, tu ne crois pas ? Et puis, si elle apprenait que je suis à l'origine de cette affaire... »

Il sortit son carnet de chèques comme s'il n'avait pas entendu mes objections. D'un autre côté, c'était un client de gagné et j'avais une famille à entretenir.

Tandis que je rangeais son chèque dans mon portefeuille, le visage caressé par un rayon de soleil trouant un feuillage vert tendre, Patrick me considéra d'un œil perçant. Je lui adressai un sourire qui ne lui fit aucun effet.

— Quelque chose ne va pas ?

— Tu te demandes pourquoi je t'ai fait venir, n'est-ce pas ?

Il se trompait. Je ne me demandais rien du tout. Peut-être désirait-il que nous regardions son discours ensemble ? Il écarta cette éventualité d'un geste agacé, sans cesser de me fixer dans les yeux. J'envisageai une seconde certain aveu de la part de Nicole à propos duquel j'allais devoir m'expliquer séance tenante. D'autant qu'il m'empoigna par le devant de ma chemise.

— Ne déconne pas avec moi ! grogna-t-il alors que sa figure s'empourprait.

— Sois tranquille, fis-je à tout hasard.

— Tu serais la dernière des salopes si tu cherchais à en profiter !...

Je me tenais prêt à lui empoigner les testicules sous la table si la situation dégénérait. Il arrivait parfois que deux écrivains en viennent aux mains (ce qui n'était d'ailleurs pas mauvais pour leur publicité) et il n'existait aucune règle particulière.

Mais il lâcha ma chemise et s'accorda un instant de réflexion, une main posée sur la bouche comme pour s'empêcher de poursuivre son discours.

« Je peux savoir où tu veux en venir ? »

Un profond soupir s'échappa de ses narines. Il avait à présent un air inquiet et douloureux. Je remarquai deux auréoles de sueur toutes fraîches sous ses bras. Un zeste d'humiliation poignit dans le triste regard qu'il me décocha avant d'ouvrir son sac de gym (il transportait parfois ses documents dans des sacs en papier en provenance d'un supermarché mais le style avait été copié). Au prix d'un dernier effort, il en tira une enveloppe de papier kraft d'environ deux centimètres d'épaisseur qu'il déposa devant moi.

— Tu peux jeter un œil là-dessus ?

Nous nous dévisageâmes de nouveau.

— De quoi s'agit-il ?

— Je te l'ai dit : ne fais pas le con avec moi.

Ne riez pas. Ne vous moquez pas de son air déconfit et, j'en conviens, pitoyable. Imaginez plutôt ce qu'il lui en coûtait, quelles blessures il avait infligées à son amour-propre et quelles tortures il avait endurées pour en arriver là. Gardez à l'esprit que, bon an mal an, la création littéraire en a rendu fou, écrabouillé et suicidé plus d'un. Je ne connais pas d'écrivain qui n'ait eu au mieux affaire, un jour ou l'autre, à quelque dépression, irruption cutanée ou crise de tremblements sérieux, fût-il dans la force de l'âge. J'avais été moi-même, à une époque où j'étais persuadé de l'importance de mon travail, maintes fois sur le point de m'évanouir en ouvrant simplement la porte de mon bureau et en jetant un regard à ma table. Certes, j'en avais profité pour améliorer mon revers au tennis (et découvert à cette occasion que mes différents partenaires étaient des artistes en tout genre, pas uniquement des écrivains), mais m'en étais-je trouvé mieux pour autant ? Durant combien de temps avais-je porté ma croix ? Disons que j'avais abondamment saigné à partir de trente-cinq ans et au cours des dix qui avaient suivi. J'étais placé pour savoir que ce n'était pas une plaisanterie.

Un écrivain de la carrure de Patrick Vandhoeren, malgré tout son talent et le succès inflexible sur lequel il surfait de façon presque écœurante, n'était en fait guère différent des autres. Ayant achevé son troisième roman, il ne se sentait plus dans son assiette.

J'avais remarqué son changement d'humeur depuis un mois ou deux. Je savais qu'il y travaillait et qu'une bonne partie de l'œuvre était accomplie. Son appétit avait diminué. Ses cheveux formaient des épis bizarres comme s'il avait tiré dessus avec acharnement. Ses doigts étaient jaunes de nicotine. Il signait ses autographes d'un geste rageur, parfois accompagné d'une grimace. Quand je lui demandais si ça avançait, il me conseillait de m'occuper de mes affaires et en particulier du roman que j'étais en train d'écrire avec, ajoutait-il, « une de ces putains de nonchalance » qui laissait augurer du pire. J'étais content de ne pas être à sa place. Et lorsque je croisais Nicole, je sentais le poids du fardeau qu'elle portait sur les épaules et je repensais à ce que j'avais fait endurer à Édith quand je bataillais avec un nouveau livre comme si ma vie en dépendait. Avec le recul, tout cela semblait dérisoire, mais je savais ce que Patrick éprouvait.

Je savais également quelle importance donner à son geste : je n'avais jamais demandé l'avis de quiconque avant d'envoyer un manuscrit à mon éditeur. Pour être franc, j'étais d'un orgueil si féroce que je me serais laissé égorger sur place plutôt que de m'y résigner. Mais je n'aurais pu en remontrer à Patrick de ce côté-là, du moins le pensais-je avant d'avoir la chose entre les mains.

— Désolé, Patrick, mais je ne peux pas faire ça !...

— Considère que je me suis traîné à tes pieds, si ça t'amuse.

C'était donc très sérieux. Peut-être m'en étais-je tiré pour n'avoir pas connu de telles extrémités (par exemple, être là au lieu d'être planqué à des milliers de kilomètres). Peut-être aurais-je fini par capituler à mon tour si la pression n'était pas retombée. Henri Sigmund, qui avait édité tous mes livres et restait persuadé que je m'étais plus ou moins sabordé volontairement, m'avait un jour déclaré que j'avais fait le bon choix : « Tu ne récolteras sans doute pas tous les lauriers auxquels tu aurais pu prétendre, avait-il soupiré, mais au moins tu ne finiras pas cinglé. Bien entendu, ce n'est pas l'éditeur qui te parle... » Je ne savais pas à quel plan de torpillage, il faisait allusion (aurais-je pu m'empêcher d'écrire le meilleur livre dont je fusse capable ?), mais je voyais très bien dans quel abîme je n'avais pas sombré.

Patrick Vandhoeren était un sérieux candidat au sacrifice et je l'admirais aussi pour cette raison. Avec quinze ans d'écart, et bien que notre ambition littéraire ne fût pas comparable, une ressemblance assez troublante entre ce qu'il m'était arrivé et ce qu'il lui arrivait finissait par sauter aux yeux. Et je n'aurais su dire si cela partait d'un bon sentiment ou non, mais je voulais qu'il réussisse là où j'avais échoué.

J'acceptai donc de lire son manuscrit. Je lui en voulais un peu de manquer de panache. D'un autre côté, je n'allais pas le crier sur les toits et me faisais fort d'effacer cet instant de faiblesse de ma mémoire.

J'envoyai Édith à la campagne, coupai mon téléphone et m'enfermai durant deux jours.

La plupart des critiques littéraires étaient également des écrivains mais on les reconnaissait, même quand ils avaient enlevé leur maillot (ne me demandez pas à quoi, je vous dirais une bêtise : ils n'ont pas de vilain pli amer au coin de la bouche et la taille de leur pénis est tout à fait raisonnable). Lorsqu'ils remportaient la victoire, ce qui arrivait la plupart du temps, ils venaient vous serrer la main de façon cordiale et vous regardaient droit dans les yeux. Plus tard, ils essayaient de vous entraîner à la buvette.

Or, aucun écrivain véritable n'était capable de fair-play. Pas un seul n'avait quoi que ce soit à se faire pardonner. Pas un seul ne semblait fréquentable.

Le type qui remuait ses fesses devant moi, occupé à remonter son caleçon Calvin Klein le long de ses jambes encore humides, tenait une chronique littéraire dans un magazine à fort tirage. Il était également directeur de collection chez un éditeur important et, une fois par an, il trouvait le moyen d'écrire un livre. Il avait aussi son mot à dire sur la distribution des prix. Parfois, son poing s'abattait sur un crâne et le sang giclait de tous les côtés. Un affreux spectacle. Et pourtant, en matière de littérature, notre homme n'aurait pas fait la différence entre sa tête et son trou du cul. Dois-je vous en présenter d'autres ?

Patrick se sécha et s'habilla en silence tandis que les vestiaires se vidaient. Ses genoux et ses avant-bras étaient couverts d'égratignures mais c'était à moi qu'il réservait de sombres coups d'œil. La pièce était emplie de vapeur d'eau sortie des douches, d'odeurs de sueur et de divers déodorants dont le mélange se révélait acrobatique (on peut m'accuser de mauvaise foi mais j'affirme que l'une des deux équipes se parfumait plus que l'autre).

Je tenais le manuscrit de Patrick entre mes mains. Ainsi que vingt-trois pages de notes dactylographiées. J'étais censé arriver au début du match mais des agriculteurs avaient déversé des tonnes de légumes sur le périphérique, en particulier de belles salades et de magnifiques concombres dont j'avais décoré ma banquette arrière en passant. Patrick m'en voulait parce que j'étais arrivé en retard et pour un tas d'autres raisons bien compréhensibles, même si je n'y étais pour rien.

Il attendit que le dernier homme eût poussé la porte des vestiaires pour m'ouvrir son cœur :

« Putain ! Mais kes t'a fabriqué ?! »

J'avais consacré deux jours entiers à lire son roman et à lui rédiger des notes. Ensuite j'avais bondi dans ma voiture et je l'avais retrouvé sous la douche. Je n'avais pratiquement rien mangé depuis que je l'avais quitté. Je n'avais pas beaucoup dormi. Je n'avais parlé à personne. Quelques critiques m'avaient proposé le verre de l'amitié. J'aurais pu m'endormir sur ce banc, à bout de forces, après avoir supporté toutes ces épreuves.

« J'ai fait aussi vite que j'ai pu… », ai-je rétorqué en me penchant pour lui tendre son manuscrit et mes notes.

Il s'en empara d'un geste sec et me fixa, les mâchoires serrées, dans l'attente de mon verdict. Voyant que ça ne venait pas (j'avais parfois un caractère difficile, moi aussi) et ravalant la question qui lui brûlait les lèvres, il porta son attention sur mes feuilles.

— Vingt-trois pages de notes !... siffla-t-il entre ses dents. Tu n'y es pas allé de main morte, mon salaud !

— Tu penses que j'ai pris mon rôle trop au sérieux ? Dans ce cas, tu n'avais qu'à t'adresser à un autre...

J'avançai la main pour récupérer mes commentaires mais il recula hors de ma portée avec le sourire grimaçant d'une vieille tenancière de bordel (ses joues étaient encore d'un rouge vif et il avait pointé un petit bout de langue entre ses lèvres).

— Je vais quand même y jeter un coup d'œil, sale petit connard de mes deux !...

— Tu verras, fis-je en regrettant de l'avoir inquiété sans raison, ce sont des points de détail... J'ai l'impression que ton style s'est relâché. Est-ce que je me trompe ? Et je trouve ça dommage car il s'agit sans doute du meilleur de tes livres. Je suis heureux d'être le premier à t'en féliciter.

« Le style, déclarait Jacob Paludan, ne constitue pas le contenu. Mais il est la lentille qui concentre le contenu en un foyer ardent. » De toute évidence, Patrick avait fourni un effort admirable pour développer sa conception d'un roman qui devait renaître de ses cendres. On voyait très bien où il voulait en venir, et bien que le futur du roman ne fût pas au centre de mes soucis, je ne voyais pas d'inconvénient à ce qu'un écrivain de sa trempe s'y collât. Toutefois, aussi herculéen et méritoire que fût l'exercice, je ne pouvais accepter qu'il s'effectuât au détriment du style. J'étais d'accord avec lui lorsqu'il disait que nous avions besoin de la presse et qu'il fallait offrir à de jeunes gars en pleine croissance et bourrés d'ambition quelques os à ronger et, par là, certain sentiment d'importance. Il me semblait que je l'avais prouvé. Patrick était donc libre de s'amuser avec qui il voulait et de la manière qu'il le souhaitait (n'importe quel écrivain sérieux vous confiera que la seule véritable ambition préalable à l'écriture d'un roman est de ne pas crever comme un chien), mais à condition de respecter certaines limites. Mes vingt-trois pages de notes étaient là pour le lui rappeler. Et je les lui résumai sur le parking, alors que son sourire émergeait d'une brassée de salades dont je l'avais flanqué : « Dis ce que tu veux, mais ne le dis pas n'importe comment. Si je peux me permettre. »

J'allai chercher Édith à la gare.

Il arrivait parfois que nous fussions si occupés, chacun de notre côté, qu'une semaine entière s'écoulait sans que nous eussions pu échanger davantage que quelques mots entre deux portes, et encore, avec un peu de chance. Je me consolais en trouvant les traces de son petit déjeuner dans l'évier ou une serviette humide dans la salle de bains ou la forme de son corps dans les draps sur laquelle je me roulais un instant avant de sauter du lit. Je savais qu'elle n'était pas bien loin, que la maison n'était pas si déserte qu'il paraissait et que je pouvais toujours m'asseoir et l'attendre. Mais je n'aimais pas qu'elle soit absente pour de bon, même pour une courte période. Je n'aimais pas ça du tout.

Je la loupai. Oui, aussi stupide et contrariant que ce l'était, je la loupai. Je dois avouer que je n'avais pas noté l'heure avec exactitude. Ou plutôt, je l'avais inscrite sur mon avant-bras en réservant son billet, mais le travail que j'avais accompli pour Patrick m'avait plus d'une fois conduit sous la douche tant j'avais transpiré (je veux parler du soleil à travers mon vasistas).

Aussi, après l'instant de profond désarroi qui succéda à ma confrontation avec le quai soudain désert, je cavalai jusqu'au tableau des horaires et le parcourus en me mordant les lèvres. Le train suivant arrivait cinquante minutes après et il y en avait un autre (mais je ne voulais même pas y penser) deux heures plus tard.

J'essayai de manger un sandwich aux crudités. Bien que j'eusse l'estomac pratiquement vide, j'y renonçai à la troisième bouchée et le reglissai dans son emballage pour l'abandonner entre deux piles de journaux (je suis incapable de jeter de la nourriture). J'en parcourus un grand nombre, ainsi que des magazines, mais résultat : mon sentiment d'anxiété augmenta. Que signifiait pour moi le monde, s'il était privé d'Édith ? De quelle espèce de réalité, sinon d'intérêt, pouvait-il bien se réclamer si Édith n'y participait pas ? Je feuilletai alors quelques revues pornographiques, la mort dans l'âme. Jusqu'au moment où je tombai sur une femme qui ressemblait à Nicole Vandhoeren. En fait, à y bien regarder, la ressemblance n'était pas très frappante mais il y avait quelque chose. Mettons une impression générale.

J'en oubliai Édith (nous n'avons pas souvent l'occasion d'éprouver de la fierté pour ce que nous sommes) un court moment, tout à ma découverte. Non pas que le vague sosie de Nicole m'hypnotisât par ses faits et gestes, mais l'association de cette dernière avec des photographies obscènes de plutôt bonne qualité m'inonda entièrement l'esprit.

Sans chercher à me disculper, je rappelle qu'Édith elle-même m'avait fourré ces idées dans la tête.

Que si j'écartais toute idée de liaison avec une autre femme (oubliez-moi avec Olga), j'avais été amené à envisager autre chose, dans un contexte particulier. Or, à y réfléchir (et je m'aperçus que j'y avais pensé bien plus souvent qu'il ne me semblait, ces derniers temps), je n'étais pas loin d'admettre qu'il existait effectivement un terrain sur lequel je pouvais prendre pied sans que mes sentiments pour Édith en fussent incommodés le moins du monde. Et à présent, soyons clair, aurais-je voulu rejeter cette idée avec force et courage dans l'océan ténébreux de nos vices inépuisables que ce m'eût été impossible. Le mal était fait.

Je glissai de nouveau un œil à la pendule, la bouche tordue par une affreuse grimace de luxure et de culpabilité.

Tandis que le second train entrait en gare, je me mis à prier de toutes mes forces.

Elle n'était pas non plus dans le troisième. J'allai vomir dans les toilettes.

J'étais si mal en point que je ne pus me résoudre à reprendre le chemin de la maison. La nuit tombait, la circulation était difficile, j'étais au bord d'un de ces malaises récurrents que je peinais à maintenir à distance en sifflotant *Johnny, I hardly knew ye* (*…While going the road to sweet Athy, Hurroo ! Hurroo !*, etc.) et la simple idée de me retrouver seul me paniquait.

Je débarquai chez Patrick.

La bouche sèche, un voile de sueur glacée au front, je cognai à sa porte.

Dieu merci ! Il y avait du monde ! J'entendais du bruit de l'autre côté. Cela ressemblait à une bonne vieille scène de ménage, pleine de vie et de chaleur. Je respirais.

La porte s'ouvrit brusquement, commandée par un Patrick à la mine ulcérée :

— C'est toi ? Qu'est-ce que tu veux ?!...

— Je peux entrer ou ce n'est pas le moment ?

— Ce n'est pas le moment, mais tu peux entrer !...

Il m'abandonna sur le palier. Au bout du couloir, le salon m'apparut comme un havre de lumière qui fit bondir mon cœur. Je m'y dirigeai, assuré que le pire était derrière moi.

Nicole était installée sur le canapé, une jambe repliée sous ses fesses. Elle était pâle et immobile. Patrick se resservait un verre avec des gestes brusques.

— Explique-lui un peu ce que c'est que d'écrire un livre !... grogna-t-il en m'indiquant Nicole d'un mouvement de la tête.

— Eh bien... ma foi, tu me prends un peu de court...

— Ne te donne pas cette peine, répliqua Nicole après m'avoir accordé un bref coup d'œil. Ça ne m'intéresse pas !

— Bien sûr que ça t'intéresse pas ! ricana Patrick. J'aimerais savoir ce qui t'intéresse au juste en dehors de t'acharner sur moi !

— Tu as raison. Je ferais mieux de m'occuper d'autre chose. Ça ne devrait pas être trop difficile...

Tandis qu'ils échangeaient un regard peu aimable, j'examinai rapidement la pièce à la recherche d'un endroit confortable où m'asseoir.

Je commençais à me sentir mieux. Au point que le bras d'un fauteuil fit parfaitement l'affaire.

— Dis-donc, toi, est-ce que ça t'amuse ?!...

— Mais non, voyons... Quelle idée ?!

— Pourquoi ça ne l'amuserait pas ? intervint Nicole. Ce pauvre Patrick Vandhoeren harcelé par sa femme !... Tu as entendu ça, Francis ?

Patrick la considéra avec l'un de ces sourires méprisants qu'il réservait à ses détracteurs de seconde zone.

— Qu'est-ce que je te disais, tu la vois ?!?... Est-ce qu'elle comprend quelque chose, à ton avis ?! Non, sois tranquille, elle s'en fout pas mal !...

Je me caressai le menton. Patrick en profita pour vider son verre d'un seul trait et enchaîna aussitôt :

— Je suis censé faire quoi ? Hein, dis-le-lui !... Je suis censé faire quoi en ce moment ?!... Me rouler les pouces ?!...

— Non, tu dois travailler à ton roman.

— Tiens donc !... Ben, essaye un peu de lui expliquer ça, parce que moi, j'en peux plus !

Lui expliquer ça ? Ce n'était pas aussi simple. Je ne la sentais pas d'humeur à écouter un boniment quelconque sur les affres de la création littéraire. En général, les écrivains discutaient de ce sombre sujet entre eux, à voix basse, à l'abri d'oreilles étrangères et inadéquates. Elle marchait à mes côtés d'un pas vif et l'on s'écartait sur son passage. Quant à moi, la promenade achevait ma remise en forme. Il faisait bon. Nicole tenait des propos très durs concernant les diverses qualités de son mari, mais je ne répondais rien.

Elle n'avait pas un film précis en tête. Non, c'était histoire de sortir et Patrick n'était même plus capable d'enfiler une veste sans rechigner, en dehors de ses propres rendez-vous. « Non mais tu te rends compte ?!... Vois-tu à quel point nous en sommes arrivés ?! »

À chaque croisement, tandis qu'elle vidait son sac, je tournais à gauche afin de pas trop nous éloigner du quartier des cinémas, si possible, et chemin faisant elle ne m'épargna pas un peu reluisant portrait de notre homme saisi dans un contexte purement conjugal, avec détails à la clé. « Vous êtes tous comme ça ? » m'interrogea-t-elle avec inquiétude. Je ne savais pas trop. Il fallait lutter. Je me souvenais que ça n'avait pas toujours été aussi simple, surtout quand les ventes grimpaient en flèche. Mais Édith m'avait secoué et, à la différence de Patrick, j'avais eu des enfants et j'avais dû m'en occuper. « Au fond, je crois que la vie m'intéressait plus que la littérature, lui confiai-je. Et ce n'est pas ce qu'il y a de plus indiqué, dans ce métier. »

Nous nous assîmes sur le rebord d'une fontaine pour nous reposer de tous ces soucis. Je remarquai que ses jambes étaient nues.

— Et si nous allions voir un porno ? lui proposai-je.

— Un porno ? Et en quel honneur ?

— C'est une drôle d'idée, non ?

Lorsque je rentrai chez moi, j'avais l'estomac encore tout gonflé de pop-corn. Je le fis tâter à Édith en lui racontant d'où je venais, avec qui j'étais et ce que nous avions vu.

— Ho ho… Et comment a-t-elle réagi ?…

— Eh bien, ça ne l'a pas troublée outre mesure… Elle ne s'est pas tortillée sur son siège mais elle n'a pas non plus quitté la salle.

— Je te l'ai dit : cette fille est parfaite !

Son enthousiasme faisait plaisir à voir.

« Tu m'as beaucoup manqué durant ces deux jours, lui déclarai-je. Comment va ta mère ? »

Je filai dans la salle de bains tandis qu'elle me donnait des nouvelles. J'étais si heureux d'entendre le son de sa voix que je n'arrivais pas à suivre ce qu'elle me disait. Je la voyais étendue sur le lit, le menton en appui sur ses mains, une épaule découverte, et je me sentais prêt à affronter n'importe quelle épreuve. Au fond, elle avait raison de ne pas s'inquiéter : aucune femme au monde ne pourrait jamais me donner un millième de ce qu'Édith m'avait donné. Quel que fût le temps qui me restait à vivre, il eût été beaucoup trop court pour amasser de telles richesses. Non, je n'avais pas peur des mots. Je n'avais plus peur de rien, à la réflexion.

— Et le bouquin de Patrick ? Comment ça s'est passé ?

— Il m'a vraiment impressionné, répondis-je en me déshabillant. Je crois que c'est encore mieux qu'il ne le pense... D'ailleurs, j'aurais dû m'en douter à la tête qu'il faisait : quand tu es vraiment très bon, tu ne peux plus rien savoir. Je le sais parce que ça ne m'est jamais arrivé et je crois que ce doit être un moment très difficile à vivre. On a souvent affaire avec le pire de nous-même, rarement avec le meilleur, tu n'es pas d'accord ?...

Nous échangeâmes un sourire puis je disparus derrière le rideau de la douche.

Au bout d'un moment, je me laissai glisser contre le mur et restai accroupi sous le jet tiède, le regard fixé sur la bonde au travers de laquelle l'eau s'écoulait en formant un vortex. Un instant, je pensai à nos enfants car ils m'avaient raconté qu'en Australie le phénomène se produisait dans l'autre sens et c'était comme une blague entre nous car j'avais toujours imaginé qu'ils se fichaient de moi avec cette histoire. Ils me manquaient, comme ils devaient manquer à Édith. Je leur devais en partie de ne pas être un grand écrivain, mais j'aurais volontiers accepté d'être le dernier des écrivains pour les avoir un peu avec moi de temps en temps, sans leur casser les pieds.

Je restai un long moment à observer l'entonnoir liquide qui se vissait dans le tuyau d'évacuation avec des bruits comiques et aussi je suivais l'eau qui s'enfonçait sous la maison le long de conduits obscurs avant de se répandre à travers le sol gonflé comme une éponge. Je restai là bien après que mes enfants eurent abandonné mon esprit et bien plus qu'il n'était raisonnable.

Édith s'était endormie. J'enfilai un bas de pyjama et montai dans mon bureau.

Au clair de lune, j'inspectai d'un coup d'œil circulaire les livres empilés sur le sol, repoussés par mes soins contre les murs (j'aimais bien les avoir en tas, plutôt que sur des étagères ; j'aimais bien qu'ils souffrent plus ou moins, eux aussi). J'en localisai un que j'allai extraire de sa grincheuse et flapie gangue. Puis je l'embarquai sur mon siège à roulettes et appelai Nicole, me tenant prêt à raccrocher si je tombais sur Patrick.

— Nous pouvons parler ?

— Oui, il s'est enfermé à l'étage.

— Bon, Nicole, premier point : c'est un livre pratiquement introuvable et j'y tiens beaucoup. Nous sommes bien d'accord ? Pas une seule fois dans ma vie je n'ai accepté de le prêter. Est-ce que tu m'as bien entendu ?

— Voyons, Francis...

— Il n'y a pas de Francis qui tienne. Je ne rigole pas du tout !

— D'accord. Tu peux me faire confiance.

— Bon... Très bien... Bon, alors, comme je te l'ai expliqué, il s'agit d'une technique très ancienne, connue sous le nom de *Nawa Shibari*. Les autres n'ont aucun intérêt. Tu comprends, il ne s'agit pas de ficeler un rosbif.

— Bien entendu. Mais je me demandais, est-ce que c'est douloureux ?

— Écoute, le problème n'est pas là.

Le lendemain matin, dès l'aube, je déposai l'ouvrage à l'agence de Nicole puis je croisai les doigts. Plus tard, alors que je travaillais à mon roman, je constatai que mon esprit vagabondait et, pire encore, que mes mains s'amusaient avec une cordelette qu'elles avaient dû pêcher dans le dernier tiroir de mon bureau. « Francis, me dis-je, là, ça ne va plus du tout !... »

Je refusais de me laisser envahir par cette histoire. Certes, je voulais bien accepter de rendre service à Édith, mais je comptais garder la tête froide et ça n'en prenait pas le chemin. Avec un geste d'humeur, je jetai la cordelette à travers la pièce et descendis les étages quatre à quatre. Malheureusement, la maison était vide. J'appelai Édith à son travail mais elle n'était pas encore arrivée (il y avait une espèce de crétin au standard qui semblait toujours tomber des nues et qui ne savait jamais rien).

J'enfilai ma veste et sortis en claquant la porte.

Je passai la fin de la matinée dans un petit bureau qu'Henri Sigmund mettait à la disposition des auteurs de la maison pour effectuer leur service de presse. M'étant toujours dispensé de cet étrange rituel et conscient des économies d'enveloppes et de timbres que réalisait Henri à cette occasion, je me sentais en droit d'en utiliser le téléphone pour mes appels longue distance. Naturellement, je n'avais pas que des amis dans la place (ils avançaient maintenant à visage découvert) et je devais m'enfermer pour avoir la paix.

Pour commencer, j'eus une longue conversation avec un vieil ami de Los Angeles qui se réveilla avec difficulté mais ne savait pas très bien où elle était. Nous échangeâmes quelques souvenirs du bon vieux temps puis il finit par me donner un numéro à Tokyo où elle était apparue trois jours plus tôt.

La poignée de la porte se mit à tourner en tous sens tandis que j'obtenais ma communication avec l'hôtel Akasaka (j'y avais, par le plus grand des hasards, séjourné autrefois à la suite d'une mission que m'avaient accordée les Affaires étrangères, mission que j'avais justement consacrée à l'étude d'une technique ancestrale nommée *Nawa Shibari* — non mais quelle trouble et stupéfiante coïncidence, avouez-le !...). Comme je m'annonçais, le directeur tint à échanger quelques formules de politesse avec moi avant de s'enquérir de mes progrès dans une discipline particulière dont il était lui-même un fervent adepte ainsi que j'avais pu m'en apercevoir lors de discussions à bâtons rompus poursuivies durant des nuits entières.

Comment interpréter certains signes ? Fuyant les mauvaises pensées que Nicole éveillait en moi, voilà qu'elles me rattrapaient de l'autre bout du monde. J'en chancelai un instant malgré la voix douce de mon interlocuteur qui évoquait à mon oreille le parfum du jasmin.

— Merde, foutez-moi la paix ! lançai-je brutalement à travers la porte qu'un petit poing méchant harcelait.

— Quoi ?!… C'est encore *vous* ??!!…

Ah, cette foutue bonne femme, mon Dieu !… Pourquoi ne l'avais-je pas fait virer à l'époque où j'en avais le pouvoir ?!… Qui donc pouvait avoir besoin d'une vieille attachée de presse à qui on avait arraché les ovaires d'un coup sec au moment où tout le monde s'envoyait en l'air pour un oui ou pour un non ? Comment n'aurais-je pas été celui qu'elle honnissait, moi et mes livres méprisables ?

Je terminai pourtant ma conversation avec mon codisciple japonais qui tarda à m'informer que Madonna était quelque part en Europe.

« Vous vous croyez où, à la fin ?!… »

Je rappelai Los Angeles sans répondre à sa remarque.

Je connaissais suffisamment de monde là-bas pour mener à bien mon enquête. Il suffisait de s'armer de patience. Ainsi, je donnai encore une demi-douzaine de coups de fil et le tour fut joué.

Il y avait à présent un petit rassemblement dans le couloir, quelques visages consternés par ma conduite.

— Mais... *vous avez fumé, là-dedans* ?!!... s'écria l'attachée.

— Fallait pas ?!...

Les portraits des plus grands écrivains de ce siècle étaient accrochés tout au long du couloir. La plupart d'entre eux avaient les doigts jaunis. Les autres buvaient ou se droguaient d'une manière ou d'une autre. Que fallait-il penser des glapissements de cette pauvre folle, de la mine outrée des autres ? Un signe des temps ? En fait, il n'était pas très difficile de constater qu'avec ardeur et obstination tous les connards du monde se tenaient fermement la main.

D'extrême justesse, Henri Sigmund évita l'échauffourée en m'invitant à déjeuner.

Il était d'excellente humeur. Cette belle journée de printemps lui convenait parfaitement, au point qu'il songea tout haut à partir en croisière dans les mers chaudes tandis que l'on nous servait un apéritif sous un grand parasol de toile écrue. Souriant à la cantonade (quelques jolies femmes picoraient des pétales de fleurs dans des tenues quasi estivales), il ôta sa veste et arbora un gilet écossais jaune vif et orange qui le transforma sous mes yeux en une torche vivante.

Il me toucha le genou :

— Alors, Francis, comment ça va ?

— Ça avance.

— Non... Je te parle de la vie en général.

— La mienne ?

Ma toute fraîche altercation avec des éléments hostiles et non fumeurs m'avait laissé d'humeur maussade.

— Tu sembles préoccupé.

— J'ai l'air préoccupé ?

— Remarque, tu n'es pas obligé de m'en parler. C'est comme tu veux... Mais hier encore, nous nous faisions la réflexion, Franck et moi : il y a plus d'une semaine que tu n'es pas venu. Quelque chose ne va pas ?

— Écoute, Henri, je suis en train d'écrire un roman. Tu ne l'as pas oublié, j'espère...

— Et ça t'empêche de venir jouer au tennis ?

— Ça peut.

La vérité était que je n'avais pas touché une raquette depuis plusieurs jours et que je ne m'en étais même pas aperçu. Qu'est-ce que j'avais fabriqué ? J'aurais été incapable de le dire. En dehors du temps que j'avais consacré au manuscrit de Patrick, force m'était de reconnaître que j'avais eu l'esprit ailleurs. Tandis qu'Henri parcourait la carte, je me revoyais soudain assis à mon bureau de neuf à dix, devant l'écran de mon ordinateur éteint alors que j'aurais dû être en train d'envoyer des balles vicieuses par-dessus un filet en direction de mon éditeur. Qu'aurais-je trouvé dans mon crâne, à cet instant précis, si je l'avais ouvert ? Je le savais très bien. Vingt et quelques années de fidélité à une femme pouvaient constituer un sévère handicap. Transformer un honnête homme en zombie, un joueur de tennis honorable en sédentaire, en bon à rien. Une simple promenade devenait tout à coup une expédition mettant les nerfs à rude épreuve.

— Je te conseille le turbot. Prends tes enzymes… fit-il en avalant les siens.

Je m'exécutai, fou de rage contre moi-même.

— Tu saignes, me dit-il. Je crois que tu t'es mordu la lèvre.

— Non, je ne me suis pas mordu la lèvre. Je me suis cogné à mon bureau l'autre jour.

— Ce que tu fais ne me regarde pas.

Je me tamponnai la bouche avec un mouchoir très doux. Comme Henri le considérait d'un œil fixe, je l'examinai à mon tour et découvris qu'il était brodé aux initiales d'Olga Matticcio.

— Tu ferais ça avec ta meilleure amie ?!… le rabrouai-je sur un ton amer. Tu en serais donc capable ?!…

— Si c'était Olga ?… Oh, sans hésitation, Francis, tu peux me croire ! Sans l'ombre d'une hésitation !

Eh oui !… Tout aurait été bien plus simple avec Olga ! Cette réflexion était revenue si souvent à mon esprit qu'on aurait dit un billet sortant d'une lessiveuse. Mais, franchement, n'avais-je pas perdu tout espoir de ce côté ?

Devais-je, tel un chien fou, continuer à gratter sans répit un sol plus dur qu'un marbre noir, malgré quelques fissures ?

— Pourquoi ne t'offres-tu pas une semaine de thalasso ? Regarde-moi : j'ai pourtant autant de soucis qu'un autre... Est-ce que j'ai l'air abattu ? égaré ?

— Très bien. Je serai en short demain matin à neuf heures. Mon roman attendra, si c'est ce que tu veux.

— Ne t'inquiète pas, j'en prends la responsabilité. Je ne tiens pas à te voir tomber malade, est-ce que tu m'entends ? D'ailleurs, il faut que nous parlions sérieusement.

Cela ne me posait aucun problème, ni ne m'inquiétait outre mesure. Je savais en quoi consistait une discussion sérieuse, venant de la part d'un éditeur. Mais voilà, mes ventes avaient atteint le seuil minimal et mes à-valoir, ainsi que mes droits d'auteur, étaient entièrement détournés par le fisc (on me reprochait entre autres des dépenses somptuaires effectuées deux ans plus tôt, voyages en avion, édification de monuments et autres frais d'un montant faramineux qui ne m'avaient pas permis de payer mes impôts et, de fil en aiguille, avaient entraîné mon contrôle fiscal).

— Sache que je ne te céderai jamais mon copyright, l'avertis-je. C'est une question de principe.

— Quoi ? Quel copyright ?… De quoi parles-tu ?

— Ne fais pas le malin. Je ne suis pas encore un auteur confidentiel. Je ne me laisserai pas saigner comme le premier venu.

— Mais enfin, qu'est-ce qui te prend ?!

— De quoi s'agit-il alors ? De mes droits audiovisuels ? N'y compte pas non plus ! Je te vois venir, tu sais !…

— Bon sang, mais vas-tu m'écouter, à la fin ?!…

— Non, je ne sais pas si je vais t'écouter. J'ai plutôt envie d'appeler mon agent, si tu veux savoir. N'essaye pas de m'arnaquer.

— Francis… Je veux t'entretenir au sujet de Patrick Vandhoeren, rien de plus… Tu penses que c'est possible ?

Je le fixai puis observai un instant une fourmi qui courait imprudemment sur la nappe. Je la poussai vers Henri à l'aide de mon couteau.

— D'accord… Mais souviens-toi que j'ai trimé toute ma vie pour bâtir mon œuvre.

Nous nous tûmes car le turbot arrivait. Henri attendit que nous fussions servis avant de m'entreprendre :

— Bien. Comme tu le sais, nous avons investi sur Patrick des sommes considérables…

Je ne peux m'empêcher de le répéter : Olga Matticcio était une femme ravissante. Henri et moi avions stoppé à sa hauteur, derrière la vitre, et nous l'observions à son insu tandis qu'elle travaillait ses abdominaux ou je ne sais quoi sur un tapis de sol en caoutchouc mousse.

Même pour moi, qui la connaissais d'assez près, le spectacle demeurait saisissant. De son côté, Henri se frappait le mollet avec sa raquette. À chacun des efforts d'Olga, on était prêt à parier que son short allait craquer, s'ouvrir en deux comme une chambre à air de bicyclette bourrée de pâté de foie et l'on hésitait à partir, voyant la sueur inonder son maillot et plaquer ses mains sombres autour de sa poitrine.

L'obscène renflement de son entrecuisses, que nous pûmes observer tranquillement alors qu'elle soufflait et vidait une bouteille d'eau minérale en appui sur un coude, nous figea davantage. Un faible gémissement s'échappa de la gorge d'Henri, peut-être de la mienne. Olga était la cause d'un rêve absurde que je faisais quelquefois : j'étais un petit homme des bois, d'une vingtaine de centimètres et j'avais installé mon campement entre ses jambes. Le soir, lorsque le froid tombait, je rabattais ses grandes lèvres sur mes épaules et jouais des coudes pour m'installer confortablement. Au matin, je m'étirais, le corps luisant, les cheveux collés sur le crâne, heureux et titubant dans une odeur de marée revigorante, puis j'allais prendre une bonne douche sous un jet d'urine et me frottais le dos contre son clitoris jusqu'à ce qu'elle tombe à la renverse et m'empoigne pour me plonger la tête la première entre ses jambes. J'avais renoncé à écrire une nouvelle à ce propos. Mes tentatives sombraient toujours dans un fatras sentimental qui m'éloignait du sujet.

— Sincèrement, je ne parviens pas à croire que cette femme soit indifférente à ce que tu sais. Non ? N'est-ce pas le plus beau gâchis que l'on puisse imaginer ?

— Ça l'est !... fis-je en esquissant un geste à l'attention d'Olga pour l'avertir que nous nous verrions plus tard.

Nous rejoignîmes Franck sur la terrasse, devant le court numéro trois.

À mon avis, sa diarrhée s'était envolée car il se remuait comme un beau diable et était en train d'administrer une raclée à un jeune écrivain, ma foi d'allure un peu chétive, mais dont il m'avait dit le plus grand bien.

Franck avait la soixantaine bien sonnée. Son revers était puissant, ses coups droits sans âme. En double, je préférais l'avoir de mon côté. Quoique Henri eût un jeu plus stylé, plus fluide, la simplicité de Franck se révélait plus efficace.

En l'attendant, nous nous assîmes sur un banc et profitâmes du soleil matinal. Les courts un et deux étaient occupés. On sentait qu'une partie de la population de cette ville avait à cœur de rester en forme, faute de mieux. Le ciel était d'un bleu resplendissant, flanqué de bébés nuages d'une blancheur absolue.

On nous apporta des rafraîchissements ornés de petits parasols multicolores.

Je n'aimais pas assister à la correction d'un écrivain, si jeune et inexpérimenté fût-il. Or, on aurait dit que Franck y prenait un malin plaisir. J'observai le spectacle encore un moment, puis je me tournai vers Henri :

— Laisse-moi faire quelques balles avec lui.

— Ça ne peut pas attendre ? Nous avons à parler, tous les trois.

— Juste quelques-unes.

Je croisai le jeune écrivain en entrant sur le court pour prendre sa place. Ses bras étaient deux fois moins épais que ceux de son adversaire et il avait presque les larmes aux yeux.

— Eh bien, ça a fait long feu !... déclarai-je à Franck avec une moue élogieuse.

— Je crois que j'abuse un peu du *quiou taine* (Q 10) !... répondit-il en souriant. J'en suis à six par jour, tu crois que je peux y aller ?

— Je te l'ai dit, Franck, tu n'as qu'à écouter ton corps !... Il te préviendra avant que ça n'explose.

— Quelques balles pour t'échauffer ?

Je lui demandai de ne pas y aller trop fort pour commencer.

En tant que joueur, je n'étais pas un grand amateur de tennis, pour dire la vérité, mais c'était un peu comme l'anglais : il était impératif d'en maîtriser les bases (le vélo se présentait comme la seconde option pour entretenir un minimum de relations, cela étant, une discipline où ils sont particulièrement cinglés !). Résultat : je n'étais ni bon ni mauvais, une raquette entre les mains. En dehors des quelques fois où le Seigneur saisissait mon bras.

Durant deux ou trois minutes, j'échangeai avec Franck des balles d'une infinie mollesse. J'avais quarante-sept ans, il en avait soixante-trois et le soleil le frappait en pleine figure. Sur un banc, à l'écart, sa jeune victime ruminait l'humiliation de sa défaite et je pensais à tous les livres, bons ou mauvais, qu'il écrirait un jour où l'autre, au mal de chien qu'il se donnerait pour les arracher à sa poitrine rachitique, aux chambres sombres et mortellement silencieuses qui seraient son lot d'une façon ou d'une autre, sans compter l'hypocondrie rampante, les rêves de grandeur, les déceptions inévitables, le vide, l'insomnie, les femmes blessées, les maux de tête, les émissions littéraires et *tutti quanti*.

Je décochai alors en direction de Franck, et sans prévenir, une espèce de boulet de canon meurtrier.

Je le vis se plier en deux, m'adressant, une fraction de seconde, une terrible grimace étonnée. Après quoi, telle une chique molle, il se laissa choir sur le sol. J'espérais avoir épargné ses parties génitales.

Franck Beaupré avait en charge les finances des Éditions Sigmund, mais il était également le conseiller d'Henri et le parrain de ma fille, Cécilia. À ces titres, il eut droit à mes services et j'effectuai sur son abdomen certaine imposition des mains comme on la pratiquait déjà en Chine, du temps de Confucius, lorsqu'un palefrenier se prenait un coup de sabot en plein ventre.

J'acceptai ses reproches en gardant un air navré. Le point d'impact, juste sous le nombril, se manifestait sous la forme d'une empreinte parfaitement circulaire, d'un rouge écarlate vibrionnant, que l'on aurait pu attribuer à l'usage immodéré d'une ventouse. Sous mes mains, ce machin dardait ses flammes comme un feu de camp. Je soufflai dessus à tout hasard puis croisai le regard satisfait du jeune écrivain qui s'était mêlé aux curieux et j'eus le très net sentiment qu'un jour ou l'autre il refuserait de me serrer la main et me passerait même sur le corps s'il pouvait en tirer un intérêt quelconque.

Franck garda une main sur le ventre après que nous nous fûmes retirés au bar.

— N'importe qui peut être victime d'une poussée d'adrénaline, lui expliquai-je. Regarde un peu dans quel monde nous vivons. Est-ce que nous pouvons prétendre à la perfection ? Bien sûr que non, et je crois que l'homme est infiniment mauvais, pour commencer.

— J'aimerais autant que tu aies fini... intervint Henri avec un sourire conciliant. N'est-ce pas, Franck ? L'incident est clos et nous avons d'autres chats à fouetter pour le moment.

— Je me demande si je ne devrais pas passer une radio.

— Non, tout va bien, le rassurai-je.

— Comment peux-tu savoir que tout va bien ? Tu es docteur ?

— Franck, si j'avais la moindre inquiétude...

— Et alors ? ! Tu n'es pas à ma place...

— Que veux-tu que je te dise ? Que tu as les intestins perforés ? C'est ce que tu veux ?!...

— Tu es docteur, peut-être ?!

— Écoute, c'est du caoutchouc gonflé à l'air comprimé, rien de plus... Que veux-tu qu'il t'arrive au juste ? Hein, dis-moi ?

— Mais tu n'es pas docteur, n'est-ce pas ?! J'aimerais te l'entendre dire.

— Non, je ne suis pas docteur.

— Parfait ! C'est tout ce que je voulais savoir. Henri, nous t'écoutons !

— Attends une seconde… Tu me traites d'imbécile, c'est ça ?

— Je dis simplement que tu n'es pas compétent en la matière. Tu n'es pas docteur ? Je ne me trompe pas ?

— Bon, Henri, tu m'excuseras, mais je ne suis plus d'humeur à discuter avec lui.

Je me levai et appelai l'ascenseur.

— Si tu es docteur, tu n'as qu'à le dire !…

— Et l'eczéma d'Alice ? Tu l'as oublié, peut-être ?!…

La porte de l'ascenseur s'ouvrit. Sans ajouter un mot, je descendis aux vestiaires.

J'étais à peine assis que mon téléphone sonna dans mon casier.

— Oui, allô ?

— Ne fais pas l'imbécile. Remonte.

— Désolé, Henri, mais…

— As-tu vraiment envie d'une jaquette pour ton prochain roman ?

Plus tard, lorsque je passai devant l'accueil, on me remit un message d'Olga qui me donnait rendez-vous dans un bar pour « un truc très important ». Tout était toujours très important chez Olga, mais après la conversation que je venais d'avoir avec les deux autres, j'envisageais volontiers de m'asseoir à une terrasse pour récupérer. J'avais pourtant pris une douche.

Il y avait des moineaux sur le trottoir, une fontaine garnie de fleurs sur le rond-point et des jeunes femmes en tenue d'été qui semblaient portées par la douceur de l'air. Il n'était pas agréable de songer aux ténèbres qui s'étendaient derrière ce décor, mais pouvait-on un seul instant l'ignorer ? Chaque chose en cachait une autre. Et l'ombre surgissait de l'ombre, toujours plus épaisse. Franck était resté très vague sur les intérêts qui étaient en jeu, sur les personnages qui tiraient les ficelles, mais en savait-il seulement beaucoup plus ? Y avait-il seulement un fond à ce puits ?

— Francis ? Réveille-toi, je t'emmène chez Edward Cotten-Saul !

— Tu veux rire ?!

— Quoi ? Ça ne te plaît pas ? Tu deviens bien difficile !...

— Ils ont reçu de nouvelles choses ?

Nous grimpâmes dans sa Mini Cooper parfumée au *Gardénia Passion* d'Annick Goutal qui, en soi, annonçait déjà la couleur. Quel parfait cinglé j'étais ! Sincèrement, j'avais du mal à me suivre quelquefois. Les bras m'en tombaient alors qu'ils auraient dû se précipiter à ma gorge.

Mais il était bien temps de regretter quoi que ce soit à présent qu'elle fonçait sur les grands boulevards, les cheveux au vent. Sans me tordre le cou, je voyais apparaître son slip entre ses jambes, de la même manière qu'elle avait retroussé ses manches pour une conduite un peu sportive et j'avais le choix entre sauter en marche ou accepter mon sort.

— Tu n'es pas content ? me demanda-t-elle à un feu rouge.

— Ils ont peur que Patrick ne leur file entre les doigts.

— Eh bien, entre nous, ils ont raison d'avoir peur. Je sais que Suzanne est en train d'étudier certaines propositions.

— Oui, je suis au courant. En fait, ils aimeraient en savoir davantage, dans un premier temps.

Chez Edward Cotten-Saul, les salons d'essayage étaient de merveilleux havres de paix, des temples d'une autre époque. On y était vraiment tranquille, choyé et libre de s'y concentrer à loisir. Les vendeuses, triées sur le volet, étaient d'une discrétion remarquable. Elles frappaient longuement avant d'entrer et revenaient plus tard si elles n'avaient obtenu aucune réponse. Il n'y avait pas de fenêtre, bien sûr. Les murs, ainsi que le plafond, étaient ornés de lourdes tentures moirées blanc perle et de fort beaux et doux tapis couvraient le sol. Pensif, j'occupais un canapé à côté duquel se dressait un grand miroir encadré de dorures vives.

La voix d'Olga me parvint de derrière une tenture :

— Et comment comptent-ils faire pour l'en empêcher ?

— Je ne sais pas. Ils m'ont semblé très résolus… Ils ont paraît-il des partenaires qui ne plaisantent pas du tout. On croit rêver, n'est-ce pas ? Bientôt, tu ne pourras plus aller pisser tranquillement. On viendra t'expliquer que ce n'est pas aussi simple…

— Enfin, aussi… Patrick exagère. Non ?… fit-elle en sortant de derrière son rideau.

Chez Edward Cotten-Saul, la lingerie était chez elle. Un univers soyeux, secret, tendre et fragile, précieux et ardent à la fois. Magnifique mais hors de prix. Un ensemble comme celui que portait Olga, bien qu'il ne lui couvrît que chichement la poitrine et les fesses, coûtait les yeux de la tête, croyez-moi.

— Est-ce que je n'ai pas grossi ? Là, ce n'est pas de la graisse ?

— Non, où ça ?

— Pas terrible, non ?

— À mon avis, la culotte est trop petite. Mais la couleur te va bien.

— Où vois-tu qu'elle est trop petite ? Ne dis pas de bêtises.

Ce n'était qu'un début. Il y avait au moins une vingtaine de boîtes empilées sur une petite table où l'on m'avait servi un gin-tonic avec une rondelle de citron taillée en étoile. Olga en prit une et passa derrière moi.

— Si tu veux mon avis, ne te mêle pas de ça, déclara-t-elle dans mon dos tandis que j'entendais comme un léger souffle d'air au milieu d'un feuillage.

— Eh bien, ils m'ont fait comprendre que j'avais certaines obligations envers la maison. En dehors d'attaches sentimentales. Ce qui n'est pas complètement faux, remarque.

Elle me présenta quelque chose d'intéressant, réalisé dans une matière étrange. Je passai un doigt sous l'élastique tendu contre son aine pour en étudier la texture.

— Ne serait-ce pas ce nouveau truc dont ils nous ont rebattu les oreilles ? Tu sais, ces nouvelles fibres à base de pétrole ?

— Peut-être... En tout cas, c'est agréable.

J'ôtai mon doigt et lui fis signe de tourner sur elle-même.

Je lui déclarai que je n'étais pas convaincu.

Elle en essaya d'autres.

Ce n'était pas la première fois qu'Olga m'entraînait chez Edward Cotten-Saul. J'y prenais en général beaucoup de plaisir même si je savais d'avance à quel niveau de frustration j'allais m'exposer durant l'exercice. D'un autre côté, j'imagine que ça m'arrangeait, vis-à-vis d'Édith, de n'avoir pas de vraie relation sexuelle avec une autre femme. Je pouvais très bien m'en passer.

Mais ce matin-là, après cette histoire concernant Patrick et compte tenu de la pente savonneuse que j'empruntais avec Nicole, je me sentais dans un état d'esprit différent.

Olga en était-elle consciente ? Elle me trouvait un peu distant, un peu tête en l'air. Je manquais, paraît-il, de conviction face aux différents modèles qu'elle me présentait.

Je lui promis d'ouvrir l'œil.

Je lui caressai les fesses lorsque nous considérâmes le numéro suivant, un coton blanc très simple, baptisé *Telle une écolière.*

Je remarquai alors qu'Olga avait les joues roses. Oh, certes, il n'y avait rien d'étonnant à cela. Depuis un bon moment déjà, elle circulait en petite tenue, se déculottait dans mon dos, prenait des poses devant le miroir en tirant sur les élastiques quand ce n'était pas moi qui l'énervais d'une manière ou d'une autre (j'avais peut-être l'esprit ailleurs mais qui donc avait glissé la main sous un caraco de soie anthracite et l'avait taquinée sur la raideur de ses mamelons ?).

Attention ! Je n'ai jamais dit qu'Olga Matticcio était frigide, non, jamais de la vie ! J'ai dit qu'elle était plus ou moins allergique à l'acte lui-même, à la pénétration du sexe masculin, pour être exact. Je n'ai jamais parlé du reste. Loin de là.

Si bien qu'à ce détail près, elle était une femme comme une autre. Un être comme un autre, avec ses envies, ses démangeaisons, ses rythmes et ses contraintes corporels. Songez à la ribambelle de fines étoffes qui avait follement couru sur sa peau, l'avait pressée, effleurée, explorée sans épargner ses parties les plus intimes, songez à moi qui l'examinais sous toutes ses coutures en prenant certaines libertés, songez aux turpides salons feutrés d'Edward Cotten-Saul, songez au peu d'occasions qui nous sont accordées dans la vie en matière buissonnière, et vous passerez dans le camp d'Olga, j'en suis sûr, vous verrez les choses comme elle devait les voir à cet instant précis.

Elle posa le pied sur une chaise. La blanche étoffe du sous-vêtement se tendit de plus belle.

Je ne savais pas de quel genre de coton il s'agissait (et à la réflexion, en était-ce ?), mais il s'étira comme du chewing-gum mâchouillé avec soin. Une espèce de mutation moléculaire.

« Que se passe-t-il ? », demandai-je.

Je tendis la main pour en avoir le cœur net.

Olga ne se gênait pas avec moi. Elle savait que je n'étais pas du genre à lui compliquer la vie et l'acceptais comme elle était, disons, franchement clitoridienne. Aussi, dès que j'effleurai la zone en question (*Telle une écolière* semblait y prendre une empreinte de haute précision, se croyait une fine couche de cire tiède), écarta-t-elle les jambes.

J'avais branlé Olga une ou deux fois dans les salons d'Edward et j'étais prêt à recommencer sans idée particulière derrière la tête.

Je la laissai donc grimper sur le canapé et s'installer au-dessus de moi, les jambes un peu fléchies. Elle me glissa un petit coussin sous la nuque. Puis elle tira sur le fond de sa culotte et, supervisant la manœuvre d'un œil fixe, elle guida sa fente contre ma bouche.

Du beau travail, reconnaissons-le. J'exerçai aussitôt une légère succion à l'attention de son berlingot pour la féliciter du succès de l'opération. Elle fit siffler l'air entre ses dents.

Je lui conseillai de passer une jambe pardessus mon épaule.

Olga sortit un pied de *Telle une écolière*, qui resta pendue autour d'une cuisse.

Je dus bien vite saisir mon mouchoir pour éponger certains filets visqueux qui me coulaient sur le menton car Olga mouillait abondamment, comme à son habitude. Je n'y voyais pas d'inconvénient, au contraire, mais je n'avais pas de chemise de rechange et déjà la dernière fois la chose m'avait pris au dépourvu.

J'en avalai la plus grande partie, étalai le reste sur ses jambes et ses fesses sans me faire beaucoup d'illusions. Chez elle, nous pratiquions l'exercice dans la salle de bains. Ou sur la terrasse, que nous pouvions nettoyer d'un simple seau d'eau.

Je lui exposai le problème, mais elle fit semblant de ne rien entendre. Mieux encore : elle plongea sa main dans mon pantalon et m'attrapa la queue, espérant ainsi me changer les idées. Quelquefois, elle acceptait de payer le prix fort de son point de vue et me permettait d'éjaculer sur son ventre quand elle ne trouvait plus le moyen d'agir autrement. Enfin, c'était rare. Ce matin-là, son geste indiquait clairement qu'elle était très excitée.

« Et si tu te mettais sur le dos ? », lui proposai-je.

Je ne savais pas si mes paroles pénétraient jusqu'à son cerveau. Elle faisait rouler son clitoris entre le pouce et l'index tout en cherchant à frotter son vagin contre mon nez.

« Que dirais-tu de la table ? »

Autant parler à un mur.

« Écoute, c'est l'affaire d'une seconde… », l'avertis-je avant de l'abandonner à sa besogne.

Je me redressai d'un coup de reins puis l'observai un instant, terminant mon verre tandis qu'elle chevauchait une monture invisible de la taille d'un bison adulte, le trou du cul au vent, luisant comme une feuille de cellophane.

Je débarrassai la table, y installai deux larges coussins sur lesquels j'étendis ma serviette de bain encore humide. On dira que je prenais mon temps, que j'étais insensible aux sourdes injonctions d'Olga mais elle n'avait eu qu'un seul orgasme jusque-là et à moins de trois, elle n'était guère satisfaite. J'aimerais par ailleurs que l'on se souvienne des différents soucis que je connaissais depuis quelque temps et qu'Olga ne m'aidait certes pas à chasser avec ses déroutantes manies, bien au contraire. Bref, je me sentais d'une humeur étrange, sans doute liée à l'habituelle déception qui m'attendait. Mais au fond, à quoi servaient donc les amis ?

Olga m'avait aidé à traverser les moments difficiles. Et je savais que je pouvais compter sur elle en cas de besoin. Ce que je pouvais lui offrir en retour, même si je n'y trouvais pas mon compte, n'était pas grand-chose au regard de ce qu'elle avait fait pour moi.

Je la soulevai dans mes bras et la transportai sur la table sans qu'elle y prêtât de réelle attention, occupée comme elle était.

Bonne âme, je lui glissai un coussin supplémentaire sous les reins. Lui épongeai un coin de la bouche avec la serviette. Pour plus de sûreté, j'ôtai ma chemise. Quoi qu'elle prétendît, patienter quelques secondes de plus n'allait pas la tuer. Je tirai donc la psyché jusqu'à nous, l'inclinai de façon qu'elle pût observer la suite des opérations (elle ne lâchait pas son miroir à main lorsque nous étions chez elle).

« Ça va, comme ça ?... »

Elle se contenta de hocher vaguement la tête en se mordant les lèvres.

Déjà, elle était en position, genoux repliés, cuisses écartées, un méchant rictus à la bouche et les narines pincées, une mèche folle collée au front. Avec un air de défi, elle employait ses deux mains pour tenir sa fente grande ouverte, sans doute au cas où j'aurais eu la vue basse, et ses doigts de pieds étaient recroquevillés de façon bizarre, signe que son second orgasme n'était pas loin.

Je récupérai *Telle une écolière* et m'en servis pour étouffer ses grognements car lorsque je la branlais du bout de mon nez et lui introduisais ma langue dans le vagin, notre amie Olga braillait comme un cochon qu'on égorge, quand elle ne lâchait pas à la cantonade un flot d'insanités d'une voix rauque.

Un instant plus tard, d'un battement de cils, elle me remercia de lui avoir mis un doigt dans le cul au moment opportun. J'étais content qu'elle reconnaisse que je ne ménageais pas ma peine avec elle, mais j'aurais préféré qu'elle me le prouve. Aussi, pour une fois, ne lui demandai-je pas la permission de sortir ma queue, bien qu'elle me l'eût sans doute accordée si j'en jugeais par la moue obscène qui flottait encore à ses lèvres.

— Ne fais pas l'imbécile, me dit-elle en se dressant sur les coudes.

— Bien sûr. Calme-toi.

Je fis glisser mon gland du haut en bas de sa fente : il se mit à briller comme un sou neuf. C'était le plus qu'elle ne m'avait jamais consenti, le genre de plaisanterie qu'elle ne me permettait qu'à l'extrême rigueur, à la faveur d'une exceptionnelle bonne conduite de ma part et pas à moins de deux ou trois bons jutages de son côté. Quelquefois, elle me suçait du bout des lèvres mais juste par goût de ses propres humeurs, si bien qu'elle ne s'y attardait pas longtemps, et ma foi, c'était tout. C'était à prendre ou à laisser. « Tu ne te rends pas compte des efforts que je fais pour toi !… ne cessait-elle de me répéter. Tu crois que ça m'amuse de recevoir ça sur le ventre ? Je le fais pour toi, tu sais !… » Aurait-elle préféré me voir éjaculer dans ses rideaux ?

Elle m'avait à l'œil. Légèrement tendue, elle n'ouvrait plus les cuisses en toute confiance. Elle restait vigilante. Je l'étais aussi car je craignais qu'elle ne refermât brutalement ses genoux si je dépassais les bornes. Elle observait bouche bée la manœuvre dans le miroir, le bout de ma queue remontant sa fente, couinant à ses orifices, écartant ses lèvres comme une étrave dans un bloc de guimauve presque fumant. De lents aller et retour, guidés d'une main précautionneuse. Mais deux ou trois centimètres de tirant, et pas un de plus.

Durant un moment, elle ne sut pas sur quel pied danser : me surveiller ou se concentrer sur son bas-ventre. Je lui souriais d'un air ingénu, lui astiquais les seins avec le jus que je récupérais entre ses fesses. Je lui donnais mes doigts à sucer, lui clignais de l'œil sans cesser de la branler jusqu'à l'os.

Elle capitula. Elle ferma les yeux et se détendit à nouveau, serrant *Telle une écolière* entre ses dents pour affronter un nouvel orgasme avec le plus de discrétion possible. Puis elle s'emballa comme une locomotive. Je dus prendre garde qu'elle ne dégringolât pas de la table. Et lorsqu'elle perdit tout à fait les pédales, je la baisai.

Soyons précis : je lui enfilai ma queue jusqu'à la garde et me tint coi, l'air de rien, tandis que je la finissais à la main.

Il y eut donc un court instant de confusion. Je me mettais à sa place : jouir d'un côté et s'étrangler de l'autre. Car c'était sans doute la première fois qu'elle était pénétrée par un sexe masculin en toute conscience, je veux dire le matin, à jeun, en pleine lumière, juste au moment où tout allait si bien et pas une salle de bains en vue.

Et pourtant, ce n'était pas la mer à boire, selon moi, non ?, lubrifiée comme elle était. Outre que je n'avais pas remué d'un poil et tâchais de me faire oublier. D'ailleurs, j'en avais le souffle coupé.

— Oh Francis ! Merde, à la fin !… se rembrunit-elle.

Je commençai par jouer l'innocent :

— Qu'y a-t-il ?

— Enlève-moi ça tout de suite !

Je baissai les yeux sur nos toisons mêlées, scintillantes comme des buissons sous le givre et je secouai la tête :

— Non, tu me fais chier.

— *Je te demande pardon ?!…*

Je relevai les yeux et la considérai une seconde. Puis je lui envoyai mon poing en pleine figure.

Je l'assommai d'un coup.

Et je me mis à réfléchir. Pouvais-je renoncer à la baiser pour de bon ? Mais aussi, pouvais-je ajouter une erreur à une autre erreur ? Je me grattai la tête un instant, prenant de profondes inspirations qui s'enchaînaient dans le salon silencieux.

Je ne voudrais pas me jeter de fleurs, mais il me sembla que je pris la bonne décision à un moment très difficile.

Je tremblais de désir, ni plus ni moins. Mes mollets tremblaient, ma mâchoire tremblait, mon corps tout entier tentait de se couper de mon cerveau et des tenailles d'acier avaient empoigné mes reins pour me forcer à ramoner le con d'Olga qui piaffait d'impatience (je ne parle pas d'Olga, toujours dans les pommes, mais de ses parties génitales étreignant les miennes comme deux amoureux autour d'un feu de camp).

Et attendez un peu : mes mains poissaient, Olga dégoulinait, des slips et des soutiens-gorge jonchaient le sol, une puissante odeur de stupre envahissait la pièce, mes couilles étaient gonflées comme des balles de tennis, des images terribles me traversaient l'esprit, mes oreilles vibraient, une pellicule de jus tiède séchait sur mon visage et, *last but not least*, non seulement Olga dégoulinait mais *sa fente gouttait sur mes chaussures !*

Ce dernier détail faillit clore le débat. Je songeais même à l'enculer, par-dessus le marché, tant cette image aviva ma concupiscence. Réellement sonné, j'empoignai ses hanches, la défoutis presque entièrement pour y retourner séance tenante. Je fus sur le point de pousser un hurlement d'ivresse. Ce simple retrait de ma queue, cette courte distance qu'elle parcourut dans le vagin d'Olga avec un frisson d'ébahissement total, de bien-être absolu, de toute-puissance lumineuse, j'aime autant vous dire que j'y fus sensible. J'aurais mordu quelqu'un qui se fût approché de trop près, repoussé du pied une valise pleine de billets, renoncé à la jaquette de mon roman, mangé de la viande le Vendredi saint, que sais-je encore ?

Mais je posai de nouveau les yeux sur Olga, sur cette espèce de cinglée, cette femme infernale, cette quasi-lesbienne, ce mauvais écrivain, et j'eus envie de la frapper une fois encore. Elle le méritait.

Au lieu de quoi, je remontai mon pantalon.

Édith n'apprécia pas beaucoup ce qui s'était passé, mais le fait est que j'étais incapable d'expliquer ce coup de poing. Pour être franc, je ne le regrettais pas non plus.

— Te rends-tu compte de ce que tu dis ?!...

— Je sais. Mais je ne veux pas te raconter d'histoires. Est-ce que tu crois que je devrais voir un médecin ?

— Écoute, je ne suis pas en train de plaisanter !

Elle m'observa par en dessous durant toute la soirée et j'eus toutes les peines du monde à lui cacher ma bonne humeur. J'avais envie de siffler en faisant la vaisselle, chose qui ne m'était pas arrivée depuis longtemps. De cela encore, j'aurais eu du mal à m'expliquer.

Nous sortîmes dans le jardin, attirés par la douceur du soir, et je la serrai contre mon épaule tandis que nous levions le nez au-dessus des tours et admirions les étoiles et les avions qui traversaient le ciel à une allure dérisoire.

— As-tu l'intention de t'excuser ?

— Mais oui, certainement. Je l'appellerai plus tard. Tu sais, je préfère attendre qu'elle ait désenflé… J'espère qu'elle a trouvé le tube d'arnica que j'ai laissé dans son sac.

Le regard fixé au firmament, je tournai légèrement la tête du côté d'Édith afin de mieux percevoir son odeur. Quand les enfants étaient petits et venaient nous rejoindre dans notre lit, nous avions un jeu qui consistait à nous reconnaître, les yeux fermés, les mains croisées dans le dos, au simple moyen d'un peu de peau que l'on vous plaçait sous le nez. J'étais très fort à ce jeu-là et démasquais Édith dans la seconde, m'eût-elle présenté son genou, ou même sa plante de pied.

— Veux-tu que je te dise ? ai-je soupiré. Je crois qu'elle aura préféré ce coup de poing à autre chose. Et elle aurait pu avoir les deux, parti comme c'était. Elle le sait très bien.

— Enfin… je doute qu'elle te félicite. Et en tout cas, il faudra t'y prendre autrement avec Nicole.

— Bien sûr. Ne te fais aucun souci là-dessus. Quant à Olga, je te rappelle simplement que Victor a failli l'étrangler avant de se résigner à demander le divorce. Et ne me dis pas que c'est quelqu'un de violent.

C'était moi qui les avais séparés. Il y avait de cela des années, Édith était enceinte de Cécilia et les hurlements d'Olga nous avaient réveillés en sursaut. Une charmante fin de week-end à la campagne. J'avais bondi sur Victor.

Comme je le disais à Édith, ce n'était pas un type violent, mais je me souvins du regard qu'il avait tandis qu'il était pendu au cou d'Olga. En comparaison, je trouvais que l'on me cherchait bien des poux dans la tête.

Je m'installai dans un transat et attirai Édith contre moi :

— La partie n'est pas encore gagnée, avec Nicole, mais au moins une chose est sûre : nous n'avons pas affaire à une détraquée.

— Ne sois pas méchant avec Olga. Elle a d'autres qualités...

— Heureusement qu'elle en a... déclarai-je sur un ton charitable.

Par-dessus la tête d'Édith reposant sur ma poitrine, j'examinai mes phalanges rougies au clair de lune.

Physiquement, si l'on s'en tenait aux critères communs, Nicole Vandhoeren n'était pas aussi bien qu'Olga Matticcio. Mais aussi, Olga était parfaite, alors à quoi bon y revenir ? Et puis prenez Édith, qui à mon goût était la femme la plus désirable du monde, aurait-elle fait le poids aux yeux d'une poignée d'imbéciles brandissant une batterie de tests et de mensurations ?

Admettons : Nicole avait une poitrine plus volumineuse et des jambes un peu moins fines que notre amie la clitoridienne. Ses traits n'étaient pas aussi réguliers et ses cheveux tirés, ordonnés en d'impeccables chignons, lui donnaient un air sévère qui après coup, à y regarder de plus près, relevait davantage de la dissimulation qu'il n'indiquait le pli de sa nature profonde. Mais ça, vous n'êtes pas censé le savoir. Donc vous les mettez l'une à côté de l'autre et si l'on vous demande de choisir, vous partez à coup sûr au bras d'Olga, ravi de la bonne affaire. Non ? Or là, agissant ainsi, vous commettez une compréhensible mais fatale erreur, et à ce point du récit vous savez pourquoi, n'est-ce pas ?

Vous allez voir que les apparences, le plus souvent, sont trompeuses.

« Francis, me dit-elle, ton attitude me rend perplexe… »

Nous n'étions pas dans un bar sombre et tranquille où j'aurais préféré que nous eussions cette conversation, mais très serrés l'un contre l'autre, au milieu d'une foule dense et compacte, dans les jardins des Éditions Sigmund. Le buffet était inatteignable. J'avais perdu Édith et elle avait perdu Patrick.

— J'admets que nous sommes peut-être à un tournant de nos relations, répondis-je. Mais ne me colle pas tout sur les épaules, s'il te plaît. Tu tenais à voir ce livre. Tu as insisté.

— Je ne dis pas le contraire. Je l'ai même trouvé intéressant, si tu veux savoir.

— Si je n'avais pas pensé qu'il t'intéresserait, je ne t'en aurais pas parlé. Je compte sur ta discrétion, quoi qu'il en soit.

— Oui, sois sans crainte.

Une bonne demi-douzaine de discussions se déroulaient autour de nous, dans un rayon de cinquante centimètres. Par force, Nicole et moi étions collés l'un à l'autre et la manœuvre consistait à n'avoir l'air de rien, compte tenu du nombre effarant de langues de vipères qui traînaient dans le coin. Tout le monde épiait tout le monde. Je repérai le jeune Marco, l'as du scooter, à moins de quelques mètres, et ce petit salopard me fixait d'un sourire grimaçant (mais on écrit de bons livres avec de la colère, pas avec de la bile, mon garçon). Nicole regardait par-dessus mon épaule tandis que je regardais par-dessus la sienne. Je craignais que la boucle de ma ceinture ne lui laissât une marque sur le ventre.

— Et tu t'es dit quoi ? reprit-elle à mon oreille.

— À ton avis ?

— Mmm, je vois.

— Écoute, nous nous connaissons depuis longtemps, n'est-ce pas ? Est-ce que ça ne me dispense pas de jouer les imbéciles avec toi ?

Je levai une main en direction de Franck Beaupré qui tentait de se frayer un chemin en transportant deux coupes de champagne à bout de bras.

— Qu'y aurait-il d'incroyable à ce que nous éprouvions une attirance sexuelle l'un envers l'autre ? Eh bien, je t'écoute...

— Parce que c'est suffisant, d'après toi ?

— Qui a dit ça ? Je ne suis pas en train de te faire une proposition, figure-toi, et tu le sais très bien... Je fais simplement un constat, du moins en ce qui me concerne... Est-ce que ça va ? Tu supportes le choc ?...

Une longue minute s'écoula.

Autrefois, je mettais un point d'honneur à ne jamais apparaître dans ce genre de soirée alors que j'aurais pu fendre la foule jusqu'au buffet avec Henri Sigmund pendu à mon bras. Les choses avaient bien changé et, dans l'intervalle, la mort s'était approchée à grands pas. Tant de visages avaient vieilli autour de moi. Quelques flashs crépitaient encore, mais ils étaient loin. Je devais reconnaître que j'étais rentré dans le rang, d'une certaine manière. Je n'effrayais plus personne. En dehors de moi, bien entendu.

— Très bien. Nous pouvons essayer, mais je ne te promets rien.

Je sursautai, dans la mesure du possible. Je pensais que notre conversation sur le sujet avait fait long feu, était enterrée pour de bon. Or, voilà qu'elle resurgissait plus loin, pleine de vigueur, sur un terrain brûlant, situé à une autre altitude.

— Nicole, veux-tu me répéter ça ?...

— Comme tu le dis, les présentations ne sont plus à faire. Donc, si je comprends bien, l'étape suivante est clairement indiquée, est-ce que je me trompe ?

J'envoyai quelques signes de tête autour de moi. La plupart des visages me semblaient sympathiques.

— Entre nous, Patrick l'a cherché, déclarai-je.

— Peut-être. Mais je ne fais pas ça pour me venger. C'est par curiosité, si tu veux savoir. *To walk on the wild side.* On peut dire ça comme ça ?

— Je pense qu'il y a un moment où l'on ne peut plus se contenter d'une agence immobilière et d'un ou deux rapports mensuels avec le même homme. Ça me semble clair. Tu sais que j'ai encore les trente-trois-tours du *Velvet* ?

Elle se débrouilla pour me jeter un coup d'œil :

— Alors ? Est-ce que tu es content ?

— Écoute, il m'est arrivé deux choses extraordinaires dans ce jardin. La première remonte à quelques années, lorsque j'y ai signé le plus gros contrat qu'on ait jamais vu.

— Tu veux savoir la vérité ? Ma décision était déjà prise, l'autre nuit, lorsque nous étions dans ton garage. Mais je ne voulais pas l'admettre.

— Oui, c'est terrible à dire, mais tout ce qui touche au sexe ne nous facilite pas la vie.

— Pour le soir, c'est assez compliqué. Mais dans la journée, je peux me libérer facilement.

— Oh, ça me va très bien. Nous serons tranquilles dans mon bureau. Eh bien, tu sais, je suis ravi.

J'en connaissais une qui allait se frotter les mains et me féliciter pour ce grand pas d'accompli. De son côté, Nicole exécutait contre moi une danse assez bizarre, pour l'essentiel constituée de déhanchements dont je ne saisissais pas la signification profonde mais qui ne m'inquiétait pas outre mesure. De fort belle humeur, je sentais que ma chance pouvait de nouveau tourner si je me donnais la peine d'écrire un grand livre. Je me sentais prêt à reconquérir le monde. Ah ! que l'on me tendît à l'instant un stylo et une feuille !

— Tu as perdu quelque chose ? demandai-je à Nicole qui venait de se baisser et se redressait avec les difficultés que l'on imagine, pressés de toutes parts comme nous l'étions.

Elle me glissa quelque chose dans la main.

— Bon sang, il ne fallait pas !... fis-je avec enthousiasme.

— J'avais décidé de te le donner en l'enfilant ce matin. Tu vas mal me juger, n'est-ce pas ?

Je me demandai si c'était une habitude, chez elle.

— Ça ne te met pas dans l'embarras ? Tu en as un de rechange ?

— Tu sais, Patrick ne remarque plus ce genre de détail…

— Non, à ce point-là ?… Tu te moques de moi !…

Le bureau de Suzanne Rotko n'était pas ouvert à tous les vents. Il fallait d'abord parler dans un interphone avant que l'on ne vous ouvrît la porte. Puis passer par le standard, écrire vos nom et adresse dans un livre. Ensuite, on venait vous chercher pour franchir d'autres barrages.

Un appareil était branché sur le téléphone de Suzanne, afin de l'avertir si elle était sur écoute. Des armoires métalliques cadenassées étaient dressées contre les murs. La pièce était insonorisée. Des joints de caoutchouc filaient dans l'embrasure des fenêtres et sous la porte.

Ici, la règle d'or était : « Motus et bouche cousue ». On ne savait rien, on ne disait rien, on ne connaissait personne. Suzanne représentait presque tous les poids lourds de la littérature et du show-business et le moindre mot échangé dans la place avait un caractère ultra-confidentiel. Chacun savait que même sous la torture, elle n'aurait jamais divulgué le montant d'un contrat ni aucune espèce d'information concernant une opération en cours. « L'éventuel passage de Patrick chez un autre éditeur ? Tranchez-moi plutôt la gorge ! », vous aurait-elle ri au nez.

— Et toi ? Quel est ton avis ? m'interrogea Patrick.

Nous étions tous les trois enfermés dans le bureau de Suzanne, à boire des cafés, fumer des cigarettes sous un portrait de Tony agrémenté d'un bandeau de crêpe noir.

— Tes amis d'aujourd'hui seront tes pires ennemis demain, que veux-tu que je te dise ?...

— Et vice versa, souligna Suzanne en faisant marcher sa calculette. Rien de nouveau sous le soleil.

Elle termina ses comptes et tendit le bras par-dessus le bureau pour présenter un chiffre devant les yeux de Patrick. Je le vis accuser le coup.

— Voilà ce que tu pourrais y gagner, déclara-t-elle. C'est à toi de décider.

— Excuse-moi, fis-je, mais tu es écœurante.

— Voyons, mon chou, s'il te plaît... J'ai passé la moitié de ma vie à défendre vos intérêts.

— Mais tu sais que nous sommes vulnérables et tu en profites ! La vue du moindre chèque peut nous transformer en mercenaires car nous ne sommes que des enfants, nom de Dieu !

— Est-ce moi qui ai changé les règles ? Suis-je censée les ignorer ?

Patrick nous observait fixement mais son esprit était ailleurs.

— Regarde-le ! Il n'a que trente-deux ans. Comment veux-tu qu'il tienne le coup ? !

— Demain, des écrivains tels que lui seront cotés en Bourse. Nous avons changé d'époque, Francis. Il est comme un sportif de haut niveau : il représente beaucoup d'argent, que nous le voulions ou non.

— Je me souviens que tu étais là pour m'empêcher de faire des conneries.

— Bah, c'était encore des histoires de famille, en ce temps-là... Il y avait de belles bagarres, mais les gens s'appelaient encore par leurs prénoms.

Patrick émergea soudain de ses rêveries :

— Putain, faut que je réfléchisse !... Si on allait manger ?

Suzanne nous invita à déjeuner.

Elle passa un moment aux toilettes, ce qui me permit de la poignarder dans le dos en rappelant à Patrick qu'elle touchait dix pour cent dans cette histoire, chose qu'il ne devait jamais oublier. De plus, sachant qu'il n'était pas insensible aux prix littéraires, j'insistai sur le fait que le choix d'un éditeur n'était pas anodin et que les Éditions Sigmund étaient les mieux placées pour lui faire décrocher la timbale.

— Et ton prochain bouquin le mérite, insistai-je. Mets toutes les chances de ton côté.

— Et comment qu'il le mérite ! On dirait qu'il t'a secoué, pas vrai ?

— Je n'ai jamais menti une seule fois à propos d'un livre. Quant aux passages pornographiques, je ne vois guère que Henry Miller ou Bret

Easton Ellis pour te faire de l'ombre. Et tu sais, je ne conçois pas de plus beau compliment.

Il sembla un peu déçu :

— Ouais… enfin c'est pas le plus important.

— Si tu veux. Mais c'est un piège dans lequel beaucoup d'entre nous sont tombés. La pornographie est un art très difficile. Très minutieux. Seuls les meilleurs sont capables de s'y frotter… Savoir manier l'obscénité est une grâce peu répandue. Moi qui te parle, je donnerais cher pour parvenir à ton niveau. Crois-moi.

— D'accord. N'empêche qu'il y a d'autres enjeux.

— Il faut sans doute que des gens tels que toi s'interrogent sur l'avenir du roman. Je ne remets pas ça en question. Ou sur l'avenir de l'homme, si tu y tiens. Mais je suis à un âge où ces problèmes n'éveillent plus beaucoup d'intérêt, il faut bien l'avouer. Ce n'est pas cet aspect de ton travail qui m'impressionne.

— L'idée, c'est d'être partout à la fois. D'occuper tous les créneaux. Joyce était sur la bonne voie.

— Il a cessé de déconner en écrivant le monologue de Molly Bloom.

Il ricana et signa quelques autographes sans même regarder la tête de leurs destinataires à qui j'adressai un sourire, pour compenser.

— Au fait, qu'est-ce que tu dirais de m'accompagner à Toronto ?

Tout d'abord, je crus qu'il plaisantait. Puis je m'aperçus que non.

— Je crois que tu es assez grand pour te débrouiller sans moi. N'aie pas peur, elle ne va pas te manger.

— Qu'est-ce qu'il y a ? Tu te dégonfles ?

Je ne répondis pas. J'avalai quatre enzymes avant de commencer le repas. Néanmoins, je le digérai mal.

Il nous restait une semaine avant le départ.

Je n'avais pas pris un seul avion depuis deux bonnes années et je ne savais pas comment j'allais me comporter.

J'avais à la fois très peur et très envie de m'imposer cette épreuve.

Patrick ne me lâcha pas. Henri et Franck étaient d'avis que je tenais là une occasion de le serrer de plus près et de le maintenir dans le droit chemin. Je tentai de leur opposer les tarifs en première classe, le meilleur hôtel de la ville et une forte somme en liquide pour nos faux frais mais ils acceptèrent le tout d'un bloc, sans perdre le sourire.

Édith déclara que l'heure était venue de mettre fin à cette phobie des avions. Elle passa une soirée entière à me convaincre d'accepter. Puis nous regardâmes un film.

Plus tard, elle revint à la charge. Elle m'expliqua que si je refusais, je serais obligé de donner la vraie raison, la seule. Est-ce que j'avais envie de remuer tout ça ? Et si nos affaires s'arrangeaient, si je parvenais à soustraire au fisc de quoi nous payer un séjour en Australie pour faire une surprise aux enfants ? Hein ? N'était-il pas temps d'en finir avec ce blocage qui ressemblerait bientôt à une manie sénile ?

Il était difficile de résister longtemps à Édith. Elle vous poursuivait jusqu'au bout, argumentait sans relâche et vous livrait un combat à outrance. Elle vous laissait en caleçon. Et elle avait une règle qu'elle appliquait avec méthode : ne jamais se mettre à la place de l'autre. Quitte à soigner vos plaies et vos bosses quand vous étiez vaincu.

Ma foi, un adversaire redoutable. Mais elle avait raison, la plupart du temps.

Je traînai une petite heure dans l'obscurité du jardin, après qu'elle fut couchée. L'idée de m'envoler pour Toronto provoquait un creux tapissé de parois acides au centre de mon estomac. Si je m'y concentrais davantage, ma cage thoracique se comprimait et un voile de sueur glacée emprisonnait mon front et mes tempes. Mais aussi je sentais une rage folle m'envahir.

Une fois calmé, résolu et soigneusement mouché, j'appelai Patrick pour l'avertir que je bouclais mes valises. Il me reprocha d'avoir tergiversé tout ce temps.

La différence entre lui et moi, en cas d'accident aérien, était qu'il avait terminé son livre tandis que je laisserais derrière moi une œuvre inachevée. Je ne sais pas pour vous, mais pour moi ce n'était pas la même chose.

Bien entendu, je n'avais aucune chance de finir mon roman avant notre départ. J'en étais même très loin. J'y consacrai toutefois de longues heures studieuses, ému tel un vieillard regardant grandir son petit-fils.

L'écriture venait facilement depuis que l'on me portait moins d'intérêt. Elle n'offrait plus guère de résistance et m'apportait même un certain plaisir. Au point que le vif environnement sexuel, qui était mon lot depuis quelques jours, s'estompait dans mon esprit.

De son côté, Patrick terminait la correction de ses épreuves et il m'était agréable de penser que nous étions l'un et l'autre penchés sur notre bureau, livrés à une activité de même nature, aussi mystérieuse et secrète, sans vouloir me comparer à lui. J'avais l'impression que cela nous rapprochait et que nous aurions peut-être envie d'un verre au même moment tandis que nous survolerions de nuit le grand désert aqueux de l'Atlantique. Qui sont ces deux-là ? Ouvrez grands vos yeux et voyez ! Oui, voyez et découvrez ces deux hommes dont la principale et vertigineuse occupation consiste à choisir un mot plutôt qu'un autre. Oh, longue vie et à la tienne, camarade !

Un matin, je reçus de Nicole un coup de fil impatient.

Je ne l'avais pas oubliée, si ce n'était que je réservais mon énergie à une tâche plus urgente (les pages que je rédigeais pouvaient bien être mes dernières).

J'étais encore en pyjama, à peine réveillé, et la tête encore pleine de mon travail de la nuit, j'avais ouvert le journal sur le chaos du monde extérieur. Mon café refroidissait, mes tartines étaient de pain rassis. J'avais bien du mal à me mettre dans le bain d'un imminent rapport sexuel et, de fait, Nicole me trouva hésitant.

J'inventai un malaise passager. Sans doute un quelconque empoisonnement consécutif à l'absorption d'une denrée périmée ou criminellement trafiquée comme il arrive si souvent. Je la mis en garde contre ce fléau de notre temps, contre les pesticides, les engrais, les manipulations génétiques qui décimaient la planète à petit feu et, de fil en aiguille, lui conseillai d'adopter les algues pour limiter les dégâts. Un simple coup d'œil au journal suffirait à la persuader que les cerveaux pourrissaient, que les facultés mentales étaient atteintes et qu'une population de zombies menaçait d'envahir le globe. Je tenais à ce qu'elle essaye le programme complet à quatre cents dollars.

Elle proposa de débarquer chez moi séance tenante pour jouer les infirmières mais je l'en dissuadai. À mots couverts, je lui laissai entendre que j'avais l'intention de m'administrer certains lavements et souhaitais y œuvrer dans la plus grande solitude.

À midi, je déjeunai avec Olga.

Elle était entrée par le jardin, avait inspecté ma chambre puis avait fait irruption dans mon bureau, où je travaillais tranquillement.

Elle voulait savoir si elle devait attendre encore longtemps avant que je ne lui présente mes excuses. Je remarquai avec plaisir que son visage ne portait plus guère la trace de mon emportement. L'arnica, il n'y a que ça de vrai.

Je lui expliquai que la honte m'empêchait de sortir.

Et le téléphone ? Dieu m'était témoin que je l'avais saisi cent fois et reposé cent fois, rendu muet par la laideur de mon geste.

Elle resta un bon moment assise sur mes genoux tandis que nous attendions la livraison d'un repas qu'elle avait commandé chez le traiteur. Elle reconnaissait sa part de faute dans le triste épilogue de notre affaire, couvrant mon visage de baisers réconciliants. J'insistai pour en assumer les trois quarts mais elle semblait si touchée par ma prise de conscience de dernière minute (Victor l'aurait baisée deux fois plutôt qu'une, m'assurait-elle) que nous tranchâmes à cinquante-cinquante.

Son humeur s'assombrit un peu à la suite d'un coup de fil de Nicole qui voulait tout de même savoir si elle ne pouvait pas m'aider.

« Ne me dis pas que tu tournes encore autour de cette fille ?!... » Elle avait pris un ton presque menaçant en brisant une pince de homard. Je la rassurai.

Je la rassurai et le notai quelque part. Pour le cas où je l'aurais oublié. Il était inutile de négliger les réticences d'Olga pour ce qui concernait mes éventuelles aventures extra-conjugales. Elle avait trop d'affection pour moi.

Une qui se moquait que je couchasse à droite ou à gauche mais se préoccupait aussi de mes faits et gestes était Suzanne Rotko. Je lui répliquai qu'à force de s'occuper de Patrick, elle avait sans doute oublié mon contrat pour la télévision et je lui raccrochai au nez. Pour la première fois en vingt ans.

Elle déboula chez moi un quart d'heure plus tard, en larmes.

Comment ?!... Comment ?!... Comment avais-je pu me conduire de la sorte envers elle ?! Alors que Tony l'avait quittée si brutalement et qu'elle se sentait si seule, si effroyablement seule et manquait tant d'affection ?!

Je lui ouvris une boîte de Kleenex en souhaitant de tout mon cœur m'envoler au plus vite, et pourquoi pas, pousser jusqu'à Vancouver et me faire conduire en hydravion au milieu d'un lac privé d'accès, avec une bonne canne à pêche, des boules Quies, et un fusil d'assaut.

Tandis qu'elle se lamentait sur son sort et que je récupérais les mouchoirs souillés l'un après l'autre, je l'observais défaillant sur le canapé dans une robe de jersey remontée à mi-cuisses et je me demandais à quoi ressemblerait un rapport sexuel avec elle. Elle était d'un physique tout à fait acceptable. Ensemble, nous avions connu bon nombre d'émotions et si elle ne m'attirait pas franchement de prime abord, je pensais que l'un pouvait compenser l'autre et même se révéler étonnant, eu égard à la complexité de la nature humaine. Aurions-nous, sans le savoir, créé un terrain propice par le biais des joies et des peines partagées depuis si longtemps ? Nos âmes ignorantes auraient-elles produit un suc plus puissant qu'une bonne vieille giclée d'hormones ?

Je lui servis un verre. M'étreignant les mains, elle me conjura de ne pas profiter de ce voyage pour influencer Patrick dans le mauvais sens. Qui savait de quoi serait fait demain ? Pouvais-je lui assurer que Patrick vendrait toujours des livres ? Certes, il avait le vent en poupe, mais ne l'avais-je pas eu, moi aussi et, sauf mon respect, de quel poids pesais-je encore au regard des ventes ?

Je m'en servis un à mon tour. Elle désirait savoir si j'étais prêt à prendre cette responsabilité. Torpiller l'avenir financier de Patrick. Je ricanai. J'évoquai le pont d'or massif qu'ils lui avaient consenti, chez Sigmund.

« Ils sont nettement en dessous », déclara-t-elle avec un haussement d'épaules.

L'argent allait tous nous rendre fous. Les guerres, les catastrophes naturelles, les épidémies, la pollution en éliminaient un grand nombre. L'argent faisait le reste. Rares étaient ceux qui pouvaient lui résister. Des pays entiers baissaient leur culotte comme un seul homme.

— Ouais, occupe-toi de tes oignons... Passe-moi plutôt une serviette !... me répliqua Patrick en tendant une main dans son dos.

Je me levai du siège des W.-C. dont j'avais rabattu le couvercle et m'exécutai.

— Qu'est-ce qu'ils disent ?

— « Pour des reflets auburn, laisser agir dix minutes, puis rincer. » Enfin, méfie-toi, ça me paraît fort.

J'avais dû me frotter les mains avec une pierre ponce après avoir participé à l'application du produit, une pâte sombre qu'il fallait répartir avec soin en commençant par les racines. Pour finir, il s'en était confectionné une espèce de casque grumeleux qu'il enveloppait à présent au moyen de la serviette. Il s'examina dans le miroir et parut satisfait.

— Je sais ce que tu ferais à ma place. Alors ne viens pas m'emmerder avec tes discours. Je sais très bien ce que tu ferais, figure-toi.

— Tu n'es pas obligé de me choisir comme modèle. Ne commets pas les mêmes erreurs.

Nous nous assîmes au salon, séparés par une pendulette que Patrick plaça sur la table basse encombrée de revues financières. Il me fixa avec un sourire narquois, le crâne enturbanné comme une vieille folle.

— Là d'où je viens, j'y retournerai pas, fais-moi confiance.

— Est-ce que je t'ai parlé de ça ?

— Appelle ça une vengeance. Appelle ça comme tu voudras.

— En tout cas, rien ne presse. Tu as le temps de réfléchir.

Nous reprîmes une partie d'échecs que nous avions laissée en plan quelques jours plus tôt. Je m'étais arrangé pour qu'il puisse me mettre mat en six coups mais cet imbécile avait pris peur au moment de sacrifier sa reine. Son principal défaut était qu'il jouait uniquement pour emporter la partie, pas pour le plaisir. Dans ces conditions, et si rien de nouveau n'intervenait, je pensais qu'Henri avait quarante-cinq chances sur cent de le garder. Je ne pus m'empêcher de sourire en pensant que j'étais peut-être les six qui lui manquaient.

Nous nous penchâmes en avant pour nous creuser la tête. Lui pour gagner, moi pour perdre. Il était aux environs de sept heures du soir et le couchant dispensait une lumière paisible à travers la pièce. Le temps passait. Quand il s'aperçut qu'il avait la partie presque en main il se leva pour nous servir un verre, et de son meilleur vin, pour ne rien gâcher. Il m'assura que nous allions nous en payer tous les deux à Toronto tandis que Suzanne l'aurait fait chier plutôt qu'autre chose.

Je hochai la tête en examinant le jeu d'un air stupide et roquai pour coincer mon roi une bonne fois pour toutes.

« J'ai remarqué que tu paniquais toujours vers la fin », déclara-t-il en rangeant les pions.

Lorsqu'il releva les yeux sur moi, il s'avisa que je le regardais fixement.

D'un bond, il fila aussitôt vers la salle de bains. Je terminai mon verre et le rejoignis.

— C'est ça, auburn ?

— Non, ça, c'est orange.

— Pas mal, non ? Comment tu trouves ?

— Tu as connu Johnny Rotten, le chanteur des *Sex Pistols* ?

J'exagérais, mais il n'en était pas loin.

Nous empruntâmes l'escalier en colimaçon qui montait du salon à son bureau et nous fumâmes un peu d'herbe pour nous détendre. Je lui conseillai de se mettre du fond de teint en haut du front car son cuir chevelu n'avait pas été épargné et tout cela ne faisait guère naturel. Il s'inspecta dans un miroir et déclara que ce n'était pas gênant. Au fond, il n'avait pas tort.

Il me montra le programme détaillé du colloque de Toronto, en échange de quoi je lui présentai l'hôtel Royal Ambassador sur Internet, en particulier les deux suites que j'avais fait retenir au dernier étage et qui s'ouvraient sur la terrasse. Il s'appuya sur mon épaule. Selon lui, une chose était sûre, nous allions nous en payer, une fois là-bas. Dans la lumière du jour finissant, sa chevelure tirait davantage sur le jaune, avec des reflets safranés.

Je descendis chercher une bouteille d'eau cependant qu'il donnait quelques coups de téléphone. Sa *sinsemillia* était assez costaude et j'étais en train d'examiner avec intérêt une reproduction d'*Adam et Ève* de Lucas Cranach accrochée dans le vestibule (en fait, je comptais les pommes), lorsque la porte d'entrée s'ouvrit.

Que dire, à propos des orages magnétiques ? Que dire de la foudre ? Que dire sur les probabilités, les champs de forces, les lois de l'attraction ? Que dire du concours de circonstances ?

Nicole et moi restâmes figés l'un devant l'autre. Nez à nez, comme deux statues de porcelaine. Puis tout se passa très vite.

Après coup, je peux rétablir la suite des événements, reconstituer l'ordre chronologique qui demeura confus dans mon esprit jusqu'au lendemain matin.

Je manque de certains éléments pour commencer. Ainsi, je ne pourrais dire lequel de nous deux esquissa un geste en direction de l'autre. Je vous prie donc de m'excuser pour cette zone d'ombre et vous propose de me retrouver d'emblée aux pieds de Nicole, mes bras enserrant ses jambes et mon visage écrasé contre sa jupe.

Séquence n° 1

Il me semble que je ne dis rien, non, pas à ma connaissance, que je me contente de l'étreindre sans penser à autre chose. Il fait tout noir. Comme si l'on m'avait lancé une couverture sur la tête. Je reste ainsi, disons une minute, à la frontière de la réalité et du rêve.

Séquence n° 2

Situation identique à la précédente. À ce détail près que mon visage est en contact avec sa peau nue. J'en déduis qu'elle a retroussé sa jupe. Elle porte un slip réalisé dans un voile microfibre, des bas et un porte-jarretelles. La tiédeur de son entrejambes m'envahit. À ce moment, je ne pense pas encore à Patrick, qui tourne en rond au-dessus de nos têtes.

Séquence n° 3

La logique veut que je place ici la scène suivante, mais je n'en mettrais pas ma main à couper. Nicole se tient au portemanteau fixé au mur. Elle a posé un pied sur le guéridon où trône une composition de fleurs séchées. De mon côté, j'ai écarté son slip et je la lèche. Quelque chose me dit qu'elle a uriné il y a peu. Le sang cogne à mes tempes. Ma main libre fouille dans son soutien-gorge avec impatience. Nicole tremble.

Séquence n° 4

Nous sommes derrière le bar. Du coin de l'œil, je surveille l'ouverture pratiquée dans le plafond, menant au bureau de Patrick. Cette fois, c'est Nicole qui me suce la queue. Le temps est suspendu. Mes jambes flageolent. Elle est accroupie, genoux écartés, mes couilles dans le creux de la main. Je me suis débarrassé d'un mocassin et d'une chaussette et je la branle avec le pied. Nous grimaçons de plaisir et d'effroi. Ma queue luit tel un sucre d'orge. Je tiens à la main une poignée de Kleenex que j'ai sortie de je ne sais où.

Séquence n° 5

Nous voici à présent dans le coin opposé du salon. Je n'écarte pas la possibilité de l'avoir baisée avant qu'elle ne me suce. Il y a donc à nouveau un doute quant à l'ordre des séquences. Mais bon. Nicole est accoudée au dossier du canapé. J'ai baissé son slip et je l'enfile. Elle mord un coussin de cuir en peau de buffle. Les deux mains soudées à ses hanches, je pratique un coït au rythme lent, quasi hypnotique. J'entends Patrick qui s'esclaffe au téléphone : « Hi Hi ! Ho Ho !... » Quand je suis au fond de son vagin, Nicole secoue les fesses. J'essaye d'attraper son clitoris. Je n'ose pas défaire son chignon.

Séquence n° 6

Debout contre le mur, côté rue. Ses jambes sont nouées autour de ma taille. Impossible de savoir si je l'ai enculée à cette occasion ou un peu plus tôt, avant que nous ne quittions le canapé. Ou plus tard, dans la séquence numéro sept. Bref, nous titubons dans les rideaux. J'ai empoigné ses fesses. Une de ses jarretelles a sauté et son bas a glissé au-dessous du genou. Nous avons très peur. Elle me donne un sein à téter. Puis l'autre. Nous baignons dans une lumière dorée. J'ai beau appeler l'obscurité du soir, elle ne vient pas.

Séquence n° 7

Une chose est sûre : j'éjacule dans la cuisine. J'entends : alors que nous sommes dans la cuisine. Mais par quel hasard ? Que fabriquons-nous là ? Mystère ! Je me suis posé la question. En fait, il n'est pas impossible qu'il en manque un bout. Un temps, j'ai caressé l'idée d'avoir eu deux éjaculations mais je ne le crois pas. Mon raisonnement était le suivant : je la suce, elle me suce et nous allons conclure dans la cuisine. *Ensuite*, et ensuite seulement, nous entamons notre numéro dans le salon. Souvenez-vous : je n'ai jamais trompé Édith. Nous pouvons donc très bien imaginer qu'agissant ainsi pour la première fois de ma vie, je fusse transporté par une vigueur exceptionnelle. Moyennant quoi nous ajoutons une huitième séquence dans le salon et tout s'éclaire. Mais encore une fois, je n'y crois pas. Je peux me tromper mais je n'y crois pas.

Quoi qu'il en soit, c'est la cuisine que je marque d'une pierre blanche. Le croirez-vous ? Une larme a roulé sur ma joue tandis que je déchargeais. Une larme. Une vraie larme.

Mais n'anticipons pas. La cuisine. Nous y sommes. Le mobilier ne s'y prête guère. Avons donc atterri sur le carrelage, le souffle court, bousculés par l'urgence. Follement inconscient, j'ai sorti une jambe de mon pantalon pour me sentir libre de mes mouvements. Nicole m'a imité avec son slip. Deux dingues. Optons pour la position du missionnaire. Je l'empale. Elle s'accroche à mon cou, les yeux écarquillés. Bien reçu. Nous nous mangeons la bouche. Je lui mets un doigt dans le cul. Elle en met un dans le mien. Au-dessus de nous, le parquet grince. Nous nous mordons les lèvres, chacun de notre côté. J'ai sorti sa poitrine de son soutien-gorge. Ses bouts sont fermes comme du caoutchouc. J'attrape ses chevilles et lui écarte les jambes en Y. Sa vulve semble jaillir de ses gonds. Je crache dessus, l'astique avec ma paume. Elle plante ses ongles dans mes fesses. Ça me plaît. Je la retourne. Elle plonge une main entre ses cuisses et tripote nos sexes à l'aveuglette. Le mien. Le sien. Les deux à la fois. Malgré tout, c'est une course contre la montre. Elle veut me voir, elle se remet sur le dos. Se renfile ma queue séance tenante. Je suis dans son cul, non ? Je me le demande. D'une seconde à l'autre, Patrick va enfoncer un couteau de cuisine entre mes omoplates. Redoublant d'audace, nous pratiquons un soixante-neuf vite fait. Bâclé. Mais quand même sympathique. Puis nous forniquons de nouveau. Pour plus de sûreté, je m'assure que son trou du cul est libre car je ne veux pas d'une sodomie pour mon premier écart sexuel, mais tout est okay. Bientôt, des nappes de lave clapotent alentour. Clap ! Cloc ! J'observe Nicole s'introduisant un sein dans la bouche. Son vagin me va comme un chausson. Pour finir, elle fait de l'hyperventilation. Je plaque une main contre ses lèvres, priant pour que Patrick n'ait pas l'oreille trop fine. Quand ça vient, elle me presse les bourses avec douceur. Si bien que chacune de mes giclées menace de lui ressortir par les narines.

Qu'en dites-vous ? Tout cela se tient à peu près, je trouve. Un peu bancal, mais plausible. Je n'aime pas son côté rapport de police, ce côté froid qui ne donne qu'une pâle idée de la vérité. Heureusement, il y a cette larme.

Avant de revoir tout cela à tête reposée, chez moi, dans les premières lueurs de l'aube, je traversai une rude épreuve. Comme il fallait s'y attendre, mon sentiment de culpabilité se mesura à l'aune du plaisir que j'avais pris à baiser Nicole.

Ainsi donc, je l'avais fait ! J'avais pratiqué l'acte sexuel de A à Z avec une autre femme. Pas de doute là-dessus. Le sort en était jeté. Je l'avais bel et bien fait. Et maintenant ? Les mâchoires serrées, les épaules voûtées, je commençai par filer sous la douche.

Ensuite, j'allai dans le garage et jetai tous mes vêtements dans la machine à laver. Le programme maximum. Je mis mes mocassins à tremper dans un seau rempli d'eau de Javel.

Devant le miroir suspendu au-dessus de la cheminée, je me dévisageai un long moment. Je n'y vis pas un autre homme.

Je cassai un vase, quelques bibelots sans intérêt, envoyai un fauteuil à travers la pièce. Une lampe qui se trouvait sur sa trajectoire explosa sur le sol et je me retrouvai dans l'ombre.

Je fus pris de sanglots.

Plus tard, lorsque Édith rentra, elle me découvrit ainsi. Grimpé sur le fauteuil retourné, à moitié nu, au milieu d'un salon en bordel jonché d'éclats divers.

Vraisemblablement, je ne payais guère de mine. Je m'étais entaillé la main, je ne sais comment. La blessure était superficielle mais j'avais trouvé le moyen d'en barbouiller mon tricot de corps et mon slip. À coup sûr, un charmant spectacle.

Elle s'approcha de moi mais je l'envoyai promener.

Je me mis à lui reprocher d'avoir détruit une chose à laquelle je tenais par-dessus tout. Elle m'avait poussé, parfaitement, elle m'avait poussé dans les bras d'une autre femme et j'avais perdu un bien précieux et c'était fini, je ne le retrouverais plus jamais. Par sa faute.

Que me restait-il, à présent ? Quel imbécile j'avais été ! Mais aussi, quelle petite créature minable, quel chien galeux assoiffé de sexe ! Aucune volonté, aucune fierté, aucune grandeur d'âme. Incapable d'éprouver un sentiment digne de ce nom. Tout juste bon à suivre une chatte humide à la trace jusque dans les caniveaux de l'enfer. Quelques minutes de plaisir en échange de l'éternité ? Hop ! Amenez-vous par là. Je prends ! Laissez-moi le temps de baisser mon pantalon et je suis à vous !

Édith déclara qu'elle ne voulait plus en entendre davantage et monta dans la chambre.

Je sanglotai de nouveau. J'allai embrasser le portrait de mes enfants. Qu'allaient-ils penser de moi ? Je cherchai un stylo et des feuilles et leur écrivis une lettre à chacun. Ils étaient en âge d'apprendre quel genre de salopard était leur père. Vous vous souvenez, les enfants ? Vous vous souvenez de ce que l'on disait de votre mère et moi ? Eh bien, j'ai tourné ma veste. Ça n'a pas été long, n'est-ce pas ? Vous vous souvenez ?

Je restai un moment la tête entre les mains, dans la pénombre. Un faible clair de lune luisait sur l'herbe du jardin et s'aventurait à l'intérieur du salon, transformant les éclats de porcelaine en pétales de magnolia. Quand avais-je commencé à lâcher prise ? Quand ! Sans doute les premiers symptômes remontaient-ils à l'an passé, quand Olga et moi avions échangé nos premiers attouchements, mais que dire de ces enfantillages ? M'avaient-ils empêché de garder la tête haute ? Non, Édith était responsable de mon échec. Elle m'avait mis en situation périlleuse. Elle avait joué avec le feu. Elle m'avait obligé à regarder ce que je ne voulais pas voir. Son projet de film porno ? Du vent. Un prétexte. Et j'étais tombé dans le panneau.

« Francis, tout ce que je fais, je le fais pour ton bien... », me dit-elle.

Comment ne pas la croire ? On aurait dit une apparition au milieu de la pièce, dans sa chemise de nuit blanche, des pétales de fleurs semés autour de ses pieds nus. Comment ne pas la croire ? Ne devais-je pas la suivre comme un aveugle ?

Elle me jura que je n'avais rien perdu. Que rien n'avait été arraché de ma poitrine. Elle lécha le sang qui coulait de ma blessure. Voyant mon état de confusion, elle m'expliqua les choses simplement. Elle déclara que je n'étais pas un coffre dans lequel on jetait tout n'importe comment, mais un meuble à tiroirs. Un meuble à tiroirs, est-ce que je comprenais ? Avec les tiroirs du haut et les tiroirs du bas.

Elle me parla longuement. Je restai comme un enfant dans ses bras. Je regrettai qu'elle n'eût pas évoqué plus tôt cette affaire de tiroirs car cela me fit le plus grand bien. Tandis qu'elle me caressait la tête en nous berçant l'un et l'autre, je songeais au bureau d'écolier qui se trouvait dans le garage, entre mes réfrigérateurs. Le fait est que je flanquais toutes les merdes dans le tiroir du bas. Le reste était soigneusement rangé. Alors ?... Alors, j'avais une femme à l'esprit lumineux. Un être supérieur.

Elle m'avait presque convaincu. Néanmoins, pour me sentir tout à fait bien, il me sembla important de lui rappeler que Nicole m'avait procuré des sensations très fortes. Qu'il me suffisait de les évoquer pour avoir, comme elle pouvait le remarquer, une érection presque complète. N'y avait-il pas là de quoi s'inquiéter ? Je voulais qu'elle sache que notre accord tenait toujours. J'arrêtais quand elle le souhaitait.

Je la fis bien rire. J'étais bien un homme. Elle me parlait de sentiments et je lui parlais de sexe. Elle me parlait tiroir du haut, je lui répondais tiroir du bas. Combien de fois devrait-elle me répéter que je pouvais baiser Nicole, et même quelques autres ? Considérais-je ma bite comme le cadeau suprême ? Est-ce qu'un homme pensait réellement ça ?!...

« Francis, tu peux me faire souffrir avec ta tête. Pas avec ce machin-là. »

La honte me saisit. Le sentiment de ma bassesse me saisit. De mon écœurante vanité masculine. Je ne le répéterai jamais assez : on a plus souvent affaire au pire qu'au meilleur de nous-même.

Je tombai à ses genoux et lui baisai les pieds.

À l'aube, j'étais parvenu à remettre de l'ordre dans mes idées. Durant la matinée, tandis que je m'employais à effacer mes écarts de la veille et redressais le mobilier, Patrick m'appela deux fois pour me demander conseil à propos de sa valise. Devait-il emporter des polos à manches courtes ou à manches longues ? Quelle était la couleur préférée de Madonna ? Trouvait-on sur place une bonne crème pour les pieds ? Est-ce qu'il emportait sa barre fixe démontable ? Je l'aidai du mieux que je pouvais, sans manifester le moindre signe d'irritation. J'étais à vingt-quatre heures de grimper dans un avion et n'en éprouvais pas la moindre angoisse. Ma conversation avec Édith m'avait transfiguré.

Eût-ce été possible, mon amour pour elle avait décuplé. Afin de lui épargner une corvée, j'arrosai d'abondance les arbustes et la haie du jardin. À une fenêtre située de l'autre côté de la rue, au troisième étage, je remarquai même un individu qui m'observait à la jumelle. Mais je ne ressentis aucune colère. Je n'employais plus de femme de ménage de toute façon, et le fisc ne pouvait guère m'enfoncer davantage, à moins de vouloir me tuer.

Sous un soleil radieux, couché à même le sol, l'oreille collée à une plaque d'évacuation des eaux usées, j'écoutai pendant un moment le ruissellement provoqué par mon arrosage. Au loin, à l'autre bout de la canalisation, on entendait comme une chute. J'adorais ça. C'était à la fois si mystérieux et si inquiétant. Toute cette noirceur humide, ce cloaque souterrain où tout finissait par se déverser. Malgré toute la lumière aveuglante qui tombait du ciel. À mon retour, tout cela mériterait un bon curage. De même que la salle de bains. Toutes ces peaux mortes, tous ces cheveux, tous ces poils, toutes ces infimes parties de nous-même, vous y avez pensé ?

Au moment de sortir, je constatai que mon état mental de la veille au soir avait été brillant. Je m'accordai toutefois un sourire indulgent en récupérant mes mocassins que je transportai tout droit à la poubelle : tout cela était parti d'un bon sentiment.

Je m'en achetai d'autres au cours d'un dernier briefing avec Henri et Franck. Ils comptaient tant sur moi, sur ma force de persuasion et mon complet dévouement à leur cause, que j'aurais pu m'en offrir une seconde paire aux frais de la maison.

« Je peux ? », les avais-je interrogés avec un air ingénu après avoir jeté un œil sur des Todd's qui trônaient en vitrine. Ils ne m'avaient pas poussé à l'intérieur, mais c'était tout comme.

D'un autre côté, l'endroit était idéal pour discuter loin d'oreilles indiscrètes.

« Robert De Niro a les mêmes », leur confiai-je tandis qu'une jeune vendeuse me glissait une chaussure au pied.

Henri me rappela que mon rôle était simple : infiltration puis surveillance. Je pouvais les contacter à n'importe quelle heure du jour et de la nuit sur leurs numéros personnels. Je me fis confirmer par Franck qu'en cas de dépassement de la somme laissée à ma disposition (il y avait longtemps que l'on m'avait supprimé mes cartes de crédit et mes carnets de chèques) le nécessaire serait effectué dans la minute, par virement optique de préférence ou directement par l'intermédiaire du consulat.

Il s'empressa de me rassurer. Henri m'affirma qu'à mon retour je recevrais plusieurs propositions pour ma jaquette, et même, en cas de bonnes nouvelles, qu'il songeait à certaines rééditions dans la collection principale. J'hésitai entre un modèle classique en cuir de couleur taupe avec prolongation de la semelle sur le talon et un autre, plus récent, plus jeune, en nubuk tête-de-nègre traité antitaches.

Je m'aperçus qu'au plus fort de notre conversation, la vendeuse étant accroupie devant nous, ils gardaient un œil fixé sur son entrejambes, clairement signalé par du blanc. Eh bien, ma foi, c'était rassurant en un sens. Je n'étais donc pas un monstre. À moins que la moitié de l'humanité n'en fût. En y regardant d'un peu plus près, pensai-je, les femmes avaient le beau rôle. Désolé, mais leur chimie interne n'était pas si contraignante que la nôtre. Et qui entendait-on gémir à propos d'égalité des sexes ?

« Je vais prendre des chaussettes, pendant que j'y suis !... », annonçai-je en tirant de ma poche intérieure l'accorte enveloppe qu'ils m'avaient remise, uniquement des grosses coupures. Sur un coup d'œil d'Henri, Franck m'arrêta d'un geste placide et s'en alla régler mes emplettes à la caisse.

— Elles te plaisent ? demandai-je à Henri.

— Francis... me répondit-il en prenant mes mains dans les siennes. Francis, tu es notre dernier espoir avant la guerre !

Le lendemain soir, une demi-heure avant l'embarquement, j'étais assis devant un Boeing 747. Le pire d'entre tous. Mon ennemi personnel. Mais je le regardai en face. Il s'agissait du nôtre. Un Boeing 747 au regard torve.

Insouciant, Patrick était en train d'acheter des cigarettes et de l'alcool dans un *duty-free shop*, juste derrière mon dos, tandis que l'on remplissait les réservoirs de cette saloperie ambulante et la gavait jusqu'au ras de la gueule de produits inflammables. « Auras-tu assez de couilles pour me tuer ?!... », la défiai-je. Puis je crachai à mes pieds pour lui exprimer mon dégoût et un employé chargé de la propreté des lieux essaya d'en faire toute une histoire. De l'autre côté de la vitre, le fuselage luisant de férocité, la vieille ordure jubilait.

Toutefois, le service en première classe fut irréprochable. Comme j'éprouvais une certaine satisfaction à ne m'être pas évanoui au décollage, les couleurs me revinrent très vite aux joues et j'acceptai volontiers que l'on versât encore de cet excellent champagne millésimé dans ma coupe de cristal. Nous dînâmes comme des rois et reçûmes des pyjamas avant de nous coucher. Dans de vrais lits, avec de vrais draps. Jusqu'au moment de l'extinction des feux (après que le commandant fut venu partager un dernier verre avec nous), les hôtesses se plièrent en quatre, nous chouchoutèrent, nous parlèrent d'une voix douce, extrêmement agréable. À les regarder, je ne pensais pas qu'elles fussent réellement imprégnées du fait que, d'un avion explosant en plein vol, on retrouvait les débris, ainsi que les valises et les corps mutilés, dans un rayon de cinquante kilomètres. Il n'existait, bien entendu, aucune possibilité d'identification des éventuels morceaux humains.

Mais un vol idyllique, au demeurant, je le confesse.

Il n'y eut qu'une ombre au tableau. Une ombre relative car j'avais une semaine entière devant moi pour l'écarter.

À un moment donné, Patrick se pencha vers moi, cependant que nous étions plongés dans la presse :

« Tiens, qu'est-ce que tu penses de ça ? fit-il en me désignant un article. Nick Hornby plaque son éditeur pour passer chez Viking. Deux millions de livres d'à-valoir pour ses deux prochains romans. Voilà un type intelligent !... »

Je secouai vaguement la tête mais ne répondis rien. Je me tournai vers mon hublot où la nuit constellée d'étoiles me suffoqua par sa beauté intense. Silencieuse et sereine.

On vint nous chercher à l'aéroport. Patrick davantage que moi, je vous l'accorde. Il faudra que je vous raconte un jour comment j'étais reçu aux quatre coins du monde, combien d'hommes d'État m'ont invité à leur table, combien d'accolades on m'a données dans les années quatre-vingt. Mais ce matin-là, je portais mes bagages.

Je trouvai toutefois une place dans la limousine. Deux professeurs de l'université ainsi que la directrice de l'Alliance nous accompagnèrent jusqu'au Royal Ambassador. Ils étaient enchantés, honorés, comblés par la présence de Patrick sur le territoire canadien.

Pendant que je m'occupais des chambres, ils s'installèrent dans le hall, au pied d'une cascade filant entre des blocs de marbre rose. Au-dessus de nos têtes, à la hauteur du vingt-cinquième étage, le ciel bleu se découpait derrière une coupole vers laquelle s'élevaient en souplesse d'aérodynamiques ascenseurs de verre. Le personnel était obséquieux à souhait.

Le plus difficile, dans de telles aventures, consiste à se débarrasser du comité d'accueil dont les quelques membres, présents lors de votre arrivée, ne constituent que la partie visible de l'iceberg. Trop de gentillesse, d'amabilité, et vous êtes cuit. Ils ne vous lâcheront plus une minute. Ils auront planifié toutes vos soirées, se seront disputé vos moindres moments de liberté et vous aurez même droit aux repas en famille avec le petit dernier vociférant sur vos genoux et la fille pubère vous dévorant des yeux, profondément troublée par certains passages de vos livres.

J'attendis Patrick dans ma suite. Une soixantaine de mètres carrés à la limite du supportable tant le luxe y était étalé, mais c'était une question de principe : un écrivain méritait bien ce que le premier connard venu, enrichi dans des circonstances le plus souvent honteuses, n'hésitait pas un seul instant à s'offrir. L'école de Scott Fitzgerald, de Valery Larbaud et de quelques autres.

Une heure, montre en main. Patrick ne s'en était pas tiré si bien que ça. J'avais eu le temps de me faire monter un solide petit déjeuner que l'on m'avait servi sur la terrasse dominant la ville et je vis à son air, cependant que je terminais une corbeille de viennoiseries encore toutes chaudes, que l'affaire était mal engagée.

« Tu oublies que je suis là… lui fis-je observer. Laisse-moi donc m'occuper de ces choses. Fais-moi plaisir : assieds-toi et prends tes algues ! »

Il me posa une main sur l'épaule, le soir même. J'avais annulé tous ses rendez-vous de la journée pour cause d'intolérable migraine (à tort, on imagine toujours un écrivain accroché à son tube d'aspirine, le contraire pouvant d'ailleurs sembler suspect) et nous étions allés nous balader au bord du lac, les mains dans les poches, avions pris la température de la ville en traînant sur le campus où devait se tenir le colloque (un groupe d'étudiantes nous avait indiqué les meilleures boîtes), mangé au restaurant de la tour CN (la plus haute tour du monde à structure autoportante), puis nous étions rentrés faire une sieste comme des bienheureux au bord de la piscine de l'hôtel. Déjà, Patrick se sentait mieux. Il se sentait beaucoup mieux. Et aux environs d'une heure du matin, alors que nous sortions éreintés d'une boîte enfumée et bruyante qui décidément n'était plus de mon âge, il me posa une main sur l'épaule.

Il ne dit rien et se contenta de sourire. Une main sur mon épaule.

D'autre part, nous ramenions à notre hôtel trois Japonaises. J'admets que la chance me souriait effrontément. Moins de douze heures après avoir annoncé à Patrick mon intention de prendre les choses en main, je concluais par un feu d'artifice. J'étais un magicien. Et par son geste,

Patrick me le concédait de bonne grâce. Je n'osais espérer qu'il parvînt à baiser l'une de ces Japonaises.

Nous ne comprenions pas un traître mot de ce qu'elles racontaient.

Je n'en connaissais qu'un en japonais : *Nawa Shibari*. Son utilisation était prématurée.

Il y a une merveilleuse culture traditionnelle au Japon. Nos trois filles avaient opté pour l'occidentale, tendance déglinguée. La couleur des cheveux de Patrick semblait être leur sujet de conversation préféré.

L'idée qu'il s'agissait de prostituées ne nous avait pas encore effleurés.

Nous pensions qu'il s'agissait d'un groupe de néo-punk.

Ce n'est qu'au moment où nous entrâmes en chœur dans ma chambre que mes yeux se dessillèrent : tandis que Patrick entraînait les deux premières vers la terrasse, la troisième me retint par la manche et frotta vivement son pouce contre ses autres doigts. Un instant, je restai sans réagir. Puis, ayant reçu le message, je plaquai mon index contre mes lèvres. Avec le même, je lui fis signe de me suivre.

Je ne voyais pas l'utilité de mettre Patrick dans la confidence. Il paraissait si heureux, si enjoué, si ravi de la tournure des événements que je ne voulais rien gâcher. Je nous dérobai donc à sa vue pour effectuer la transaction. Un tarif élevé, entre parenthèses, vu la dégringolade du yen. Un tarif de filles de luxe, mais soit !

Mieux vaut être dans l'ignorance, la plupart du temps. Mieux vaut croire que la vie vous réserve de magnifiques surprises plutôt que d'aller y voir de plus près. Patrick n'en revenait pas. Il préparait des *bloody mary* tandis qu'une des filles était déjà pendue à son cou. « Je le crois pas ! », répétait-il en secouant la tête. Sans compter que la nuit était douce et la vue magnifique sur le lac Ontario.

Appelons-les X, Y, Z, faute de mieux. Des traits sans grand charme, mais des filles de bonne humeur avec des corps menus d'adolescentes. Elles riaient beaucoup.

« Bon Dieu ! Qu'est-ce que tu dis de ça ?!... lâcha Patrick d'une voix blanche, environ cinq minutes plus tard. Comment t'expliques ça ?! »

Nous finissions nos verres sur la terrasse tandis que les filles cavalaient en petites tenues dans nos chambres. Elles se poursuivaient d'une pièce à l'autre, sautaient sur les lits, se lançaient des oreillers à la tête, renversaient les fauteuils.

— Je ne sais pas. Elles ont l'air de bien s'amuser en tout cas.

— T'as vu ça ? Elles sont à moitié à poil et on leur a rien demandé !

— Remarque, tes *bloody mary* sont corsés. Elles n'ont peut-être pas l'habitude...

— Tu crois ?

— Et puis, Patrick, il y a aussi une chose... Tu sais ce qu'on dit...

— Non, on dit quoi ?

— Eh bien, on dit que les Japonaises sont persuadées que les Occidentaux en ont une plus grosse.

— Tiens donc !

— Oui... Enfin, je ne vois que ça.

Un peu plus tard, il me dit :

— Ta théorie ne vaut rien. Moi, je crois que c'est des gouines.

— Je suis aussi perplexe que toi, Patrick...

Nous avions approché nos deux fauteuils du lit et vidions quelques verres.

Depuis un moment déjà, X, Y et Z se livraient à leurs petits jeux sous nos yeux. Nous avions laissé la baie ouverte pour avoir un peu d'air.

— Elles sont pas si étroites que ça, avait-il remarqué.

Effectivement, Y utilisait un godemiché de bonne taille (sans aucun doute un ustensile japonais : une sorte de néon rouge, éclairé de l'intérieur, qui vibra dans ma main lorsque je l'examinai — un plastique d'excellente qualité). Un peu plus tôt, elle avait fourré trois doigts, peut-être davantage, entre les poils de Z.

— Ça me gêne... finit-il par m'avouer.

— Oui, ça me gêne moi aussi.

Nous étions en train d'observer X accroupie sur la figure de Z. À quatre pattes, Y se branlait dans son coin.

— Je veux dire, toi ou un autre, ça serait la même chose, tu me suis ?

— Je ne ferais pas ça devant mon propre frère, si j'en avais un.

— Je propose que nous terminions nos verres.

J'étais d'accord. Il se pencha soudain pour caresser les fesses d'Y qu'il fixait depuis un moment. Puis il reprit sa place avec une mine préoccupée.

— Je suis en train de me demander : et si elles veulent rester ensemble ?

— Tu veux dire ici, dans la même pièce ?

— Oui, je veux dire, elles sont loin de leur pays, qu'est-ce que j'en sais ?!...

— Ça, c'est embêtant.

Il se pencha de nouveau, comme s'il voulait attraper une poignée de cacahuètes. Durant quelques secondes, il promena sa main dans la fente d'Y qui se trémoussa avec un petit rire aigu. Voyant cela, X retira l'engin d'entre les cuisses de Z et le lui tendit obligeamment. Il fit semblant de l'ignorer et se recala dans le fond de son fauteuil.

— T'es du genre à leur bouffer la chatte ? m'interrogea-t-il sans me regarder.

— Ma foi, j'ai bien peur que oui.

Je le vis porter discrètement ses doigts à ses narines.

Puis il se leva d'un bond et disparut dans la salle de bains. J'allumai une cigarette, fasciné par la souplesse d'Y qui venait de croiser ses jambes derrière sa tête. J'allais me lever pour voir ça de plus près quand Patrick réapparut. Il était nu. Il tenait une serviette blanche autour de ses reins.

— Il te faut quoi ? Une carte d'invitation ?

« Y a quand même trop de lumière, non ? » Nous avions éteint toutes les lampes, mais la nuit était claire, d'une pureté insolente. D'un autre côté, nous étions d'accord pour ne pas fermer les rideaux.

Nous avions installé nos deux fauteuils dos à dos et les filles étaient en train de nous sucer. Bien. Bon. Mais ensuite ?

— Patrick, il y aura toujours trop de lumière… Et même, nos yeux finiraient par s'habituer à l'obscurité.

— Ouais, je le crois aussi. Mais j'ai pas l'intention de passer la nuit dans ce fauteuil.

Z, qui fonctionnait en free-lance, venait nous lécher les couilles à tour de rôle.

— On n'est pas de la même génération, déclara-t-il. Ça doit être ça.

— Non, tu sais très bien d'où ça vient.

Il ricana dans mon dos.

X et Y, à genoux sur les fauteuils, s'embrassaient passionnément. Patrick et moi en enfilions chacun une par-derrière. Nous nous trouvions face à face. Z continuait ses allers et retours infernaux.

— C'est moi que tu regardes ?

— J'aimerais savoir lequel des deux regarde l'autre.

Il ricana de nouveau.

— Et ça changerait quoi, d'après toi ?

— Je crois que ça nous serait égal.

— Je sais pas. Au fond, t'as peut-être raison. Les écrivains aiment pas baiser ensemble.

— Ça se comprend, non ?

Et pourtant. Et pourtant, les choses ne se passèrent pas si mal que ça. Reconnaissons-le. Soyons franc. Sans doute, ce mélange carabiné d'alcool, de fatigue et de sexe avait-il le pouvoir de faire tourner le monde à l'envers. Rinaldi au bras de Marguerite Duras ? Houellebecq à celui de Paule Constant ? Tom Wolfe avec Norman Mailer ? Günter Grass avec Marcel Reich-Ranicki ?

Quoi qu'il en soit, nos dernières réticences avaient fait long feu lorsque nous trinquâmes tous les cinq dans mon jacuzzi (pas celui de la salle de bains, mais celui de la terrasse qui était bien plus grand et illuminé comme une piscine olympique).

L'ambiance était très détendue. « Ah, foutue garce !... », lâcha Patrick tandis que Z lui dirigeait un jet d'urine sur le crâne, mais il était le premier à en rire.

Il faisait bon. Au vingt-cinquième étage, la température était idéale et l'air venait tout droit des forêts, pur et vivifiant. Penchée par-dessus bord, X préparait quelques boissons tandis que je la prenais en levrette et je me moquais pas mal, à présent, que Patrick me vît à l'œuvre car nos inhibitions professionnelles avaient trouvé leur maître.

Nous nous fîmes servir un repas au milieu de la nuit. Nous étions tous affamés.

Nous les enculâmes toutes les trois avec du sirop d'érable. Elles étaient ravies.

La suite fut entrecoupée de périodes de sommeil et d'éveil. Personnellement, à bout de forces, je m'endormis en baisant Y. Rouvrant les yeux, je la retrouvai avachie sur moi, endormie à son tour, ma queue toujours fourrée dans son vagin qui poissait contre mon ventre. Un ivrogne dans son vomi.

Je la retournai et tâchai de la tringler encore un peu, mais elle était incapable de se réveiller. Un vrai sac de chiffons. Elle n'eut même pas le courage de refermer les cuisses quand je me relevai et sa fente resta grande ouverte, molle et luisante comme un fruit de mer. Je la secouai un peu, lui glissai un doigt dans le cul, mais sans résultat.

Patrick était sur la terrasse. Plus jeune que moi, il résistait davantage. Néanmoins, son visage s'éclaira lorsqu'il me vit arriver. « Ah, tu tombes bien ! », me lança-t-il en se redressant d'entre les jambes de Z alors qu'il besognait X en même temps. On aurait dit qu'il avait reçu un seau de colle à papier en pleine figure.

Je tendis la main à Z qui fronçait déjà les sourcils de mécontentement et me laissai choir sur une chaise pour lui donner ma queue à sucer car je tenais à peine debout.

Pour la première fois depuis le début de la soirée, Patrick et moi échangeâmes un regard complice. Mais cela comptait-il encore ?

Je détournai les yeux lorsque X commença à lui baiser le cul avec son ustensile. Il l'avait fait pour moi et je lui renvoyais la politesse. Sauf que l'engin n'avait presque plus de piles à présent et sa petite lueur blafarde palpitait faiblement. Je me demandai quelle heure il pouvait bien être. Dans ce pays, le ciel était si immense que le jour devait se lever avec peine.

Une autre fois, alors que je me levais pour gagner la salle de bains, je trouvai Patrick et Z sur le tapis de sol. Je faillis me casser la figure en dérapant sur le carrelage souillé. Patrick avait enfilé des bas et un slip de femme en lambeaux. Accroupi au-dessus de Z, il se faisait lécher le cul tandis qu'ayant démonté le pommeau de la douche, il arrosait avec adresse et intelligence les orifices convulsés de cette dernière qui se cabrait en tous sens.

— Tu n'es pas fatigué ?

— Regarde-moi ça : elle jouit depuis dix minutes sans interruption ! Ça me sidère !

Je l'étais aussi.

Je rouvris les yeux un peu avant l'aube. Il y avait un peu de brume sur la terrasse. En dehors d'Y, tout le monde était endormi. Patrick gémissait doucement pendant son sommeil. Z s'était assoupie sur son ventre, comme foudroyée en pleine action, une jambe en travers de X dont la fente dégoulinait encore de foutre (d'où j'en conclus que Patrick ne dormait pas depuis longtemps).

À sa mine (elle me fixa en écartant les cuisses), je constatai qu'Y avait encore certaine idée derrière la tête. Hélas, je trouvai à peine la force de me dresser sur un coude.

Elle s'en ficha complètement. J'avais déjà remarqué que cette fille était d'une souplesse peu commune mais je n'avais encore jamais vu une femme se lécher la chatte. Et le plus facilement du monde, s'il vous plaît ! Sa langue aurait atteint son trou du cul sans plus de difficulté !

Déconcerté, intrigué, je fus tenté de réveiller Patrick. Au lieu de quoi, j'agis en parfait égoïste et rampai entre les jambes d'Y.

J'enrageai de ne pas avoir appris le japonais, ne fût-ce que pour l'encourager et la féliciter. J'enrageai de ne pas avoir les mots pour lui dire de prendre son temps et l'interroger sur ce qu'elle ressentait et mon éventuelle participation à la chose. Et connaissait-elle d'autres trucs de ce genre ? Avait-elle une adresse ou un numéro de téléphone pour que nous puissions garder le contact ?

Revenu d'entre les morts, je hasardai un majeur timide dans son vagin et obtins, par un simple coup d'œil, son entière bénédiction. Je l'aurais embrassée.

Semée comme de l'or fin, l'aube se répandit sur Toronto et roula dans la brume à l'instant où Y et moi tombâmes du lit et atterrîmes sur la moquette sans nous faire de mal.

« C'est quoi au juste ? Un concours à la con ? », me questionna Patrick d'une voix pâteuse après avoir rampé au bord du lit. Il avait une mine épouvantable. De papier mâché.

Je ne pouvais plus dormir. Trop d'excitation nerveuse. Trop de lumière. Six heures de décalage. Je pris une douche froide, m'habillai, avalai mes algues, doublai ma dose de vitamine C et descendis prendre mon petit déjeuner en ville.

Je profitai de ce moment de tranquillité pour appeler Édith et l'informer que nous étions bien arrivés. J'étais heureux de lui annoncer que j'avais parfaitement supporté le vol et que cette histoire était donc à présent classée. Je lui parlai de ma conduite de la nuit, sans entrer dans les détails, mais je tenais à lui dire à quel point elle avait raison. Une simple question de tiroirs, comme elle le prétendait, ayant su avec soin choisir les mots justes pour l'imbécile que j'étais. Savait-elle au moins de quel fardeau elle m'avait délivré ? Mais oui, bien sûr qu'elle le savait. Je voulais ajouter qu'il me tardait déjà de rentrer quand le répondeur coupa la communication.

Je me baladai un peu du côté de l'université pour vérifier que le colloque était bien annoncé et que le nom de Patrick figurait à la meilleure place, comme on nous l'avait certifié. Eh bien, il y avait même sa photo sur les affichettes que l'on avait placardées un peu partout, jusque sur les arbres de Queen's Park inondé de soleil et ceux de University Avenue.

Je demandai à voir la salle afin de vérifier les micros et fis reculer le premier rang de chaises. L'un des professeurs qui nous avaient accueillis me rejoignit alors que j'ouvrais les fenêtres de l'amphithéâtre pour chasser une odeur d'encaustique susceptible d'irriter la gorge de Patrick au beau milieu de son discours.

Il me serra la main avec vigueur car ma tête, entre-temps, lui avait rappelé quelque chose et plus précisément un autre colloque il y avait combien, au moins quinze ans aujourd'hui, dont j'avais été l'invité alors qu'il n'était que maître auxiliaire. Qu'est-ce que je devenais ?

Je lui demandai de veiller à ce qu'il y eût des bouteilles d'eau sur le pupitre. Non gazeuse. Je lui rappelai qu'il n'y aurait ni interview ni séance d'autographes après l'allocution, mais que Patrick accepterait sans doute de prendre un verre avec l'auditoire s'il se sentait en forme. Nous verrions cela le moment venu.

J'emportai avec moi un paquet d'invitations que j'allai distribuer sur le campus afin d'équilibrer l'assistance. J'espérais que la perspective du buffet nous vaudrait la présence d'un bon nombre d'étudiants car j'avais terminé le discours de Patrick par un salut à la nouvelle génération dont le regain d'intérêt pour la littérature était brillamment et éloquemment exprimé dans les rangs de cette honorable assemblée. Il suffisait de les regarder errer sur le campus, avec l'expression de leurs parents vingt ans plus tôt. J'avais donné vingt-trois ans de ma vie à cette bonne œuvre et pas un seul de mes livres n'avait changé quoi que ce soit. Je faisais certainement l'un des métiers les plus déprimants et les moins gratifiants que l'on pût imaginer ici-bas. Pour ne pas dire le pire.

Vers une heure de l'après-midi, je retournai à l'hôtel pour aller chercher Patrick et l'emmener déjeuner. J'avais fini par repérer un restaurant agréable et tranquille, à deux pas de York Square, quelque chose de chic et vieux-jeu pour nous changer les idées et nous éviter de mauvaises rencontres.

X, Y et Z s'étaient envolées, ne laissant derrière elles qu'un triste et valeureux champ de bataille. Patrick était devant le miroir de la salle de bains, armé d'une brosse et du séchoir à cheveux.

« Je viens d'avoir un coup de fil de Suzanne, déclara-t-il avec bonne humeur. Il paraît que des types de chez Claris arrivent de New York pour me voir. Dis donc, il a l'air de faire beau, dehors… »

Je le regardai manger un énorme steak. Selon lui, mon manque d'appétit provenait d'un métabolisme déficient, sans doute inévitable lorsque l'on parvenait à mon âge.

Les types de chez Claris ! Ils étaient deux, en costume clair, de bonne coupe. Je les rencontrai un peu avant le colloque, tandis que Patrick se mettait en condition dans une petite pièce attenante à l'amphi où il effectuait ses exercices respiratoires. Je leur en avais interdit l'accès avec un plaisir non feint, leur révélant que je n'étais pas Suzanne mais un écrivain de chez Sigmund sans lequel Patrick ne se déplaçait jamais. Nous étions comme ça, chez Sigmund. La fraternité par-dessus tout. Le sentiment d'appartenir à une famille, d'avoir certaines valeurs en commun.

Exactement comme chez eux, à les entendre.

Les émissaires de Claris ! Comme nous l'apprendrions plus tard, l'un venait de la branche cosmétiques et l'autre de l'agroalimentaire (deux secteurs de la nébuleuse financière dont les activités éditoriales s'apparentaient au quasi-divertissement).

Malgré tout, ils n'étaient ni sourds ni aveugles.

L'allocution de Patrick fit un tabac. Sans atteindre les sommets de Berlin, où il avait été ovationné durant de longues minutes, le colloque de Toronto fit un sacré tabac. Ce n'était pas le meilleur discours que j'avais écrit pour lui, mais il en avait galvanisé le moindre mot, en avait tiré tous les effets possibles et je ne fus pas le dernier à le féliciter. De nos exercices de la nuit passée, il portait encore l'empreinte d'une impeccable pâleur fiévreuse au cœur de laquelle son regard flamboyait sombrement. De même, il se dégageait de tout son être une impression de fragilité et d'impétuosité qui me rendit un instant jaloux (j'avais sans doute l'air de sortir, quant à moi, d'une sévère gueule de bois plutôt que d'une transe intellectuelle).

Il avait juste transpiré comme il fallait, serré les poings au bon moment et murmuré quelques humbles remerciements, les yeux baissés, tandis que la salle applaudissait à tout rompre. Un véritable artiste. Les deux envoyés de Claris se regardaient en hochant la tête d'un air satisfait. Il n'était pas nécessaire de s'y connaître beaucoup en littérature pour comprendre que Patrick était exceptionnel. Et ces deux-là n'étaient ni sourds ni aveugles.

— Bien sûr qu'il est formidable. Nous le savons tous, la question n'est pas là !...

À l'autre bout du fil, Henri Sigmund se faisait du mauvais sang. Il était contrarié par ce dîner, je le sentais très bien. Ses silences étaient ceux d'un homme irrité.

— Qu'est-ce que tu comptes faire ? reprit-il.

— Comment, qu'est-ce que je compte faire ? Je ne peux quand même pas l'empêcher de dîner avec qui bon lui semble, tu me fais rire !...

— Enfin ! Mais pourquoi crois-tu que nous t'avons envoyé là-bas ? Pour bayer aux corneilles ? Pour te payer du bon temps, peut-être ? Francis, je ne suis pas en train de plaisanter, crois-moi !... Écoute, Franck veut te parler.

— Francis ? Qu'est-ce que tu fabriques ? !

— Je n'y suis pour rien. Les types de Claris nous ont mis la main dessus, voilà tout...

— Qu'est-ce que tu en penses ? Veux-tu que j'envoie des gars pour vous en débarrasser ?

— Oui, c'est une bonne idée... On pourrait les noyer dans une dalle de ciment, ça serait parfait... Bon, maintenant, repasse-moi Henri, s'il te plaît.

— Je suis là. Le haut-parleur est branché... Bon, avant tout, je veux savoir une chose : est-ce que tu contrôles la situation ?

— Je ne contrôle rien du tout.

— C'est évident. Mais le vrai sens de ma question est celui-ci : est-ce que *tu penses pouvoir* contrôler la situation ? Réponds-moi, et ne me raconte pas d'histoires.

— Je n'en sais rien. J'essaye de me mettre à la place de Patrick... Ce que je peux sans doute faire, c'est l'empêcher de se précipiter. Et puis Claris en est encore à ses travaux d'approche. Ils ne vont pas lui mettre un contrat sous le nez et lui tendre un stylo à la fin du repas, j'imagine...

— Oui... Tu as sans doute raison... Maintenant, si le cas se présentait... Écoute, nous aurions alors besoin de quelques heures pour nous retourner. Est-ce que nous pouvons compter sur toi, Francis ?

— Henri... je me souviens d'un temps où le monde n'était pas encore devenu fou.

— Oui... Je m'en souviens très bien, moi aussi.

Je raccrochai. Je me trouvais en bas, au bar de l'hôtel où Patrick devait me rejoindre pour aller dîner et il y avait un vieil homme au piano qui chantait *You are my destiny* dans l'indifférence générale. Nous n'allions pas vers un monde meilleur.

Richard était emballé par la couleur des cheveux de Patrick. Il avait consacré les cinq dernières années de sa vie à lancer de nouveaux produits de beauté sur le marché, dont une gamme complète de soins et lotions capillaires qu'il avait personnellement supervisée. John avait eu la haute main sur la distribution d'aliments complets en granules destinés au bétail.

Je me trompais à propos du contrat. Ils le mirent entre les mains de Patrick avant même que nous n'eussions posé un œil sur la carte.

Je n'attendis pas la réaction de Patrick pour leur faire découvrir que nous étions dans un restaurant et non dans un McDo. Que mon camarade n'était ni un coiffeur pour dames ni un fermier de l'Arkansas.

Richard chercha le mot en français : « soupe au lait ».

Bien qu'il l'eût trouvé, je m'aperçus qu'il n'en saisissait pas bien toute la signification. Un séjour plus conséquent dans le domaine de l'édition l'aurait sans doute averti des multiples précautions à prendre lorsque l'on voulait traiter avec la pire espèce d'écrivains connue à ce jour. Même avec des pincettes, rares étaient ceux qui tentaient encore de signer avec des Français (dont un œil louche sur le montant du chèque et l'autre sur les formes). Plus tard, il employa également l'expression « ce je-ne-sais-quoi » avec un sourire forcé et cessa de me tutoyer.

Patrick me laissa le soin de leur expliquer ce qu'était un écrivain. Pas ce qu'était un écrivain en réalité, c'est-à-dire au mieux un coiffeur pour dames ou un fermier de l'Arkansas. Non, je leur expliquai qu'un écrivain était une fusée. N'importe qui pouvait s'acheter une voiture, mais pas une fusée. Une fusée montait vers le ciel, explorait les espaces intersidéraux, s'éloignait à des années-lumière en parcourant des ténèbres glacées pour la gloire de l'humanité. Voilà ce qu'était une fusée. Une fusée avait une mission. Certes, elle avait besoin de carburant et personne ne songeait à le nier. C'était là son point faible. Mais devait-elle pour autant se jeter dans les bras du premier venu ? Telle était la question. Et elle n'était pas à prendre à la légère. Patrick étudierait toutes les propositions.

Il opina du chef. Richard et John me dévisageaient comme si j'étais une bête vicieuse.

Lorsque Patrick se leva pour chercher des cigarettes, ils me demandèrent si ma neutralité avait un prix. Ou mon aide, éventuellement.

« Ma neutralité est hors de question. Sinon, je suis à vous pour une prime forfaitaire de cent mille dollars, la réédition de tous mes livres en *hard cover*, un premier tirage de cinquante mille pour le prochain et la carte verte. Bien entendu, je veux tout ça noir sur blanc, en plusieurs exemplaires. »

Richard me considéra un instant puis un sourire finit par éclairer son visage. Il me posa une main sur l'épaule et me souffla à l'oreille :

« Et que dirais-tu de finir tes jours dans une dalle de ciment ?... »

Il me fixa de nouveau. Et nous nous esclaffâmes en chœur.

Ils reprirent l'avion le soir même. Patrick et moi nous baladâmes un peu en ville, du côté de Markham Street, mais nous avions les jambes un peu lourdes. À un bar où nous prenions un café, il tira de sa poche une poignée de papiers qu'il déposa sur le comptoir. Des admiratrices qui lui avaient glissé leur adresse à l'issue du colloque, griffonnée dans l'urgence (les hommes vous laissaient plutôt leur carte de visite). Étonnant, cet irrésistible attrait qu'exercent les écrivains sur les femmes. Il y a une corde, en elles, que la littérature sait faire vibrer. Ailleurs que dans leur crâne.

Patrick m'interrogea du regard. Il y avait là une bonne douzaine de numéros de téléphone et nous savions ce que cela signifiait plus ou moins.

— Écoute, je sais ce que tu vas penser, mais je ne me sens pas le courage.

— Tu as raison, moi non plus... soupira-t-il en rempochant les adresses.

Il y avait un grand miroir devant nous et entre deux rangées de bouteilles alignées sur des étagères, nous nous observâmes un instant et en conclûmes que nous avions pris la bonne décision. Et puis nos tabourets étaient confortables, avec des dossiers, et l'atmosphère des lieux était agréable. De temps en temps, la barmaid nous souriait et personne ne braillait trop fort dans l'assistance. La radio transmettait un concert de *th faith healers*. Patrick Vandhoeren était toujours chez Sigmund.

— Qu'est-ce que tu ferais à ma place ?

— Je te l'ai déjà dit : ne me demande pas une chose pareille.

— Je le demande à qui, alors ?!...

Je levai les yeux sur la barmaid qui replaçait quelques épingles dans son chignon, offrant alentour une vue dégagée sur ses aisselles humides, et lui désignai la bouteille de Seagram's.

— Il arrive toujours un moment où l'on doit se demander si l'on est assez fort. Pose-toi la question. Je ne peux pas y répondre pour toi.

— Tu crois que je le suis pas ?

Je me tournai vers lui pour l'examiner de la tête aux pieds.

— Si… Je crois que tu l'es.

Sur ce, nous vidâmes nos verres. Il les fit remplir de nouveau. Le néon du bar produisait un effet étrange sur ses cheveux : on aurait dit qu'il portait une perruque synthétique.

— Et tu vois, j'entends, il ne s'agit pas de choisir le moindre mal. Ça veut dire être assez fort pour renoncer à… je ne sais pas, mais beaucoup d'argent, n'est-ce pas ?

Il s'en mordilla l'ongle du pouce.

— Et pourquoi je le ferais ?

— Je ne te dis pas de le faire.

Il m'offrit une cigarette. Je le trouvais particulièrement bien luné avec moi depuis que nous avions rencontré ces trois Japonaises. Il se comportait de manière plus naturelle.

— C'est quoi, ton deal avec Henri ?

— Une jaquette pour mon prochain roman.

— Il se fout de ta gueule.

J'appuyai un pied sur le bord du comptoir :

— J'ai eu cette paire de mocassins, aussi.

La barmaid fronça les sourcils dans ma direction.

— As-tu déjà vu des chiens se disputer un os ? Patrick, j'espère que tu comprends que c'est toi qui vas souffrir. Pas eux, mais toi. Regarde-les. Tu n'as pas affaire à des braves types assis derrière leurs bureaux. C'est simplement un décor.

— Eh, c'est quoi ce numéro de parano ?

Je lui souris et terminai tranquillement mon verre.

— Je sais une chose, reprit-il. Personne ne viendra m'aider le jour où je serai dans la merde. Attends, j'ai pas l'intention de me retrouver dans ta situation à cinquante balais.

— Ça, ce n'est pas très compliqué. Il y a des plans d'épargne-retraite et sûrement tout un tas d'autres moyens pour t'épargner ce genre de soucis. Malheureusement, je n'étais pas sérieux quand j'avais ton âge. Je devais penser que j'allais mourir dans l'année. Remarque, je crois que je suis déjà mort d'une certaine manière. Sinon, pourquoi je m'en ferais pour toi ?

Comme il se détournait, je posai la main sur son bras :

— Écoute-moi… Ce n'est pas l'histoire de mon parcours financier qui est triste. Ce qui est triste, c'est ce que j'ai raté en tant qu'écrivain. Tu vois, lorsque je me suis demandé si j'allais être assez fort, j'ai compris qu'il était temps que je me mette au tennis… Je ne sais pas si j'ai eu raison de faire ça. Parce que, tu sais, il y a toujours ce doute... mais enfin, c'était terminé. Et j'étais même soulagé, dans un sens.

Je m'interrompis une seconde et le fixai pour m'assurer qu'il me comprenait bien. Ce qui était stupide de ma part. N'importe quel écrivain, même s'il ne l'a pas encore affrontée, est au courant de cette vision d'horreur.

— Enfin bref, j'aimerais que tu ne fasses pas demi-tour, si possible. J'aimerais bien que tu ne suives pas mon exemple. Mais si tu n'es pas prêt, si tu te laisses distraire d'une façon ou d'une autre, aussi agréable qu'elle soit, eh bien, d'ordinaire, je suis tous les matins sur le court entre neuf et dix et nous pourrons parler d'autre chose. Éventuellement, échanger les derniers ragots du milieu littéraire ou nous casser le cul pour obtenir les meilleures places à Roland-Garros.

Il proposa d'aller boire un verre autre part car des clients venaient d'allumer la télé pour suivre un match de hockey sur glace (inventé par les Indiens Huron sur le lac Ontario, comme nous l'expliqua la barmaid) et nos têtes les gênaient.

Nous achetâmes des bières et descendîmes vers les quais à la recherche d'un banc. Il y avait presque une odeur d'océan, une brise marine qui bruissait dans le haut des feuillages près du parc des expositions. Les homosexuels du coin nous suivaient des yeux et deux d'entre eux nous proposèrent même, alors que nous déambulions sur Spadina Quay, de nous héberger pour la nuit (ils complimentèrent Patrick pour sa sublime couleur de cheveux, absolument mortelle). Au large, les îles formaient une rade lumineuse. Patrick pensait que nous pourrions emmener Madonna aux chutes du Niagara.

— C'est une excellente idée que tu viens d'avoir, déclarai-je tandis que nous prenions place devant le phare de Gibraltar Point. Dis donc, à propos, ça ne me regarde pas mais et Nicole dans tout ça ?

— Nicole est ma femme, fit-il avec un geste qui évacuait la question.

Nous perforâmes nos canettes, les laissâmes couler entre nos jambes.

— Pourquoi ? Elle t'intéresse ?

— Je pense que si elle m'intéressait, tu le saurais, depuis le temps.

Il en convint, bien que le problème ne semblât pas l'inquiéter outre mesure. À l'entendre, Nicole était bien trop attachée à lui pour se lancer dans une quelconque aventure. Elle avait sans doute ses humeurs et il imaginait très bien qu'elle lui cassait du sucre sur le dos, mais il s'agissait de simples feux de paille, de petites saillies sans importance qu'elle oubliait dans l'heure qui suit. D'autant que le sexe n'était pas son dada, ça se voyait bien.

— Va pas me dire le contraire.

— Non, c'est juste. Elle a ce côté un peu sévère.

— J'ai dix ans de moins qu'elle, ne l'oublie pas. Tu entends, j'ai dix ans de *retard* sur elle, dans un certain domaine. Combien de types elle a connus en dix ans ? Vas-y, fais le calcul !

Affinant sa pensée, il déclara que le sexe *n'était plus* son dada, qu'elle en avait plus ou moins fait le tour, selon lui. Ce qui signifiait qu'aujourd'hui, et qu'il le déplorât ou s'en félicitât n'était pas la question, Nicole se servait avant tout de ses méninges. Lâcher la proie pour l'ombre ? Se débarrasser de la poule aux œufs d'or ? Quand on avait passé la bague au doigt de Patrick Vandhoeren ? Est-ce que je la prenais pour une imbécile ?...

— C'est moi qui suis coincé. Pas elle. Va demander à la femme de Nick Hornby si elle a l'intention de s'en trouver un autre...

— Il y a une madame Hornby ?

— J'en sais rien... C'est un exemple.

Une chose que je ne savais pas : Madonna parlait un excellent français.

Al Griguish, la personne que j'avais contactée pour obtenir ce rendez-vous, ne m'en avait même pas parlé.

En fait, je dois avouer que je me faisais un peu de souci à propos de cette rencontre. Je ne m'en étais pas ouvert à Patrick car je craignais sa réaction en cas de mauvaise nouvelle et il était impératif que notre voyage fût un succès total. Sa confiance en moi, ainsi que sa reconnaissance étaient les armes que je devais forger pour tenir Claris en respect (efficaces ou pas, seul l'avenir le dirait, mais pour l'instant il ne s'en présentait pas d'autres).

Un tête-à-tête avec Madonna. Je lui avais promis un tête-à-tête avec Madonna, mais voyons les choses en face. Combien de chances y avait-il pour que l'affaire tombât à l'eau ? Combien de changements de programme à la dernière minute ?

La date avait été fixée pour le deuxième soir après le colloque et à mesure que l'échéance approchait, Patrick et moi devenions de plus en plus nerveux, pour des raisons différentes.

Par politesse envers les autres intervenants, il avait dû faire quelques apparitions à l'université et nous n'avions pas coupé à une soirée organisée par l'Alliance française, pas plus qu'à un déjeuner interminable avec les professeurs du département des langues au cours duquel le crâne de Patrick menaça maintes fois de s'écraser d'ennui sur la table. Son esprit était ailleurs.

Il en rêvait, de ce rendez-vous avec Madonna. La veille au soir, alors que j'étais couché, il était venu me trouver dans ma chambre et s'était assis au bord de mon lit pour me confier ses angoisses.

J'avais corné la page d'un livre de Martin Amis, le dernier grand comique génial de ce siècle, où il était justement question de deux écrivains (sauf que moi, je ne détestais pas Patrick, je l'aimais de tout mon cœur), et je lui avais accordé ma plus parfaite attention :

— Allons bon, qu'est-ce qui ne va pas ?

— Elle va me trouver minable.

— Pardon ? Je voudrais bien voir ça ! Te trouver minable ? Et en quel honneur, dis-moi ? Mais ce serait l'hôpital qui se moque de la charité ! Depuis quand le show-business pourrait-il trouver un écrivain *minable* ?!... Est-ce que tu plaisantes ?

— C'est une femme si merveilleuse.

— Et alors ?! Tu crois qu'un écrivain n'est pas merveilleux ? Dois-je te rappeler la langue que Marilyn tirait devant Arthur Miller ? Comment il l'a ensorcelée ? Dois-je t'en citer d'autres ? Mon vieux, les plus belles femmes du monde en ont toujours pincé pour les écrivains, que veux-tu, c'est ainsi… Le syndrome de la Belle et la Bête, j'imagine.

— Je me demande si je dois me raser ou non. Qu'est-ce que t'en penses ?

Le jour J, il changea de tenue un certain nombre de fois, me supplia pour que je courusse lui chercher une chemise élégante en ville (avec des rayures, de préférence, mais pas trop larges) tandis qu'il s'abandonnait, vaincu par le désespoir, aux bons soins de la manucure de l'hôtel. Il était en pleine régression, marmonnait des remarques dépréciatives à l'égard de son œuvre, se découvrait des points noirs sur le front, soufflait dans ses mains pour se persuader qu'il avait une haleine épouvantable et jurait qu'il ferait mieux de se balancer du haut de la terrasse.

Il me mit moi-même dans un tel état que lorsque la réception m'informa que j'avais Al Griguish au bout du fil, une heure avant celle du rendez-vous, je fus obligé de m'asseoir, de m'éponger le front et murmurai alors un « allô » si faible, si étranglé, si cristallin qu'Al me demanda si j'étais souffrant.

« Al, pour l'amour du ciel ! Ne me dis pas qu'il y a la moindre couille !… »

J'avais bien connu Al autrefois, avant qu'il ne s'occupe de Madonna. Il écumait les boîtes de jazz à Boston pour signer avec de nouveaux groupes et nous avions un couple d'amis communs. C'était un type sympathique, très malin et qui connaissait tout le monde, d'un bout d'une côte à l'autre. J'avais eu de la peine à l'avoir avant notre départ. J'avais eu de la peine à lui arracher ce rendez-vous malgré l'intérêt que Madonna avait manifesté pour l'adaptation d'une longue nouvelle de Patrick. Il n'en voyait pas trop l'utilité, compte tenu de l'emploi du temps très chargé de sa patronne, mais j'avais remué de bons vieux souvenirs (en particulier une virée avec *The Cars* en 89, dans les bars de Salem, dont la simple évocation me dressait encore les cheveux sur la tête) et j'avais fini par obtenir son accord.

— C'est quoi, comme écrivain ? m'avait-il demandé.

— Le meilleur d'entre nous, Al. Patrick est le meilleur d'entre nous, tu peux me faire confiance.

Il n'en avait pas l'air, maintenant qu'il était au pied du mur. J'avais beau lui faire redresser les épaules, lui pincer les joues, arranger sa cravate, l'emmener sur la terrasse pour qu'il respire un bon coup, il ne payait guère de mine. Il faudrait sans doute l'étonnante intuition d'une femme et beaucoup de bonne volonté pour discerner chez Patrick le parfait écrivain dont j'avais brossé le portrait avec fougue. Le téléphone à la main, je le considérais à présent avec fatalisme.

— Comment va-t-il ?

— Très bien, Al… Il est en pleine forme. Un vrai marathon entre les radios et les télés, mais il a de l'énergie à revendre, ce salopard. C'est moi qui suis épuisé.

Je ne savais pas que Madonna parlait français mais je fus soulagé de l'apprendre. Al et moi pourrions ainsi aller dîner tranquillement et la simple idée de me débarrasser de Patrick, qui devenait infernal, m'arracha presque un couinement de satisfaction.

Le croirez-vous ? Il resta pendu à ma manche tandis que l'ascenseur nous amenait à pied d'œuvre. Un enfant. Il était l'un des meilleurs écrivains de sa génération, pâmait des amphithéâtres, avait son mot à dire sur les sciences, les mathématiques, la philosophie et j'en passe, il jouait au football, forçait le respect des universitaires et se mettait les petits merdeux dans la poche (il faisait même la couverture de leurs magazines), les plus grands éditeurs se battaient pour lui, le monde était pratiquement à ses pieds, mais à cet instant, en cette heure fatidique, il n'était qu'un enfant. Je ne l'avais jamais vu ainsi. Cette histoire avec Madonna l'avait rendu cinglé.

— C'est ça que t'appelles un ami ?

— Tu me remercieras plus tard.

— Mais qu'est-ce que tu veux que je lui raconte ?

— Parle-lui des extraterrestres. Soixante pour cent des Américains estiment qu'elle serait la mieux désignée pour les accueillir.

— Écoute, je te ferai signe quand tu pourras partir.

— Pense aux millions d'hommes qui se laisseraient couper le petit doigt pour être à ta place... Pense un peu à eux.

— Tu crois que c'est le moment de me dire ça ?

— Bon, nous y sommes. Regarde-moi... Parfait. Tu es magnifique.

— J'en ai rien à foutre.

Par sa faute, car il avait fini par me communiquer son trac, nous traversâmes le hall comme si nous marchions à l'abattoir. Il fit une halte à la cascade pour se rafraîchir le visage. Lui tendant mon mouchoir, je lui déclarai sur un ton amer que l'on ne se lançait pas à l'assaut d'une forteresse, et non des moindres par-dessus le marché, quand on n'en était pas capable. J'espérais ainsi fouetter son amour-propre et lui insuffler le dernier élan nécessaire.

— Tu as peut-être raison, fit-il en reculant d'un pas.

— Nom de Dieu, Patrick ! J'ai ma réputation moi aussi ! Alors, en route ! À moins que tu ne préfères que j'aille la chercher et que je lui explique le problème ?!...

— Vas-y, essaye un peu !

— Alors, arrive ! Bon sang, ce n'est qu'une femme ! Comme il y en a des centaines de millions, pauvre imbécile !

— Qu'est-ce que t'en sais ?!... J'ai rêvé d'elle toutes les nuits durant des années. Toutes les nuits, tu m'entends ? !

— Et c'est maintenant que tu me dis ça ? !

Nous nous assîmes sur les rochers, au bord de la cascade. Il se prit la tête entre les mains. Au point où nous en étions, il aurait sans doute fallu quelques ampoules de nitrite d'amyle. Je lui offris une cigarette, vaguement conscient des regards maussades dont on nous gratifiait.

— Je fais une fixation sur elle. Voilà, t'es content ?!... Je t'ai montré mon cul, mais ça t'a pas suffi. T'es content, maintenant ?

— Mais bougre de crétin ! Pourquoi ne m'as-tu pas dit que c'était aussi sérieux ?!

— Tu veux savoir ?... Tu veux que je raconte mes petites cochonneries à son sujet et les trucs vraiment bizarres ? T'es prêt à les entendre ?!...

Je restai un instant à le dévisager. Il soutint mon regard, puis détourna les yeux brusquement. Il ne plaisantait peut-être pas tant que ça, après tout.

— Okay ! soupirai-je en me levant. Je reste avec toi.

Il leva les yeux sur moi avec une extrême méfiance.

— Ne me joue pas un tour de con, Francis... Ne me fais pas ça.

— Si tu penses que j'en suis capable, tant pis pour toi. Dans ce cas, il va falloir que tu prennes le risque.

Le bar était plein. Pas de Madonna. J'informai Patrick que tout allait bien. Je commandai deux gins-tonics.

— Elle va pas venir.

— Bien sûr qu'elle va venir. (Je consultai ma montre.) Elle n'a qu'une demi-heure de retard, cette...

Je suspendis ma phrase en souriant à Patrick pour ne pas le contrarier.

Je me mis à détester Madonna à cet instant précis. Je demandai à Patrick s'il connaissait des femmes comme P.J. Harvey, Pipilotti Rist ou encore Maggie Cheung, mais sa crasse ignorance le rendait irrécupérable. Il était inutile que je cherche encore à me démener pour lui.

Il grimaçait en se rongeant les ongles. On n'imagine guère que derrière le plus grand artiste se cache le plus commun des hommes. Que Michel-Ange, Einstein ou Beethoven se conduisaient parfois comme de parfaits abrutis. Je préférais donc regarder ailleurs et c'est alors que je découvris, cependant que je parcourais un dépliant consacré aux différentes commodités offertes par le Royal Ambassador, l'existence de salons particuliers, « havres de paix et de confidentialité que nous tenons à la disposition de notre aimable clientèle ».

« Eh bien, Patrick, à présent, crois-moi, il est temps de terminer ton verre en vitesse !... »

Il se passa aussitôt quelque chose entre Madonna et Patrick. Al me confia plus tard qu'il l'avait senti lui aussi. Un événement tout à fait rare, dont il était encore le premier surpris.

Ainsi, au moment des présentations, alors que je déplorais ce fâcheux contretemps et avais anticipé un accueil plutôt glacial, je remarquai le regard soutenu qu'ils échangeaient tous les deux.

Madonna me tendit la main sans quitter Patrick des yeux. Quant à celui-ci, pour lequel je craignais qu'une telle épreuve ne le frappât aussitôt d'embolie, il s'avança vers elle avec un calme olympien et, un léger sourire se dessinant sur ses lèvres, il lui accorda un impeccable baisemain.

— Voici donc ce fameux écrivain français qui me fait attendre... plaisanta Madonna avec une expression ravie.

— Mon impatience à vous rencontrer est la source de cette stupide confusion, déclara-t-il sur un ton charmeur.

Cinq minutes après, ils se tutoyaient.

Il ne faut pas chercher à comprendre.

Très vite, Patrick me fit signe de décamper. Madonna portait une robe noire, très près du corps, largement décolletée, en plus d'une paire de baskets sans lacets et d'un collier de chien. Tout cela était très distrayant mais Patrick me lançait de sombres coups d'œil et Al mourait de faim. Vous me direz : Madonna, il y a mieux. Cependant, à la réflexion, la perspective de partager un plat de spaghettis en tête à tête avec Al ne me tentait plus beaucoup.

Patrick me décocha un méchant coup de pied sous la table. L'ingrat.

J'espérais que Madonna allait me retenir. Ou au moins m'inviter à prendre le café.

Je n'avais pas vu Al depuis presque dix ans. Il lui fallut environ la moitié du repas pour me relater un à un les degrés de son ascension mais il semblait en éprouver un tel plaisir que je me gardai de l'interrompre, si ce n'était pour le féliciter ou lui demander de préciser un point qui me semblait obscur lorsque j'avais perdu le fil. Il avait acheté une petite maison dans les Hamptons et un appartement à New York. Il pensait que nous étions en âge de devenir propriétaires, si bien que mes réticences concernant l'immobilier ne lui paraissaient pas fondées.

Quoi qu'il en soit, son bonheur faisait plaisir à voir. Je le trouvais en pleine forme (il est toujours plus facile de s'occuper d'un autre que de s'occuper de soi-même, et s'occuper de Madonna devait avoir de bons côtés). Il me trouvait en forme, moi aussi, bien qu'il n'eût pas entendu parler de moi en tant qu'écrivain depuis un bon moment.

— Tu en es où ?

— Tu sais, un écrivain ne sait jamais où il en est.

— Je veux dire, au niveau des ventes.

— Trente, quarante mille... Peut-être un peu moins.

— Mmm... Alors nous ne sommes pas près d'être voisins à Long Island.

Il voyait cruellement juste, sauf que j'avais une préférence pour Nantucket, qui n'était pas non plus dans mes moyens. Je le laissai payer l'addition. Comme il s'était levé pour aller étudier la liste des concerts affichée près de la caisse, je manipulai un instant son téléphone, cadeau de Madonna à son retour du Japon et introuvable dans le commerce avant l'année prochaine. Au hasard, j'appuyai sur un bouton. L'écran s'alluma et je tombai sur le répertoire. Magie de la technologie. Une seconde pression me donna le premier nom de la liste. John Abercombee. Magie des drôles de coïncidences, hein, qu'est-ce que vous en dites ?

Je regardai dans le vague une seconde, tandis qu'il revenait s'asseoir.

— Un truc expérimental, *Negativland*, tu es partant ?

Je le considérai avec attention, puis levai avec mélancolie l'écran du téléphone sous son nez :

— Tu fréquentes ce gars-là depuis longtemps ?

Son sourire se figea un instant mais pour mieux s'étaler ensuite :

— Oui… Assez longtemps.

— Tu es de mèche avec Claris ?

— John est un bon copain. Je connais moins bien Richard, mais John est un bon copain.

J'avais vieilli. Inutile de me le cacher. Je ne m'emportais plus aussi facilement. Ce qui me faisait bondir autrefois ne s'imposait plus à moi de façon aussi nette. On aimerait y voir l'œuvre d'une certaine sagesse, péniblement acquise avec le temps, mais il s'agit en fait d'un abandon, d'une indifférence épuisée pour l'écœurant spectacle de l'humanité. En particulier certains soirs.

Al se pencha vers moi avec le sourire chafouin d'une vieille ordure :

— Eh… c'est un super cadeau qu'on lui fait, tu ne crois pas ?

Negativland. Bon. D'accord. À choisir, je préférais *the tape-beatles.*

Je me débrouillai pour perdre Al à la sortie et regagnai l'hôtel à pied par une nuit d'un noir épais, lourd de menaces.

J'aurais dû me douter qu'il y avait une erreur quelque part. Cet improbable rendez-vous subitement transformé en conte de fées : comment avais-je pu y croire une seule minute ? Et la fameuse, l'unique, l'inaccessible Madonna poireautant pendant une heure à cause d'un écrivain français : la farce, dès lors, n'était-elle pas à son comble ? M'avait-on soigneusement fracassé le crâne à coups de pierres ? Avais-je donc tant abusé des drogues autrefois ?

Morose, je m'emparai de quelques mignonnettes dans le mini-bar et sortis sur la terrasse. Il était environ deux heures du matin. Madonna ne dormait pas.

Elle était accoudée au garde-corps, devant la chambre de Patrick, et fumait une cigarette.

— Bonsoir, fis-je.

— Salut, me répondit-elle.

Elle portait son slip et ses baskets. Un slip suffisamment transparent pour que je remarque un grain de beauté sur sa fesse droite, c'est vous dire.

— Est-ce qu'on prend un verre ? Ton ami dort à poings fermés.

Elle maniait un français admirable, non ?

— Oh, il n'arrête pas depuis que nous sommes arrivés... déclarai-je en la rejoignant avec mes échantillons.

— Mais ça va, il s'en est bien tiré.

— Alors c'est le principal.

J'alignai les alcools sur une table basse et me laissai choir telle une feuille morte dans une chaise longue recouverte de tissu-éponge tout en l'invitant à faire son choix.

— Je ne peux pas te dire à quel point cette ville m'emmerde... soupira-t-elle.

Je n'avais pas prévu, en prenant place, que cette décision apparemment sans importance allait placer mes yeux dans l'axe de son entrejambes, mais il était un peu tard pour y penser et regretter quoi que ce soit. Elle se pencha pour saisir une mignonnette et ses deux seins, qu'elle avait lourds et gonflés, ballottèrent comme des cloches à cinquante centimètres de mon visage.

— Tu n'es pas d'accord ?

— Je ne sais pas. Je ne me suis pas encore posé la question.

— Alors, tu es écrivain, toi aussi ? J'aime bien les écrivains, finalement. Je me demande toujours à quoi ils pensent. Quand ils font la cuisine, par exemple...

— Ah oui... Quand ils font la cuisine... Oui, bien sûr...

Elle leva un sourcil :

— Eh, tu sais... tu peux te rincer l'œil tranquillement. Ça ne me gêne pas du tout. C'est fait pour ça, non ?

— C'est bien possible.

— Prenons le cas : je porte un slip transparent et tu te mets à regarder ailleurs. Qu'est-ce que je vais penser ? Je vais penser, ce type-là a sûrement un problème. Il a quelque chose qui ne tourne pas rond. Est-ce que je n'ai pas raison ?

— Sur toute la ligne. C'est une question de bon sens.

— Nous vivons dans un monde où l'hypocrisie atteint des sommets. D'ailleurs, voilà de quoi je parlerais, si j'écrivais un livre. Parce que, tu vois, c'est loin de s'arranger. Regarde, en ce moment : ce sont les puritains les plus enragés qui relèvent la tête. Mais de quoi ont-ils parlé pendant des mois ? De fellation. D'une tache de foutre sur le corsage d'une petite secrétaire.

— À propos, ont-ils tranché la question ? La fellation doit-elle être considérée comme un rapport sexuel ?

— Non, mais je ne plaisante pas, tu sais. Cette situation devient effrayante. Bientôt, il deviendra suspect d'avoir un corps.

Elle eut un geste las et s'assit sur le rebord d'un bac à fleurs, les coudes sur les genoux. Comme ceux-ci étaient écartés pour cause de stabilité, je voyais très bien son sexe entrouvert et jugeais très reposant de pouvoir l'observer à loisir avec la bénédiction de sa patronne.

Elle fit un signe de tête en direction de la chambre où reposait Patrick :

— Il est doué pour écrire les scènes de cul, c'est assez rare...

— Oui, je dois avouer qu'il me sidère. Il ne se rend même pas compte à quel point il est bon dans ce domaine... En général, c'est un sujet que tout le monde évite et les quelques-uns qui veulent s'y risquer se cassent la gueule. C'est comme avec une voiture de course : les trouillards freinent avant le virage et les gros bras foncent droit dans le mur. Moi, il y a plus de vingt ans que j'essaye... Alors, croyez-moi, quand il y en a un qui sort du lot, je sais le reconnaître. Et un écrivain qui a ce don a tous les autres.

— Mmm... Tu as sûrement raison.

— Un athlète complet. Voilà ce qu'il faut être dans ce métier. On ne peut pas se contenter d'être bon dans une discipline.

— Tu veux savoir ? Ça fait plaisir de rencontrer des gens qui ont une haute idée de leur travail... Bon, écoute, je ne dirais pas non en temps normal, mais là, franchement, j'ai eu ma ration pour la journée. Tu le comprends, n'est-ce pas ?

— Bien sûr. Ne vous inquiétez pas pour moi.

— Je ferais peut-être mieux de passer un peignoir, non ? Enfin, c'est toi qui vois...

— Je préfère ça à une vue sur le lac, si ça ne vous dérange pas.

— Mais non, ça ne me dérange pas, ne sois pas bête... Je sais, tu dois être en train de te dire : cette fille a dû baiser avec tellement d'imbéciles, elle pourrait quand même faire un effort. Et c'est vrai que je l'ai fait avec des crétins de la pire espèce, je ne le cache pas, mais tu vois, heureusement, il y a une fin à tout. Désolée, Francis... c'est bien Francis ?... Désolée, Francis, mais j'ai changé de politique pendant qu'il en était encore temps. Avant que le sexe ne devienne une corvée, est-ce que tu comprends ?

— J'imagine que vous l'avez échappé belle. Je veux bien vous croire. Je respecte votre attitude, Madonna.

— Sucer une bite ou en sucer mille, où est la différence ? Je vais te le dire : il n'y en a pas. Et je sais de quoi je parle, figure-toi. Parles-en à d'autres femmes. Demande-leur ce qu'elles en pensent. Elles te diront comme moi... Et alors ? On dirait que ça t'étonne...

— Non, mais ça fait froid dans le dos, vu sous cet angle.

— Bon, peut-être que j'exagère... Mais ton ami, par exemple. Je le préviens, je lui dis : je te préviens, je n'avale pas ton sperme. Eh bien, il en a fait toute une histoire. Tu vois, c'est pour dire, on n'est pas toujours branchés sur la même longueur d'onde avec les hommes.

— J'entends bien. Mais j'ai une amie clitoridienne et je vous prie de croire que ce n'est pas du gâteau non plus. Nous ne sommes parfaits ni d'un côté ni de l'autre. Tenez, parlons un peu de la sodomie pour nous mettre sur un même plan. Eh bien, il peut m'arriver de ne pas y être tout à fait disposé et certaines de mes partenaires ne m'ont pas mâché leurs mots, elles non plus. Est-ce que cela signifie que cette pratique m'ennuie ?

— Je ne dis pas que ça m'ennuie. Simplement, sucer n'est pas ce que je préfère, voilà tout. À moins qu'il ne s'agisse d'un soixante-neuf. Là, c'est différent.

— Je suis d'accord. Tout à fait d'accord. Ça n'a rien de comparable.

— Et le mieux, d'après moi, c'est après avoir baisé une première fois, disons dans les cinq minutes qui suivent.

— Dans les cinq minutes ?!… Remarquez, pourquoi pas ? Toujours est-il que nous sommes bien d'accord.

— C'est comme les préliminaires. Moi, je suis dingue des préliminaires. Tu as déjà essayé avec une plume ?

— Avec une plume ? Mais oui, bien sûr, avec une plume, avec deux, même. Et aussi avec un pinceau en poil de martre, avec du coton, de la soie, un os de poulet, du chewing-gum, la liste est longue, vous savez… Et avec une paille ? Juste en soufflant dans une paille, avez-vous essayé ? Non ? Alors ça, je vous le conseille, mais ensuite, ne venez pas vous plaindre d'avoir les nerfs en compote, hein, vous voilà prévenue…

Avais-je réveillé l'esprit des folles étendues qui nous entouraient ? J'avais à peine terminé ma phrase qu'un souffle d'air tourbillonnant sur la terrasse nous effleura un instant. Ce qui fit sourire Madonna :

— Okay, je vois le topo. C'est noté. J'avais déjà obtenu de bons résultats avec un séchoir à cheveux… Tu sais, il n'y a pas si longtemps, je me branlais encore deux ou trois fois par jour, alors, comme on dit, on n'apprend pas aux vieux singes à faire la grimace.

— Oui, je m'en doutais un peu, pour être franc.

— D'ailleurs je me dis quelquefois : on n'est jamais mieux servi que par soi-même. Je sais que ça peut sembler triste, mais c'est la vérité.

— Patrick a justement une théorie sur la misère sexuelle que nous connaîtrions. Je vous la donne ? Eh bien, il estime que nous payons pour les années soixante-dix, vous savez, pour la libération des mœurs et tout le tremblement.

— Non, c'est des conneries. Ça ne va pas plus mal qu'avant.

Elle étira ses bras au-dessus de sa tête et ses bouts de seins pointèrent en vain vers moi durant quelques secondes.

— Simplement, reprit-elle, ce n'est pas aussi génial qu'on l'imaginait, alors on se cherche des excuses. Et c'est comme ça pour tout. Tu sais, je vais te dire une chose : les deux ou trois grands pieds que j'ai pris dans ma vie, je les dois à des types dont j'étais amoureuse... Oui, c'est aussi con que ça, vraiment, inutile d'aller chercher plus loin. Et ils n'étaient ni des Apollons, ni des amants hors pair, figure-toi. C'est ainsi, et nous en serons toujours au même point dans mille ans, sois tranquille.

— Oui, il paraît que les femmes fonctionnent de cette manière. Et c'est tout à leur honneur, si vous voulez mon avis... Mais en vérité... eh bien, j'ai été amoureux moi aussi, mais je n'ai pas l'impression que ce sentiment me facilitait les choses. J'ai même l'impression qu'il me handicapait, pour être franc. Bon, nous savons très bien pourquoi le bât blesse, mais n'empêche que le résultat est là. Vous savez, je me suis aperçu qu'un homme avait besoin de tiroirs étanches pour s'y retrouver. Et comprenez-moi bien : je ne crois pas qu'il y ait lieu d'en être fier. Je crois que la plupart des hommes ont beaucoup de mal à faire l'amour avec leur esprit. Et de là à penser que la femme est supérieure à l'homme, il n'y a qu'un pas. Seulement on n'en a rien à foutre. Je vous le dis comme je le pense.

— Est-ce que tu essayes de m'embobiner ? Parce que si c'est le cas, je dois admettre que tu y mets les formes. Et remarque, je trouve ça plutôt agréable... Je me demande si je ne devrais pas te sucer, pour la peine... Peut-être une autre fois.

— J'ai eu du plaisir à parler avec vous. J'apporterai une paille, lorsque nous nous reverrons.

Je proposai que nous finissions les mignonnettes pour la route. Comme elle se penchait au-dessus de la table basse, je me lançai :

— J'aimerais bien prendre vos seins dans mes mains, si c'est possible. Juste une seconde.

— Fais comme tu veux, répondit-elle sans hésiter mais sans un poil d'enthousiasme. Ce ne serait sûrement pas très gentil de ma part, si je refusais...

Il s'agissait des seins de Madonna, je vous signale. Mais je ne voulus pas exagérer tout compte fait et gardai une certaine retenue, affichai un certain calme et ne fis aucun commentaire. Je regrettai toutefois de ne pas avoir demandé la permission de les prendre dans ma bouche.

— Ça va bien comme ça, je vous remercie... déclarai-je en faisant craquer mes doigts. Je pense que je vais aller me coucher, à présent.

Nous échangeâmes un regard amical et vidâmes nos petites bouteilles tandis que le ciel commençait à s'étoiler et nous écrasait de sa splendeur gigantesque.

— Après tout, au point où nous en sommes, tu peux aussi toucher mes fesses, enfin si ça peut te faire plaisir... Je dois avoir un faible pour les écrivains, ces temps-ci, tu ne crois pas ?... Mais rien de plus, Francis, nous sommes bien d'accord ?

D'un signe de tête, j'acceptai bien volontiers. Elle m'avait parlé de ses fesses, or, étrangement, elle se planta devant moi de face. Vous me direz, cela ne rendait pas l'exercice impossible, elles n'étaient pas bien loin, mais si je n'avais qu'une seule petite chose à choisir, une chose qui ne lui coûterait guère davantage et me comblerait autrement mieux, aurait-elle le cœur de me la refuser ?

Je lui jetai un coup d'œil. Je ne lus rien d'intéressant sur son visage. Néanmoins, je sus qu'elle était d'accord sur le principe. Aux mêmes lois impénétrables que la grande mécanique céleste obéissaient les petites créatures que nous étions.

C'est ainsi que j'écartai sa culotte. Elle n'en conçut aucune mauvaise humeur, ne bougea pas un cil. Je le savais. Du plus profond de mon âme, je le savais. Donc, j'écartai un pan de sa culotte aussi diaphane et souple que la Voie lactée. Eh bien, loin de moi l'idée de me livrer à un quelconque et bien vulgaire spectacle en gros plan. Certainement pas. Non, et d'ailleurs je fermai les yeux. Je ne fis qu'approcher mon nez, à l'aveugle.

Puis j'inspirai de toutes mes forces. La vidai de son odeur. J'en emplis longuement mes poumons à les en déchirer.

— Très bien, murmura-t-elle. Alors, à plus tard, Francis…

Je lui adressai un signe de la main et rentrai dans ma chambre en suffoquant.

Il nous restait encore deux jours avant le départ. Victime du succès de ses interventions, Patrick avait accepté de renouveler ses exploits à l'Alliance française et dans une autre université des environs. Nous avions également prévu une balade tous les deux à Ontario Place et une excursion aux Scarborough Bluffs pour laquelle je me réjouissais à l'avance (j'avais déjà réservé le restaurant panoramique, acheté un appareil photo jetable et loué une voiture pour la journée). J'avais des billets de concert pour les deux soirs. Si nous avions le temps, je tenais à lui faire découvrir les collections chinoises du Royal

Ontario Museum et j'espérais bien que nous aurions le temps.

Mais ce salopard avait fichu le camp.

Sa chambre était vide. À la réception, il n'y avait aucun message pour moi. On l'avait aperçu quittant l'hôtel de bon matin en compagnie de mademoiselle Madonna. Une limousine les attendait. Elle avait démarré en trombe. Point final. Aucun message. Pas la moindre petite marque d'attention à mon égard. J'en souffris en silence.

Henri et Franck en restèrent sans voix. Lorsque je leur exposai les manœuvres de Claris, ils commencèrent par pointer du doigt mon incompétence et la légèreté avec laquelle j'avais conduit ma mission. Je leur rappelai sèchement que j'étais leur seul agent à Toronto, moyennant quoi je les invitai à se ressaisir s'ils ne souhaitaient pas que je me lave les mains de toute cette histoire. Ils me prièrent de garder la tête froide. Je marmonnai un vague assentiment avant de raccrocher.

Je commençai par vouloir annuler les deux rendez-vous de Patrick, mais par deux fois on ne l'entendit pas de cette oreille et je dus accepter de le remplacer au pied levé.

Par chance, j'avais le double de son discours. On prétendit qu'il était souffrant et pratiquement aphone. À l'Alliance, on me présenta comme son secrétaire tandis qu'à l'entrée des gens se faisaient rembourser leur place. À l'université, avant même que l'on ne m'eût présenté, un étudiant se leva dans la salle pour demander si l'on prenait les gens pour des cons.

Au terme de l'une et l'autre de ces brillantes manifestations, j'eus le plaisir d'être confronté à la déception des organisateurs. Au lieu d'en vouloir à Patrick, c'est à moi que l'on reprocha d'avoir manqué de nerfs, d'avoir été confus dans mes réponses, d'avoir insisté sur les passages licencieux de l'œuvre de monsieur Vandhoeren et de n'avoir pas su, d'une manière ou d'une autre, le tenir hors de portée de cette méchante fièvre qui le clouait pour l'heure dans sa chambre d'hôtel. Je supportai tout cela avec un grand stoïcisme. Leur petit vin mousseux et tiède servi dans des gobelets en plastique que l'on hésitait à me tendre. Avec un air impassible.

Que pouvais-je faire d'autre ?

Quand je n'étais pas à l'hôtel, à tourner en rond autour du téléphone, j'appelais la réception tous les quarts d'heure et me faisais confirmer par une seconde personne qu'il n'y avait effectivement aucun message à mon intention. Je savais ce qu'ils pensaient de moi : un homosexuel vieillissant lâché par son petit ami. Un homosexuel amoureux, dont les nerfs commençaient à craquer. Quelquefois, ils frappaient à ma porte pour savoir si j'avais besoin de quelque chose ou bien ils me proposaient de prendre l'air, d'aller me promener un peu par cette belle journée tandis qu'ils s'occupaient de ma chambre.

Je ne savais même pas s'il allait revenir.

Al avait filé le matin même à New York et j'avais beau lui laisser des messages amicaux, suppliants ou menaçants, il faisait le mort.

J'avais l'estomac perpétuellement noué. Je me nourrissais de sandwiches. Quand je n'y tenais plus, je sortais un moment et allais m'acheter une paire de lunettes de soleil (mais je serais incapable de vous dire pourquoi des lunettes, je n'en faisais pas la collection). J'étais tour à tour inquiet, humilié, sonné, impuissant, voire dégoûté, au mieux perplexe. Je me réveillais en pleine nuit le souffle court, haletant (dans mon rêve, j'étais lancé à ses trousses, mais il courait plus vite que moi et finissait par me distancer, sourd à mes beuglements ; dans un autre, Henri déchirait ma jaquette en petits morceaux et lançait mon manuscrit par la fenêtre).

Au soir du deuxième jour, j'étais installé dans le hall, près de la cascade dont le doux et régulier ruissellement avait le don de m'apaiser un peu. Il était aux environs de minuit et j'étais vaguement plongé dans la lecture du *Toronto Star*, entouré de hautes plantes en pots qui berçaient leurs palmes au-dessus de ma tête dans la soufflerie de l'air climatisé. J'étais encore sous le charme de mon intervention à l'université. Mes mâchoires en étaient encore douloureuses, si bien que mon dîner avait été composé de quelques *bloody mary*, de quelques olives et d'une poignée de cacahuètes. J'avais disposé mon fauteuil de façon que la fille du standard pût me voir et me signaler aussitôt une improbable communication de mon cruel petit ami. Chaque fois que la majestueuse porte à tambour se mettait en marche, je levais un œil par-dessus mon journal, mais j'avais à présent perdu tout espoir. J'étais l'inflexible et imbécile sentinelle toujours fidèle au poste, une fois la guerre finie.

Jusqu'au moment où Madonna fit son entrée.

Je fus debout en une seconde. Selon une vieille croyance chinoise qui veut que les esprits mauvais ne se déplacent qu'en ligne droite, elle traversa le hall comme une flèche, sans même jeter un regard alentour. Elle n'était pas accompagnée de son coton de Tuléar, mais tenait en laisse une espèce de pékinois décoloré que je pris immédiatement en grippe (je relate ce détail pour donner un aperçu de mon état d'esprit à cet instant : confusion, aveuglement, amalgame et bellicosité ne firent plus qu'un, échappant à tout contrôle).

Comme elle passait à ma portée, et avant que je ne la saisisse brutalement à la gorge, je remarquai que Madonna avait un air serein et plutôt bonne mine dans l'ensemble.

D'une torsion, je la déséquilibrai et la traînai vers la cascade. Sans un mot d'explication. D'un solide coup de pied, j'envoyai le pékinois dans les airs tout en continuant à étrangler Madonna de mes deux mains.

Elle avait un genou au sol. Je la tirai sans ménagement par-dessus le rebord du bassin où vivaient quelques vieux et gros poissons rouges sans intérêt. L'eau m'arrivait à mi-mollet tandis que Madonna y pataugeait allégrement. Ses râles, ses vagissements commençaient à inquiéter du monde, mais j'étais enfin parvenu au pied de la cascade et mon idée était de l'étrangler et de la noyer en même temps. L'horrible pékinois revint à la charge : je le bloquai sous l'eau en maintenant un pied sur lui.

Jusque-là, je n'avais pas encore prononcé un seul mot. D'ailleurs, aucune insulte ne me venait à l'esprit. Je me contentai de lui serrer la gorge en la secouant avec énergie et méthode cependant qu'une gerbe d'eau, dégringolant du vingt-cinquième étage, lui explosait sur le crâne. Ma dernière pensée fut qu'elle était quelconque, une fois démaquillée.

Plus tard, Patrick me raconta qu'ils avaient dû se mettre à six pour me faire lâcher prise. Je regardai ailleurs.

Il avait obtenu que je ne sois pas flanqué séance tenante à la porte de l'hôtel, invoquant notre départ imminent, l'abus de *bloody mary* et mon sale caractère, qui malgré tout ne faisait pas de moi un méchant homme (on s'en apercevrait d'ailleurs, s'avança-t-il, au moment de la distribution des pourboires). Ensuite, après s'être assuré que Madonna dormait profondément (je l'avais attendu au bar, sage comme une image, devant une bouteille d'eau gazeuse et sous l'œil torve du détective maison), il m'avait emmené faire un tour. Comme il avait faim, nous nous étions installés à un comptoir pour manger des saucisses.

Il n'était pas très content de moi, il faut dire ce qui est. Cependant, il admit qu'il aurait certainement agi ainsi à ma place et je crus identifier une certaine et trouble espèce d'admiration dans son regard.

Sinon l'affaire était simple : il ne m'avait pas prévenu de son escapade parce que je n'aurais pas été d'accord et s'il n'avait pas donné de nouvelles par la suite, eh bien, merde, il ne savait pas trop pourquoi, sans doute que mes grognements auraient assombri les heures lumineuses qu'il s'offrait en compagnie de Madonna.

Et il avait l'air content de lui. Vraiment très satisfait de lui-même.

De mon côté, toute véhémence avait fait long feu. Après mon accès de mauvaise humeur, je ne me sentais pas en position de supériorité et un grand vide s'était installé en moi. Et même, à présent que Patrick était à mes côtés, je ne comprenais plus très bien quelle mouche m'avait piqué : n'était-il pas libre, à son âge, d'embarquer une fille sans ma permission ? Avait-il le moindre compte à me rendre ? N'avais-je pas fait une montagne de trois fois rien ?

Je me sentais ridicule. Plus grave encore, c'était la seconde fois en peu de temps que je m'en prenais brutalement à une femme et ce n'était pas bien. Édith n'allait sans doute pas être très fière de moi.

Enfin, par bonheur, je n'avais pas refroidi Madonna (moi qui croyais avoir connu tous les ennuis possibles, j'imaginais à quoi j'avais échappé). Patrick était réservé, mais plutôt confiant quant aux éventuels dommages que j'aurais pu causer à ses cordes vocales (elle lui avait parlé un bon moment, en particulier des divers moyens à sa disposition pour m'envoyer à l'hôpital, mais une fois encore Patrick était intervenu en ma faveur et avait calmé le jeu). Selon lui, je pouvais m'en tirer en la noyant sous les fleurs et quelques propos astucieusement choisis relatifs à mon profond repentir. Apporter un bon steak au pékinois serait bien vu.

Il était optimiste. Il était souriant. Nous nous trouvions dans un endroit très garni d'inox et de chromes et la sérénité de Patrick se reflétait un peu partout. Il était prêt à me payer un second hot dog ou ce qui me ferait plaisir. Il essayait de me remonter le moral, balayait les événements de la nuit d'un revers de la main, après quoi il me la passait dans le dos. En fait, il venait de vivre les deux plus belles journées de son existence.

« Et je le dois à qui, d'après toi ?... »

Je vais vous dire : il avait trouvé les mots. Les mots justes, les mots qui transpercent le cœur comme une flèche imparable et répandent alors dans tout l'organisme un jus tiède et précieux à côté duquel l'ambroisie n'est que pisse de chat.

« Tu es gentil, Patrick, murmurai-je. Mais je ne mérite pas tes remerciements... »

Il me glissa un bras autour du cou, le temps de commander deux bières. Si ce n'était pas un rêve, ça y ressemblait.

La mousse aux lèvres, il m'expliqua qu'il était encore sur un nuage. Je me demandai si je ne devais pas lui envoyer mon coude dans les côtes pour le taquiner.

— Henri, je te parle français, il me semble ? Un résultat mitigé signifie qu'il y a du bon et du mauvais. Un résultat mitigé plutôt positif signifie qu'il n'a pas encore signé ailleurs mais qu'il est capable de le faire. Il y a désormais un aspect sexuel dans cette affaire qui ne me dit rien qui vaille.

— Et il la ramène avec lui ? !

— Affirmatif. Ils sont enfermés dans les toilettes de l'aéroport depuis maintenant... (je jetai un coup d'œil à ma montre) une vingtaine de minutes. Je dirais que c'est la quatrième fois depuis ce matin, mais il est possible que ce soit davantage.

— Je n'aime pas ça.

— Je n'aime pas ça, moi non plus. Il m'a parlé de leur séjour aux Caraïbes comme d'un enchantement de tous les sens.

— Cette fille, cette Madonna... Peut-on l'acheter, d'après toi ?

— Difficile à dire. Elle vend des millions d'albums.

— Les autres y sont bien arrivés.

— Les autres sont américains. Ils se bagarrent peut-être entre eux, mais face à un étranger, ils se serrent vite les coudes.

— Si je comprends bien, tu es plutôt porteur de mauvaises nouvelles.

— Ma foi, Madonna a des moyens de persuasion que je n'ai pas. Mais il n'est pas impossible qu'il m'écoute un peu.

— Un peu ? C'est plutôt maigre, non ?

— C'est tout ce que je peux t'offrir. Mais comme tu n'as rien d'autre, j'estime que c'est déjà beaucoup.

— Je viens vous chercher à l'aéroport. Cette Madonna, elle aime les fleurs ?

— Oh, elle les adore !...

Elle avait piétiné les miennes pour commencer, mais il y en avait tant qu'à bout de forces elle s'était résignée à en conserver quelques-unes. Elle m'avait également gratifié d'un violent direct à l'estomac qui m'avait mis sur les genoux et arraché une poignée de cheveux mais, dans l'ensemble, les choses ne s'étaient pas trop mal passées.

Patrick était ravi que le problème fût réglé. Il m'avait soutenu tandis que je vomissais dans les W.-C. et avait insisté pour que nous prissions tous ensemble le petit déjeuner de l'amitié. Je ne l'avais encore jamais vu d'humeur aussi charmante.

Quant à Madonna, elle me tint à l'œil durant un bon moment. D'un air plutôt mal embouché. Elle refusait également de m'adresser la parole. Mais lorsque je trouvai l'occasion de lui glisser que je savais pourquoi elle était là, elle me considéra une seconde et me fit la proposition suivante :

« Il y a un magasin Gucci au coin de la rue. Tu penses pouvoir me trouver un foulard ? C'est encore sacrément rouge, non ? »

À mon retour, elle m'embrassa sur les deux joues, m'assura que, pour sa part, l'incident était clos. De la pièce d'à côté, où il bouclait ses valises, Patrick m'adressa un clin d'œil entendu.

Il n'y a guère de discussion possible avec un homme tombé sous le charme d'une femme. À moins qu'elle ne porte sur la femme en question. Une fois dans l'avion, une fois Madonna endormie, une fois que nous fûmes projetés au-dessus de l'océan et suspendus dans la nuit limpide, je tendis mon oreille à Patrick : Madonna ceci, Madonna cela. J'étais conscient de devoir en passer par là.

Nous étions tranquilles. La première classe presque pour nous seuls. Malgré les encouragements du personnel de bord, nous avions refusé de nous coucher et discutions dans la pénombre, un verre à la main. À mi-chemin, le sujet Madonna n'était pas encore épuisé.

Mais si vous pensez qu'il m'ennuyait, vous vous trompez. Je l'avais craint, moi aussi. Au tout début, je l'avais appréhendé et m'étais préparé à un voyage assommant au possible (j'avais même demandé des somnifères à l'hôtesse, pour le cas où). Un de ces voyages où l'on espère un incident technique qui oblige l'appareil à faire demi-tour.

Or, il n'en fut rien. Sans doute ma nouvelle attitude concernant les voyages aériens (fût-ce dans une saloperie de 747) n'était-elle pas à négliger. Le champagne non plus, de même que l'excellente nourriture (ils avaient un chef français, ma parole, ces grandes gueules d'outre-Atlantique qui voulaient nous arracher nos écrivains !), mais cela n'aurait pas suffi à mon bonheur. Oui, à mon bonheur, je le répète.

Vous me connaissez : je n'ai pas beaucoup d'amis. J'ai consacré presque tout mon temps à Édith et on ne peut pas tout avoir. Quand je dis que je n'ai pas beaucoup d'amis, je veux dire que je n'en ai aucun. Tout juste quelque chose d'approchant. Certaines personnes avec lesquelles je peux passer une soirée sans problème, peut-être même une ou deux épaules sur lesquelles m'attendrir, mais encore une fois, rien de sidérant. Attendez, je ne suis pas en train de vous préparer à un miracle. Je ne vais pas soudain vous déclarer que Patrick Vandhoeren et moi, sous prétexte que nous voguions autour du monde avec un verre à la main et échangions quelques propos sur la beauté des femmes, avons senti nos cœurs vibrer l'un pour l'autre par l'opération du Saint-Esprit. Ces choses-là n'arrivent jamais. Ces choses-là n'existent pas. Je ne sais même pas si l'amitié existe. Du moins, telle que je la conçois. Telle que je l'ai entraperçue en vivant avec Édith (mais nous en sommes bien au-delà, elle et moi, si bien que je ne peux parler d'amitié pure). Mais bref.

Parlons plutôt d'un constat. D'un ton, en l'occurrence. De ce qui a fait que Patrick aurait pu me raser pendant des heures en me parlant de Madonna. Or, c'est à cette occasion que je compris que nos relations avaient changé et, encore une fois, je ne parle pas d'amitié, je ne parle pas du Grand Bazar, mais de son ombre, de son imitation, de ses miettes. Ce qui n'était déjà pas si mal. Un craquement dans une chambre silencieuse, mais j'avais acquis dans ce domaine une ouïe ultrasensible.

Ses paroles me pénétraient. L'important n'était pas ce qu'elles signifiaient, mais leur musique, leur température interne. C'était comme s'il les avait tenues dans ses mains avant de me les adresser et cela supposait que nous fussions devenus assez proches.

J'en profitai pour lui dire qu'il était complètement cinglé, que le retour risquait de se révéler sportif et autre, mais il n'en avait cure. Je ne savais pas qui était Madonna. Il n'en avait eu lui-même, bien qu'il l'eût subodoré à la lumière de ses longues et intensives investigations, qu'une pâle et faible idée. Tout ce qu'il savait sur le sexe, avant de la rencontrer, n'était qu'enfantillage. Non contente d'être douée d'un talent naturel, elle s'était initiée, au cours de ses nombreux voyages, à des techniques provenant du monde entier dont il ne me disait que ça. Et il y en avait des quantités. Des trucs insoupçonnables.

Il avait l'air très emballé.

Connaissant moi-même une certaine euphorie, je renonçai à le mettre en garde contre les dangers que représentait Madonna. Qu'il profite, me disais-je. Que tous ceux qui s'agitaient dans l'ombre autour de lui aillent se faire voir. Que les ténèbres se referment sur eux.

Édith et moi passâmes le week-end entier à la maison, sans voir personne. Cela nous fit le plus grand bien. Et de telles occasions étaient si rares que nous savions les apprécier comme il se devait : grasses matinées, attentions délicates, conversations détendues et lectures au menu par une température extérieure de vingt-quatre degrés, à peine fraîchissante au soir.

Ayant reçu, durant mon absence, un nouveau lot de débardeurs de la Bundeswehr et quelques nouveautés (en particulier des shorts de l'armée chinoise dont j'étais persuadé qu'ils allaient faire un malheur), j'en profitai pour envoyer environ deux cents bons de commande aux divers écrivains et gens de la profession dispersés sur le territoire et autres pays de la CEE que j'avais comme clients. Une tâche reposante, accomplie sous le tilleul, tandis qu'Édith s'occupait de ses ongles de pieds.

J'effectuai également l'inventaire de mes frigos et passai un coup de fil à mon correspondant dans l'Oregon afin de reconstituer mon stock de *Super Blue Green*™ et produits dérivés. J'appris avec joie que mon pourcentage en tant que distributeur avait été valorisé de trois points (ils venaient s'ajouter à mes vingt-cinq pour cent de bénéfices occultes que dilapidaient nos trois enfants mais Édith me couvait alors d'un œil imparablement affectueux).

— Sais-tu au moins de quelles sommes il est question de nos jours à propos de droits d'auteur ?

— Bah, nous en avons bien profité…

— Nick Hornby en est à deux millions de livres sterling. Mais ça date de quelques mois. Ça doit être davantage aujourd'hui. Je ne serais pas étonné qu'au moment où je te parle un quasi-inconnu soit en train de discuter à deux et demi ou même trois, pourquoi pas ?

— Mais ma parole, tu es jaloux…

— Ça va passer. Je vais faire quelques exercices de respiration… Mais comment persuader Patrick de résister ?

Je me posai régulièrement cette question tout au long du week-end, sans parvenir à me concentrer dessus. Néanmoins, je me faisais davantage de souci concernant ce qui pouvait lui arriver qu'à propos de ma jaquette. La compagnie d'Édith me rendait plus humain et bien moins mesquin, je l'avais souvent remarqué. D'ailleurs, la physique reconnaît désormais le phénomène d'intrication. Einstein n'y croyait pas, contrairement à Bohr. Mais la corrélation quantique unissant deux particules se trouvant à grande distance l'une de l'autre — et formant un tout inséparable — vient d'être mise en évidence avec des photons. Édith et moi étions « intriqués », voilà la vérité, dans sa suprême et implacable évidence.

Un week-end avec elle et j'étais remis à neuf, nettoyé de l'intérieur. Les deux soirs, après un repas léger (Édith veillait également à ma forme d'écrivain), je me remis à mon roman dont elle attaquait la lecture des cent cinquante premières pages. Mais je ne m'angoissais pas à ce propos car je savais que c'était bon (mon seul problème venait des ventes, chose dont je n'étais pas responsable et pour laquelle je n'avais aucune explication satisfaisante — j'envisageais cependant d'avoir une conversation amicale et sérieuse avec monsieur Hornby s'il avait une minute). L'esprit léger (la pression éditoriale n'était pas à son comble et mon talent, injustement sous-estimé, était réglé comme une horloge atomique), je rattrapais en partie le temps perdu avec une facilité déconcertante (on sait que le plaisir est inversement proportionnel à l'enjeu et j'accueillais les adverbes avec un œil désormais tout à fait aimable, laissant à d'autres le soin de les compter et d'entretenir une littérature de merde — la liberté était à ce prix).

M'allonger aux côtés d'Édith, lorsque je descendais de mon bureau au milieu de la nuit, constituait un temps fort, à la perfection irréelle. Je restais sur un coude, pour la regarder dormir. Lorsqu'il s'ankylosait, je me penchais sur elle pour l'embrasser puis laissais retomber ma tête sur l'oreiller, en proie aux réflexions les plus essentielles. J'approchais de la cinquantaine avec le sentiment que ma vie n'avait pas été inutile. J'en étais profondément ému et reconnaissant envers qui de droit.

Le lundi matin, j'étais donc dans une forme éblouissante.

À dix heures, j'avais écrasé Henri au cours d'un match mémorable : 6-3, 6-1, 6-0.

À onze heures quinze, dans le bureau de Suzanne, je jurai de la traîner dans la boue (un agent a toujours quelque chose à se reprocher et je la pratiquais depuis ses débuts : de quoi lui donner des palpitations, la maintenir au bord de la syncope) si jamais j'étais tenu à l'écart des décisions de Patrick.

À midi, je déjeunai avec Olga. En beauté, ainsi qu'à son habitude. Mais comme son bouquin n'avançait pas et qu'elle se sentait sur le point d'avaler des somnifères ou de se lancer à fond de train sur une autoroute en sens inverse, elle insista pour m'accompagner à mon rendez-vous de l'après-midi, quel qu'il soit, plutôt que de me quitter. Mon refus catégorique n'eut pas l'heur de lui plaire et elle se mit dans la tête qu'il s'agissait de Nicole. « Écoute, lui déclarai-je, ne m'emmerde pas ! » Voyez, j'étais remonté à bloc.

À seize heures, je me dirigeai vers la suite de Madonna. Michel Polnareff était étendu en travers du couloir, mais je l'enjambai. Elle m'ouvrit dans une tenue dont je n'ai même pas envie de parler, d'autant que j'y jetai à peine un œil (je n'étais pas là pour plaisanter).

« Que ce soit bien clair entre nous. S'il arrive quelque chose à Patrick, je te tiendrai pour responsable. » Elle voulut savoir si c'était une menace. Je lui confirmai que c'en était une. J'en fus le premier étonné, pas loin de supposer qu'un autre lui parlait à ma place.

À dix-neuf heures, j'eus un rapport sexuel avec Nicole Vandhoeren, dans le bureau de son agence. Rien de prémédité. Je désirais simplement m'informer des éventuelles conséquences du retour de Patrick, au regard des nouvelles dispositions de celui-ci.

Elle refusa de façon catégorique d'évoquer le sujet tout en laissant tomber sa jupe à ses pieds. À l'entendre, c'était mon propre retour qui l'intéressait et la manière dont nous allions nous y prendre pour aborder une nouvelle étape dans nos relations.

Selon elle, ces quelques jours de séparation m'avaient à coup sûr mis dans un tel état qu'elle comprenait fort bien mon impatience et acceptait que nous le fissions sans attendre, là, debout ou à quatre pattes sur le sol, c'était moi qui voyais.

Je compris que nous ne pourrions parler sur-le-champ. Je lui proposai tout de même, car je n'avais pas que ça en tête, de reporter l'exercice à un peu plus tard, dans un cadre mieux choisi, mais elle était déjà en train d'ôter son slip en m'expliquant que l'un n'empêchait pas l'autre, d'autant qu'il y avait un petit lave-mains dans les W.-C. dont nous saurions nous débrouiller pour parer au plus pressé. Un petit lave-mains ?

Eh bien, elle se trompait. Elle en eut dans les cheveux, sur son corsage, et de mon côté ma cravate termina sa journée dans ma poche, pour ne rien dire de mon bas de pantalon qui pâtit de n'avoir pas été plié sur une chaise. Il fallait s'y attendre.

Mais ce qui était fait était fait. À sa demande, j'apportai un siège afin de lui faciliter une toilette intime de première urgence. Dans un simple lave-mains, vous imaginez ? Une sorte de coquille Saint-Jacques fixée au mur, pas même un bénitier pour enfant. Et en équilibre sur un siège à roulettes. Moi, je voulais bien. Je n'avais pas de conseils à lui donner dans la mesure où il s'agissait d'une question très personnelle. J'étais moi-même partisan de certaines ablutions point trop tardives dans la mesure où la situation le permettait et un lave-mains aurait très bien pu me dépanner. Mais une femme ?

Nous nous sommes compliqué la vie, j'ai l'impression.

Pour commencer, elle tenta la manœuvre face au mur. J'imagine que ma présence (il fallait quelqu'un pour maintenir le siège à roulettes) était à l'origine de ce choix (un élan de pudeur étonnant mais compréhensible). Fesses nues, en bas et porte-jarretelles, elle se plaqua au mur. On aurait dit qu'elle se préparait pour une escalade à mains nues. Considérant le problème, je l'interrompis une seconde et allai chercher un second siège. Avec un sourire contrit, elle admit que je lui facilitais la tâche.

Pas autant que nous l'aurions souhaité, cependant. Car si, dès lors, elle pouvait chevaucher l'affreux et risible petit lavabo, elle ne gagnait aucun recul et continuait à embrasser le mur dans un équilibre précaire (je devais lui maintenir les reins afin qu'elle ne partît pas à la renverse).

Il fallut s'y résoudre : nous y serions encore dans une heure si nous n'adoptions pas une mesure plus radicale.

« Je crois que je ferais mieux de me tourner », déclara-t-elle.

Je l'approuvai.

Elle prit appui sur mes épaules pour effectuer sa volte-face.

J'ouvris le robinet tandis qu'elle fléchissait les jambes, le dos collé au mur et toujours cramponnée à moi, qui bloquais les roulettes de mes deux pieds. Elle plaisanta à propos de ce numéro d'acrobate auquel nous étions en train de nous livrer. Je lui retournai son sourire et l'interrogeai sur un éventuel emploi de savon liquide. Elle battit doucement des paupières.

Il s'agissait d'un distributeur à tirette contenant un produit rose et visqueux parfumé à la fraise. Je l'actionnai, en recueillis la valeur d'une cuillerée à soupe au creux de ma paume.

— Ça ne va pas piquer, au moins ? m'enquis-je.

— Non. C'est un lait hypoallergénique.

Sans doute, mais il moussait pas mal.

Jusque-là, j'éprouvais une vraie sympathie pour Nicole. Sexuellement, les choses se passaient bien. J'avais donc envie de lui être agréable et, comme rien ne nous pressait et qu'elle semblait encore pourvue de munitions, je pris un soin particulier à sa toilette et vis, en un laps raisonnable, mes efforts et son attente couronnés de succès (sauf qu'elle s'affaissa en tremblant et pour finir dans le lave-mains qui branla sur ses équerres, faisant sauter quelques écailles de peinture).

Elle se moquait éperdument de ce que fabriquait Patrick. À un point que je ne pouvais imaginer. Par contre, elle était impatiente de m'avoir dans un lit et pourquoi pas un week-end tout entier pour commencer ? Nous nous étions engouffrés dans un bar sombre, au coin de la rue, et je la trouvais encore bien excitée.

Elle n'avait pas songé un seul instant à Patrick, durant toute cette semaine, mais à moi, rien qu'à moi. Pour preuve, sa main fouillait mon entrejambe de façon persuasive.

Je la regardai faire une seconde, un peu sidéré. S'en aperçut-elle ? Le feu lui monta aux joues et sa main reparut aussitôt sur la table. « Mais qu'est-ce que je fais ?!... bredouilla-t-elle avec un rire gêné. Enfin, mais qu'est-ce qui m'arrive ?!... »

Je lui souris et déclarai qu'elle exagérait beaucoup mes performances mais qu'un homme acceptait toujours ce genre de compliment, fût-il frappé d'éjaculation précoce ou flanqué d'un instrument capricieux.

Quoi qu'il en soit, elle semblait troublée par son attitude et s'efforçait de reprendre ses esprits.

« Écoute, fis-je pour l'apaiser, nous savons toi et moi ce qu'il en a été avec Patrick. Alors, prends quelqu'un qui se remettrait à fumer : la première cigarette l'étourdit, bien sûr... Tu n'as aucune raison de te sentir embarrassée, crois-moi. J'ai eu le même genre d'expérience. On a l'impression de ne plus connaître son corps, qu'il est devenu fou. Mais les choses finissent par rentrer dans l'ordre, n'aie pas peur. »

Je n'étais pas persuadé de cette dernière affirmation (il semblerait d'ailleurs qu'en cas de rechute le fumeur augmentât sa dose), mais j'avais bon espoir. Je posai une main sur celle de Nicole (elle me parut, il est vrai, bien moite, anormalement moite). Elle leva sur moi un regard à l'éclat très particulier (quand je pense que son mari noircissait des pages et des pages sur la misère sexuelle de notre époque ! — en fait, le monde est tel que l'on veut qu'il soit ou, mieux encore, tel que l'on est soi-même — et il y avait autant de misère dans le chaos des années soixante-dix, malgré tout ce qu'on en dit).

— Mon Dieu, Francis, que vas-tu penser de moi ?

— Que tu es en pleine forme. N'est-ce pas tout ce que l'on peut souhaiter ? D'ailleurs, je veux que tu te mettes aux algues. Je ne veux pas t'effrayer, mais, tu sais, quand on voit ce que l'on mange, aujourd'hui, il n'y a pas d'alternative. Chacun doit se prendre en main. Un peu comme pour les retraites.

Elle alluma une cigarette.

— Et de la vitamine C, ajoutai-je. Un fumeur devrait en absorber au moins trois grammes tous les matins. Sais-tu qu'on a soigné certains cancers en phase terminale par injection de vitamine C à haute dose ?

Elle se mordilla les lèvres et afficha un air grave :

— Écoute, il y a un hôtel à deux pas d'ici. Je veux que nous y prenions une chambre.

Je lui caressai de nouveau la main :

— Allons, sois raisonnable. D'abord, j'ai à faire, et puis nous venons à peine de...

— Et alors ?!

— *Et alors ??!...* m'esclaffai-je en la considérant d'un œil attendri. Écoute, ce serait trop beau s'il me suffisait de claquer les doigts, j'espère que tu le comprends...

J'eus droit à un regard lourd :

— Figure-toi qu'il ne me suffit pas de claquer des doigts, moi non plus !...

Très bien. Au temps pour moi.

— Si tu veux savoir, reprit-elle avec une pointe d'exaspération (mais très aiguisée), je n'ai pas l'habitude de me comporter ainsi !

Elle semblait attendre que je dise quelque chose, mais je n'avais rien à répondre à ça. D'autant que je ne comprenais pas très bien si elle en souffrait ou non. Ses explications étaient confuses, parfois contradictoires. Elle se lançait par exemple dans le récit d'une vie amoureuse dont elle vantait la sagesse et le calme avec fierté, se félicitant de n'avoir pas cédé à de quelconques aventures ou aux élans d'une libido qu'elle avait su contrôler... Puis, tout à coup, son discours s'arrêtait et son regard se perdait dans le vague. Ses traits se figeaient. Un instant, elle avait un air hébété. Pour finalement reprendre la suite d'une voix moins assurée, et même hésitante. Alors, bien sûr, peut-être n'avait-elle pas l'habitude de se comporter ainsi, mais qui aurait pu dire son sentiment profond ? Moi-même, regrettais-je de façon sincère ma nouvelle vie de mauvais garçon ? Ces choses-là ne sont pas faciles à éclaircir. D'un point de vue strictement sexuel, la bataille entre le Bien et le Mal ne présente pas beaucoup d'intérêt. Quand deux crétins s'empoignent, je suis d'avis de ne pas les séparer.

Je la raccompagnai.

En chemin, tandis que je la promenais dans les embouteillages, elle me déclara qu'elle avait consacré tout son temps libre et une bonne partie de ses nuits à la relecture de mes livres. « Te dire que j'ai pensé à toi n'est pas exagéré... », fit-elle en regardant ailleurs. Comme elle ne s'exprima pas davantage sur le sujet, je ne sus qu'en penser de façon objective. Mais par expérience, et eu égard à certains aspects de ma vie privée, j'en conçus aussitôt une légère inquiétude. N'importe quel écrivain vous le dira : un lecteur a toujours le sentiment que vous lui devez quelque chose. Et, pour commencer, que vous soyez à la hauteur de son fantasme. Or, avec Nicole, je n'avais surtout pas besoin de ça.

— Tu es au courant des propositions de Claris ? fis-je pour changer de conversation.

— Patrick pense que tu serais un très bon écrivain si tu avais quelque chose à dire.

— Remarque, il a peut-être raison.

— Personnellement, je pense qu'il a tort.

Oui, bien sûr... cela prenait sans doute un chemin qui n'était pas aussi clair que je l'aurais souhaité. Oh, rien de grave, cependant. Certaines corrections de trajectoire à effectuer en douceur pour parer à toute ambiguïté et afin que chacun y trouvât son compte. L'idée n'étant pas que notre relation prît un caractère trop complexe. Vraiment pas du tout. Mais évoluât vers quelque chose de simple, au contraire, d'essentiellement charnel (et d'amical, bien entendu).

Bifurquant donc vers un terrain moins lourd, je l'interrogeai de nouveau sur ces histoires de contrat.

— Ce que j'en pense ? Ça m'est complètement égal !

Je hochai la tête. De son côté, elle me fixait avec intensité.

— Si j'ai un conseil à lui donner, reprit-elle sur un ton étrange, c'est qu'il se vende au plus offrant.

— Ça, ce n'est pas un bon conseil.

— Pour Patrick, c'en est un bon. Crois-moi.

Plus tard, elle me livrerait le fond de sa pensée et j'admettrais qu'il y avait matière à réflexion. Mais sur le coup, malgré le mystère qui planait sur ses paroles, je les mis au compte d'une bien normale acrimonie et jugeai inutile de poursuivre. Patrick avait beaucoup baissé dans son estime depuis quelque temps. Il est toujours difficile pour un écrivain de se maintenir au top niveau dans l'esprit des lecteurs. Encore une fois, c'est une profession pleine de mauvais côtés. À certains égards, très décevante.

Nous étions arrivés devant chez elle. Et vous savez ce que c'est : elle vous invite à prendre un verre, vous dites non, elle insiste, vous secouez la tête et alors elle se penche au carreau et vous considère, elle vous dévisage, vous fusille du regard, elle vous fait comprendre son désir qu'un sac de pierres vous tombe sur le crâne si vous résistez davantage, alors c'est à vous de voir. C'est à vous de décider. De deux maux, il faut choisir le moindre. C'est à vous de voir.

Je désirais savoir où était Patrick avant toute chose. Éventuellement, à quelle heure il comptait rentrer ou toute autre information susceptible de m'éclairer sur les risques de son éventuel retour inopiné. Elle n'en savait rien mais continuait de se déshabiller à toute allure. Tandis que je l'interrogeais, je voyais différentes parties de son corps se dénuder en vitesse accélérée et des vêtements voler à travers le vestibule en rangs serrés. J'en restai pantois. C'était la première fois, je pense, que j'assistais à une telle frénésie.

Toujours sans nouvelles de Patrick, je refusai de me laisser entraîner dans la chambre et portai mon choix sur le canapé en peau de buffle qui trônait dans le salon.

On aurait juré qu'il y avait le feu. Alors que je réfléchissais aux dangers qui nous guettaient, elle avait déjà défait tous les boutons de ma chemise (un vrai tour de magie), débouclé ma ceinture, descendu mon pantalon et voilà qu'elle fourrait les mains dans mon slip avec un air tourmenté.

J'ouvris la bouche, m'apprêtant à lui proposer diverses entrées en matière, mais elle accrocha un bras autour de mon cou et nous fit choir brutalement sur le canapé.

Je me demandai si elle pensait à reprendre sa respiration. Je n'en avais pas l'impression. Plutôt qu'elle se livrait à une plongée en apnée et avait encore quelques dernières bricoles à régler avant de remonter à l'air libre. En l'occurrence, il s'agissait de saisir ma queue et de se la mettre sans plus attendre. Une tâche peu compliquée en soi, mais trop de précipitation lui fit perdre de précieuses secondes (pour moi, tout allait si vite que je ne lui étais d'aucun secours — pis encore : croyant qu'elle désirait procéder à certains échauffements, je me reculais au lieu du contraire).

Bref. Enfin, bref. D'un grognement, elle m'aida à prendre conscience de mon erreur. Pourquoi ne l'avait-elle pas dit tout de suite ? Eh bien, je ne vous ai pas menti : la malheureuse ne respirait plus. Seul un puissant instinct de survie lui permit d'empoigner mes fesses et de les fracasser entre ses jambes, plongeant du même coup mes parties sexuelles dans les siennes.

Je crus que je l'avais tuée. Elle poussa un tel cri que je jetai un coup d'œil dans mon dos mais il n'y avait personne. Mais ce cri, nom d'un chien ! Était-ce même un cri ? Plutôt un râle, un feulement, une expectoration cathartique d'une ampleur peu commune. À la réflexion, j'avais très nettement sous-estimé sa requête : quand elle m'avait parlé d'un besoin pressant, irrépressible, je n'avais rien imaginé de tel. Je m'en voulus. À ses yeux, j'avais dû passer pour un monstre au cœur glacé.

Elle bloqua aussitôt ses talons dans mes reins et poussa alors un long soupir aux accents radieux. Une source, dans la beauté silencieuse d'un sous-bois, par une matinée incandescente.

« Hoouuu, ça fait du bien !... murmura-t-elle en gardant les yeux clos (son visage était empreint de la plus grande félicité). Hou là là !... Oh, c'est bon !... Oh là là... Boouuu !... Attends, ne bouge pas... Mmmmm ! Ouille ouille ouille !... Fffff !... »

Je n'y étais pour rien, croyez-moi. Intéressé, un sourire un peu bête aux lèvres, je sentais ses muscles vaginaux s'affairer autour de mon organe comme s'ils étaient nantis de petites mains amicales et bien chaudes. Une sensation très plaisante, que les réflexions de Nicole (toute une gamme d'onomatopées fort suggestives) rendaient plus lumineuse encore.

— Je t'en aurais voulu à mort, me dit-elle en tortillant doucement son bassin.

— Oui, je sais. N'empêche que ce n'est pas très raisonnable.

— Ce ne serait pas si bon si c'était raisonnable.

— D'accord. Je le reconnais.

— Elle est plus grosse que tout à l'heure, n'est-ce pas ?

— Ma foi, non, je ne crois pas.

— Mais si, je t'assure... je le sens bien, voyons.

Pourquoi pas, après tout ? Dans un monde qui partait à vau-l'eau, dont l'horizon eschatologique piquait du nez et menaçait de finir dans une poubelle au train où allaient les choses, pourquoi devrions-nous refuser la part du rêve ? Elle la trouvait plus grosse, eh bien, soit ! Où était le mal ?

— Enfin, quoique... fis-je en feignant de réviser mon jugement. Voyons voir si je peux la sortir...

— Ah ça, non. Jamais de la vie !

Était-ce vraiment l'heure de plaisanter ? Avec l'autre imbécile qui risquait de rentrer à tout moment... Nous sommes d'une telle inconscience, quelquefois. À croire que la brutalité de la vie, les coups reçus, les leçons enfoncées dans le fond de la gorge, très tôt, tellement tôt la plupart du temps, ne nous ont rien appris. Il y a de quoi forcer l'admiration quand on y pense. Il y a peut-être une chose dans le cœur de l'être humain qui mérite d'être sanctifiée. Dostoïevski pensait que l'idée même de Dieu, chez une créature aussi basse et mauvaise que l'homme, méritait le respect. Et le sens de l'humour, donc ! N'était-il pas touchant, ce rire, fourbi devant les portes de l'enfer ?

Elle feignit de tourner de l'œil lorsque j'amorçai un mouvement de piston (le fait est que la surdimension de mon engin provoqua une giclée d'huile tous azimuts — mais ça, il fallait s'y attendre — dont la plus grande partie fila en sifflant au-dessus de l'accoudoir avant d'atterrir sur le tapis et d'y sombrer comme un blanc d'œuf). Elle feignit de tourner de l'œil et manqua de s'étrangler. « Huurboukkk !! », fit-elle, puis ses yeux s'écarquillèrent. À leur tour, ils étaient devenus beaucoup plus grands tout d'un coup. Mais vous l'allez voir, ces distorsions morphologiques qui nous frappaient soudain, elle et moi, n'avaient pas fini de nous surprendre.

Ma bouche pour commencer. Tandis que nous baisions (avec force bruits de bottes de caoutchouc s'enfonçant dans la boue et peinant à s'en extirper), je lui suçai les seins. Puis j'en enfournai un. Mettons, sans exagérer, de la taille d'un gros pamplemousse. Elle m'observait avec ses grands yeux (des soucoupes !) et n'en revenait pas. Mais lorsqu'elle vit les deux disparaître entre mes lèvres et gonfler mes joues, elle lacéra le dossier du canapé en peau de buffle et siffla entre ses dents.

Je l'avais piquée au vif. Elle me considéra un instant avec un sourire en coin et tira lentement la langue. Tout ce que l'on peut faire avec une langue de dimension normale est déjà bien. Croyez-moi ou non, la sienne était devenue deux fois plus longue.

Je m'installai sur le dos, les genoux repliés sur la poitrine, cependant qu'elle me soulevait les reins. C'est à cet instant que je sentis mon nez s'allonger.

Je le touchai et le tripotai avec surprise tout en couinant et frétillant des fesses contre le visage de Nicole. Je devais reconnaître que si elle m'avait écouté, nous n'en serions pas là et je ne m'en sentais pas grandi. Le corps tout entier parcouru de terribles frissons, le front emperlé de sueur, je l'observai à l'œuvre et elle semblait si bien dans sa peau, si appliquée, si ravie de sa besogne que je me frappai la poitrine.

Je décidai de me rattraper, si c'était possible. Je pris prétexte du fait qu'elle me branlait en même temps, et que je n'avais guère confiance en moi, pour l'inviter à inverser les rôles. À présent, si je fermais le poing autour de mon nez, le bout dépassait un peu. Autre chose encore : m'embrassant la paume de la main droite (je venais de la lui glisser rondement entre les jambes), c'est Nicole qui s'aperçut de la taille inhabituelle de mon majeur. Mon majeur ? Une obscène et ignoble saucisse de trente centimètres de long, lisse et flexible. On aurait tout vu.

Mon long nez dans son vagin, mon long majeur dans son trou du cul : Nicole avait de quoi faire. Elle se démenait tant qu'une large auréole de sueur assombrissait le cuir du canapé. Sans compter que sa fente coulait comme le latex d'un hévéa scié en deux.

Elle eut des orgasmes violents, rapprochés, divers, apoplectiques. Elle profita de la taille de sa langue pour se lécher la chatte (je fais à présent partie des très rares qui ont vu ça deux fois dans leur vie et qui peuvent témoigner du grand bonheur des exécutantes). À maintes reprises, elle s'épongea le visage dans sa culotte. Elle proféra des paroles très grossières (j'ose espérer que nos particularités physiques du moment en étaient la cause et ne souhaite donc pas les reproduire, par souci de justice — sachez simplement que leur extrême vulgarité vous aurait scié les pattes). Laissant la porte ouverte, elle pissa debout dans les W.-C. et ne prit pas la peine de s'essuyer. À son retour, elle vint s'asseoir sur ma figure. Bref, j'en oublie et pourrais continuer ainsi pendant des heures.

Ayant dépassé la quarantaine, Nicole et moi, nous prîmes nos précautions pour éviter un incident dans la dernière ligne droite. Résultat, nous franchîmes l'arrivée dans un mouchoir. L'expérience est souvent préférable à la nature sauvage. Une assez bonne connaissance du terrain vaut mieux que l'énergie pure dont le contrôle peut vous échapper à tout instant. Je crois pouvoir affirmer que nous eûmes la victoire modeste. Un regard a suffi. Aucun mot ne fut échangé. Madonna avait raison : rien de tel qu'un soixante-neuf dans la minute qui suit. Ce fut notre récompense. J'en avais encore quelques gouttes qui perlaient au bout de ma queue, et de mon côté j'étais servi.

Nous rasseyant, un peu plus tard, le souffle court, les lèvres collantes, le visage luisant et l'air délicieusement ahuri, nous découvrîmes avec soulagement que nos hypertrophies anatomiques avaient disparu. Nicole m'embrassa farouchement par surprise, puis ramassa ses affaires et fila dans la salle de bains.

Oui. Bien sûr. C'était sans doute inévitable. Elle n'avait donc pas de tiroirs ? Allais-je devoir lui faire un cours sur l'art de ne pas mélanger les choses ? Je me rhabillai avec à l'esprit cette petite ombre qui était venue ternir une journée bien remplie, positive sous tous ses aspects. Mais la perfection n'est pas de ce monde. Elle ne l'a jamais été.

Ils avaient des problèmes d'écoulement, chez les Vandhoeren. J'entendais des bruits de syphon en provenance de la douche. L'oreille collée à la porte, je diagnostiquai certains étranglements dans les canalisations et même dans l'arrivée d'eau (des coups de boutoir symptomatiques). Ces vieux appartements du centre-ville avaient vu défiler tant de monde au cours des ans, tant de cochonneries avaient été déversées dans les tuyaux que la thrombose les guettait. Quelquefois, un accident survenait et tout vous pétait à la gueule. Pourtant, Dieu sait qu'un parfait écoulement est la plus belle création du monde. Quoi de plus merveilleux qu'un petit ruisseau, qu'un robinet qui coule paisiblement, qu'un système d'évacuation qui emporte les souillures et toutes les mauvaises choses au loin et les projette au plus profond des ténèbres ?

J'allai me laver les mains et le visage à la cuisine.

Puis je revins au salon et retournai les coussins dont le dessus était ramolli comme une crêpe. Je frottai les taches encore humides que nous avions semées sur le tapis (certaines choses s'étaient déroulées sur le tapis) avec la semelle antidérapante de mes mocassins italiens. Je ramassai les mouchoirs de papier jetés çà et là (et, une fois de plus, impossible de savoir d'où nous les avions sortis). Puis je remis une pile de livres en ordre sur un guéridon que nous avions failli renverser. Je tombai alors sur des photos de Madonna : un album relié dont on avait beaucoup parlé au moment de sa parution, bien qu'il n'y eût pas de quoi fouetter un chat. Je le parcourus, cependant, sans y porter beaucoup d'intérêt.

Je ne saurais dire pourquoi je m'arrêtai à ses fesses. Elles n'avaient rien de particulier, sinon qu'elles étaient nues et rien d'autre. Toutefois, je restai environ une minute à les regarder, ne pensant à rien, ne sachant pourquoi je m'absorbais dans leur morne contemplation.

Lorsque je compris ce qui se passait, je refermai l'album, le rangeai, puis tendis la main vers le canapé pour aller m'y asseoir.

Je frappai à la porte de Madonna. C'est Patrick qui m'ouvrit.

Après une seconde de surprise, son air se fit suspicieux.

« C'est toi que je suis venu voir, le rassurai-je. Il faut que je te parle. »

Il répondit par un grognement et retourna s'asseoir dans un fauteuil. Le téléviseur était allumé et retransmettait un match de foot pour lequel Patrick manifestait visiblement beaucoup d'intérêt. Madonna n'était pas dans la pièce, mais la salle de bains semblait occupée (il y avait un rai de lumière sous la porte).

D'un geste vague, Patrick m'indiqua la table basse où il restait encore à manger pour quatre en plus d'une énorme et appétissante corbeille de fruits de tous les continents et saisons imaginables qu'il soulagea de quelques branches de groseilles.

« Ce que je vais t'annoncer ne ressemble pas à une bonne nouvelle, fis-je en m'installant à ses côtés. J'en ai bien peur... »

Comme il n'eut aucune réaction, je suivis un instant avec lui le déroulement du match, mais le cœur n'y était pas.

« J'ai hésité avant de t'en informer, repris-je. Puis j'ai pensé que tu pourrais me reprocher de t'avoir caché la vérité. Or, j'estime que nos rapports doivent être fondés sur le respect et la confiance mutuels... Hein, Patrick, est-ce que tu m'entends ? »

Rivé à l'écran, il acquiesça en silence. Et avec une lenteur peu convaincante.

« Et ça ne t'a pas sauté aux yeux !?... continuai-je. Toi, le grand spécialiste de Madonna, ça ne t'a pas sauté aux yeux ?! Tu n'as rien remarqué ?!... »

J'attrapai une sorte de fruit inconnu, avec des piquants mous et des rayures marbrées d'un mauve blafard. Je l'examinai puis le reposai à sa place.

« Tu as été une proie facile, reconnais-le... Les écrivains sont toujours des proies faciles pour des salopards de cette nature. Ils savent exploiter la moindre de nos faiblesses. Tous les moyens sont bons. Oh, ils ont vite compris qu'au fond tu es un sentimental, un vrai sentimental, et tu vois, ça n'a pas traîné !... Mais ils sont si pleins d'arrogance, si imbus de leur pouvoir, si sûrs d'avoir affaire à des demeurés, qu'ils commettent toujours une erreur, et une erreur grossière en l'occurrence... »

Je me penchai à nouveau pour saisir l'espèce de fruit et l'ouvris en deux à l'aide d'un couteau. Il s'en écoula une bouillie gluante et translucide remplie de pépins noirs. Je reposai le tout pour croiser mes mains autour de mes genoux.

— Et maintenant ? Qu'est-ce que tu comptes faire ?

Il profita de la mi-temps pour me glisser une mimique contrariée.

— Comment ça, qu'est-ce que je compte faire ?!...

À cet instant, Madonna sortit de la salle de bains. Nous échangeâmes un regard tiède.

— Eh bien, avec elle… ajoutai-je à l'intention de Patrick.

Il ne voulait pas se débarrasser de cet air obtus, amer, mal embouché du supporter que l'on dérange en plein match.

— Quoi ?… Madonna ?…

— Ne l'appelle plus Madonna. Ce n'est pas Madonna, soupirai-je.

Il grimaça carrément :

— Attends… Je comprends pas…

— Qu'est-ce que tu ne comprends pas ?! Je me tue à t'expliquer que cette fille n'est pas Madonna ! Tu le fais exprès, ma parole !

Il se mit à rougir. Une réaction pour le moins étrange. Cela étant, un jour que l'on m'annonçait un événement terrible, j'avais grelotté de froid durant des heures, enveloppé dans de grosses couvertures. Et nous étions en plein été à cette époque.

Tandis que le sang lui montait au visage, ses yeux se réduisirent bientôt à des fentes et il ne fut pas loin de loucher (signe de la tension et de la confusion qui l'envahissaient).

— Pas Madonna ?!!… C'est quoi, ton histoire ?!!… T'es cinglé ou quoi ?

Il leva les yeux sur elle et je la considérai à mon tour. Elle haussa les épaules, un vague et selon moi bien méprisant sourire aux lèvres, puis tendit la main vers ses cigarettes.

— Enfin quoi, merde !… C'est une blague ?!… lâcha Patrick en se cramponnant aux accoudoirs de son fauteuil.

— Oui… d'une certaine manière, c'en est une, déclarai-je.

— Madonna, dis quelque chose !…

Elle croisa les bras et souffla un jet de fumée provocant dans notre direction :

— Allez vous faire foutre, tous les deux !

Au lieu de s'en prendre à elle, il s'en prit à moi :

— T'es en train de faire quoi, au juste ?!… me siffla-t-il au visage.

— Ça ne se voit pas ? lâcha-t-elle. Il te faut un dessin ?

Je me tournai vers elle :

— Eh bien toi, ma petite, tu as un sacré culot !

— Laisse-la tranquille !

— Attends, il veut peut-être que je lui chante *Like a Virgin* ?

Je me tournai vers Patrick :

— Bon alors, écoute-moi bien, je ne vais pas le répéter : cette fille n'est pas Madonna, tu as saisi ?!…

Elle ricana dans mon dos tandis que je fixais Patrick droit dans les yeux. Pour finir, il se mit à ricaner lui aussi :

— C'est tout ce que tu as trouvé ?

— Vire-le ! lui conseilla la perfide. Tu vois bien qu'il est en plein délire…

Je continuai de fixer le lamentable sourire de Patrick :

— Alors tu ne me crois pas, c'est ça ?!... Hein, alors ma parole ne vaut rien du tout pour toi, c'est bien ça ?!...

— Mais ne l'écoute donc pas... Vire-le, je te dis !...

Je pense que Patrick, à cet instant, avait choisi son camp. Qui n'était pas le mien, malheureusement. Mais il devait sentir que je ne prenais pas la chose à la légère et il ne savait pas trop quelle attitude adopter sur le coup. Il était ridicule. Peut-être même étions-nous ridicules tous les deux. Je lui en voulais doublement.

— Je ne sais pas pourquoi je ne te laisse pas tomber purement et simplement !... Je n'en sais rien !... Tu vois, je viens d'avoir une journée fatigante et pourtant j'ai aussitôt accouru pour te mettre en garde. Et pour quels remerciements ? J'espère que tu te souviendras comment tu m'as traité quand je voulais te tendre la main !

— Est-ce qu'il va nous emmerder encore longtemps ?

Sans me retourner, je levai la main pour la faire patienter et adressai quelques derniers mots à Patrick qui peinait à soutenir mon regard :

— Maintenant, ouvre bien tes yeux, monsieur Je-Sais-Tout-Sur-Madonna ! Ouvre grands les yeux, monsieur Je-Sais-Tout-Mieux-Que-Les-Autres !...

Je me levai d'un bond qui surprit tout le monde. Et elle la première.

Je l'avais détestée à la première seconde où je l'avais rencontrée (avec une parenthèse sur la terrasse du Royal Ambassador, c'est entendu), si bien que je n'éprouvai aucune espèce d'hésitation à l'empoigner.

Certes, elle n'était pas manchote. Elle n'était pas le genre de femme que l'on eût craint de briser en deux au moindre contact un peu sportif et j'estime qu'elle pouvait réserver à bien des hommes quelque méchante surprise en combat singulier. Seulement, ce n'était pas un combat singulier mais une affaire urgente et ces deux-là m'avaient mis les nerfs à rude épreuve.

Désolé, mais elle exécuta un vol plané et atterrit sur le ventre, en travers du lit, avant de comprendre ce qui lui arrivait. Elle portait une jupe large, ce soir-là, comme un fait exprès, et l'amplitude de la manœuvre la rabattit dans son dos, telle une corolle tordue et retournée par le vent. Si elle n'avait pas porté de culotte, les choses en seraient restées là. Ou bien une transparente comme l'autre fois. Mais elle avait opté pour un modèle du genre Petit Bateau, en coton blanc, totalement opaque.

Il me fallut donc boire la coupe jusqu'à la lie et m'abaisser à commettre une action que j'aurais vivement désapprouvée en temps normal. Mais aussi, j'étais tellement furieux, tellement blessé.

D'un geste brusque, je baissai sa culotte et lançai un regard noir à Patrick :

« Depuis quand Madonna a-t-elle un grain de beauté sur la fesse droite, hein, dis-moi ?!... Hein, réponds-moi, j'aimerais bien le savoir ?!!... »

Inutile de dire, Patrick encaissa le coup très mal. Très très mal.

Au point qu'Henri mit à notre disposition sa résidence secondaire personnelle au bord de la mer (du rôle d'espion, il me voyait très bien passer à celui d'infirmière).

Je n'étais guère enthousiaste. De son côté, Patrick s'était transformé en zombie, aussi indifférent à la mer qu'à la ville ou la montagne.

Par chance, il avait remis les épreuves corrigées de son manuscrit et les rotatives des Éditions Sigmund se tenaient prêtes. Franck prétendait qu'une petite dépression de quelques mois n'allait pas à l'encontre du bon déroulement des affaires en cours. Quel écrivain n'y avait pas succombé au moins une fois, sinon à s'adonner sérieusement à l'alcool ou avoir vendu son âme ? Il ne fallait pas s'inquiéter. Les Pieds Nickelés de chez Claris s'étaient selon lui définitivement disqualifiés dans la course et Patrick n'allait pas tarder à comprendre où était sa vraie famille. Il fallait juste s'occuper de lui, l'accompagner en douceur vers des lendemains raisonnables en le soustrayant à la mauvaise influence de Suzanne

Rotko et à toute chose ayant un rapport avec Madonna.

Facile à dire.

Je n'avais pas que ça à faire. Les premières commandes de shorts et de débardeurs arrivaient déjà sur mon répondeur et je devais préparer les colis et m'occuper des livraisons en ville. Le temps d'aller à la poste, puis ensuite de commencer ma tournée, échanger trois mots avec mes confrères (et ton nouveau roman… bla bla bla… et mon nouveau roman… bla bla bla…) tout en essayant de leur placer des algues, des vitamines ou de l'absinthe, et ma matinée était envolée.

Je m'arrangeais pour déjeuner avec Patrick. Je le retrouvais à la sortie d'un centre de remise en forme (enveloppements, massages, bains à bulles, etc.) dont les frais étaient généreusement pris en charge par les Éditions Sigmund et l'emmenais dans un petit restaurant où une table nous était réservée par les bons soins des mêmes.

Aucune conversation ne l'intéressait. Quelquefois, il se contentait de me regarder fixement et je recevais très bien le message. Il ne mangeait presque rien. Quelquefois, il se mettait à dessiner sur la nappe de papier, mais il n'était doué d'aucun talent de ce côté-là. Il avait le cheveu gras, la peau grise. Nicole me racontait qu'il passait toute la nuit dans son bureau et qu'elle en était enchantée.

L'après-midi, lorsque je le sentais particulièrement maussade, je l'installais dans le jardin avec de la lecture, ou devant la télé, puis je tâchais de travailler à mon roman. Édith et moi échangions des coups d'œil perplexes. Elle le trouvait assez mal en point et ne voyait pas d'objection à nous laisser sortir le soir. D'ailleurs, elle préférait cela plutôt que de garder à dîner un aussi sinistre convive.

Il avait une préférence pour les boîtes de striptease. De seconde catégorie. Là, il se réveillait un peu, mais quand une fille venait s'accroupir devant son nez et le laissait effleurer ses parties intimes, je sentais bien qu'il se faisait du mal.

Nos rapports n'étaient pas simples. J'étais à la fois son sauveur et son bourreau. Certaines fois, il venait vers moi et me remerciait de lui avoir dévoilé le pot aux roses. Il s'excusait même de la défiance qu'il avait manifestée à mon égard, n'ayant pas compris que je n'avais œuvré que pour son bien. D'autres fois, au contraire, il me reprochait d'avoir démoli sa vie sexuelle, d'avoir agi par jalousie. Madonna ou pas, je n'avais pas supporté, m'expliquait-il, sa relation avec une fille exceptionnelle. Pas plus que je ne supportais les contrats mirifiques dont on le gratifiait. Pas plus que je ne supportais d'être un écrivain mineur, comparé à lui.

Je ne me laissais pas entraîner sur ce terrain. En particulier celui de la littérature, qui est un sujet fort sensible (et je n'avais jamais été le dernier à critiquer les autres, à me moquer des prix que je n'avais jamais eus, à me situer d'emblée parmi la crème de la crème). Je ne l'écoutais que d'une oreille. Je savais qu'il souffrait. Un après-midi qu'il m'aidait à plier mes débardeurs de la Bundeswehr, à emballer mes flacons d'algues, il m'avoua que j'avais été son auteur préféré lorsqu'il avait dix-huit ans. Nos rapports n'étaient pas simples. Ce jour-là, comme il avait décidé d'éclaircir sa couleur (genre blond oxygéné — sur un conseil de l'imposteur en jupons, du temps de leurs amours), je lui proposai avec entrain de participer à son application. Tout sauf simples.

Lorsqu'il se sentait plus loquace et que les deux facettes de notre relation ne revenaient pas sur le tapis, les femmes étaient notre sujet de conversation habituel.

Par exemple, il avait entendu parler de ma brutalité envers Olga (y avait-il un moyen d'avoir une vie privée dans ce milieu ?) et avait été témoin de mon comportement avec Madonna (il continuait à l'appeler Madonna, le pauvre). Il se demandait pourquoi j'agissais de la sorte, pourquoi l'on ne me voyait jamais m'en prendre physiquement à un homme puisque je m'emportais si facilement.

Bonne question. Je ne me l'étais jamais posée de façon aussi claire, pour être franc. En y réfléchissant, je m'aperçus que les hommes n'existaient pas réellement pour moi, qu'ils évoluaient dans mon univers un peu comme des fantômes. Il n'y avait pas de relation directe entre eux et moi, du moins rien d'aussi tangible que mon rapport avec les femmes.

Secouer une femme était un acte qui avait à voir avec la réalité, avec le sens du toucher et le registre émotionnel. Je savais ce qu'était le corps d'une femme, je savais ce qu'était un ventre, une cuisse, une poitrine, un cou, un dos ou une épaule de femme. C'était un terrain familier, vivant, reconnaissable. Il était mon unique moyen de m'accrocher au monde, le seul écho que j'en percevais. Car enfin, je n'avais jamais tenu un corps d'homme dans mes bras, je n'en avais jamais caressé, exploré, pratiqué de fond en comble. Je ne savais pas ce que c'était. Je n'en avais jamais tiré quoi que ce soit, rien de réel, rien de sérieux, rien d'existentiel. Au mieux, pour moi, les hommes étaient de bons camarades, les objets d'un décor plus ou moins agréable. Mais aucun d'eux n'avait jamais provoqué chez moi quelque chose d'aussi fort, d'aussi prégnant, d'aussi radical qu'un simple contact avec la dernière des emmerdeuses.

Quel intérêt aurais-je eu de m'empoigner avec un homme ? Quel retour aurais-je pu en attendre ? Quel secours ? Quelle explication ? Quelle réponse ? Je cherchais simplement à rentrer chez moi, à retrouver les choses que je connaissais.

Bien entendu, je n'espérais pas être félicité, ni même pardonné pour mon comportement brutal, que mes raisons fussent bonnes ou mauvaises. Patrick ne le croyait pas non plus.

Je n'espérais pas être félicité, ni même pardonné, mais cela m'était égal. Je n'avais pas le choix. En dehors des femmes, je n'avais personne à qui m'adresser.

Au passage, j'expliquai à Patrick qu'il n'avait peut-être jamais levé la main sur une femme mais que la manière dont il les traitait dans ses livres était plutôt méprisante. Il n'était d'ailleurs pas le seul. D'un côté, il y avait les mauvais, les irrécupérables, ceux qui voyaient des lady Chatterley derrière le moindre buisson. De l'autre, il y avait la nouvelle tendance, les puceaux, les mufles, les durs à cuire, les cérébraux ou ceux qui baisaient des mochetés flanquées d'un QI lamentable et crachaient sur le lit avant de claquer la porte (il fallait se lever de bonne heure pour en trouver un qui ne dise pas de conneries d'une manière ou d'une autre, mais le problème ne datait pas d'aujourd'hui — le vrai courage, en matière de littérature, a des allures de suicide).

Ses récents déboires sentimentaux ne concouraient pas à éclaircir son esprit sur la question féminine. De plus, et je le découvris sans surprise, il admit une adolescence difficile dans ce domaine, quelques vives contrariétés ou blessures d'amour-propre et au moins deux aventures brutalement et inexplicablement avortées qui n'avaient pas relevé la femme dans son estime. Cela suffisait-il pour affirmer que la tendance littéraire du moment était le fait d'une poignée de mal baisés ruminant leurs échecs et dévoilant leur rancœur ?

Non, bien entendu.

Même de plus chanceux y allaient de leur couplet et s'arrangeaient pour croiser des connes. Ils appelaient cela regarder la réalité en face. Ils avaient trouvé un os à ronger. Mais quel plaisir avaient-ils à se rassembler en troupeau ? Et quelle espèce de respect avaient-ils pour eux-mêmes ? Où étaient passés les artisans du *bigger than life* ?

À juste titre, Patrick me fit remarquer que je n'en étais pas le meilleur modèle, en tant qu'auteur. Mais c'était là le désespoir de ma vie. Pourquoi un peintre du dimanche n'aurait-il pas versé des larmes devant un tableau de Francis Bacon ? Et même, pourquoi aurais-je estimé que mon travail avait atteint un but ? En quel honneur ? J'ajoutai qu'il était fort possible qu'au bout du compte mes personnages et moi roulerions dans la poussière, mais mon intention avait toujours été de les porter à bout de bras.

Avec tous ces bavardages, l'après-midi avançait et je ne perdais pas de vue que Patrick était sonné, que son état mental nécessitait certaines diversions. Y réfléchissant, tandis que sous le tilleul du jardin nous étions en train de replier mes débardeurs (il m'en avait acheté deux, la mort dans l'âme), je décidai de l'embaucher pour curer mes canalisations, après quoi nous nous occuperions de sa teinture.

J'allai chercher les outils. J'étais ravi de lui faire partager cette expérience.

Prenez un écrivain malheureux. Prenez un écrivain dont la vie sentimentale vient d'exploser sans prévenir. Ajoutez à cela que son nouveau roman est sous presse et que des épreuves commencent à circuler. Que voulez-vous qu'il soit en mesure d'apprécier ?

Patrick n'avait que trente-deux ans, par-dessus le marché. Sans doute était-il encore un peu trop jeune pour s'intéresser à des problèmes de tuyauterie, en saisir le mystère, la portée, en éprouver la moindre fascination.

J'eus l'impression qu'il se pliait à une corvée, l'acceptait par désœuvrement et n'y prenait aucun plaisir. Il ne m'écoutait pas, je le voyais très bien. Durant mes explications, son esprit était ailleurs. Si je montais tirer la chasse d'eau au premier, après l'avoir posté dans le garage, l'oreille collée à la canalisation d'égout, je ne déclenchais pas la plus petite étincelle dans son regard. De même, lorsque j'actionnais la ventouse dans l'évier de la cuisine et attirais son attention sur les ronflements qui secouaient le réseau tout entier, démontrant par là qu'il s'agissait d'un système ingénieux et surprenant dont il fallait prendre soin, je n'emportais pas son enthousiasme. Nous débarrassâmes le collecteur des eaux de pluie d'un bouchon de feuilles mortes qui datait de l'an passé et j'y versai quelques arrosoirs. Un écoulement parfait. Une évacuation magistrale. Il n'en resta pas moins de marbre. Mais je gageais qu'une apparition de la Sainte Vierge n'aurait pas eu plus d'effet.

Nicole ne comprenait pas pourquoi je m'occupais de lui. Elle me répétait qu'il n'en valait pas la peine et n'en pouvait plus de compter les occasions gâchées par sa faute, les après-midi où je n'étais pas libre, où il était dans mes jambes à soupirer sur son sort.

Il n'était même pas l'écrivain que je croyais, m'assurait-elle d'un ton catégorique. Sur ce point, je n'étais pas d'accord mais ne voyais pas l'utilité de la contredire car son travail de démolition concernant Patrick était lancé tous azimuts et n'épargnait rien. Comme à peu près tout le monde dans le milieu, elle était au courant de l'épisode Madonna. Elle évoquait la chose et sa déconfiture avec une moue méprisante, souhaitant à Patrick d'en baver un maximum et de payer enfin pour la somme des petites aventures minables qu'il avait accumulées depuis leur mariage. Malheureusement, poursuivait-elle sur un ton désolé, elle n'était plus en mesure d'apprécier les ennuis de Patrick avec toute la satisfaction qu'elle aurait pu en tirer car ce pauvre imbécile ne l'intéressait plus. Est-ce que je savais pourquoi ?

J'aurais bien aimé me tromper, mais la réponse ne sautait-elle pas aux yeux ?

Nicole cherchait-elle autre chose qu'une relation sexuelle ?

Bien entendu, elle prétendait le contraire. À chacun de nos rendez-vous, il n'y avait guère de place pour la discussion et, si je la surprenais un instant à réfléchir, c'était à quelque moyen tordu d'enrichir nos exercices plutôt qu'à notre avenir, sur le plan sentimental.

À l'entendre, elle était ressuscitée. Son corps était ressuscité. Une flamme jaillissait de nouveau à l'intérieur.

C'était sans doute vrai. Il y avait quelque chose.

Je prenais des algues en conséquence et avalais des œufs crus de bon matin. Avant de la rejoindre, je mâchais des tablettes énergétiques (des *Mazama High Omega Sun*) qui me donnaient un véritable coup de fouet.

Je ne savais pas à quoi elle marchait, de son côté. Lorsque nous faisions quelques courses dans un sex-shop, nous en ressortions les bras chargés. Et elle pressait le pas jusqu'à la voiture. Son corps était ressuscité.

Suspendue au plafond de mon bureau dans lequel j'avais fixé de solides crochets, elle me considérait avec une grimace obscène et ne cherchait jamais à nous égarer sur d'autres sujets. Jambes écartées, vêtue d'un simple kimono ouvert, elle ne faisait aucun projet d'avenir.

Lorsque je m'approchais d'elle pour vérifier ses liens et la bonne circulation du sang dans ses membres (à quoi l'on voit la différence entre l'artistique et ancestrale technique du *Nawa Shibari* et les grotesques saucissonnages des sadosmasos du dimanche), elle ne pleurnichait pas sur l'éventuelle pauvreté de notre relation mais m'encourageait à grimper sans plus attendre sur l'escabeau pour l'enfiler encore et encore. Et si je mettais en marche un double godemiché électrique que je plaçais dans ses orifices (le temps de fumer une cigarette dans mon fauteuil et de prendre quelques photos — mais je n'avais pas le talent de Nobuyoshi Araki), elle n'en profitait pas pour y aller de ses doléances. Aucune revendication.

J'étais ouvert à un échange uniquement fondé sur le sexe et, sans aucun doute possible, je l'avais ! Plus il était débridé, obtus, de bas étage, mieux je me sentais. Chaque degré que nous franchissions dans le stupre (et avec quelle aisance ! mais mon bureau était recouvert de linoléum et le tour était joué d'un simple coup de serpillière) me rendait plus léger et immaculait mon esprit, vis-à-vis d'Édith. Le système des tiroirs fonctionnait à merveille. Parfois, je laissais Nicole ligotée sur le tapis, les yeux bandés, avec une armée de vibromasseurs en action et m'en allais faire un tour, le cœur en paix. Quand je revenais, je l'enculais et je voyais à son air que tout allait bien.

Mais je n'étais pas dupe. Vous souvenez-vous des propos que m'avait tenus la soi-disant Madonna un certain soir, sur la terrasse du Royal Ambassador ? De votre côté, ne vous en a-t-on jamais touché un mot ? N'avez-vous pas été bercé par la rumeur depuis que ces choses-là vous intéressent ? Nous devons finir par l'admettre, j'en ai bien peur. Car enfin, observez un peu l'orgasme d'une femme amoureuse et constatez la différence. Voyez comme elle passe à la vitesse supérieure, voyez comme, par exemple, un simple effleurement bucco-génital la colle aussitôt au plafond avec un soupir long comme le bras.

Ainsi, bien qu'elle le tût et s'efforçât de me donner le change, Nicole mettait du *sentiment* dans notre relation. Elle y prenait un plaisir trop évident pour être honnête, trop entier pour que j'en fusse physiquement responsable. J'en étais tout à fait conscient, et en conséquence, lorsque j'examinais la question sous cet angle, quelque peu contrarié.

Lorsque j'y réfléchissais, je n'entrevoyais aucune éventualité d'amélioration. De quelque manière que l'on considérât la chose, je voyais très bien vers quel écueil nous nous précipitions à plus ou moins brève échéance. Il y aurait une limite que je refuserais de franchir et elle n'aurait de cesse de me tirer de l'autre côté. Voilà où nous en arriverions. Et ni l'un ni l'autre ne voudrions céder.

Je commençai alors à envisager la possibilité de quitter la capitale.

Malgré sa cure de remise en forme et les interviews qu'il commençait à donner (en sa présence, les petits gars se trémoussaient sur leur siège), Patrick peinait à remonter la pente. L'air marin pouvait-il lui faire du bien ? M'éloigner de Nicole pouvait-il me faire du mal ?

Henri nous renouvela sa proposition. Il n'avait pas quitté Patrick des yeux au cours du dîner et nous avait rejoints dans le salon avec une poignée de merveilleux cigares et un sourire très affectueux. Avec le recul, je conçois qu'Henri avait l'esprit assez fin et une assez bonne connaissance de la nature humaine (version écrivain en vogue) pour flairer les perturbations à venir dans un ciel bleu. Derrière son sourire, il y avait une interrogation inquiète, presque douloureuse. *Il savait*, bien entendu. Il savait, mais il avait un faible pour les écrivains, une propension à leur pardonner, à ne pas les condamner à cent pour cent, fussent-ils de vrais salopards sur le plan humain. Il les aimait, envers et contre tout. Le cas échéant, il se résignait à les combattre, mais son cœur restait de leur côté. On pouvait dire ce que l'on voulait d'Henri Sigmund. Sa fibre était intacte.

« Est-ce que tout va bien ? », nous interrogea-t-il (mais la question ne m'était pas précisément destinée).

Patrick se contenta de hocher sombrement la tête. Je pratiquais suffisamment son humeur de chien ou ses passages à vide, depuis une douzaine de jours, pour ne pas m'en inquiéter. Henri, au contraire, se raidit un peu.

Je ne l'avais encore jamais entendu proposer à un auteur de s'éclipser au moment de la parution de son livre. Il était venu me chercher lui-même (quoique à l'époque nous fussions beaucoup plus jeunes l'un et l'autre) sur une île de Nouvelle-Angleterre et m'avait rembarqué séance tenante sur le vieux continent pour une tournée de promotion à laquelle j'avais espéré échapper en faisant le mort. Aujourd'hui encore, je ne connaissais aucun éditeur qui se résolût à tenter l'impasse sur la sacro-sainte couverture médiatique (à jamais classée hautement inconcevable sans la présence physique et bénévole de l'auteur). Ne croyez pas qu'il suffise d'écrire le livre. Oh, ne prenez pas cet air innocent. Ne me parlez pas de ce côté ignoble de la profession, de notre honteux et pitoyable défilé sous les projecteurs où nous jouons farouchement des coudes. Et ne me demandez pas ce que j'imaginais. La moitié de mon âme s'est effondrée et gît sous d'écœurants gravats où je n'ose plus mettre les doigts.

Isabelle Sigmund nous proposa des liqueurs. Les quelques verres d'absinthe que nous avions pris avant le repas lui coloraient encore les joues, bien qu'elle revînt de la terrasse où elle avait pris l'air en compagnie de Franck et des autres invités.

Henri glissa un bras autour de la taille de sa femme et ils nous considérèrent d'un œil attendri :

— Qu'en penses-tu, Isabelle ? Ne seraient-ils pas mieux au bord de la mer ?

— Sans doute, répliquai-je. Mais le moment est-il bien choisi ?

Je me levai sans attendre sa réaction.

J'avais encore en tête ses prières, ses menaces, ses lamentations pour une télé que je refusais de faire, une interview que je ne voulais pas donner.

D'un autre côté, la maison d'Henri avait tout le confort souhaité, une splendide bibliothèque, et je n'avais pris aucun congé depuis fort longtemps.

« Écoute, ne me demande pas pourquoi, soupira Henri. Mais je sais qu'il serait préférable de l'éloigner d'ici. Je pense que ça vaudrait mieux pour tout le monde. »

Il m'avait rejoint sur la terrasse où je ruminais à l'écart. Il n'y en avait plus aujourd'hui que pour les Patrick Vandhoeren, les Nick Hornby et autres. Tout leur était permis. Henri avait sans doute raison de m'expliquer que je ne me rendais pas compte, que les enjeux étaient considérables, les chiffres astronomiques, les implications incalculables, mais le résultat était là. Je n'étais pas tombé à la bonne époque. On m'avait traîné dans l'arène tandis que l'on offrait à Patrick des vacances au calme, loin d'une éprouvante et dérisoire agitation.

— Ah, je t'en prie ! Tu n'y étais pas complètement insensible, il me semble !...

— Je n'étais qu'un jeune homme et tu as fait surgir ce qu'il y avait de mauvais en moi ! Tu as amplifié mes vices !

Nous sommes allés nous chercher un verre.

D'un geste, il congédia la femme de service et referma la porte de la cuisine dans son dos. Je le sentais nerveux et contrarié. Que désirais-je boire ? Je le considérai une seconde puis avisai un mixer sur le plan de travail.

Je portai mon choix sur un jus de fruits, moitié fraise moitié framboise, avec du gin, une rondelle d'orange et de la glace pilée. Eh bien, il s'exécuta sans mot dire. Si j'avais été Patrick Vandhoeren, il m'aurait sans doute confectionné un repas tout entier. Enfin bref, qu'attendait-il pour se jeter à mes genoux et me supplier d'emmener Patrick au bord de la mer ?

Après avoir broyé quelques glaçons, il équeuta les fraises.

« Ah, Francis, nom d'un chien !... », soupira-t-il en me glissant un regard fatigué. Comme si nous lui en avions tellement fait voir, tous autant que nous étions.

Il actionna de nouveau le mixer et un jus rouge en éclaboussa les parois.

« S'il me quitte, je veux que tu le démolisses !... »

Il fixait le bocal où les fruits étaient réduits en purée, broyés comme de la chair tendre. Je ne répondis rien.

Il débrancha le mixer et tourna les yeux vers moi :

« Tu m'entends ? *S'il me quitte, je veux que tu le démolisses !...* »

Il n'avait pas élevé la voix, mais il était loin de plaisanter. Nous restâmes un instant à nous dévisager tandis que des bruits de conversations nous parvenaient d'ailleurs.

« Et que je le démolisse *comment* ?... » ricanai-je.

Officiellement, chez Edward Cotten-Saul, ils n'avaient pas certain type de lingerie. Mais en insistant, et comme je n'étais pas un inconnu dans la maison, ils se décidèrent à dévoiler leur côté sombre.

Nicole en avait assez de ces sous-vêtements fantaisie de mauvaise qualité que nous trouvions ici ou là, dans des boutiques peu reluisantes, au milieu d'un assortiment de fouets, de membres en caoutchouc et d'articles de cuir. De cuir ou de carton bouilli ?

Or il s'avéra que des culottes fendues, des collants de la même veine, des soutiens-gorge à bonnets amovibles et autres sujets de plaisanterie du cru, il en existait pour toutes les bourses et sous la griffe des marques les plus prestigieuses, même si ces dernières évitaient de le crier sur les toits.

Bien entendu, pour ce qui concernait ce genre d'articles, elles n'avaient pas de catalogue. Mais elles avaient du choix. Et quelques longueurs d'avance, côté lubrique. Le luxe aidant.

J'avais rasé le sexe de Nicole, au début de la semaine, et l'entretenais avec soin, si bien que j'étais d'accord pour effectuer certaines dépenses (mes débardeurs de la Bundeswehr, pour une seconde saison, marchaient encore très bien et mes shorts chinois confirmaient leur percée sur un marché très conservateur — les shorts en Tergal façon Nabokov me faisaient encore de l'ombre), donc certaines dépenses, disais-je, pour mettre le sexe de Nicole en valeur.

Nous étions d'accord pour partager les frais.

Étant entendu que tout l'argent investi dans cette affaire était autant de moins viré sur le compte de mes enfants, je tâchai de refréner l'enthousiasme de Nicole. En tant que père, je me sentais coupable. Une simple culotte (mais il n'y avait rien de simple dans la section des libidineux et le plus petit vice avait un prix) pouvait représenter, je ne sais pas, une semaine de cantine à l'université de New South Wales ou un mois de cotisation à *Greenpeace*. Il m'était difficile de ne pas y penser. J'en avais presque les larmes aux yeux.

Il était toutefois impératif que je maintienne ma relation avec Nicole dans des eaux glauques. Au moindre relâchement de ma part, et tel un matelas pneumatique sur lequel je pesais de tout mon poids, notre aventure quitterait la boue et remonterait vers la lumière, ce qui était hors de question. Plutôt passer pour un père indigne.

Enfin, je limitai la casse en dérobant une demi-douzaine de ces trucs la mort dans l'âme. Mes enfants me manquaient. Mon rôle de père me manquait. Toute une partie de ma vie me manquait. Et de façon si inimaginable que je ne parvenais même plus à en prendre conscience. Je sortais de chez Edward Cotten-Saul par une splendide matinée de juin, les poches remplies de culottes de femme que je n'avais même pas payées.

Et je branlais Nicole sur la banquette d'un bar, au travers d'un collant fendu des reins au nombril et je m'entendais ensuite deviser avec elle à propos de l'utilité de nos récents achats, en de semblables circonstances.

Était-ce là les agissements d'un homme en pleine possession de ses facultés ? Ceux d'un écrivain qui prétendait encore à une certaine audience ? Ceux d'un père et d'un mari ? D'un homme qui devait sauver les intérêts des Éditions Sigmund ?

Eh bien, quoi qu'il en soit, c'était ainsi. Ce qui ne m'avait pas vaincu ne m'avait pas rendu plus fort mais à moitié fou. Je devais l'admettre.

Traîner du côté de chez Edward Cotten-Saul en compagnie de Nicole n'était pas la marque d'un esprit sain.

Lorsque je descendis ouvrir ma porte, ce soir-là, et tombai sur Olga, elle me demanda si j'étais surpris de sa visite. Évidemment non, à la réflexion.

Et elle n'attendit pas mon invitation à entrer, me bousculant presque d'un coup d'épaule. Je la suivis dans le salon.

Elle inspecta les lieux avec un mauvais sourire aux lèvres avant de se tourner vers moi, les poings enfoncés dans les hanches. Elle portait un renversant ensemble de soie sauvage, d'un gris lumineux, qui épousait ses impeccables formes. Je me demandais toujours comment elle s'y prenait pour circuler en ville avec tous les hommes que l'on y rencontrait. Même en plein jour.

« Alors ? C'était comment, cette séance d'essayage ? »

Inutile de jouer au plus fin avec elle. Non seulement elle n'était pas d'humeur (j'imaginais que son roman exigeait des forceps), mais elle voyait si clair en moi après tant d'années (Édith lui en racontait toujours plus qu'il ne fallait) que toute résistance était vaine. Cela étant, avais-je l'intention de résister ? N'était-elle pas *mon amie* après tout ? *Avant* tout ?

— Olga... Je crois que je me suis mis dans une situation ennuyeuse.

— Vraiment ? J'ai de la peine à le croire.

— Écoute... Ce n'est pas encore très grave mais ça pourrait le devenir.

— Pardi ! Je t'avais prévenu ! Je t'avais dit de ne pas tourner autour de cette fille !

C'était la vérité. Je haussai les épaules afin de lui signifier que j'étais bien l'imbécile dont il était question, sans le moindre doute. Ce qu'admettant, je lui coupais l'herbe sous le pied et la privais de m'exposer sa propre définition de la stupidité masculine.

— Alors ?... reprit-elle après m'avoir considéré avec sévérité puis triste résignation. Alors ?!... Eh bien, parle-moi !...

J'observai un instant les derniers roses orangés du ciel s'estomper au-dessus du jardin, au travers des branches du tilleul, ainsi que le sillage des avions.

Puis, comme elle prenait place sur le canapé pour entendre mes explications, je préparai du thé car je comptais lui relater les faits en détail. J'en avais subitement besoin. Partager mes soucis avec Olga, comme je m'y étais souvent résolu par le passé, s'avérait toujours bénéfique. Même si cette fois le sujet la touchait d'assez près, puisque selon ses propres termes elle se sentait « trompée par mes coucheries » avec Nicole, elle tempéra l'amertume et le tranchant de ses interruptions, et me laissa parler.

Entre parenthèses, je lui fis remarquer que si elle avait consenti vis-à-vis de moi à certains efforts sur le plan sexuel, nous n'en serions pas là.

— Tout ce que tu veux, sauf la pénétration, me répondit-elle.

— Eh bien, tu me fais de la peine.

Elle vint s'asseoir à côté de moi. Je lui posai une main sur la cuisse pour lui montrer que je n'étais pas fâché.

Mais pour en revenir à Nicole, et à la lumière de mes comptes rendus, Olga s'empressa de confirmer mes craintes.

— Pour l'instant, elle cache bien son jeu. Mais ne t'y fie pas, elle est en train de tisser sa toile... Je connais ce genre de filles. Avoir une aventure ici ou là ne les intéresse pas. Elles veulent une relation solide. Et j'ai bien peur que son échec avec Patrick ne l'ait rendue encore plus exigeante... Tu vois ce qui t'attend ?

Nous étions sur la même longueur d'onde.

Je hochai sombrement la tête puis me penchai pour servir le thé.

— Dieu m'est témoin que j'ai essayé de tenir bon... soupirai-je. Qu'en mon âme et conscience, tu m'entends, j'ai souhaité tenir le sexe à distance !...

— Mais oui... Je le sais bien, fit-elle d'une voix presque affectueuse.

— Mais combien de temps un homme peut-il résister ? Combien de temps avant de se sentir perdu ? Je te pose la question : combien de temps avant d'être balayé comme un rien, comme un triste fétu de paille ? Olga, j'étais perdu tel un enfant au milieu d'une forêt inconnue, une forêt menaçante. Tu comprends ? *Perdu !...* Je ne sais pas comment t'expliquer ça.

Je la considérai un instant, d'un œil torve :

— Qu'ai-je fait au Ciel, dis-moi ?

Tout sauf la pénétration. N'étais-je pas en droit de me sentir victime d'une malédiction ? Par ce travers, Olga n'avait-elle pas concouru à ma chute ? Du moins ne l'avait-elle pas hâtée, aggravée, rendue plus terrible encore ?

Elle ne pipa mot, feignit d'ignorer un sujet dont nous avions souvent et longuement débattu. Selon elle, je n'avais pas à me plaindre. Or une question se posait brutalement à moi aujourd'hui : étais-je devenu un malade sexuel ?

— Réponds-moi franchement : est-ce que je te semble anormal ? Est-ce que ma conduite avec Nicole, les propos que je te tiens, la manière dont je te regarde... Est-ce que mes agissements, ces derniers temps, ce qui occupe le plus clair de mes pensées, eh bien... ne trouves-tu pas cela inquiétant ?

Elle m'observa une seconde, avec un air vague.

— Je finis par me poser la question... soupirai-je. Sans blague, j'ai l'impression d'être la réincarnation de Henry Miller, le souffle en moins !... Je n'ai pas toujours été comme ça, n'est-ce pas ?... Écoute, il y a quelques jours, Suzanne était assise à ta place et... enfin ce n'est pas facile à dire... mais... enfin bref, j'ai eu du mal à me retenir.

— Avec Suzanne ? !...

— Oui... Avec Suzanne. Tu vois où j'en suis ? Avec mon propre agent, dans ma propre maison. Je ne voyais plus que la femme qu'il y avait en elle... Eh bien, soutiendras-tu encore qu'il ne m'est rien arrivé ?... J'ai bien failli te violer, l'autre jour, oui ou non ?

— Qui me dit que tu ne m'as pas violée ? J'étais inconsciente...

— Là n'est pas la question, nom d'un chien ! Je te demande si tu trouves ça normal !... Essaye un peu de m'aider, s'il te plaît...

Elle se leva et se planta devant le jardin gagné par le crépuscule, les bras croisés sur la poitrine. L'ombre de son corps se découpait au travers de la soie.

— Pour ce qui concerne notre histoire... murmura-t-elle. (Elle se tourna vers moi avant de reprendre :) À propos de l'autre fois, eh bien, disons... objectivement... je pense que tu ne pouvais pas agir autrement. J'entends : si l'on fait abstraction de ce que nous sommes l'un pour l'autre. Maintenant quant à Suzanne...

— Suzanne et une bonne partie des femmes que je croise dans la journée. En dépit de mes rapports sexuels quotidiens avec Nicole.

Elle enregistra cette dernière information avec une lueur agacée dans le regard.

— Je veux que tu aies toutes les données en main, ajoutai-je en nous resservant du thé. J'ai besoin de ton avis en toute connaissance de cause.

Elle revint s'asseoir à mes côtés. Un moment, nous choisîmes de rester silencieux. Tout cela n'était pas simple. Lorsque de sérieux liens vous unissent à votre interlocuteur, le silence a tôt fait d'installer son lit dans la conversation. D'autant que le sujet avait un caractère particulier, qui demandait réflexion.

— Je pourrais te dire que tous les hommes sont des porcs et que tu n'es pas pire qu'un autre.

— Oh non !... Tu ne vas pas t'en tirer comme ça ! l'avertis-je.

Sans me quitter des yeux, elle chercha une cigarette dans son sac, l'alluma, puis lâcha comme à contrecœur :

— Quatre-vingt-dix pour cent de nos actes ont un rapport avec le sexe, pour la majorité d'entre nous. Pourquoi serais-tu différent ? Qu'est-ce qui mène le monde, d'après toi ?

Je me levai et allai contempler le jardin à mon tour, les mains enfoncées dans les poches.

— Je ne suis pas *censé* me comporter de cette manière et tu le sais très bien... Avec toi, c'était différent, enfin me semblait-il... Mais aujourd'hui... Que reste-t-il de mes serments ? Que reste-t-il de l'homme que j'ai été ?

— Ne dis pas ça...

— Combien en connais-tu qui se sont tournés vers le sexe pour chercher leur salut ? Comment ai-je pu y voir un remède à la douleur ? Et comment se fait-il que je ne sois pas terrassé par cette infamie ? Comment se fait-il que je l'accepte, que je m'y complaise et que je ne fasse rien pour y mettre un terme ? Tu peux me l'expliquer ?

Et voilà que le soir tombait, que l'on rentrait chez soi l'échine brisée avec le sentiment que la vie n'était qu'une sombre farce au bout du compte. Intérieurement, je me mis à fredonner *Johnny, I hardly knew* de façon à ne pas me laisser submerger par l'angoisse que provoquait sans coup férir et depuis trop longtemps le douloureux spectacle de ma situation. Qui ne semblait pas s'arranger si j'en jugeais par la stérile et stupide conversation que je venais d'avoir avec Olga. Il me tardait d'être seul et d'attendre le retour d'Édith, qui fichait je ne sais trop quoi en ville (elle rentrait tard depuis mon retour du Canada — les horaires de son poste d'intervenant étaient une véritable plaie dans la vie d'un couple). Édith et ses idées lumineuses. Édith et ses solutions. Édith et son incomparable clairvoyance.

Ne l'avais-je pas prévenue, moi le pauvre imbécile, moi le pauvre animal flanqué d'une bite, que nous allions vers les ennuis ? Ne l'avais-je pas informée de mes réticences, presque implorée de ne pas m'engager sur une voie qui me semblait incertaine, glissante, hérissée de pièges, en tout cas bien trop périlleuse pour moi ?

Le jardin sentait bon, malgré tout. Quelle que fût mon humeur, j'étais incapable d'en vouloir très longtemps à Édith. C'était déjà passé. Je rentrais dans ma coquille en espérant que sa main viendrait caresser mon crâne. Ces éclairs de rage… De quel droit me les permettais-je ?

Ce ne fut pas la main d'Édith, mais celle d'Olga qui effleura mon bras tandis qu'un air doux et léger bruissait dans le feuillage du tilleul. D'une de ses branches à l'angle de la maison, j'avais tendu un fil où mes shorts chinois s'aéraient (pour une raison inconnue, un des lots sentait le poisson).

— Ne dirait-on pas une guirlande ? murmurai-je.

— Veux-tu que nous allions nous allonger sur le canapé ?

Je tournai la tête et la considérai en souriant :

— Merci, mais Nicole m'attend là-haut.

Oh, vous auriez vu cet air navré qu'elle prit tout à coup !

— Francis… J'espère que tu plaisantes ?…

— Mais non, voyons… Tu ne me crois pas ?

Cette fois, je n'avais pas suspendu Nicole au plafond de mon bureau mais l'avais ficelée avec soin sur le futon dans une position plus confortable. J'avais utilisé des lanières de tissu noir pour changer (il s'agissait en fait d'un lot de bas soldés — l'enseignement que j'avais reçu au Japon les tolérait à peine et mon maître les déconseillait mais Nicole les supportait mieux, surtout en contact avec ses parties intimes). Ses vêtements jonchaient le sol — en dehors de sa culotte, que j'avais enfilée sur sa tête.

À ce spectacle, la première réaction d'Olga fut de s'accrocher à ma manche. Le fait est que l'on a beau ne pas verser dans ces techniques, voire les réprouver ou ne rien comprendre à l'art des nœuds (le double Yosemite, par exemple, est un véritable enchantement pour le connaisseur), il est difficile d'y rester insensible.

Olga et ses bouquins érotiques ! Elle examinait Nicole avec des yeux ronds.

« Tu peux parler, elle ne t'entend pas... », déclarai-je.

J'avais en effet placé des écouteurs sur les oreilles de Nicole (*Trésors de la musique du Japon médiéval*) lorsque j'étais descendu ouvrir à Olga. D'ailleurs, je n'avais pas terminé de la badigeonner et seuls ses seins luisaient, comme si l'on s'apprêtait à les passer au four. Une huile de massage ordinaire, appliquée au pinceau tandis que trois rangs de liens serrés, au-dessus et au-dessous, les exorbitaient et les tendaient comme des baudruches implorantes (si l'on a le temps, avec une petite poire de caoutchouc montée sur une tétine de verre, on peut en étirer les bouts et leur donner ainsi plus d'expression). Et, vous savez, traitée de la sorte, la poitrine la plus insignifiante vous tire alors une langue obscène et profère les plus sombres insanités.

Olga fixait les seins de Nicole d'un air incrédule.

La pratique du bondage peut aller du plus simple au plus compliqué. Or, j'avais fait simple, en cette fin d'après-midi exsangue, dominée par les pensées négatives qui m'avaient assailli sans relâche depuis que ma fibre paternelle avait tressailli. Consciente de mon changement d'humeur, au sujet de laquelle elle avait eu le bon goût et l'obligeance de ne pas m'interroger, Nicole ne m'avait pas demandé la lune et s'était contentée de me tendre ses deux bras. Je les lui avais fixés dans le dos, à la mode impériale. Outre les deux rangées de bas noirs qui lui comprimaient les melons, j'en avais exécuté une supplémentaire qui lui ceignait les hanches et lui mordait un peu la peau. Elles étaient reliées entre elles, afin de délimiter les champs, par une quatrième, qui démarrait à hauteur du nombril, venait resserrer les deux supérieures entre ses seins et se terminait par une boucle, passée autour de son cou.

« On ne croirait pas, fis-je, mais cela demande déjà quelques semaines d'apprentissage... »

Pour quelque raison obscure (à moins qu'elle n'eût jamais eu aucune espèce de confiance en moi), Olga avait toujours refusé de se plier à ces pratiques qu'elle écartait d'une indifférence méprisante. Comme beaucoup d'autres. Édith n'y était pas très portée non plus et j'avais dû maintes fois encaisser leurs plaisanteries à ce propos, m'entendre dire que ces trucs-là n'étaient pas sains, plutôt tordus et je ne sais quoi encore sur le même affligeant et pauvre registre. Pour finir, je n'en avais plus parlé. Au nombre de toutes les choses que l'on doit abandonner au cours d'une existence, j'avais ajouté celle-ci, comme un type qui abandonne la clarinette pour satisfaire son entourage et en meurt à petit feu, dans un silence assourdissant. Oh, je n'en mourais pas, c'est entendu, mais je restais sur ma faim et laissais la poussière jeter son triste manteau sur mon violon d'Ingres. En ce sens, Nicole avait été bien plus qu'une simple rencontre. J'avais trouvé en elle une adepte accomplie, enthousiaste et curieuse, pleine de ressources, à laquelle j'avais déjà enseigné les rudiments. Elle était une élève dont je pouvais être fier. Avec sa culotte enfilée sur la tête, ses seins luisants et congestionnés, son mol abandon sur le futon où, étendue sur le flanc, les bras attachés dans le dos, le buste sanglé de bas noirs, elle ouvrait les cuisses sur de glabres et humides parties intimes, je savais qu'elle me manquerait d'une manière ou d'une autre. Inutile de me le cacher.

Olga lâcha ma manche et porta la main à sa nuque.

Je l'observai du coin de l'œil. La connaissant, j'imaginais qu'elle subissait l'assaut de sentiments contraires. Mais le spectacle était sans chichis, comme taillé à la hache, saisissant, original, et c'était une chose de faire la maligne au cours d'une conversation sur le *Nawa Shibari*, une autre d'avoir le nez dessus, de contempler Nicole les fesses à l'air et, comment dirais-je, prête à consommer séance tenante, livrée à tous les caprices, avec ses formes gémissantes, son odeur musquée, ses orifices pâmés et brillants comme une laque sur laquelle se croisaient de souples filets visqueux (il m'arrivait de les aspirer à la manière de spaghettis translucides — elle en produisait à volonté, tel un ver à soie lubrique, et feignait de s'en étonner en gloussant dans son for intérieur).

« Et tu… Enfin tu… », murmura Olga.

J'acquiesçai vaguement. J'avais le sentiment que la même idée germait dans nos esprits. Pour ma part, c'était une véritable illumination, une explosion au cœur de la nuit moite dans laquelle cherchait à m'entraîner Nicole Vandhoeren avec sa véritable et terrifiante relation à la clé. Pour Olga, les choses ne devaient pas sembler aussi claires, mais la bataille était rude. Il y avait sans doute du pour et du contre.

« Écoute, c'est toi qui vois… », déclarai-je.

Durant une fraction de seconde, elle me glissa un regard de bête traquée.

Elle tourna ensuite et vivement les talons, dévala l'escalier et j'entendis la porte d'entrée se refermer à grand bruit. Puis un moteur ronfla, des pneus patinèrent sur l'asphalte et j'en connaissais une qui allait passer la nuit à tourner en long et en large. À moins qu'elle ne perdît son temps à gribouiller quelque insipide et pâle machin érotique de son cru, par exemple dans une meule de foin avec des hiiiiii et des haaaaa.

Je me caressai le menton un instant, persuadé qu'un souffle céleste était passé sur mon visage et m'indiquait une voie à explorer afin de torpiller les plans de Nicole sans nous priver des plaisirs de la chair. Étourdi par cette merveilleuse perspective, j'allai m'accroupir auprès d'elle et lui ôtai sa culotte de la tête, ainsi que les écouteurs. Je lui souris et me penchai pour lui sucer les seins tout en lui glissant une main entre les jambes.

« Sais-tu que nous venons d'avoir de la visite ? », fis-je avant de me mettre à l'œuvre.

Elle s'en moquait. Elle s'en moquait éperdument. Me fixant d'un œil malicieux, avec un air de bravade, elle m'envoya un jet d'urine en pleine poitrine. Voyant cela, je la suspendis au plafond et la branlai jusqu'à l'os, malgré d'interminables convulsions qui me firent craindre un moment que le crochet ne cédât et que nous ne prissions le toit sur la tête. Quel homme aurait pu, par le simple pouvoir de sa raison, mettre un terme à cette sorte de choses ? Lequel d'entre nous en aurait eu la force ?

Je ne pus avoir de conversation avec elle qu'un peu plus tard, alors qu'elle se rhabillait.

Lorsque la nuit tombait, je voulais travailler à mon roman. Je lui avais expliqué qu'un écrivain qui ne s'imposait pas une certaine discipline était un écrivain mort. Que nous verrions, une fois mon œuvre terminée, si elle pourrait rester davantage. Nous nous étions alors affrontés du regard. Mais j'avais pris un air d'écorché vif pour lui parler de mon possible come-back, de la seule chose qui me tenait encore en vie, et elle avait cédé. « Dépêche-toi de finir… », avait-elle simplement déclaré.

Eh bien, si travailler à mon roman avait été la vraie raison de renvoyer Nicole dès que le soir arrivait, le résultat n'était pas une grande réussite.

Car elle ne laissait pas derrière elle un homme en pleine possession de ses facultés mentales, un écrivain fringant prêt à abattre des forêts avec un sabre lumineux couvert de sang frais jusqu'à l'aube, mais une ombre.

Oh, mes pauvres jambes ne me tenaient plus ! Tandis que d'ordinaire elle disparaissait dans la salle de bains, je me laissais choir dans un fauteuil, la tête vide, les muscles douloureux, la mèche collée au front, le pantalon jeté sur l'épaule, le visage lardé de traînées de foutre séché ou autres.

Et je trouvais encore le moyen de la regarder enfiler sa culotte et ses bas. Mais certainement pas d'écrire une ligne.

— Nicole… Nous avons eu de la visite, tout à l'heure.

— Non ?… Vraiment ?… fit-elle en remontant la fermeture Éclair de sa jupe.

Je lui relatai les faits tandis qu'elle s'était accroupie entre mes jambes dans la pénombre et me suçait la bite, visiblement très concentrée sur mes paroles.

— Bon sang, mais tu ne m'écoutes pas… soupirai-je.

Elle me jura le contraire en grimpant sur les accoudoirs de mon fauteuil, la jupe troussée aussitôt sur les hanches. Ce qui lui permit de passer une jambe par-dessus le dossier.

— Tu sais, Olga est ma meilleure amie et elle a beaucoup d'estime pour toi...

Je n'attendis pas sa réaction pour écarter sa culotte et lui glisser ma langue dans le vagin. C'était, j'en conviens, la prendre en traître, d'autant qu'elle y était fort sensible, mais la vie n'était-elle pas une lutte acharnée et sans merci où tous les coups étaient permis ? Voyez, je lui mettais même un doigt dans le cul, tel Judas baisant la joue du Christ, afin de lui embrumer l'esprit. Il serait toujours temps d'en reparler plus en détail le moment venu. Pour le moment, elle me caressait les cheveux et son jus me coulait au fond de la gorge.

À cet instant précis, comme je devais l'apprendre, c'est-à-dire lorsque sonnaient vingt heures à ma pendule et que Nicole jouissait tranquillement dans ma bouche, Patrick, de l'autre côté de la ville, Patrick Vandhoeren en personne se penchait, muni d'un stylo à plume de marque étrangère, sur le plus gros contrat jamais signé par un auteur.

Durant un long moment, Henri Sigmund resta silencieux. Les mains croisées dans le dos, il était à la fenêtre de son bureau et fixait un quelconque horizon sans s'inquiéter de ma présence. Le ciel était bleu. Puis il se mit à hocher la tête.

— Francis, dis-moi franchement… N'y avait-il pas d'autres femmes à baiser dans cette fichue ville ?

Il se tourna vers moi et reprit d'un ton égal :

— Était-ce délibéré de ta part ou es-tu bon à enfermer une bonne fois pour toutes ?

— Je ne fais que te répéter ce qu'il m'a dit. Mais depuis quand change-t-on d'éditeur parce qu'une femme vous trompe ? C'est vraiment ridicule !…

— Mon Dieu, mais regarde-toi ! Tu as de telles poches sous les yeux !…

— Où est le rapport ? Je travaille *également* à un roman, figure-toi.

— Veux-tu que je te dise ? D'abord, il y a cette histoire avec Madonna (j'ouvris la bouche pour rectifier mais il leva la main pour me stopper)… et tu flanques tout par terre. Une superbe initiative de ta part. À un moment parfaitement choisi. Et voilà qu'à présent, saisi par une idée lumineuse, tu t'envoies Nicole à tour de bras, sans le moindre complexe !… Regarde-moi dans les yeux, Francis, et dis-moi que je suis en train de rêver !

Certes. Présentées ainsi, les choses ne parlaient pas en ma faveur.

Je demandai à Henri si mon projet de jaquette était remis en cause, mais il me fixa sans répondre. J'aurais aimé lui dire que la sortie de mon prochain roman allait pulvériser les prévisions les plus optimistes et reléguer la trahison de Patrick au rang d'une chiure de Lilliputien, mais était-il en état de m'écouter ?

D'après lui, je savais ce qu'il me restait à faire.

— Mais, Henri... soupirai-je. Comment pourrais-je démolir un écrivain que j'admire et respecte ? Et, tu sais, il s'agit de son meilleur livre...

— Ah, je t'en prie, ne joue pas les imbéciles, à présent !

— Je n'ai jamais écrit un seul article sur le travail des autres.

— Eh bien, ça n'en aura que plus de poids, fais-moi confiance !

Il m'offrit à déjeuner. J'observai chacun des plats que l'on disposait devant moi avec une aversion silencieuse. Chaque bouchée aurait dû se bloquer dans ma gorge, m'étouffer, me jeter à terre en proie à de terribles et nauséeuses convulsions.

Henri proposa d'oublier mes interventions peu convaincantes dans cette affaire. De plus, étant par nature incapable de maudire Patrick de toutes ses forces, « bien que ce salopard méritât cent fois la corde », il ne lui souhaitait pas malheur. Et sa théorie était la suivante : en abattant Patrick, je le sauvais.

— Ne me regarde pas ainsi, mais essaie de réfléchir... Imagine un instant que Claris ait misé sur un écrivain dont le travail est surestimé.

Pardonne-moi la comparaison, mais sur un cheval qui ne gagnera plus aucune course... Vois-tu, si j'étais en mesure d'annoncer à mes partenaires qu'en fait Claris a conclu un mauvais marché...

— Pourquoi les appelles-tu tes *partenaires* ? ricanai-je. Tu ne peux même plus lever un petit doigt sans...

— Ah, je t'en prie ! Tu ne vas pas recommencer avec ça !

— Des multinationales. Des holdings. Des marchands de pétrole. Des fabricants d'armes. Des assassins de l'agroalimentaire. Monsanto ! Monsanto ! *Monsanto !!...*

— Seigneur ! gémit-il en jetant des regards inquiets autour de lui. Que vas-tu encore chercher ?!

— Ils ont infiltré la *Food and Drug Administration*. Ils ont commercialisé l'aspartame, le *Roundup* et l'hormone de croissance bovine recombinante. Ils veulent lancer *Terminator* sur le marché. Tu sais ce que c'est ? Une semence dont la descendance s'autodétruit. Tu vois le tableau ? Les voilà, tes *partenaires* ! Monsanto ou des misérables de la même engeance !

Il fallait bien que les vérités soient dites quelquefois. Que ces gens-là sachent que nous savions et pouvions désigner le bras qui nous poussait vers le tombeau.

— Ça y est ? Est-ce que tu as fini ?

— Je ne te vise pas personnellement, Henri. Ils sont derrière toi comme ils sont derrière les autres. Oh, je t'accorde qu'ils peuvent être bien cachés et que tu n'as pas affaire directement à eux, mais je t'en prie, ne sois pas dupe. Nous leur devons en grande partie le cancer du sein et celui de la prostate, alors s'il te plaît... Et je ne te parle même pas de la dioxine ni de l'agent orange.

Il fit sa mauvaise tête pendant quelques minutes, me considérant avec méfiance malgré le chemin que nous avions parcouru ensemble durant toutes ces années. Sauf qu'il était alors un jeune éditeur indépendant et libre et que les coquelicots et les bleuets fleurissaient encore en bordure de nos champs.

— Bien. Quoi qu'il en soit... reprit-il.

— Henri, l'interrompis-je, il n'y a plus qu'un seul et véritable combat à mener. Nous devons tous apporter notre pierre et bâtir des remparts contre ces monstres.

— Oui, j'entends bien... Mais si tu permets, pour en revenir à Patrick, j'aimerais savoir si tu m'as bien saisi. Car, vois-tu, il ne s'agit pas là d'un problème global mais d'un cas particulier sur lequel j'aimerais attirer ton attention, si possible. Est-ce trop te demander ? Non ? Parce que je dois tout de même te signaler qu'il m'a mis dans une situation très embarrassante, tu t'en doutes, pour ne pas dire précaire. Et si je suis dans une situation précaire, tu l'es aussi, de même que tous les écrivains de la maison. Tu en es conscient, j'espère ?

Sauver l'humanité était une chose, sauver une bande d'écrivains en était une autre. La nuance me frappa aussitôt mais je le laissai continuer.

— Or, contrairement à ce que tu penses, l'argent n'est pas tout pour ces… enfin, appelle-les comme tu veux, disons ces groupes financiers. Ils ont le souci de leur image, et parfois même, à cet égard, des réactions que l'on pourrait qualifier de réactions d'humeur, totalement irrationnelles, presque infantiles. Quelquefois violentes, je ne te le cache pas… Tu les connais, n'est-ce pas ? Mais si, donc, tu me fournissais l'occasion de leur démontrer que Patrick n'était pas une valeur très solide et que c'est Claris qui va bientôt déchanter, eh bien… je pense que nous devrions éviter le cœur de l'orage. Ils préféreront perdre de l'argent que perdre la face et pourront ouvertement se féliciter du mauvais tour qu'ils ont joué aux autres. Ils adorent ça, tu sais, quel qu'en soit le prix… Alors écoute, n'attendons pas qu'ils s'énervent. Si tu veux rendre un service à Patrick, ainsi qu'à moi-même et à la maison tout entière, je te le répète, Francis, descends-le ! Il n'y a pas d'alternative.

Le descendre ? Alors qu'il parlait de mettre fin à ses jours ?

Sans doute étions-nous prompts à employer les grands mots dans la profession. Un manque d'inspiration, de mauvaises ventes, une tasse de café renversée sur un manuscrit ou un prix décerné au triste crétin d'en face, pâle petit besogneux sans âme, et nous n'avions plus que le suicide à la bouche.

— Mais Nicole a un putain d'amant ! grogna-t-il en frappant du poing sur le bar.

— Et alors ? Qu'est-ce que ça peut bien faire ?

Il m'adressa un regard plein de mépris pour ma stupidité puis secoua lourdement la tête :

— Qu'est-ce que ça peut bien faire ? C'est ma femme, putain !

Il avait déjà bu quelques verres avant que je n'arrive. Nous avions parlé de tout cela le matin même, lorsqu'il était passé à la maison, mais alors il était à jeun. Peut-être un peu déprimé, sans plus.

— Je ne sais pas avec qui, mais Nicole me trompe, avait-il déclaré avec un geste vague.

— Ah oui ? Et alors ?

Nous étions passés à la banque pour déposer son chèque. L'infidélité de Nicole ne semblait être encore qu'un nuage lointain dans son esprit qui restait tout ankylosé par la somme qu'il versait sur son compte. J'étais quant à moi très alarmé. Non pas tant de peur qu'il ne découvrît l'identité du partenaire de sa femme, mais alarmé et même très emmerdé par le fait qu'il ne l'avait pas découvert tout seul : dans un accès d'humeur, Nicole avait dévoilé le pot aux roses, la voix, paraît-il, vibrante de provocation. Combien de temps me restait-il avant qu'elle ne se présentât chez moi avec ses deux valises ? J'avais fermé un instant les yeux, tant la tête me tournait.

— Je me suis dit qu'il était temps de commencer une nouvelle vie… grimaça-t-il à ma portière tandis que je me préparais à rejoindre Henri.

Mais à présent, dans ce bar, l'heure n'était plus à la philosophie.

— Merde alors ! Elle porte des culottes fendues ! Son corps est plein de marques rouges !

— Non ?! Tu veux rire ?!…

— Tu la vois avec ses chignons, ses jupes au ras des genoux, son air frigide ?!… Tu la vois, putain de Dieu ?!…

Je payai les consommations sans plus attendre et l'entraînai au-dehors, de peur qu'il n'y eût un paparazzi dans la salle et de nouveau une course folle le long des berges, puis toutes ces larmes, toutes ces fleurs, toutes ces lamentations, toute cette marée humaine plongée dans la morve et l'indicible douleur *ad nauseam.*

Le descendre ? Alors qu'il était le meilleur d'entre nous ?

Son nouveau roman m'avait subjugué. Le descendre ?

Le descendre, moi qu'il avait accepté dans le cercle de ses rares intimes ? Moi, avec qui il avait partagé trois Japonaises vivantes comme il l'aurait fait de sa brosse à dents ?

De la fenêtre de la cuisine, nous l'observions en silence, Édith et moi, tandis qu'il se soulageait au pied du tilleul.

« Et si c'était réellement pour son bien ? Si Henri avait raison ? »

Je me glissai dans son dos et la serrai contre moi, le menton posé sur son épaule. Sous un faible clair de lune, Patrick se rajustait d'une main hésitante, s'appuyant de l'autre contre le tronc vétuste qui puisait sa force des entrailles de la terre et tenait bon malgré le pic de CO_2 qu'ils avaient relevé quelques heures plus tôt sur la capitale (annoncé au journal du soir par un spectre souriant, le pauvre imbécile, alors qu'effarés nous avalions nos algues).

— Pour son bien ? déclarai-je sur un ton amusé. Comment ça, pour son bien ?... Si je piétinais ce qu'il a de plus cher au monde ?!... Ce pour quoi il s'est donné tant de mal ?!... Ce à quoi il a consacré sa vie ?!... (Je ricanai à son oreille :) Tu me vois faire ça ? Et puis, regarde-le : son talent ne lui a-t-il pas forgé une armure impénétrable ? Aurais-je la moindre chance de lui porter un coup mortel ? Crois-moi, cela me reviendrait en pleine figure...

— Eh bien moi, je ne suis pas rassurée. On entend de telles histoires... Toi, le premier... Enfin, ils ont bien assassiné Kennedy, n'est-ce pas, alors Patrick Vandhoeren, tu penses bien... Henri te l'a expliqué, ces gens-là sont de vrais caractériels. Ne sont-ils pas en train de s'étriper du matin au soir ? Ne sont-ils pas capables de déclencher une guerre pour faire baisser d'un point le prix du baril de pétrole ? N'ont-ils pas jeté des millions de gens à la rue pour faire grimper des cours à la Bourse ? Ne sont-ils pas en train de saccager la planète pour leur seul petit profit personnel ? Tu me l'as assez répété, il me semble…

Certes, depuis que notre fille militait pour *Greenpeace*, je me tenais au courant (les enfants servent au moins à cela, à ne pas s'endormir, à garder un œil ouvert sur le monde — avant son départ pour l'Australie en compagnie de ses frères, nous nous rendions elle et moi régulièrement à la poste pour envoyer des mandats de soutien à *Earth First* et elle tenait à s'habiller chez *Patagonia*). J'étais donc averti de pas mal de choses, dans un registre terrifiant. Je savais que nous évoluions dans un monde ou rien n'était ce qu'il semblait être. Je l'avais compris. J'y étais aujourd'hui particulièrement confronté. Je savais que derrière l'homme assis à son bureau, il s'en cachait un autre, et que dans l'ombre de celui-ci… des monstres, des hydres, des entités diaboliques se nourrissaient de notre chair, de notre sang, de nos âmes, sans la moindre vergogne. Ah ! sans aucun doute ne feraient-ils qu'une bouchée de Patrick Vandhoeren, Édith avait raison ! Ils enverraient leurs tueurs, ou au moins leurs fouteurs de branlées, leurs casseurs de doigts, pour apprendre à Patrick qui étaient ses maîtres. Et à tous ceux qui seraient tentés de suivre son exemple, par la même occasion.

Une fois de plus, par-delà le décor paisible et touchant d'un pays riche enluminé d'une agréable soirée estivale, j'eus la vision de la triste réalité. Et l'on me reprochait de ne pas m'intéresser à l'avenir du roman ? Alors que nous dansions entre les flammes ? Allais-je sauver une simple vie en faisant le malin ? Un roman en était-il capable ? Ou en démolir un ? À coup sûr le meilleur depuis de longues années ?

Nous couchâmes Patrick dans le salon, après avoir eu raison de ses dernières forces au moyen de quelques verres. Avant de rejoindre Édith dans notre chambre, je restai un moment à l'observer. Puis je pliai ses affaires sur une chaise.

— Et s'il valait moins que son œuvre ? annonçai-je à Édith.

— Je ne sais pas. C'est presque toujours le cas, j'imagine… Mais est-ce une raison ? As-tu choisi de te laver les mains de ce qui pouvait lui arriver ?

— Non, je n'ai encore pris aucune décision…

Je n'étais pas certain d'avoir le choix, pour dire la vérité. Incapable de trouver le sommeil, je passai une bonne partie de la nuit dans mon bureau, à essayer de démolir Patrick. Mais j'en fus incapable. En dehors d'un tissu d'âneries, de piètres mensonges, de pauvres insinuations malveillantes que j'accouchais dans la douleur et l'ennui, je fus contraint de me rendre à l'évidence : je ne pouvais pas. À la rigueur, descendre au salon et l'étrangler de mes mains nues mais pas davantage.

J'eus la visite du jeune Marco, l'homme au scooter, le lendemain matin. Il venait m'apporter son livre, m'affirmant que sa lecture ne me ferait pas perdre mon temps. Et m'informer qu'il avait été contacté par Henri afin que nous unissions nos efforts. Il exposa devant moi certaine tactique de prise en tenaille dont il garantissait les effets dévastateurs, d'autant plus pernicieux que nous l'élaborerions de concert (il imaginait une publication simultanée pour enfoncer les flancs, au besoin relayée par une opération de nettoyage au début de la semaine suivante s'il y avait des survivants).

Perplexe, je lui fis remarquer que son journal avait toujours soutenu Patrick, quelquefois même en des termes qui frôlaient l'idolâtrie, voire l'immaturité pure et simple. Il me répliqua sans se démonter que cela remontait à l'année dernière.

Il se demandait si nous ne pourrions pas discuter amicalement de tout cela devant une tasse de café plutôt que sur le pas de ma porte. Dans son dos vibrait une belle et tendre matinée, pleine d'excitation ingénue. Je m'effaçai pour le laisser entrer et lui indiquai le chemin de la cuisine.

Patrick, qui venait de se réveiller et beurrait sombrement ses tartines, leva un œil tiède sur le nouveau venu.

« Bon, alors, Marco, de quoi veux-tu me parler ? », l'interrogeai-je.

Sur mes conseils, Patrick s'installa le soir même à l'hôtel. Je ne voulais pas trop l'alarmer mais lui fis comprendre qu'à défaut de s'évanouir dans la nature il était plus sage de prendre un minimum de précautions, le temps d'apprécier l'évolution des choses. Pour ce qui concernait ses rapports avec Nicole également. Ne rien précipiter. Choisir une solution intermédiaire qui ne condamnerait aucune issue.

Vers midi, je l'aidai à rassembler quelques affaires. Son humeur s'assombrit de nouveau à l'idée d'abandonner l'appartement aux mains de Nicole, qui à l'entendre allait aussitôt le transformer en boxon pour mener la vie dissolue où elle se vautrait désormais. Comme j'essayais d'apaiser sa rancœur à l'égard de celle-ci (j'encourageais la distance, mais en aucun cas la rupture définitive dont la simple évocation me tordait l'estomac), il s'énerva de plus belle, l'accusant, sous ses airs de ne pas y toucher, d'avoir entretenu les plus bas instincts et caché sa nature de foutue salope. Je ne le croyais pas ? Je jouais les saint Thomas ? Il se précipita dans la cuisine et réapparut dans la chambre armé d'un imposant tournevis, le visage empourpré.

Et d'un seul coup d'un seul, poussant un rugissement épouvantable, il fractura la commode de l'infortunée. Un tiroir entier fut avec rage déversé sur le sol.

« C'est quoi, *ça* ?!... éructa-t-il. Et *ça* ?!... Hein, et *ça* ?!... Des trucs de communiante ?!... »

Jusque-là, il s'était contenté de malmener du pied les preuves en question. Puis il fondit sur une culotte finement brodée, glissa deux doigts furieux dans certaines ouvertures inhabituelles (de peur, sans doute, que je ne comprisse point à quel usage elles étaient destinées) et, la tiraillant en tous sens, s'évertua à la réduire en pièces. En vain. L'ambiance était lourde.

« Merde, y a quand même baiser et *baiser* !!... tonna-t-il en brandissant la culotte chiffonnée dans ma direction. Non, mais qu'est-ce qu'elle fout ?!!... Hein, qu'est-ce qu'elle fout, dis-moi un peu ?!!... »

Considérant mon âge et évoquant la quasi-quarantaine de Nicole qu'il jugeait quant à lui *terra incognita*, il voulut savoir si certain cap rendait cinglé. S'il y avait un moment où l'on décidait de rattraper le temps perdu en mettant les bouchées doubles. Si le feu au cul était le revers de la médaille, la triste récompense d'une vie droite et sexuellement bénigne.

À sa colère se mêlait à présent une vraie douleur, teintée d'incompréhension et de désarroi. Je le voyais lorgner du coin de l'œil les abominables sous-vêtements dispersés sur le sol, cependant qu'il préparait sa valise, une pénible grimace à la bouche. Sans doute les appréciait-il un par un et les imaginait-il portés par une perverse Nicole prenant d'horribles poses, allez savoir... Dieu merci, il n'avait apparemment pas découvert le reste (les photos, les crèmes, la batterie d'ustensiles que Nicole rangeait au fond du dressing, dans des cartons à chapeau censés contenir des guirlandes de Noël).

Je pus ainsi minimiser les choses, les maintenir dans les limites de dérapages mineurs qui relevaient plus, à mon sens, du pathétique (une manière de se jeter à l'eau, de s'étourdir pour surmonter un manque d'assurance bien compréhensible dans le cas de Nicole) que de la débauche à outrance.

— Et puis, reconnais que tu n'es pas un saint, de ton côté. Reconnais-le. Sans compter, j'ai cru le comprendre, que tu ne lui accordais plus toute l'attention souhaitée...

— Qu'est-ce qu'elle t'a fait ?!... Elle t'a payé pour me casser les couilles ?!...

Il emporta sa valise dans le salon, y rangea son album de photos de Madonna. Je m'installai sur le canapé en peau de buffle, en caressai le cuir du dos de la main tandis qu'il filait dans la salle de bains et en rapportait différentes variétés de shampooing à la camomille.

— Imagine qu'elle se fasse piquer dans un sex-shop ! grogna-t-il. Tu vois la publicité pour la sortie de mon livre ? !

Je lui ris au nez :

— Regarde autour de toi… Que se publie-t-il en ce moment ? Cite-moi un seul écrivain qui ne souhaite pas avoir une réputation sulfureuse, aujourd'hui… S'il suffisait d'envoyer sa femme dans un sex-shop, crois-moi…

Il voulait l'envoyer en enfer. Il voulait qu'elle attrape une maladie vénérienne. Il voulait que le type tienne un couteau dans son dos et lui transperce le ventre une bonne douzaine de fois avant de la découper en morceaux.

En fait, il en voulait davantage à Nicole que je n'aurais pu l'imaginer. Et je ne comprenais pas très bien pourquoi. Certes, il s'agissait de sa femme et il n'était pas le seul à voir d'un mauvais œil une infidélité de sa légitime épouse, se fût-il soucié d'en avoir une. Mais cela n'expliquait pas tout. Quelque chose le tourmentait.

Il semblait avoir oublié qu'il se trouvait dans cette chambre d'hôtel (celle-là même où il avait baisé sa Madonna nuit et jour à notre retour du Canada) non pas tant à cause de la conduite de Nicole que pour échapper aux foudres d'Henri et de ses honorables « partenaires ».

Il voulait lui coudre une lettre écarlate à même la peau. Il voulait la faire jeter dans un cachot humide. Il voulait qu'elle revienne en rampant implorer son pardon.

Je lui opposai que la situation me semblait pourtant convenir à ce besoin de liberté, de rattrapage sexuel dont il m'avait rebattu les oreilles, mais il me renvoya un regard plein de fureur. Mais qui signifiait quoi ? Pourquoi me sentais-je personnellement visé, et non pas en qualité d'instrument possible du dévoiement de Nicole, mais en tant qu'interlocuteur privilégié, ou comment dire, en tant que misérable de la même espèce ? Que lui avais-je donc fait ?

Bien qu'elle ne durât qu'un instant, cette impression étrange me poursuivit jusqu'à la fin de la journée. J'en parlai à Nicole tandis que nous nous rendions chez Olga. Je lui fis part de ce ressentiment particulier dont Patrick faisait preuve à son égard et de cette étrange agressivité vis-à-vis de moi.

« Je ne dis pas que ça l'amuse... Tes sous-vêtements l'ont secoué, c'est entendu. Mais je suis persuadé qu'il y a autre chose. Je l'ai parfaitement senti... »

Cela ne l'intéressait pas. À l'entendre, rien de ce qui touchait Patrick ne pourrait plus l'intéresser dans cette vie. Je l'observai, cependant que nous étions arrêtés à un feu rouge.

« Tu sais ce qu'il y a, n'est-ce pas ?... »

Elle m'accorda un bref regard. Rien de plus.

Je n'insistai pas. L'invitation d'Olga la perturbait un peu et je ne souhaitais pas en rajouter. Mais elle savait très bien de quoi je voulais parler, j'en était sûr.

À table, je la considérai en souriant. J'éprouvais une réelle sympathie pour elle, pour ses non-dits, ses silences, sa manière de sauter l'obstacle et autres. Elle représentait un vrai danger pour moi car elle ne me prenait rien de force et me laissait venir, ce dont par bonheur je demeurais parfaitement conscient. Une femme pleine de qualités, à multiples facettes. Olga elle-même, qui ne s'était guère montrée enthousiaste à son égard (avant de l'avoir aperçue ligotée dans mon bureau), était à présent sous le charme et la conversation, à laquelle on ne se souciait pas de me laisser une part honorable, avait un tour enjoué, agréablement familier.

J'étais satisfait.

« Eh bien, es-tu satisfait ? », m'interrogea-t-elle comme nous rentrions.

J'eus le malheur de hocher la tête. Elle posa son sac et déclara qu'elle avait mérité de passer la nuit avec moi.

Sans prononcer un mot, je la fis se pencher en avant sur le dossier d'un fauteuil, soulevai sa jupe, baissai son slip et lui écartai les fesses entre lesquelles je plongeai ma langue. Ça, oui. Ça, autant qu'elle le voulait. Sans l'ombre d'une hésitation. Mais il était hors de question que nous passions la nuit ensemble. Là-dessus, j'étais impitoyable. Je savais que si je faiblissais, j'étais perdu. Et elle le savait aussi, j'imagine. Il devenait urgent, pensai-je, comme elle vrillait en gémissant son postérieur contre ma figure, il devenait urgent qu'Olga m'aidât à brouiller les cartes, et pas dans cent sept ans mais le plus vite possible.

— Alors, c'est non ?... demanda-t-elle un peu plus tard, ôtant une seconde mon sexe de sa bouche.

— C'est non, murmurai-je.

Elle hésita une seconde. Fixa mon engin avec une moue perplexe. Je la sentais tiraillée entre l'envie de me donner une leçon, de m'abandonner sur-le-champ à mes obligations littéraires, et sa mauvaise grâce à renoncer à la suite. À ce propos, je dois avouer que nous y prenions un goût presque inquiétant. Je ne comptais plus les fois où nous le faisions dans son bureau, comme des brutes, comme des adolescents pressés, ou bien dans la voiture, alors que nous étions en route vers un lieu plus adéquat. Dès que nous étions seuls, nous foncions droit au but avec une impatience de moins en moins catholique. Il n'était plus rare que nos vêtements fussent tachés, que nous ne fussions plus en mesure de sauver les apparences lorsque nous sortions d'un endroit ou d'un autre. Au restaurant, nous nous touchions sous la table. Nous nous baisions dans les cinémas. Nous nous branlions en faisant les courses. Quelquefois, nous nous regardions avec une espèce de frayeur hallucinée.

Cela ne durait pas depuis des mois, mais nous avions brûlé les étapes. À tant miser sur le sexe, nous avions dû dérégler quelque chose et voilà où nous en étions : incapables de nous tenir. Incapables d'empêcher nos corps de tirer sur la laisse. Aller voir une exposition, dans ces conditions ? Un film des Straub ? Une pièce de Claudel ou un concert de musique baroque ? Il fallait l'oublier et chercher un coin sombre, une encoignure, un renfoncement entre des boîtes de conserves, une travée recouverte d'une infâme moquette, des parkings souterrains, des ascenceurs de service, les toilettes du premier bar venu.

Selon Édith, il n'y avait pas de quoi s'alarmer. À l'entendre, ce côté frénétique de la chose était plutôt rassurant, démontrait que je savais contenir la situation dans un cadre bien précis. N'était-ce pas la preuve que le système des tiroirs fonctionnait ? Me figurais-je qu'elle aurait préféré nous voir dîner au clair de lune, Nicole et moi, plutôt que dégrafés sous un porche, bousculant des poubelles ? À demi convaincu, je tâchais de détecter un tremblement dans sa voix, l'ombre d'une contrariété sur son visage, mais il n'y avait rien. Eussé-je couvé une grippe qu'elle se serait inquiétée davantage.

J'aurais voulu qu'elle nous voie, vautrés sur le tapis du salon, pratiquant notre troisième soixante-neuf de la soirée comme s'il y avait le feu. Peut-être alors se serait-elle un peu mordillé les lèvres ou tordu les doigts ? Aurait-elle fredonné quelque chanson légère, me voyant astiquer la chatte de Nicole avec une ferveur dégoûtante et un sourire de Chinois ? Aurait-elle épongé mon visage, dans un geste magnanime, alors que je ne songeais qu'à y retourner, qu'à en faire davantage si possible, me transformer en limace hystérique ? Aurait-elle attendu que ça se passe, avec un calme olympien, tandis que Nicole et moi tournions à la bouillie humaine dans un concert d'insanités et de rauques halètements ? Je n'en étais pas si sûr. Je faillis lui montrer certaines photos que j'avais prises (Nicole ficelée dans la position de La Loutre Aux Genoux Du Dragon, par exemple). Ou certaines vidéos de nos turpitudes (j'avais saisi quelques *cum shots* d'anthologie tandis que Nicole enregistrait à bout de bras les meilleurs de nos plans larges). Je faillis lui mettre tout le bazar sous les yeux afin de m'assurer que nous parlions de la même chose. Savait-elle que nous les visionnions en forniquant ? Que la caméra tournait, nous filmant en train de baiser, le regard braqué sur l'écran où nos doubles s'activaient à la besogne sans plus un poil de sec ? Et qu'ainsi, de nouveau baisant, nous pouvions nous voir baisant nous regarder baiser ? Nicole prétendait que cette mise en abyme, si souvent pratiquée et fort surestimée au plan de la littérature (comme le récit non linéaire qui fait mouiller les seconds couteaux des critiques et sert de cache-sexe aux écrivains du dimanche), multipliait, non pas le nombre, mais l'intensité de ses orgasmes. Est-ce qu'Édith imaginait ce que signifiait « multiplier l'intensité des orgasmes » pour une femme telle que Nicole, à ce stade avancé de notre relation sexuelle ? Que faisait-elle de mes érections nocturnes ? De mes masturbations matinales à la simple idée que j'allais retrouver Nicole quelques heures plus tard ?

Je ne devais pas l'assommer avec les détails, déclarait-elle tout de go. Elle était assez grande pour imaginer ce que deux adultes étaient capables de faire ensemble, fussent-ils passablement excités, imaginatifs, ou même un peu tordus sur les bords si je préférais, s'il était nécessaire que je me sentisse raisonnablement coupable.

Je n'avais personne d'autre à qui parler de ce problème.

Mes enfants étaient tellement loin. Bien entendu, je n'aurais pu me confier à Cécilia, mais les deux garçons ? À vingt ans passés, n'auraient-ils pas prêté leurs gaillardes épaules à leur père ? Ne m'auraient-ils pas arraché un sourire de tranquillité ? N'auraient-ils pas traité les choses du sexe à la légère et par là déroulé sous mes pieds un tapis volant sur lequel j'aurais laissé choir ma carcasse de vieux satyre non excommunié ?

Nicole se badigeonna l'entrejambe avec ma queue, d'un mouvement de poignet souple, exprimant ainsi son désir de ne pas nous planter là malgré mon refus de la garder pour la nuit. Je décelai cependant, bien qu'accroupie sur mon ventre, s'écartant la fente à deux mains et observant le spectacle dont elle était la sourcilleuse et hardie chorégraphe, une certaine acrimonie dans l'air, une sombreur de mauvais augure derrière sa grimace de satisfaction. Dieu sait pourtant si je l'enculai ensuite avec soin, la laissant faire et m'accordant à son rythme erratique, quelque mauvais gré que j'en eusse.

Plus tard, elle sortit de la salle de bains et me rejoignit à la cuisine où je préparais une infusion. Son chignon était parfait. De son léger maquillage, elle avait effacé les traces de nos empoignades et semblait fraîche comme une fleur, le regard éclatant. Elle portait de sages chaussures de ville, presque sans talons, des bas sans fioritures, et elle avait boutonné la fine veste de son tailleur uni jusqu'au cou, ainsi qu'à ses poignets. Certes, elle gardait un côté sévère. Eût-elle enfilé sa culotte et sa jupe qu'on l'aurait prise pour une maîtresse d'école un peu stricte, au demeurant charmante, mais guère encline à la désinvolture.

Elle posa ses fesses nues sur la moleskine d'un haut tabouret, les talons calés sur le repose-pied, les cuisses ouvertes, la fente encore gonflée et rubiconde, suite à son utilisation récente (j'avais moi-même le gland tirant sur le rouge vif et la verge à peine molle, comme enflée par des piqûres d'insectes — il m'arrivait parfois de la plonger dans un saladier empli de glaçons dès qu'elle avait franchi la porte). Au-dehors, le vent avait tourné et revenait par le sud, éloignant la rumeur du périphérique et agitant les branches de mon tilleul comme si nous étions à la campagne et que Nicole allait rentrer à vélo.

« J'en ai assez des écrivains !... soupira-t-elle tandis que j'ébouillantais la théière. Je crois que je ne méritais pas ça... »

Personne ne méritait ça. Elle avait entièrement raison. Pour ma part, et bien que je me fusse employé à limiter les dégâts, je n'avais pas rendu la vie de mes proches très facile (mais comment vivre avec quiconque ayant été mordu par un chien enragé ?). Les écrivains font les compagnons les plus exécrables que l'on puisse imaginer. Je savais que je dressais devant elle un obstacle invisible, fût-ce en l'occurrence un mensonge éhonté. Un obstacle insurmontable, d'essence quasi divine, hors de portée du commun. Les écrivains utilisent la littérature comme un coup de pied dans les couilles.

— Écoute, je suis désolé...

— Patrick aussi était désolé.

Elle m'accorda cependant un pâle sourire. Son sens du fair-play demeurait malgré tout, contre vents et marées, et je pouvais une fois encore me féliciter d'avoir trouvé en elle un partenaire idéal, averti des complications de l'existence et sachant que l'on obtenait rarement ce que l'on voulait ici-bas.

Ce qui ne signifiait pas qu'elle entendait y renoncer. Vous savez, la lucidité rend parfois coriace. Je la voyais très bien, d'un quasi imperceptible balancement des hanches, et cependant qu'elle portait à ses lèvres mon infusion d'anis étoilé, se lubrifier les parties intimes au contact du similicuir qui devenait soudain glissant. Du coin de l'œil, elle observait les miennes.

— Il y a une différence entre Patrick et moi, déclarai-je. Il y a une différence entre les écrivains qui n'ont aucun problème d'argent et peuvent disposer de leur emploi du temps. Tu sais très bien que ce n'est pas mon cas. Je n'ai que la nuit pour travailler. Dans la journée, je dois faire bouillir la marmite et m'occuper de Patrick n'arrange pas mes affaires, figure-toi...

— Laisse-le se débrouiller.

— Ce n'est pas aussi simple.

Pour qui jouissait d'une oreille fine, certains bruits de succion se révélaient en provenance du tabouret.

— Non, Nicole, ce n'est pas aussi simple... Je ne sais comment te l'expliquer... Nous ne parlons pas de la même personne. Tu sais, j'en ai connu quelques-uns, et des Goncourt, des Pulitzer, des coqueluches de la Rentrée et autres, mais pas un seul de sa trempe, fais-moi confiance. Et je ne suis pas en mesure de le juger en tant qu'être humain car, comment dire, il se place pour moi à un autre niveau... Ça ne me laisse pas beaucoup de possibilités, en ce qui le concerne. J'essaye de ne pas trop me comporter en aficionado, crois-moi, mais la voie est très étroite...

Elle m'écouta avec un intérêt amusé, le coude sur le plan de travail, le menton dans la paume.

De son autre main, sans me quitter du regard, elle me saisit la queue et la manipula en me faisant remarquer qu'elle connaissait Patrick bien mieux que moi et pourrait bien me surprendre sur son compte, ne serait-ce que du strict point de vue littéraire.

— Voyons, qu'est-ce que tu racontes ?... fis-je en fronçant les sourcils et me rapprochant d'elle afin de la tripoter à mon tour.

— Tu veux savoir pourquoi il t'a semblé furieux contre toi ?

Légèrement irrité, je la soulevai du tabouret que l'on eût dit à présent abandonné après avoir été pris pour cible d'un concours de glaviots. Elle noua ses jambes autour de mes hanches, attrapa ma queue avant tout et se la mit, avant de poursuivre sur un ton qui m'agaça au plus haut point :

— Est-ce que ça t'intéresse ? Es-tu prêt à entendre certaine vérité à son propos ?

Elle me fit peur. Elle glaça quelque chose au tréfonds de mon être. Et, à cet instant, j'eus le sentiment que je m'y attendais.

— Qu'est-ce que tu crois ?!... ricanai-je.

Oppressé, je la renversai sur la table et filai aussitôt lui introduire ma queue dans la bouche. Mais quel enfant j'étais ! Quel crétin lamentable !!... Comme si j'avais pu, par ce risible stratagème, lui renfoncer les mots dans la gorge ! Comme si je n'aurais pas appris tôt ou tard ce que je refusais d'entendre sur-le-champ.

Comme si la honte rejaillissait sur moi.

Il me sembla que je n'avais pas pris une vraie journée de repos depuis une éternité. Sans rien faire de précis, sans voir personne, sans prononcer un traître mot de l'aube jusqu'au crépuscule. Je ne voulus même pas savoir qui frappait à ma porte, je ne jetai pas un œil sur mon roman et passai le plus clair de mon temps dans un fauteuil. Au fond, soyons honnête, le monde extérieur ne présentait pas de réel intérêt.

Les révélations que Nicole m'avaient faites et dont elle m'avait démontré l'exactitude, après tout, je peux bien vous les rapporter. Elles n'ont rien d'exceptionnel. Patrick n'est pas le premier et d'autres s'y résigneront à leur tour. Cela ne lui enlève pas tout. Je l'ai pensé, mais je ne le pense plus. Je crois qu'il reste un écrivain honorable. Ni pire ni meilleur qu'un autre.

Cela ne fait pas non plus de Nicole une étoile surgissant au firmament, ce serait trop facile. Elle-même n'a pas cette prétention et se déclare incapable d'écrire, ne serait-ce qu'une courte nouvelle. Je suis tenté de la croire. La pornographie, ça va bien quelques minutes. Le meilleur ouvrier ne vous bâtira pas une maison de ses propres mains. Or, pour se lancer dans l'écriture, il faut toucher à tout, n'est-ce pas, pratiquer les différents corps de métier, avoir au minimum plusieurs cordes à son arc. Sinon, où irez-vous gicler ? Avez-vous l'intention de grossir les rangs, je ne sais pas, des culs-de-jatte, des faux tueurs, des petits branleurs de rien du tout ? Mon Dieu ! mais vous finiriez par le payer un jour ou l'autre, soyez-en sûr !... La vie est bien trop courte et les miroirs ne seront pas toujours aussi complaisants.

Cela dit, un écrivain moyen peut s'en sortir. L'existence n'offre pas de telles merveilles qu'il faille tout plaquer pour en dévorer les fruits à pleine bouche, sous prétexte de n'être pas un grand parmi les grands. Les petites joies de l'écriture, bon an mal an quelques échos dans la presse, la conviction que l'on en vaut bien d'autres... Combien ont pu obtenir davantage ? Et combien ont cru obtenir davantage ?

Patrick pouvait continuer à jouer au football et devenir sans doute un excellent partenaire au tennis. Je ne regrettais pas d'avoir surmonté ma colère et de ne pas l'avoir éliminé comme j'en avais eu l'intention sur le coup, laissant tomber Nicole et courant à travers les rues avec une arme à la main. Certes, il avait bafoué et piétiné l'écrivain que j'avais attendu comme le Messie mais pouvais-je lui faire endosser la responsabilité de mon propre échec ? Où étais-je allé chercher que sa victoire adoucirait ma défaite ? Je profitai du calme de cette journée pour remonter à l'origine de mon erreur et découvrir avec quel empressement je m'y étais vautré, quelle précipitation j'avais crié au miracle. Avais-je donc tant souffert d'avoir échoué en cours de route ? Avais-je un éternel compte à régler avec la littérature ? Allais-je ainsi tâcher, jusqu'à mon dernier souffle et par les voies les plus obscures, les moins glorieuses, d'en découdre avec elle ?

Tout à ma sinistre et pitoyable obsession, je n'avais pas hésité à envoyer Patrick à l'abattoir. Qu'il se consumât et sacrifiât sa vie à ma place ne semblait pas m'avoir inquiété. Or, à présent que je l'apercevais sur le chemin du retour, grimaçant et traînant sa rapière d'un pas lugubre, ruminant un combat qu'il n'avait pas mené, allais-je m'embusquer dans un coin et lui trancher la tête ?

Nicole pensait que je tenais là le sujet de mon article. Non, vraiment ?

Aucun souci pour le sang sur les murs ?

Avec force, l'idée d'un voyage lointain ou d'une longue cure de thalassothérapie s'imposa à mon esprit. Patrick pouvait à présent s'offrir l'un et l'autre, mais quant à moi je n'en avais guère les moyens, et le fisc, non content de ponctionner mes droits d'auteur jusqu'en 2016, guettait mes moindres pas (sachez qu'un jour, accablé de souffrance, l'esprit encore confus et luttant contre vos incoercibles et effrayantes crises de larmes, vous vous entendrez dire que le Trésor public n'aurait pas conseillé de colonnes de marbre, mais des statues d'or pur, tant qu'à faire).

Le soir tombait lorsque je quittai enfin mon fauteuil, m'en arrachai comme d'un mauvais rêve qu'il faut briser d'un coup.

Édith venait de rentrer et s'affairait déjà dans la cuisine. On sait, malheureusement, que je n'avais pas que de bonnes nouvelles à lui apprendre.

L'aidant à ranger les provisions, je commençai par la bonne, à savoir qu'Olga semblait d'accord pour une partie à trois avec Nicole, ce qui, selon moi, remettrait les choses au clair.

Elle en convint aussitôt et approuva mon initiative sur un ton réservé. Mais je la connaissais si bien. Comment n'aurais-je pas remarqué son soulagement, si prompte fût-elle à le masquer ? Pensait-elle que j'étais aussi bête ?

Je savourai un instant la satisfaction que je venais de lui procurer. Je suis d'avis qu'il ne faut jamais rater une occasion de déclarer son amour à une femme, même si l'on doit se passer de grands discours et emprunter des voies détournées, car même si vous ne savez pas pourquoi, soyez certain qu'elle le mérite.

La mauvaise nouvelle concernait une passion d'un autre ordre, celle que j'avais nourrie pour certain écrivain et qu'un peu plus tôt j'avais pris en pleine figure.

— Tu sais, je ne parviens pas à l'avaler... lui avouai-je. J'ai l'impression d'avoir la poitrine enserrée dans un étau.

— Tu m'étonnes !... Je serais complètement effondrée, à ta place !...

— Je le suis, crois-moi ! D'ailleurs, si je n'étais pas déjà mort, il m'aurait tué une seconde fois... Que devient-on lorsqu'on vous prend le peu qui vous reste ?

— Ça suffit, arrête !... Souviens-toi que nous avons un marché.

— Oui, eh bien, j'aimerais t'y voir... Tu sais ce qu'il représentait pour moi, et je veux dire... même en ce qui nous concerne.

Elle se boucha les oreilles. À l'évidence, elle n'était pas prête à me concéder le moindre espace d'amertume, pas une seconde supplémentaire dans un registre aussi morbide. Elle me fusilla du regard : un serment était un serment.

J'hésitai, puis lui fis comprendre que je rentrais dans le droit chemin.

— C'était trop beau pour être vrai, voilà tout !... déclara-t-elle en haussant une épaule et feignant de vérifier la date limite sur un paquet de yaourts au soja.

Madonna n'était pas Madonna. Patrick n'était pas l'écrivain qu'il prétendait être. Henri Sigmund était une marionnette entre les mains de forces obscures. De tels exemples se multipliaient à l'infini et le jeu consistait à conserver son équilibre mental, à fonctionner dans un monde qui se dérobait sans cesse et n'offrait que de risibles apparences. Si je n'avais pas craint de décevoir Édith, je serais sorti dans la rue pour mettre le feu aux poubelles.

Patrick connut un sursis de quelques jours avant de comprendre dans quel guêpier il s'était fourré. Puis Marco publia son article et la machine se mit en marche.

Un jour on vous promet que vous serez lu dans les écoles, un autre que vous ne valez plus rien (et ces deux avis provenant de la même personne, vous êtes en droit de vous demander si vous avez eu affaire à un imbécile ou à un mercenaire, bien que la réponse ne présentât pas beaucoup d'intérêt). Je ne savais pas quelle espèce de talent on trouvait à ce jeune homme, si ce n'était un réel penchant pour la mauvaise foi et le compliment vicieux (le meilleur moyen, à mon sens, pour se cracher sur les pieds), mais la charge qu'il porta contre Patrick modéra les premiers enthousiasmes. Ce qui, sans aller jusqu'à obscurcir le ciel, fit tourner le vent à l'aigre. Bien entendu, ces choses-là n'étaient pas rares, et les dégâts causés n'auraient sans doute pas été suffisants pour ébranler Patrick si Henri Sigmund n'était entré dans la danse à son tour.

J'étais dans son bureau lorsque Franck et lui prirent la décision de saboter la diffusion du dernier Vandhoeren, quelques jours à peine après sa mise en place. J'étais là pour que nous parlions un peu de cette fameuse prise en tenaille dont mon article était censé constituer la seconde mâchoire, si je voulais bien me donner la peine de l'écrire.

— Eh bien, c'est que je rencontre un problème… déclarai-je.

— Un problème ? Quel problème ?!…

— Eh bien, voyons les choses en face… Le livre de Patrick est tellement bon que l'on ne peut rien y faire. Retournez-le dans n'importe quel sens : je vous mets au défi d'entamer sa cuirasse…

Henri m'adressa un sourire amical et posa la main sur mon épaule :

— Francis, écoute-moi… Je ne sacrifierai pas la maison sous prétexte que tu as trouvé ton maître. Ce n'est pas de ton opinion que j'ai besoin, mais de ta signature au bas d'une page que Franck ou moi pouvons même t'aider à écrire, si tu ne t'en sens pas capable. Est-ce que tu me suis ?…

Henri était plus que mon éditeur et Franck avait porté ma fille sur les fonts baptismaux, mais je n'étais pas sûr d'avoir en face de moi les deux hommes que j'avais connus autrefois. À dire vrai, c'était une impression assez vague, quoique récurrente, et, bizarrement, j'éprouvais la même chose à l'égard de Suzanne Rotko, pour qui je me serais laissé couper un bras à l'époque.

Selon moi, encore que je ne pusse rien affirmer (je trouvais même ça dingue, par moments), ils avaient fini par contracter un mal inconnu au contact de certain milieu, à force de fréquentation excessive, à force de respirer l'air de la même pièce et d'échanger des poignées de main, de grands sourires, avec ce genre de créatures. Qui, je vous le rappelle, choisissaient de rester dans l'ombre, se cachaient par exemple derrière l'écran de multinationales et rasaient les murs à Davos tandis que leurs marionnettes prononçaient des discours sur l'avènement d'un monde meilleur à condition de les laisser faire. Qui, non contentes d'empoisonner notre nourriture, non contentes de nous avoir flanqué le cancer du sein et celui de la prostate, non contentes de permettre aux cinglés d'accéder aux plus hautes fonctions des États, s'en prenaient également aux esprits de ceux qui les fréquentaient d'un peu trop près. J'imagine, par une espèce de phagocytage ou autre moyen aussi épouvantable. Enfin bref, il suffisait d'écouter Henri ou Franck ou Suzanne pour s'apercevoir que les choses ne tournaient pas rond. Ils n'étaient plus les mêmes. Et ma théorie valait ce qu'elle valait, je n'étais en possession d'aucune preuve, je ne faisais que regarder autour de moi avec un minimum d'attention et peut-être en tirais-je des conclusions démentes, une véritable histoire à dormir debout, mais en proposez-vous une autre ? Ils n'étaient plus les mêmes, croyez-le. Je les surprenais parfois, et de plus en plus fréquemment, le regard posé sur moi avec insistance, un regard étrange, que je n'hésitais guère plus à qualifier d'inhumain. Savaient-ils que je me doutais de quelque chose ? Avez-vous gardé en mémoire le peu de sympathie que m'avaient témoigné les créatures de chez Claris ? Vous êtes-vous demandé pourquoi le fisc me harcelait de façon si brutale ? Pourquoi la vente de mes livres avait chuté ? Pourquoi un 747 explosait en plein vol ? Vous êtes-vous demandé pourquoi j'étais pris de malaises quelquefois alors que j'aurais dû me porter comme un charme ? Quant à moi, je n'ai pas la prétention de pouvoir apporter une réponse satisfaisante à chacune de ces questions. Mais elles se posent néanmoins. À chacun, en son âme et conscience, de les examiner. D'un œil impartial, d'un œil courageux, d'un œil implacable qui transpercerait une pierre.

Est-ce que l'éditeur que j'avais connu, le Henri Sigmund de trente ans, ténébreux et fier, libre et ardent comme un cheval sauvage, m'aurait demandé d'accomplir une basse besogne, sa maison et sa vie en eussent-elles dépendu ?

Aurais-je choisi, pour être le parrain de ma fille, ce Franck Beaupré à qui mes algues, ce pur produit de la nature, cette mine d'or et de bienfaits pour n'importe quel être humain, filaient la chiasse ?

Et eût-il été possible que je fusse un jour le témoin d'une scène aussi pathétique et méprisable : ces deux-là, mes plus chers et plus anciens compagnons de route, mes compagnons de combat, prenant sous mes yeux et sans la moindre gêne la ferme décision de saboter la diffusion d'un livre ?!... Et pas celui du premier venu, certes non, pas l'habituelle soupe tiédasse des ahuris du stylo à encre, mais le meilleur livre qu'ils aient publié depuis des années, le nouveau Patrick Vandhoeren. Pas moins.

Réfléchissez un peu. Tirez-en vos propres conclusions. Une vente de trois cent ou quatre cent mille exemplaires. Je ne connaissais pas de tel exemple dans toute l'histoire de l'édition. Il n'y en avait pas.

Je me levai et m'approchai de la fenêtre tandis qu'ils évoquaient divers moyens de perturber la distribution, la mise en place, et autres détails techniques inqualifiables en vue de mener à bien leur sinistre projet. Des choses que j'aurais aimé ne pas entendre, qui donnaient froid dans le dos malgré la beauté surprenante de ces derniers jours de juin à la lumière si pure, si pleine de bonté, si revigorante, des choses dont il faut quand même savoir qu'elles existent. J'ouvris la fenêtre. Posai mes mains sur la rambarde tiède.

Je sentais leurs regards fixés dans mon dos. Mes propres compagnons de route. Mes compagnons de combat. Je me mis à fredonner à voix basse :

While going the road to sweet Athy,
Hurroo ! Hurroo !...

De bon matin, j'allai à la poste où trois colis en provenance de l'Oregon m'attendaient. J'en ouvris un, après les avoir rangés dans le coffre de ma voiture, et en prélevai une douzaine de flacons. Puis je m'arrêtai chez l'un de mes clients, une jeune femme qui écrivait des livres de poésie auxquels je ne comprenais rien et fumait un népalais très rare que son frère, installé sur place et employant une centaine d'hommes pour la cueillette, récoltait lui-même et uniquement pour sa consommation personnelle (vous dire si le produit était exempt de saloperies et la qualité de ses effets incomparables !). Je lui échangeai donc mes algues contre un bon morceau de sa résine et m'en retournai chez moi préparer un gâteau dont les filles allaient me dire des nouvelles.

Je passai une partie de la journée à mes fourneaux, une autre à écrire mon article sur Patrick, qui n'avait pas donné signe de vie depuis quelques jours. Je l'imaginais dans son hôtel de luxe, ruminant la presse qui hésitait pour la première fois à le porter aux nues et sans doute les premiers signes d'une vente qui tardait à décoller. J'avais connu cela, les premières manifestations de l'incertitude, le ressentiment envers l'ignoble versatilité du lecteur, la tiédeur des amis, l'incroyable pugnacité des adversaires. J'avais connu cela et me serais tenu à ses côtés s'il ne m'avait pas trahi.

« Il est allé se réfugier quelques jours chez Suzanne, me déclara Nicole avec l'air de s'en soucier comme d'une guigne. Remarque, c'est tout à fait lui... »

Suzanne possédait une maison au bord de la mer, non loin de celle d'Henri, et comme la plupart des gens du milieu qui n'avaient d'autre solution pour échapper au stress et à la pollution de la capitale. À moins de deux heures de route, et au terme d'un dernier et abominable effort pour s'extraire des embouteillages de la proche banlieue par un terrible vendredi soir, de bons fauteuils de cuir et un feu de bois les attendaient quand ils étaient quasi morts, faisaient pitié à voir. Le bon air les attendait, les bons produits de la ferme sur le marché, les poissons frais, les délicieuses terrines de pâté sans correcteurs de goût ni conservateurs les attendaient, les promenades en forêt dans un vieux pantalon informe, un vieux cachemire à même la peau et de vieilles pompes usées jusqu'à la corde, peut-être un vieux chien et une fleur de la campagne au coin des lèvres, une grande baignoire remplie d'eau chaude, parfumée avec une huile essentielle de chez Czech & Speake que l'on trouve à Londres, sur Jermyn Street, les attendaient. C'était le minimum. Une question de survie. Il n'y avait pas le choix. Quand les ténèbres s'étaient effondrées sur moi, quand j'avais épuisé mes dernières forces à régler les affaires courantes et à signer des chèques, Henri m'avait prêté sa maison pour quelque temps et je puis témoigner ici du réconfort physique et moral que toutes ces petites choses, qui n'ont l'air de rien, vous apportent (bien que je fusse alors, quant à moi, trop esquinté pour en tirer tous les bénéfices — mais pour se remettre de mauvais articles ou d'une semaine à cavaler de cocktail en soirée, de tea-room en restaurant et autres, ces havres de paix étaient indispensables, voire d'une importance vitale).

Je n'en voulais pas à Patrick au point de lui dénier le droit de se mettre en lieu sûr. En fait, à mesure que les jours s'écoulaient (image de la sublime perfection des fluides que rien ne peut arrêter et qui emprunte des tuyauteries célestes), je parvenais à distinguer deux individus au lieu d'un : l'écrivain, qui avait cessé de braquer sur moi sa lumière aveuglante, et l'individu, celui que j'avais pu observer dans son plus simple appareil et dont la compagnie, il n'y avait pas si longtemps très envahissante, semblait vaguement me manquer, pour une raison que je n'aurais su expliquer.

Je retirai mon gâteau du rebord de la fenêtre où il avait sagement refroidi et le présentai à Nicole, qui se montra ravie de découvrir l'un de mes nouveaux talents (ce qui n'était pas le but recherché, soyons clair).

— J'ai un peu le trac... déclara-t-elle en souriant et tandis que je l'invitais à s'en servir une part.

— Je ne vois pas pourquoi tu aurais le trac... Et puis, tu n'es pas obligée.

— Oui, je sais... mais de quoi j'aurais l'air ? J'ai dit que j'étais d'accord, n'est-ce pas ?

— Oui, mais ne t'inquiète pas. Olga est une vieille amie et le courant passe bien entre vous... D'autre part, elle connaît mes conditions : rester assise dans son coin, regarder sans faire de commentaires. J'y veillerai.

Il n'était pas tard, mais le ciel commençait à se colorer de rose lorsque nous montâmes tous les trois à mon bureau.

Plus tôt, dans l'après-midi, alors que je m'activais à la cuisine, je m'étais longuement demandé si je devais les mettre au courant pour le népalais. Mais je n'avais pu trancher, mon souci d'honnêteté se heurtant à de possibles réactions irrationnelles de la part de l'une ou de l'autre, ce qui pouvait tout flanquer par terre.

En conséquence, j'avais éprouvé un léger pincement au cœur à l'heure du thé, lorsque je les voyais se resservir en toute innocence et jurer qu'elles m'arracheraient la recette de cette douce et délicieuse friandise. Un pincement au cœur, mais pas de remords.

Elles riaient déjà dans mon dos.

J'avais revêtu un kimono pour l'ambiance et pour la liberté de mes mouvements. Autrefois, avant de me convertir au tennis, je pratiquais le tai-chi dans mon jardin, été comme hiver, et je restais en tenue tout au long de la journée. J'écrivais en kimono, pas en robe de chambre. J'en possédais une collection, dont un modèle assez rare que m'avait offert le directeur de l'hôtel Akasaka en hommage à l'intérêt que je portais au *Nawa Shibari* ainsi qu'à mes progrès dans cette discipline. Je le portais, en ce début de soirée où j'allais tenter de faire comprendre à Nicole que notre relation ne pourrait jamais dépasser certaines limites à partir du moment où elle n'était pas la seule à occuper mes pensées. Je le portais en général pour les grandes occasions.

J'avais passé l'aspirateur dans mon bureau. J'avais installé le futon au centre de la pièce avec des oreillers autour. J'avais brûlé de l'encens. Bien que j'eusse ouvert mes vasistas, il faisait juste un peu trop chaud car le soleil avait brillé sur mon toit sans relâche, mais un filet de sueur sur la peau, quelques mèches collées aux tempes ou à la racine du cou étaient les bienvenus. Je leur servis un verre de vin frais.

— On peut fumer ? demanda Olga.

Je lui indiquai le fauteuil :

— Ne fais pas la maligne, et va t'asseoir.

Elle m'adressa un regard brillant et farouche. Elle se demandait sans doute jusqu'où cette situation pourrait aller et je me le demandais aussi. Je ne lui avais proposé que d'assister à l'une de nos séances, sous prétexte qu'un écrivain devait moissonner le monde de ses bras grands ouverts, avec une curiosité indéfectible. À sa libido et au népalais de faire le reste.

Nicole n'en savait pas davantage. Mais soit je ne comprenais rien aux femmes, soit ma manière de procéder était la bonne : leur laisser l'illusion de l'initiative. Même s'il s'avère que vous n'êtes qu'un pion dans leur jeu.

— Sache qu'à l'époque... expliquai-je à Olga tandis que Nicole se mettait en sous-vêtements, sache qu'à l'époque on attachait les prisonniers en public, et d'une manière différente selon la gravité de leurs crimes.

Bien. Elle ne m'écoutait pas. Elle souriait à Nicole et finissait son verre.

— Vois-tu, poursuivis-je, imaginons que Nicole ait volé un sac de riz. Que va-t-il se passer, d'après toi ? Démonstration.

Nicole, qui connaissait déjà l'histoire, se tourna et me tendit ses poignets après avoir ôté les épingles de son chignon et répandu sur ses épaules une épaisse chevelure pleine de soupirs divers.

— J'aimerais attirer ton attention sur le fait qu'il ne s'agit pas de simples nœuds, fis-je à l'attention d'Olga, cependant que je me mettais à la tâche. Et sur le fait que, autrefois, voler un sac de riz méritait un châtiment exemplaire.

Une fois les poignets de Nicole attachés dans son dos, je ligotai soigneusement ses bras contre son corps puis l'accrochai au plafond en tirant sur la poulie. Elle nous fit la grâce d'un petit gémissement et dodelina au bout de sa corde comme une âme en peine. J'agitai mon index en direction de notre invitée :

— Approche-toi. Viens voir…

Olga eut un petit rire de gorge avant d'obtempérer. Elle s'avança d'un air crâneur, un vague sourire aux lèvres. Je lui expliquai que dans tout exercice de suspension, la circulation sanguine devait être le souci majeur, d'où l'emploi du double yosemite qui alliait l'élégance avec une sécurité maximale (Nicole hochait la tête en se mordillant les lèvres) ou encore le simple sifflet droit, qui avait ses partisans mais nécessitait davantage de longueur.

Je lui montrai comment l'on s'y prenait : attrapant une jambe de Nicole, j'effectuai mon yosemite à la pliure du genou. Puis je grimpai sur une chaise, passai la corde dans un anneau et la tendit à Olga.

— Je vais m'occuper de son autre jambe. Pendant ce temps-là, tu lui remontes la cuisse et tu fais un nœud.

— Qui ça ? Moi ?

Je lui décochai un coup d'œil affligé et vaquai, sans lui accorder plus d'attention, à ma propre part d'ouvrage.

Deux minutes plus tard, Nicole était assise dans le vide, cuisses écartées, les genoux à la hauteur de la poitrine. Les bras croisés, je la considérais d'un air satisfait.

— Alors, qu'en penses-tu ? demandai-je à Olga qui remplissait nos verres.

— Tout ça pour un sac de riz ?

— Oui. Ça... et quelques tourments sexuels, pour faire bonne mesure.

Elle leva les yeux en souriant vers Nicole :

— Ma pauvre chérie ! Est-ce que ça va ?

— Eh, attends !... l'interrompis-je aussitôt. Tu ne dois pas lui parler. Qu'est-ce que ça veut dire ?! Est-ce que je lui parle ? Nous ne sommes pas attablés à une terrasse, que je sache !

Les poings sur les hanches, je la fixai un instant, la tête inclinée sur le côté, le sourcil froncé, la mine soucieuse.

— Non, ça ne va pas, déclarai-je. Ça ne va pas du tout. Tu ne peux pas rester comme ça. (Je lui indiquai le kimono de Nicole, plié sur une mallette :) Tiens, déshabille-toi, s'il te plaît, et enfile ça... Bon sang, ça ne te viendrait pas à l'idée ? Tu ne te sens pas un peu anachronique ?

Je n'attendis pas sa réaction et me tournai vers Nicole dont le regard commençait à divaguer. Je la déculottai. Puis je lui ôtai son soutien-gorge et lui fis sortir les seins entre les deux rangées de corde (une tresse de Nylon rose) qui ceignaient son buste. Après quoi, je lui bandai les yeux.

— Je n'ai pas trouvé la ceinture... s'étonna Olga qui venait de surgir à mes côtés.

J'étais en train de presser les mamelons de Nicole, dont le visage était à présent renversé vers le plafond, les roulais entre pouce et index.

— Il n'y a pas de ceinture. Pas avec ce modèle. Et ne cherche pas le pantalon, il n'y en a pas non plus.

Pas de réponse. La lorgnant du coin de l'œil, je constatai qu'elle n'était plus préoccupée par ses problèmes vestimentaires mais par la — qui semblait assoupie comme un lézard au soleil — chatte sans poils de Nicole. Je fis :

— On dirait des joues de bébé, n'est-ce pas ? Ne jurerait-on pas qu'elle se la poudre ?

Je pris la main d'Olga et la portai à mes lèvres.

— J'apprécie vraiment que tu sois là, murmurai-je.

Puis j'écartai les pans de son kimono et hochai gravement la tête : un corps parfait, des seins moins gros que ceux de Nicole mais pointus, avec quelque chose d'électrique et d'avide, une peau incroyable, des hanches magnifiques, une merveille tout simplement, une vraie merveille de femme (eût-elle une sexualité complexe). Dieu sait pourtant que la littérature était mauvaise pour le corps, qu'il se tordait, s'affaissait, se ramollissait et se déglinguait au gré d'éternités, penché sur un bureau ou une table de cuisine, quand n'intervenait pas l'alcool, les cigarettes, le chocolat, les drogues, la paresse, le dégoût de soi-même et *tutti quanti*. Mais Olga était une espèce de miracle.

Une des chances de ma vie était d'avoir été entouré de belles femmes. On me l'avait souvent reproché, en tant qu'écrivain. On m'avait accusé de ne pas voir le monde tel qu'il était, de ne pas fréquenter ma voisine de palier, de ne pas prendre le métro aux heures d'affluence, de raconter des blagues au sujet de mes aventures sexuelles. De ne pas avoir tenu dans la main un sein flasque, de ne pas avoir embrassé une fille aux dents jaunes, de n'en avoir pas baisé de velues, de mal foutues, d'ordinaires ou encore de sales, d'acnéiques, de malodorantes. Que voulez-vous que je vous dise ? Qu'est-ce que j'y peux ? Et non seulement ça, mais elles n'étaient pas stupides, ni tarées, ni vulgaires, ni insensibles, ni frigides. Qu'y puis-je ?

Vous êtes ici chez moi, dans mon univers. Vous respirez avec ma bouche, vous voyez avec mes yeux. Et je ne vous permets pas de poser vos pieds sur mes meubles, d'ouvrir mes tiroirs, ou d'élever la voix. Je ne vous reconnais aucun droit. Je suis capable de vous flanquer dehors. Je fais déjà beaucoup pour vous. N'oubliez pas que vous êtes ma souffrance. Je suis monté en croix pour vous. Je vous ai offert mes entrailles. Elles ne sont pas que laideur et ennui.

J'écartai les pans de son kimono et constatai qu'elle avait gardé son slip. Malgré tout, ce n'était pas de mauvais augure. Et je vais vous dire pourquoi : il s'agissait du modèle baptisé *Telle une écolière* et je voulais y voir un signe favorable, un clin d'œil plutôt qu'une indécision *Ah, l'infâme ! Regardez comme il tire de nouveau la couverture à lui et va encore s'envoyer sa copine, cette créature de rêve, alors que chacun sait que de nos jours tout homme en est réduit à s'astiquer la queue en silence avant de s'envoyer la tête contre les murs.* Oui, mais qu'est-ce que j'y peux ?

Ignorant mes faits et gestes, Olga restait absorbée dans la contemplation de l'entrecuisse de Nicole, songeant à je ne sais quoi.

— Tu te demandes quel est le rapport avec le sac de riz ?

Elle m'adressa un regard indifférent :

— Non, pas nécessairement…

Elle posa la main sur le genou de Nicole et lui donna une légère impulsion, afin de la faire tourner sur son axe.

Juste à ce moment, on tambourina à ma porte. Mais je n'en avais que pour un instant et les abandonnai sans crainte.

En réalité, cela me prit cinq bonnes minutes, car le coursier, d'une nature impatiente, pénétrait déjà dans mon jardin tandis que je lui ouvrais la porte d'entrée. Et ainsi, nous tournâmes en rond, à la recherche l'un de l'autre, nous hélant de l'intérieur à l'extérieur comme deux cinglés, à la tombée de la nuit, alors que j'étais en train d'accomplir un rite millénaire, cette espèce d'imbécile, ce pur produit dégénéré d'un monde qui ne tenait plus une seconde en place. Mais je finis par l'attraper et lui collai mon article entre les mains avant de le refouler dehors, tout réjoui qu'il était par notre mésaventure.

Je remontai à mon bureau.

Sur le seuil, je crus déceler une vague odeur. Mais peut-être n'était-ce pas une odeur, après tout. Peut-être un objet en moins ou en trop dans le décor. Ou un son qui aurait disparu. À moins que ce ne fût le fruit de mon imagination.

Je m'avançai vers les deux femmes qui ne semblaient pas avoir remué un cil durant mon absence. Néanmoins, je me sentis intrigué.

« Tu as touché quelque chose ? », demandai-je à Olga.

Elle prit un air étonné et me fit signe que non.

« Tu vas rire, poursuivis-je, mais j'ai l'impression qu'il y a quelque chose de différent. Mais, quoi ? je suis incapable de mettre le doigt dessus !... »

Son air, aussi, avait quelque chose de différent. Il n'y avait pas de forte lumière dans mon bureau, mais la coloration de ses joues me paraissait plus vive.

« Veux-tu que je branche un ventilateur ? »

Elle déclina mon offre, m'assura que tout allait bien. D'un geste maladroit, elle replaça une mèche derrière son oreille. Ah, ce népalais ! Le bougre avait le don de vous prendre par surprise et vous ne saviez plus où vous habitiez ! Je sentais que bientôt les hésitations allaient tomber. Je prenais le pari que les premiers effleurements entre elle et Nicole auraient lieu dans la demi-heure qui suivrait. Peut-être même un peu moins, avec de la chance.

Une odeur d'amande ? Une odeur d'amande un peu sure, aigrelette ? Je levai les yeux vers le plafond où s'ouvraient les deux vasistas. Était-ce l'effet d'une brise transportant une odeur incertaine ? Je tendis mon nez et offris mes narines intriguées à cet intrigant effluve.

Olga referma la main sur mon avant-bras.

« Tu ne sens rien ? », demandai-je d'un ton amusé.

Rêveur, je reportai mon attention sur elle. Or, la voilà qui au lieu de m'aider à résoudre ce mystère, se met à grimacer, à effectuer différentes moues et vagues mimiques auxquelles je ne comprends rien. A-t-elle envie de pisser, a-t-elle perdu la voix, est-elle retombée en enfance ? Que cherche-t-elle donc à exprimer ? J'ai l'impression qu'elle tourne autour du pot, qu'elle danse d'un pied sur l'autre. Mais grands dieux, pour quelle raison ?!...

Je suis sur le point de la secouer lorsque le déclic se fait dans mon esprit. Une odeur d'amande ? D'amande aigrelette ? C'est tout ce que j'ai trouvé ? J'avise alors la chatte de Nicole : une vraie patinoire.

« Tu appelles ça ne toucher à rien ? »

Elle hausse les épaules. Je lui prends les seins et les porte à ma bouche tandis qu'elle m'avoue que la tentation était trop forte. Je la rassure.

J'enfonce mon genou entre ses jambes, éprouve le contact d'une chair tiède et rebondie. Je la sens bien disposée. Un peu molle, mais bien disposée.

Puis nous décidons de décrocher Nicole. Mais nous lui laissons son bandeau et les bras attachés. Olga envoie son kimono en l'air et il atterrit sur mon ordinateur. Étendue sur le dos, Nicole pousse un soupir et écarte les jambes. Olga me jette un regard. Je laisse faire. Elle aide Nicole à se débarrasser de son slip et j'en profite pour passer derrière elle.

J'attends qu'elle commence à lui bouffer la chatte, ce qui ne tarde guère. J'ai beau être au courant des préférences d'Olga, je suis surpris de la voir à l'œuvre. Je passe un bras entre ses cuisses pour lui attraper les seins, calant mon biceps dans la raie de ses fesses.

Mais j'ôte bientôt mon kimono et lui baisse illico son slip. Pour une fois, elle me fait grâce de ses habituelles recommandations et je lui mets un doigt dans le cul. Après quoi je me penche et lui glisse ma langue dans la fente. Un genou en terre, elle soulève l'autre et prend appui sur la pointe de ses orteils pour me faire de la place. Elle se met à me juter en pleine face.

Entre deux gémissements, Nicole m'appelle. J'y vais et lui fiche ma queue dans le fond de la gorge. Olga relève la tête. On dirait qu'elle vient de plonger sa figure dans une cuvette de lessive. Je l'attrape par la nuque et nous échangeons un baiser au goût de fesses. Puis elle branle Nicole avec un bout de sein tandis que je lèche l'autre. Quand elle se redresse, je pique du nez dans la chatte de Nicole qui continue de me sucer la queue. Olga me prend la main et la dirige entre ses jambes. Je lui remets un doigt dans le cul.

Ensuite elle va s'accroupir au-dessus de la bouche de Nicole, en se tenant la fente ouverte. Un filet de sueur scintille entre ses deux seins gonflés et luisants, et pendant ce temps je baise Nicole dont je sors le clitoris et le presse avec méthode. Je vois les veines à travers la peau de son cou tendu et la bave couler de chaque côté de son menton.

Puis nous la détachons. Je lui ôte son bandeau et elle cligne des yeux. Elle dit qu'elle ne sait pas ce qui lui arrive. Olga pense que c'est la cause de cette nuit moite et du vin. Je la mets à croupetons et l'encule tandis qu'Olga découvre les instruments contenus dans la mallette.

Je fais exprès d'abandonner Nicole. Je m'approche d'Olga et lui saisis les seins par-derrière. Elle continue d'examiner les différents godemichés. Je lui remonte ma queue entre les fesses. La salive de Nicole a préparé le terrain et je vais et je viens dans sa raie, sans oublier sa fente que je laboure au passage et elle ne proteste pas. Puis je sens quelque chose au bout de ma queue quand elle jaillit entre les cuisses d'Olga et je me rends compte que Nicole s'est agenouillée devant elle et m'attrape le gland entre ses lèvres aussitôt qu'il apparaît. Je prends garde de ne pas éjaculer.

Je me demande si j'ai une chance avec Olga, ce soir. Je range ça dans un coin de ma tête. Je m'étends sur le futon et ferme les yeux. Quand je les rouvre, Nicole est installée sur ma bite. Elle est accroupie sur moi, le dos tourné, et se la met si profond que son trou du cul se colle à mon ventre. Elle se tient aux cuisses d'Olga qui a fléchi les jambes et se laisse branler en se retenant à une corde fixée au plafond.

Je repousse Nicole, me retiens de décharger et je me lève. Je leur dis que j'en ai pour une minute. Je me sers un verre. Je garde ma queue à la main et je tourne autour des filles. Olga déclare qu'elle est complètement barrée. Nicole aussi, de toute évidence. Alors je l'installe sur Olga et je les observe, le nez dans le cul l'une de l'autre.

Puis je m'amène, je m'agenouille, je prends Nicole par les cheveux, je la relève et lui donne ma bite à sucer. Puis je me mets à introduire le bout d'un gode dans le con d'Olga et je prie pour que ça marche. Victor y est bien parvenu, quelquefois. Nicole a choisi de m'astiquer à la main pour me regarder faire. Bientôt, je finis par enfoncer le truc jusqu'aux couilles de caoutchouc et Olga ne monte pas sur ses grands chevaux.

Nicole s'impatiente. Elle me renverse et grimpe sur moi. Je la baise de nouveau mais mon esprit est ailleurs. À ce qu'il me semble, Olga lui lèche le trou du cul. Alors je sors ma bite et rampe sur le dos, passe entre les jambes de Nicole et me retrouve sous celles d'Olga qui dégouline comme une fontaine. Je la suce en lui maniant le gode entre les fesses et la voilà qui s'avachit sur moi et manque de m'étouffer. Je me dégage d'un tour de reins, m'essuie la figure dans une poignée de Kleenex.

J'encule Nicole en regardant Olga qui suit le déroulement de l'opération d'un œil fixe. Alors je me retire et, sans lui demander son avis, je me glisse entre ses jambes. Nicole n'est pas contente mais c'est comme ça. Et c'est exactement ce que je veux qu'elle comprenne. Et c'est le moment où jamais avec Olga. Et je suis là et elle garde les cuisses grandes ouvertes et c'est comme si elle me disait d'y aller, alors j'y vais, je lui écarte la chatte et j'y plonge ma queue.

Elle va pour dire quelque chose, puis renonce. Nicole ravale sa mauvaise humeur et tâche de détourner mon attention en me léchant la raie du cul. En me caressant les couilles. Mais je continue de baiser Olga en me demandant ce qu'il en est de cette histoire qu'elle n'aime pas se faire enfiler car je suis en train de le faire et elle ne m'envoie pas promener. En appui sur les coudes, elle regarde ma queue entrer et sortir et je ne sais pas à quoi elle pense.

Nicole me branle le cul mais c'est elle qui gémit à ma place. Je sors ma queue et la donne à sucer à Olga. Je frémis à l'idée qu'elle change d'avis et qu'elle ne me laisse pas y retourner mais j'ai décidé de courir ce risque. Elle me pompe en me regardant droit dans les yeux. Pendant ce temps, Nicole me prend la place. Elle colle son nez entre les jambes d'Olga et tend le cul en arrière. Alors je l'écarte de là, je lui dis excuse-moi, je regarde Olga et je lui refous ma bite.

Je réfléchis : je lui en mets plein le cul ou je me dégonfle ?

C'est une question pour la forme. Je vais au fond de sa chatte et je l'arrose de foutre.

J'attends sa réaction. Nicole me suce et m'enfourche. Olga ne bouge pas et j'attends sa réaction. Nicole n'est pas contente. Puis Olga soupire et se lève et s'éloigne en zigzaguant, direction la salle de bains.

… la télé, mais nous ne voyons que des choses horribles : des politiciens véreux, des forêts en flammes, de longues colonnes de réfugiés, des enfants arrachés à leur mère, des foules prosternées, des centrales sur le point de nous péter à la gueule, des hommes battus, des femmes violées, des empires bâtis avec du sang et de la merde.

Alors je l'éteins.

S'ensuivirent des jours noirs, entre Nicole et moi. Pour commencer, elle n'apprécia pas que je me retire d'elle, au cours de la suite, et que je lui flanque mon sperme à la figure quand Olga avait eu droit à un coït régulier. En quelque sorte, elle s'estimait traitée par-dessus la jambe et ne me le pardonnait pas. D'autre part, comment se faisait-il que nous eussions passé la nuit chez moi ? Comment avais-je pu faire une exception et abandonner mon roman alors que je l'avais régulièrement flanquée à la porte sous prétexte qu'il passait avant tout ? Et enfin, pourquoi Olga avait-elle dormi dans mes bras ? Et pourquoi, elle, Nicole, avait-elle dû se contenter d'une place de l'autre côté du matelas, comme si elle était une étrangère, comme si elle n'était rien d'autre que la cinquième roue du carrosse ?

Je n'y étais pas allé de main morte, j'en étais conscient. Il semblait que mon objectif fût atteint, mais davantage encore que je ne l'espérais. Et de façon brutale.

Édith trouva que j'avais agi avec une lourdeur épouvantable et déclara qu'elle ne serait pas étonnée si Nicole m'envoyait balader. Sur le coup, je ne voulus pas la croire car j'étais persuadé que Nicole était sous l'emprise d'un irrépressible appétit sexuel, confinant à la manie pure et simple. Je pouvais imaginer qu'elle nous privât de la chose durant un jour entier, voire deux au grand maximum, mais qu'elle reviendrait ensuite vers moi ventre à terre, n'ayant pas d'autre solution.

« Écoute, Nicole, ne sois pas bête… Crois-tu que j'avais la tête à ce que je faisais ? Devais-je prendre des notes pour effectuer un partage équitable ? T'ai-je reproché quoi que ce soit quand tu étais avec Olga ? Enfin, bon sang, pourquoi compliquer les choses ?... Bien sûr que j'ai de l'affection pour Olga, ce n'est pas un mystère, mais j'en éprouve autant pour toi... sinon davantage, et même bien davantage si tu veux savoir... Alors qu'est-ce qu'il y a ? C'était la première fois que j'avais un rapport sexuel avec elle... hein, dis-moi, est-ce difficile à comprendre ? Alors que nous en avons je ne sais combien de fois par jour ? ! Et tu fais la comparaison ?!... Mais de quelle situation veux-tu parler ? Qu'a-t-elle de si intolérable ? Mais qu'est-ce que tu racontes ? Comment ça, je m'applique à tout gâcher ?! Alors là, c'est la meilleure !... Comment ? Évidemment que le sexe n'est pas tout ! Est-ce que j'ai dit ça ?! Bien sûr que je suis un imbécile, tu ne le savais pas ?!... »

Und so weiter. Chez moi, dans son bureau, dans un café, sur des kilomètres de trottoirs que le soleil éclaboussait en vain, je reprenais ce genre de discours pour sauver ce qui pouvait l'être mais elle ne voulait rien savoir. Et si je lui posais une main sur la cuisse, en manière de message subliminal, elle me foudroyait du regard et lâchait, sur un ton qui ne laissait aucun espoir, un « Oublie ça ! » dont je peinais à me remettre.

Je l'appelais au milieu de la nuit. Je lui expliquais dans quel état j'étais et lui proposais de faire ça par téléphone puisque nous en étions réduits *à ça* par suite de son intransigeance, de son entêtement insupportable, de ses conclusions erronées, bref de son caractère de cochon qui nous crucifiait l'un et l'autre, provoquant chez moi de continuelles érections dont je ne savais plus que faire, et caetera, mais elle me répondait que je me trompais, que nous en étions réduits *à rien du tout* et me raccrochait au nez en me conseillant d'appeler cette chère Olga si je voyais que mon problème empirait.

Pourtant, je voulais croire que les choses pouvaient encore s'arranger. Bien que ce ne fût pas l'avis d'Édith, qui estimait qu'une femme pouvait très bien changer du jour au lendemain si elle le décidait, et dans un sens ou dans l'autre, car le sexe, chez elle et au contraire de ceux d'en face, passait toujours par l'esprit. D'ailleurs, Nicole n'avait-elle pas connu sa traversée du désert avant de me rencontrer ? N'en avait-elle pas joué pour autant, et de but en blanc, le rôle de chienne en chaleur ? Que cela me donnât à réfléchir ! J'y réfléchissais en regardant les vidéos et je voulais croire que les choses pouvaient encore s'arranger.

La publication de mon article n'arrangea rien.

La mort dans l'âme, j'étais en train de curer mes canalisations quand Patrick frappa à ma porte. Il se jeta aussitôt dans mes bras.

J'étais en sueur, hirsute, je portais un tablier à carreaux par-dessus un short chinois et un débardeur de la Bundeswehr, j'avais aux mains des gants de caoutchouc et je tenais un déboucheoir à ventouse, mais il m'écarta de lui et me considéra comme si j'étais un chevalier en armes, il me considéra avec respect, avec admiration, il me considéra avec amour.

Je remarquai, sous son bras, le magazine où était sorti mon article.

— Oh merde ! soupira-t-il de plaisir. Tu es un type brillant ! Tu es un type intelligent ! Tu es un type courageux !

— Sans doute, mais c'est un beau livre... fis-je en nous entraînant dans le salon.

Tandis que je me débarrassais de mon costume de ménagère industrieuse, il se laissa choir dans un fauteuil et lança la revue sur la table avec un radieux sourire aux lèvres.

— Tu es un type brillant ! Tu es un type intelligent ! Tu es un type courageux !

— Je te le répète ! c'est un beau livre.

— Je veux, que c'est un beau livre ! Mais n'empêche, Francis, tu m'as ressuscité !

J'en avais ressuscité une autre, il n'y avait pas si longtemps, mais il fallait voir le résultat. Que fabriquait-elle en ce moment ? Qu'avait-elle raconté à son esprit ? Enfilait-elle des moufles avant de se mettre au lit ?

— Tu sais, poursuivit-il, je croyais pas que ce genre de chose m'atteindrait. Je croyais qu'on était protégé par la valeur de son travail, enfin ça me paraissait normal... Mais c'est pas comme ça que ça marche.

En dépit du plaisir que me voir lui procurait, son visage gardait les traces de sa descente au tombeau : il semblait vieilli, ses joues s'étaient creusées et sa chevelure n'avait plus aucun éclat, son poil était terne, d'un jaune triste et pisseux.

— Mais qu'est-ce qui se passe, bordel ?!

— Rien de plus que les petits désagréments dont je t'avais parlé, tu te souviens ?

Il lorgnait le reste du gâteau sur la table. En trois jours, il s'était un peu affaissé mais je l'avais conservé sous une cloche et Patrick se contentait parfois, lorsqu'il me rendait visite et cédant à un besoin machinal, de petits biscuits secs et rassis dont la date était depuis longtemps dépassée et que je gardais pour les oiseaux du jardin. Je lui fis signe qu'il pouvait y aller.

— Et ce connard que j'ai traîné avec moi, ce connard qui me doit tout, jusqu'à son éditeur ! Et le matin même, il prenait son petit déjeuner avec moi, dans cette maison, alors qu'il se préparait à me baiser la gueule ! Tu peux croire ça ?!

— Difficilement, mais avons-nous donné le bon exemple à cette génération ?

Je n'étais pas d'excellente humeur. Comme Richard Brautigan, j'avais eu un problème avec des poils de femme dans ma salle de bains. Sauf que lui les cherchait, le cœur pétri d'amour, tandis que moi je les avais trouvés, emmêlés dans la grille d'évacuation de la douche, logés en paquets dans la bonde, engorgeant mes tuyaux et elle continuait à me tenir la dragée haute.

— Tu crois qu'il a besoin d'excuses ?

— Je me demande qui n'en a pas besoin.

J'avais envie de le mettre à la porte. D'un autre côté, je n'avais pas grand monde autour de moi et j'avais tellement aimé ce type qu'il en restait quelque chose. Il y avait aussi le fait qu'il traversait des épreuves que j'avais connues, qu'il fréquentait les boîtes de strip-tease et n'avait pas encore ce regard, ce comportement singulier que j'avais percé à jour chez Henri et les autres, bien qu'il eût touché cet incroyable chèque.

Il désirait m'emmener au restaurant ou que nous vidions une bouteille ensemble mais je devais livrer des algues et plusieurs lots de vitamines. Et je ne savais pas si je voulais passer la soirée avec lui.

Je lui proposai de m'accompagner et il m'accompagna. Et il put constater que je ne passais pas mes journées à bayer aux corneilles mais m'occupais d'un vrai commerce dont il m'avoua n'avoir pas soupçonné l'ampleur au sein du milieu littéraire. Je lui rappelai que je l'avais mis en garde contre l'esprit de compétition qui y régnait. Je lui indiquai des fenêtres où l'on prenait dix grammes de vitamine C par jour, d'autres quatre comprimés de ginkgo dosés à deux cent cinquante milligrammes, d'autres encore où un flacon de trois cent soixante gélules d'*Alpha* ou d'*Omega Gold* ne faisaient pas la semaine. Se souvenait-il de Jerry Rubin, l'ami des Panthères noires, qui avait abandonné la révolution pour se consacrer à l'absorption quotidienne de poignées de vitamines ? N'était-ce pas un signe des temps ? Je lui rappelai qu'il ne m'avait pas encore passé sa nouvelle commande et par là me demandai s'il avait toujours l'intention de mener la course en tête.

Je me voulais sarcastique. Mais je ne le fus pas assez et il se contenta de hocher la tête en se caressant l'estomac.

J'allai déposer l'argent à la banque sur le compte de mes enfants. Puis il acheta du champagne et nous rentrâmes, à la fin de l'après-midi, alors que, jetant un nouveau coup d'œil dans le rétroviseur, j'eus l'impression que nous étions suivis.

— Et par qui serions-nous suivis ?

— Je n'en sais rien. Ce n'est pas moi qui suis dans le collimateur de certains.

La tranche de gâteau qu'il avait avalée le rendait stupidement insouciant. Je grimpai dans mon tilleul tandis qu'il nous servait du champagne mais je ne remarquai rien d'anormal dans la rue. Ils étaient très forts. Les nouvelles technologies, entièrement à leur service, les rendaient tout-puissants. À tout hasard, j'exécutai un bras d'honneur et redescendis.

— Te casse pas la tête. Inutile de te casser la tête.

— Oh, mais je ne me casse pas la tête, sois tranquille !...

— Buvons à la santé de tous ces salopards. Qu'ils crèvent !

Il retourna dans son fauteuil et mâchouilla un morceau de gâteau. Puis il me décocha une grimace complice en indiquant mon article de la pointe du menton :

— Tu as bondi comme un loup au milieu d'une bande de roquets. Tu vois le tableau ? Et sur une double page, par-dessus le marché !... Moi j'appelle ça avoir du jus dans les veines...

Je ne répondis rien. J'hésitais même à tremper mes lèvres dans mon verre de champagne pour boire avec lui. Je me rendais compte que la retenue que j'avais manifestée à son égard, la philosophie avec laquelle j'avais pris la chose, l'altitude où je m'étais tenu, tout cela n'était qu'une façade brillante et magnifique, mais si fine qu'elle pouvait se pulvériser d'un instant à l'autre et ouvrir la voie à certain emportement. Je ne l'avais pas encore eu devant moi depuis la révélation de sa forfaiture, je ne m'étais pas encore trouvé aussi près de lui, si près que je pouvais sentir son odeur, et sa voix n'avait pas encore vibré à mon oreille, son regard n'avait pas encore croisé le mien, ses doigts ne m'avaient pas encore touché.

Quand il eut fini de me considérer en hochant la tête avec un sourire stupide, il se leva d'un bloc, retomba assis, se leva de nouveau, passa devant moi en me touchant l'épaule et s'avança dans le jardin que visitaient déjà quelques lucioles à peine débarquées du crépuscule.

En un bond, je fus sur lui. Je l'attrapai par le col avant même qu'il n'eût dézippé sa braguette devant mon tilleul ! « *Ça suffit, espèce de petit minable !!...* m'écriai-je en l'entraînant avec force à l'intérieur. *Où te crois-tu, petit écrivain de mes deux ?! Mes vécés ne te suffisent pas, il te faut la terre tout entière ?!!...* » Je le soulevai presque du sol.

Ulcéré, je le projetai dans les cabinets et claquai violemment la porte dans son dos.

Puis je me sentis mal. À l'instant, je titubai. Je ne respirais plus. Je commençai à trembler. Dans un sublime effort, j'exécutai deux pas maladroits en direction du canapé et m'y accrochai tandis que le salon tournoyait autour de moi, qu'une main glacée m'écrasait la gorge et que la vie me quittait, s'échappait comme l'air d'un pneu crevé pour s'écouler et se répandre dans l'espace.

Mais mon heure n'était pas encore venue. Les forces de l'ombre me relâchaient une fois encore. Au-dessus de moi, auréolé d'une lueur divine, Patrick me giflait. Et, le temps d'un éclair, je vis le plus beau des écrivains penché sur moi, une sorte de dieu à la chevelure magnifique, cuivrée, avec des reflets auburn, jaillissant comme des flammes au-dessus d'un front large, un écrivain au regard puissant et profond, presque insoutenable, et, bien que je ne comprisse pas de prime abord le sens de ses paroles, sa voix n'en demeurait pas moins mélodieuse, envoûtante, un peu comme celle de Bret Easton Ellis dont je ne manquais pas une lecture et qui m'avait confié, un jour où nous partagions le même hôtel et hésitions à échanger nos cravates, que la vie d'un écrivain pouvait être ennuyeuse, mortellement ennuyeuse, mais jusqu'à un certain point.

Et comme c'était vrai ! Oh, comme je fus sensible à cet éblouissement ! Et comme il me fut agréable d'être tiré d'entre les morts par celui qui m'avait échappé, par celui qui m'avait abandonné et laissé sans espoir devant les griffes de notre redoutable, dévoreuse, méchante et impitoyable mère, par celui qui me revenait enfin, plus fort et plus aguerri encore, ô mon Patrick Vandhoeren !

J'écarquillai les yeux. Il m'administra une dernière paire de claques.

— Parle ! Dis quelque chose !...

Je le repoussai et filai dans la cuisine pour me jeter de l'eau fraîche au visage. De surcroît, il m'avait mis les joues en feu.

— Tout va bien ? me lança-t-il, planté dans l'encadrement de la porte.

J'acquiesçai.

— Si ça se trouve, c'est un problème de sucre.

— Non, je ne crois pas.

— Ma mère tombait souvent dans les pommes. Mais elle avait une tumeur au cerveau.

— Ravi de l'apprendre.

— Et si je plantais un albizzia dans ton jardin ? Qu'est-ce que t'en dis ?

Je lui répondis que l'incident était clos. Tandis que nous retournions au salon, il me demanda si j'allais l'accompagner à son match de foot, le week-end suivant. Je lui répondis que non. À New York, vers la fin juillet, pour un séminaire organisé par le Guggenheim Museum ? Je lui répondis que non. Alors à la Foire du livre de Francfort, après les vacances, et pour une tournée de lectures ? Je lui répondis que non. Étant bien entendu que je n'aurais pas un sou à débourser de ma poche ? Je lui répondis que c'était non. Comment ça, non, est-ce que c'était à cause de mon roman ?

— Non, ce n'est pas à cause de mon roman. C'est à cause de toi. Uniquement à cause de toi. Et tu veux savoir pourquoi ? Parce que tu m'as pris pour un imbécile.

Il fronça les sourcils, mais son air était jovial.

— Moi, je t'ai pris pour un imbécile ?! Qu'est-ce qui te prend ? Tu as fumé ou quoi ?!...

— Et même si tu m'avais pris pour un imbécile, ce ne serait pas si grave. Non, tu as fait pire que ça : tu m'as trompé.

— Je t'ai trompé ? Moi, je t'ai trompé ? Ha ! Ha ! s'esclaffa-t-il en se frottant les yeux. Ha ! Ha ! Ha ! Alors, comme ça, je t'ai trompé !...

Les effets du népalais, bien sûr. Car il avait beau rire, je ne le sentais pas aussi détendu qu'il en avait l'air.

— Eh bien, je suis content de voir que ça t'amuse.

— Ha ! Ha ! Mais c'est quoi cette histoire ?! C'est parce que j'ai quitté Henri ? Ha ! Ha ! C'est pour ça ?!...

J'avais son livre dans mon dos, sur une étagère. Je l'attrapai, l'ouvris et commençai à en arracher une page. Je la chiffonnai et la lui lançai à la figure en déclarant :

— Non, c'est pour *ça* !

J'en arrachai aussitôt une autre : « Et pour *ça* ! » Et encore une autre : « Et pour *ça* ! » Je le mitraillai de boulettes de papier. « Et pour *ça* ! Et pour *ça* ! Et encore pour *ça*, espèce de salopard ! Et pour *ça* ! Et pour *ça* ! Et encore pour *ça*, espèce de dégénéré !!... »

Riant de plus belle, il tâchait d'éviter mes projectiles. À la fin, je lui balançai le livre tout entier. Puis je me levai et allai m'installer dans le jardin. C'était une bonne chose d'accomplie. Cela m'avait soulagé. Le matin même, un avion de ligne s'était écrasé au large de Nantucket et je me forçai à en suivre un des yeux afin de voir si j'avais récupéré mes forces ou si j'allais tout simplement m'effondrer. Il filait vers l'ouest, miroitant dans un rayon de soleil, échappant au crépuscule comme si c'était un jeu et je ne clignai même pas d'un œil.

« C'est Nicole ?... C'est elle qui t'a mis au courant ?... »

Visiblement, le sujet était moins drôle.

Il entreprit d'installer une chaise longue à mes côtés. Il n'était guère en état de le faire, mais je me gardai bien de l'aider et l'observai sans mot dire. Je doutais qu'il porterait son choix sur ces bons vieux transats de toile et de bois, le jour où il irait acheter un parasol et ce genre de trucs.

Manipulant le siège comme s'il s'agissait d'un pétard allumé, il maugréa :

— Et alors, tu sais les écrire, toi, les scènes de cul ?!...

— Non, mais je ne les fais pas écrire par un autre.

— Écoute... j'ai jamais eu le même intérêt que toi pour la pornographie... Tu m'excuseras, mais j'y crois pas, à ces histoires de terrain vierge... à ce prétendu talent exceptionnel. J'y crois pas une seconde.

— Mais bien sûr ! Sauf que tu n'as pas toujours dit ça, si je ne m'abuse ! Tu acceptais bien mes compliments, n'est-ce pas ?! Ça ne te gênait pas qu'on vienne te féliciter pour ta géniale obscénité, pour ta merveilleuse adresse à franchir toutes les barrières ! Hein, ça ne te gênait pas de ramasser tous les lauriers ?!... Mais on te prend la main dans le sac et, tout à coup, monsieur n'est plus tout à fait sûr de l'intérêt de la chose !...

— Maintenant, t'en as la preuve. T'as la preuve que j'ai raison.

— J'ai surtout la preuve que tu n'es pas celui que tu prétends être. Voilà ce que je vois.

À force de s'escrimer, il parvint à maîtriser le transat et se laissa choir dedans en croisant les mains sur son estomac. Il plissa des yeux vers le ciel qui s'obscurcissait :

— Je peux savoir, alors, pourquoi tu écris ce genre d'article ?... Pourquoi tu ne te payes pas ma peau avec les autres ?

— J'ai dit tout le bien que je pensais de ton livre. Ce que je pense de toi est une autre histoire.

Il se caressa le menton puis se pencha en avant. À ce moment, et sans doute pour cause d'un positionnement défectueux, le transat céda sous son poids et il se retrouva assis par terre. Mais il ne fit aucune remarque à propos de l'incident et se contenta de ramener ses jambes en tailleur.

— J'ai vu Nicole, ce matin. D'après moi, elle avait affaire à une espèce de désaxé.

— Diable ! Et comment va-t-elle ?

Il secoua la tête et s'étendit sur le dos, les mains croisées derrière la nuque.

— C'était le moment pour moi de me mettre à l'abri, et je l'ai fait ! Et comment !... Même si demain je ne vends plus un seul livre. J'ai saisi ma chance au bon moment, ça, fais-moi confiance... Je suis pas d'accord pour me laisser entraîner au gré des vagues. Je suis pas leur jouet.

— Oui... enfin, un désaxé, c'est vite dit. On ne l'a pas retrouvée à l'hôpital, que je sache.

— Oh, je savais bien qu'elle finirait par en parler, un jour ou l'autre. Et qu'aujourd'hui la moindre petite connerie te revient en pleine gueule... Mais je les ai signés, ces putains de contrats, et je vais te dire une chose : si je dois assister à ma mise à mort, j'aime autant que ce soit dans un fauteuil.

— Mais t'es-tu au moins donné la peine d'essayer ? T'es-tu demandé pourquoi c'était si difficile ? Tu vois, c'est un chemin très étroit, mais lumineux, avec d'un côté tout l'imbécile et abject fatras érotique et de l'autre la triste fange exténuante des sex-shops. Alors je te le demande : devons-nous abdiquer sous la poussée de ces corniauds et leur abandonner le sel de nos vies sous prétexte que la tâche est écrasante et menace d'éclabousser nos visages ? Crains-tu de manquer de générosité ?

— Oui mais je n'ai pas l'intention de me laisser baiser par un système que je combats depuis le début. Celui qui montre les mâchoires du lion et finit dans sa gueule n'a que ce qu'il mérite. Comme dirait l'autre, avec ce livre je pensais en avoir fini avec le sexe, mais j'en ai fini avec l'Occident.

— C'est un fait. Or, dis-toi bien une chose : en matière de pornographie, tu n'atteindras jamais la force des images. Au mieux, tu peux l'égaler, mais je n'en suis pas vraiment sûr. Par contre, imaginons que tu écrives, non pas « Brigitte se fait enculer », ce qui est une pâle copie de l'image et en ce cas la partie est perdue d'avance, mais au contraire « J'encule Brigitte ». De quel côté a basculé la charge émotive, d'après toi ? Ne te sens-tu pas, en tant qu'écrivain, en possession d'une arme magique ? Quelle image, encore une fois, rendît-elle les mouvements et les sons, se rapprochera un jour de ce « J'encule Brigitte » que rien ne peut remplacer ? Un chemin étroit mais lumineux, comme tu vois, eh oui, je t'avais prévenu, mon ami...

— Mais j'ai failli en quoi et qui j'ai lésé ? Pourquoi s'acharne-t-on sur moi ? Tu cherches à m'humilier ? Mais qu'est-ce que tu crois ?... Qu'est-ce que tu sais, au juste ?... Qu'est-ce que tu sais de ce que je ressens ? « Plus vous remportez de victoires, ici-bas, et plus vous êtes vaincu » ! Entièrement d'accord ! Il y a des taches indélébiles, tu veux dire ? ! Pourtant je revois Nicole penchée au-dessus de mon épaule quand je désespérais de pouvoir écrire ces machins et la voilà qui se met sur un coin de table et m'en sort un d'un seul trait !... Ouais... mais seulement je l'ai détestée pour ça ! Je l'ai pris, mais je lui en ai voulu à mort ! Tu me suis ? Et je sais pas ce qu'elle en pense, mais ça a tout foutu en l'air entre nous. Alors j'en sais rien, sans doute que j'ai pas encore assez payé, sans doute que ça suffit pas. C'est bien possible. Sûrement qu'il faut s'adapter ou disparaître.

— Comme tu dis : s'adapter ou disparaître ! Dans le monde d'aujourd'hui, l'écrit doit affronter une concurrence féroce. Nous ne devons pas nous laisser entraîner sur le terrain de l'adversaire ni emprunter ses armes. Battons-nous ! Sapons le terrain sous ses pieds ! Ouvrons des précipices autour de ses troupes ! « J'encule Brigitte » est notre étendard ! Déployons-le dans notre course folle vers des territoires inconnus, là où l'ennemi ne pourra jamais nous suivre !

Au fond, rien ne valait une bonne explication. Nous débattîmes ainsi durant un long moment, ouvrant nos cœurs l'un à l'autre et retissant des liens qui s'étaient détendus par manque de communication. Nous finîmes la bouteille de champagne et même le gâteau, si bien que nous nous réveillâmes de bon matin tout couverts de rosée, étalés dans l'herbe molle et revisités par les premières lueurs de l'aube. Patrick poussa un râle sonore et roula sur le côté en caressant l'herbe fraîche d'une main endormie (dès l'aube, rien ne vaut une bonne volée d'adjectifs et tant pis pour la littérature !).

J'allai rejoindre Édith à l'étage, le laissant traîner face contre terre, couché les bras en croix sur le dos du monde comme nous l'avait enseigné Walt Whitman.

« Quoi, déjà prête à partir ?!... » Je m'attendais à la trouver endormie et comptais me glisser un instant à ses côtés, un de ces rituels immuables que m'imposait une nuit blanche enchaîné à mon bureau tel un forçat ou si je rentrais d'une obligation nocturne, un de ces rituels en forme de récompense insensée pour le mauvais garçon que j'étais.

Elle était déjà presque habillée, elle bouclait la ceinture de son pantalon et j'eus l'impression qu'elle, déjà si mince, avait encore maigri. Ah, j'en avais plus qu'assez de cette école de cinglés avec ses horaires délirants, ses emplois du temps élastiques ! Non contents de me l'arracher aux meilleurs moments, de saccager notre intimité, ils allaient me la rendre malade avec leur nourriture d'étudiants !

« Patrick et moi avons crevé l'abcès, déclarai-je en m'asseyant sur le lit. Tu sais, Patrick est un type bien, malgré tout. Il n'est pas parfait mais il demeure étonnant et je lui accorde qu'il n'a pas réellement volé son succès en dépit de cette histoire. Donc, tout est réglé et c'est bien mieux ainsi. Pense que la plupart des autres sont des ivrognes, des atrabilaires, des excités, des envieux ou de parfaits connards, penses-y ma chérie et tu verras que Patrick les vaut largement. Et puis, je crois qu'il m'aime bien. Je crois qu'il m'aime vraiment bien. Il m'a répété que je lui avais manqué durant ces quelques jours et c'est sans doute la vérité. Je n'ai aucune raison de mettre sa parole en doute, figure-toi. Quel intérêt aurait-il à me dire ça ? Non, je crois qu'il a de l'estime et du respect pour moi. Tiens, prends les Darrieussecq, les Houellebecq, les Angot, les Echenoz, est-ce qu'ils m'ont seulement acheté un tee-shirt ou une plaquette de vitamines ?

Non, je crois que je peux me féliciter de nos retrouvailles. Au fond, c'est un type épatant. Et je ne t'ai pas dit, mais il a été très impressionné par mon article. Que j'étais intelligent, brillant, courageux, un loup au milieu d'une bande de roquets, et patati patata, ce qui fait tout de même plaisir à entendre, non ? Même si ça doit me coûter ma jaquette et mettre Henri hors de lui, et je te parie qu'il est fou de rage à l'heure où je te parle, mais ne t'en fais pas pour ça, et d'ailleurs je me fiche éperdument de savoir si ça lui plaît ou pas et il reconnaîtra un jour que l'on ne joue pas avec le sens de l'honneur, je te le garantis, eh bien, même si ça doit me coûter ma jaquette ou la réédition de mes premiers romans en poche, je récrirai la même chose demain, sans y changer une virgule. Parce que, au bout du compte, pour un écrivain, quelles sont les trois qualités indispensables ? La générosité, la colère et le sens de la dérision. Et Patrick est l'un des rares aujourd'hui à les réunir. Tu sais, je l'ai écouté et observé une bonne partie de la nuit. Il n'y a guère qu'une petite poignée d'écrivains importants par génération et il a beau m'avoir déçu sur certain point, je reste persuadé qu'il en fait partie. Enfin, j'ai quand même refusé de l'accompagner à New York. Rien ne sera plus comme avant, de toute façon. Et puis j'ai ce roman à finir. Je ne sais pas où il va. Tu me diras ce que tu en penses. Maintenant que Nicole et moi… eh bien, je vais avoir davantage de temps, n'est-ce pas ? C'est un point positif. D'après Patrick, elle aurait rempli une valise entière de sous-vêtements et l'aurait abandonnée sur un trottoir. Je crois que ta théorie est en train de se confirmer, mais ne t'en fais pas pour moi, je ne vais pas en mourir. Ah, pendant que j'y pense : j'ai décidé de ne plus boire l'eau du robinet et je te conseille d'en faire autant. Il paraît que l'Alzheimer vient de là, j'ai entendu ça hier. Tu te souviens quand ils voulaient balancer du LSD dans les réservoirs d'eau potable ? C'était une plaisanterie en comparaison. Et pourtant, regarde comme cette journée est belle ! Regarde ce ciel magnifique ! Est-ce que Dieu est toujours là ? Est-ce lui qui fait frémir les feuilles du tilleul pour le sacre de cette matinée limpide ? Est-ce le chant de Dieu que l'on entend jaillir des sources et gronder dans nos canalisations ? En tout cas, les nôtres sont propres. J'étais en train de m'en occuper lorsque Patrick est arrivé. Et il y a l'énergie aussi, bien sûr. Mais si ta colère et ta générosité sont réelles, tu n'as pas besoin de t'en soucier. Ça va ? Je ne te mets pas en retard ? Tu as pris tes algues ? Au moins, j'espère qu'ils ne te font pas manger de viande !... Souviens-toi comme ma mère était belle, et pourtant elle était végétarienne. Et mon père, avec sa belle gueule de voyou à la Clark Gable, mais avec des traits encore plus fins, qui sait ce qui l'a tué ? Écoute, nous en avons déjà parlé et je ne veux pas te noircir le tableau, mais les derniers rapports de *Greenpeace* n'incitent pas à l'optimisme. Et Cécilia serait là, elle te dirait la même chose. Tous ces étudiants qui bouffent de la merde, qu'est-ce que ça va donner ? Et ces enfants dans les cantines ? Et ces fœtus dans le ventre de leurs mères ? Et notre propre semence ? Tu ne crois pas qu'il y a de quoi être inquiet ?!... C'est sérieux, tu sais. J'aimerais que nous trouvions le temps d'analyser tout cela ensemble, si tu veux bien. Calmement. Objectivement. Mais si tu pars tôt le matin et que tu rentres tard le soir, nous ne sommes pas près d'y arriver, j'imagine. Je ne te reproche rien, mais je constate, tout simplement. Nous faisons leur jeu, sans même en avoir conscience. Moins nous parlerons et mieux ça vaudra pour eux. "Père, gardez-vous à gauche ! Père, gardez-vous à droite !" Mais que faire lorsque les coups pleuvent de tous côtés ? Peut-être est-il trop tard ? Je ne sais pas, qu'en penses-tu ? Quoi qu'il en soit, fais-moi plaisir et mange plutôt du poisson pané ou du saumon sauvage. Et si possible évite le lait de vache. Car nous vieillissons, Édith, et tout cela ne fait qu'aggraver notre chute. Regarde ces taches apparues sur mes mains. Regarde ma peau comme elle se ride et se fripe. J'entends de plus en plus mal. Je vois de moins en moins. Ce n'est pas l'hormone bovine de croissance recombinante qui va arranger ça, tu t'en doutes bien... Mais tu as raison, ma chérie, pardonne-moi. Tu as raison. Ce n'est pas la meilleure façon de commencer une journée. Au temps pour moi. Donne-moi tes mains. Et tâchons de finir sur une note plus agréable. Regarde-le, allongé dans l'herbe, ce touchant imbécile. Il est heureux. Mais je le suis encore davantage car tu es la lumière de ma vie. Allez, maintenant sauve-toi car je n'ai plus à la bouche que ce genre de bêtises... »

La mort de Suzanne Rotko.

Lorsque je me penchai une dernière fois au-dessus d'elle pour l'embrasser, je vis tomber des gouttes sur son visage, comme s'il pleuvait, et je remarquai alors qu'on l'avait maquillée, que la pluie emportait la poudre de ses joues, avant de m'apercevoir que c'était moi qui pleurais comme une fontaine et que toute cette eau jaillissait de mes yeux.

Franck et Olga me saisirent par les bras, et même Henri malgré son pansement à la main, et ils m'éloignèrent du cercueil dans lequel je m'apprêtais à grimper.

La mort de Suzanne Rotko.

Elle débarqua un soir, à l'improviste. À propos de mon article. Elle commença par me dire qu'elle n'en revenait pas que j'aie tenu tête à Henri. Ensuite que ça ne l'étonnait pas et elle demanda la permission de m'embrasser. Une fille sentimentale. Mais j'avais pardonné à Patrick et elle resta pendue à mon cou durant une longue minute. Le monde avait changé, mais moi je n'avais pas changé, murmura-t-elle à mon oreille. Et sa fierté était d'avoir croisé mon chemin. J'ai horreur de ce genre de déclaration. Ça me rend vaniteux.

La mort de Suzanne Rotko.

Quinze ans plus tôt, sur l'île de Martha's Vineyard. Je suis sur la plage en train de pêcher et je la vois arriver en courant, un télégramme à la main : « Nous avons signé chez Sigmund ! Nous avons signé chez Sigmund ! » Jamais je n'ai vu autant de joie sur la figure de quelqu'un. Édith me dit : « Puisque c'est ça, prenons un avion et emmenons les enfants à Disneyworld ! » Je réponds : « D'accord, mais je crois que Suzanne est tombée dans les pommes… »

La mort de Suzanne Rotko.

Demandez-vous ce que vous cherchez dans un livre. Demandez-vous ce que vous y apportez. Et laissez-moi tranquille. Je tourne en rond depuis des heures, sans pouvoir écrire la moindre ligne. Sinon, je descends dans l'entrée et je vais coller mon œil au judas que j'ai fixé dans la porte. Sinon, j'ai retrouvé une photo de Suzanne en bikini, mais je suis incapable de savoir où elle a été prise. Bondi Beach ? Je me suis donné jusqu'à ce soir pour téléphoner à Henri et lui faire mes excuses. Il paraît que je l'ai plus profondément blessé que je ne l'imagine. Ma foi, j'en arrive à ne plus savoir que penser à son sujet.

La mort de Suzanne Rotko.

« Il s'agit de cette poudre mexicaine dont je vous ai parlé... » Je dus reprendre mon souffle, avaler ma salive. Franck et Alice hochaient la tête avec intérêt, tout en me couvant d'un œil tendre. Surtout Alice, dont j'avais terrassé l'eczéma et qui m'en était à tout jamais reconnaissante. Elle avait laissé en plan la correction du dernier tome de ses mémoires pour m'accueillir et Franck avait encore du savon à barbe sur une oreille. Alice me caressa la main et je repris : « Donc, vous avez devant vous cette poudre, que l'on utilisait au temps des Incas... » Puis ma voix s'étrangla, je pris ma tête entre mes mains et, pour la énième fois en quelques jours, je fondis en larmes.

La mort de Suzanne Rotko.

Dans le bureau d'Henri, quelques heures après que l'on m'eut annoncé la nouvelle. Je ne parvenais plus à le regarder dans les yeux.

— Francis, regarde-moi ! Mais tu es devenu complètement fou, ma parole ! Regarde-moi ! Me crois-tu capable d'une chose pareille ?!... Est-ce que tu sais que je devrais t'attraper et te jeter dehors ?! Je suis conscient que la douleur t'égare, mais il y a quand même des limites à ne pas dépasser, nom de Dieu !

Je m'arrachai de mon siège et allai me planter devant son bureau, ivre de colère et de chagrin :

— Mais cette femme n'aurait pas fait le moindre mal à une mouche, espèce d'enfoiré !!!...

Il devint blanc comme un linge.

— Bien, ça suffit comme ça ! Je te raccompagne.

Serrant les dents, j'abattis mon poing armé du harpon sur sa main :

— Non, reste assis !! Te donne pas cette peine !!

Il s'avéra plus tard que, non content de lui avoir transpercé la main, la pointe du harpon avait traversé le bureau et lui avait entaillé la cuisse. C'était un cadeau que je lui avais rapporté de Nantucket pour la signature de notre premier contrat. On m'avait certifié qu'il avait appartenu à Herman Melville en personne et Henri l'exposait avec une certaine fierté, mais sans ostentation, sur un coin du meuble, en compagnie de statuettes africaines.

Et donc, il ne me raccompagna pas. Je l'entendais encore, en tournant le coin de la rue.

La mort de Suzanne Rotko

Le célèbre et redoutable agent littéraire a succombé cette nuit, dans son appartement parisien, à une rupture d'anévrisme.

Le célèbre et redoutable agent littéraire a succombé cette nuit, dans les toilettes d'une boîte à la mode qui n'apprécie guère ce genre de publicité. On a retrouvé dans son sac des produits illicites. On a retrouvé dans son estomac des produits illicites. On lui a ouvert le ventre et on a retrouvé dans son estomac et dans son sang une telle quantité de produits tellement illicites que ça aurait tué un cheval. On suppose qu'elle s'est ouvert l'arcade sourcilière en tombant contre la cuvette des W.-C. Rien ne permet de supposer que cette blessure soit une trace de lutte. Une femme de ménage a découvert son corps au petit matin. Suzanne Rotko a terminé sa vie sur le carrelage glacé des chiottes, loin de ses amis, et rien ne permet de supposer qu'elle eût souhaité une fin si admirable.

Je ne prétends pas que Suzanne ne touchait à rien. Dans les années quatre-vingt, je ne connaissais personne qui ne touchait à rien. Personne. Mais ce temps-là était révolu. Nous nous étions réveillés un matin et nous avions pris peur. Nous avions *réellement* pris peur. Nous étions allés trop loin. Nos enfants grandissaient et commençaient à nous regarder d'une drôle de manière. Nous tournions autour de la quarantaine et nous n'avions plus le courage d'affronter une journée dans un combat loyal. Chaque jour ressemblait à une montagne toujours plus haute à gravir et aucun de nous ne songeait à s'y employer avant de filer à la salle de bains pour alimenter la chaudière. Alors le bruit commença à circuler que nous finirions par en crever. Et je suppose qu'il n'en fallait pas davantage.

Je me suis toujours étonné, moi aussi, du temps que Suzanne passait aux toilettes. Certes, il s'agit là d'un mystère. Chacun de ceux qui la connaissaient bien s'est forgé une opinion à ce propos, mais il n'a jamais été sérieusement question d'imaginer Suzanne en train de s'y défoncer. La masturbation était plus probable (elle se plaignait d'avoir trop de travail pour songer à une vie privée). Certains pensaient qu'elle se plaisait à y donner ses coups de fil les plus importants, à y engager des conversations ultra-confidentielles, à y négocier ses contrats les plus juteux à voix basse. Pourquoi pas ? Pourquoi pas, la pauvre chérie ?! Je croyais quant à moi qu'elle y rêvassait, tout simplement. Nous ne saurons jamais la vérité.

Mais nous savons ce qu'est une overdose.

Difficile de se pencher sur eau plus claire, n'est-ce pas ?

Sans doute ont-ils larmoyé sur son cercueil. Sans doute dispersèrent-ils ses cendres avec le cœur serré. Mais qu'ont-ils dit ?

Que l'on connaissait mal ses meilleurs amis. Qu'en chacun de nous il existait une part secrète. Qu'il y avait deux Suzanne (et pourquoi pas trois ou quatre ?!). Que l'héroïne finissait toujours par vous retrouver. Qu'il y avait trop de pression dans ce métier. Que la disparition de Tony avait été un drame.

Édith m'empêcha de leur donner mon sentiment. Édith me surveilla de près et s'opposa à toute déclaration de ma part. Elle ne plaisantait pas. Sans me donner entièrement tort, elle estimait que j'en avais fait assez en estropiant Henri. Je ne devais pas en rajouter. À l'entendre, mon interprétation de la mort de Suzanne ne pouvait qu'aggraver le climat délétère qui s'était instauré à mon endroit, bien que mon geste fût mesuré à l'aune de mon attachement pour notre regrettée disparue. Mes crises de larmes les impressionnaient.

Pourtant, je réussis à tromper sa surveillance. Elle ne me suivait pas dans les boîtes de striptease, du moins pas dans celles que Patrick affectionnait et qui avaient conforté l'image d'intellectuel radical, tendance *grungy*, qui lui collait au poil et en avait impressionné plus d'un.

Au moins, il était bien le seul à ne pas s'être offusqué de mon agression contre Henri. Non pas qu'il la jugeât méritée ou non, mais il la trouvait drôle. Autrement plus impeccable et plus classe qu'un direct en plein dans la gueule, selon lui.

Ils s'étaient observés en chiens de faïence devant le bâtiment du crématorium, sur la pelouse fraîchement tondue qui saturait l'air d'une puissante odeur d'herbe coupée, si bouleversante en ces instants de deuil, allez savoir pourquoi. Aux mâchoires serrées d'Henri, Patrick avait répondu par un vague sourire en coin et, bien que j'eusse les yeux emplis de larmes, cette folle tension ne m'échappa certainement pas.

Elle requit même toute mon attention. Par chance, Patrick se mit en tête de renverser la vapeur et, durant les quelques jours où Édith ne me lâcha guère d'une semelle, il multiplia les interviews et les repas avec la presse, et ce à un rythme effréné, si bien qu'il se trouvait presque toujours dans un lieu public, le plus souvent dans un des salons de l'hôtel, comme le standard pouvait me le confirmer. Il n'était donc jamais seul et cela me rassurait. J'en profitai pour me documenter sur la maffia et autres associations de malfaiteurs : sur leurs agissements, leurs techniques, leurs moyens de procéder. Je me procurai des coupures de journaux relatant leurs faits d'armes, en particulier ceux qui avaient trait à la disparition de témoins gênants, à l'élimination des personnes, aux contrats d'un autre type que ceux que je connaissais. Je retrouvai également un dossier publié par *The Ecologist* qu'avait dû m'envoyer Cécilia, à propos de Monsanto, et je voyais bien comment ils s'y prenaient. Que l'on eût affaire à des gangsters avérés ou au staff de multinationales, les méthodes étaient les mêmes. Vous pouviez choisir entre la dalle de ciment ou l'overdose.

Tout était sordide au Mambo Club. Les lumières, la musique, la décoration, l'ambiance, enfin à peu près tout. Les tables étaient à peine nettoyées, l'alcool de mauvaise qualité, les sièges inconfortables et il y régnait une odeur de sueur rance mêlée de tabac froid des plus désagréables. Néanmoins, les filles étaient surprenantes. Des étudiantes maladroites, des ménagères arrondissant leurs fins de mois, des junkies, des étrangères sans papiers ou encore de parfaites salopes, mais certainement pas des filles du Crazy Horse. Aussi bien le Mambo n'était-il pas un endroit où nous nous installions pour discuter, Patrick et moi, mais il avait l'avantage de rebuter Édith.

« Patrick, pourrais-je avoir ton attention, s'il te plaît ? »

D'une grimace, il me fit comprendre que le moment était mal choisi. Or, nous étions assis là depuis une demi-heure et le moment était *toujours* mal choisi. Cette fois, sous prétexte qu'il avait agité un billet du bout des doigts, une fille avait grimpé sur notre table et se déhanchait sur un air de flûte péruvienne.

« Entends-moi bien, poursuivis-je malgré tout, mon intention n'est pas de t'inquiéter à plaisir mais de m'assurer que tu restes sur le qui-vive. Car je ne sais pas si tu as tiré un juste enseignement du malheur qui nous a frappés. En fait, j'aimerais en être sûr... »

La jeune femme qui se trémoussait devant nous avait de longs cheveux bouclés et des attaches très fines. Cependant, son numéro consistait à s'accroupir pour s'enfoncer ma bouteille de Perrier dans le vagin. Nous l'avions déjà vu faire ça avec les objets les plus hétéroclites, selon ce qu'on lui présentait, à vrai dire, et j'avais d'autres choses en tête. Comme elle fléchissait les jambes sans se presser et que nous en avions encore pour au moins une minute, je tentai de nouveau ma chance :

« Édith me le rappelait l'autre jour : ils ont tout de même assassiné Kennedy et on ne voit pas pourquoi ils s'arrêteraient en si bon chemin, n'est-ce pas ? Hein, une fois que le pli est pris ? Pourquoi se gêner ?! Tu ne leur plais pas ? Tu passes à la trappe ! Tu les emmerdes ? Du balai ! Voilà comment ça marche ! »

Elle venait d'appuyer sur un bouton-pression et sa culotte de scène venait de choir à ses pieds. Patrick la serra dans son poing, approuvant du chef. Pour ma part, j'enchaînai :

« Je ne sais même pas si nous y pouvons quelque chose ! D'ailleurs, je ne sais même pas si tu as une chance. Je n'en sais rien du tout. Car nous avons affaire à quelque chose d'inimaginable, figure-toi. La puissance de ces gens-là est sans limites. Tu sais, ils sont différents de nous, ils ne fonctionnent pas de la même manière. N'espère pas qu'ils éprouveront le moindre sentiment. Ne compte pas là-dessus. Ils ont éliminé Suzanne pour commencer... Tu m'écoutes ? »

Je ne reprochais rien à cette fille, mais franchement le spectacle était pénible quand on avait d'autres soucis. Et il se dégageait de sa fente un fumet exécrable. Je le repoussai d'une grimace et d'un mouvement de la main qui n'avait rien d'inamical dans mon esprit mais traduisait plutôt mon exaspération face à la léthargie de Patrick. Pourtant, la fille se redressa d'un bond et elle n'avait pas l'air content.

« Eh, toi ! J'aime pas beaucoup tes manières ! »

Patrick me considéra en fronçant les sourcils :
« Qu'est-ce qui se passe ?!... Qu'est-ce que t'as foutu ?!!... »

Édith avait raison sur ce point : personne ne désirait entendre ce que j'avais à dire. Et Patrick n'avait qu'une idée en tête : regrimper sur son piédestal, réparer les dégâts, renverser le complot que Marco et ses affidés avaient ourdi contre lui.

Il citait mon article à tour de bras, insistait sur ma sagacité. Il se pouvait qu'au cours de ma carrière d'écrivain, concédait-il, je me fusse un peu égaré çà et là et entêté à poursuivre une veine néo-expressionniste dont on pensait ce que l'on voulait, mais n'avais-je pas gardé cet œil perçant, libre de tout esprit de chapelle ? N'avais-je pas conservé cette voix originale et impétueuse que d'aucuns pouvaient m'envier ?

Si j'étais là, je me présentais et veillais à ce que l'on orthographiât mon nom sans erreur. Puis je traînais un peu dans les parages pour m'assurer qu'il n'y avait rien d'anormal tandis que Patrick se redonnait un coup de peigne avant de commencer une nouvelle interview. Deux soirs de suite, j'attendis qu'Édith eût sombré dans un sommeil profond et j'allai me garer en face de l'hôtel. J'y passai les deux nuits, observant les allées et venues sur le trottoir, observant les fenêtres des chambres et le grand hall d'entrée illuminé comme une grotte miraculeuse où mes yeux s'épuisaient. Puis l'aube se levait et j'étais rassuré.

— Je ne crois pas qu'ils agiront tant qu'il restera à l'hôtel, déclarai-je à Édith. Ces gens-là n'agissent pas dans la précipitation. La plupart de leurs coups sont préparés avec minutie, avec une patience diabolique. C'est ce qu'il ressort des cas que j'ai étudiés. Rien n'est laissé au hasard, crois-moi. Malheureusement, il ne va pas y passer sa vie... Tu sais, j'examinais nos comptes, l'autre jour, et je me demande si je ne devrais pas engager un détective privé...

— Eh bien, fais-le !... Ça me semble être une bonne décision.

— Hum... D'un autre côté, je me fonde sur les meilleurs chiffres. L'automne peut nous réserver des surprises. C'est un risque. Et puis je n'ai rien en vue. Il y avait bien cette histoire de sitcom, mais je n'ai plus de nouvelles... Sans compter que j'ai ce roman à finir. Ça ne laisse pas beaucoup de marge... Oui, il faut que j'y réfléchisse !

Il n'y avait plus rien de valeur à la maison. Après le départ des huissiers, l'intérieur avait pris des allures spartiates (un style dépouillé que chacun jurait nous envier, entre parenthèses) mais, ne désirant pas revivre un épisode douloureux et nos moyens ne nous permettant plus d'hésiter avec le superflu, nous y avions réintégré le minimum. Nous devions déjà nous battre pour conserver une maison si grande.

D'ailleurs Édith avait failli se laisser convaincre d'envisager un loyer moins important, à quoi je m'étais fermement opposé car je pensais que nos enfants reviendraient un jour, quand ils en auraient eu marre des vagues et des trucs écolos qui les retenaient au bout du monde. Je n'en parlais pas à Édith et je savais qu'en général les choses ne se passaient pas ainsi, mais il m'arrivait parfois de les apercevoir dans la maison, chacun avec sa chambre et, au pire, au plus terrible, en train d'envisager un studio dans le centre, à moins d'un quart d'heure en métro.

Bah, il y avait bien les livres, mais qu'en aurais-je tiré ? J'étais au milieu de mon bureau, leur jetant un œil perplexe, lorsque je revis Suzanne m'aidant à les emballer dans des boîtes afin de les mettre en sûreté. Elle me les avait gardés quelques mois dans son garage et, à ce propos, nous avions eu deux ou trois mots car Tony avait trouvé le moyen de pisser sur une de mes caisses, bousillant mes œuvres complètes de Jack Kerouac, le magnifique, qu'elle avait tout de même aussitôt remplacées par l'édition originale. Je la revoyais en cette nuit électrique, encore plus éprouvée que moi, chargeant mes livres en vitesse avec les larmes aux yeux et vomissant à voix haute tous ces fumiers qui réunis ne me valaient pas. J'avais toujours pu compter sur Suzanne dans les moments les plus sombres. Chaque fois que m'atteignait une épreuve difficile, elle s'arrangeait pour me montrer qu'elle en souffrait encore davantage. Aussi, comment dire, je lui devais donc de ne pas avoir souffert autant que j'aurais dû.

Plus tard, Édith me rejoignit dans le garage où je dressais l'inventaire de mes frigos.

— Dis-moi, je ne cherche pas à influencer ta décision, mais je me demandais : ton détective, tu comptes l'engager pour combien de temps ?

— Oui... c'est bien là le problème.

— Et je me disais : un garde du corps. Mais ça change quoi ?... Très bien, imaginons qu'il soit génial. Qu'est-ce que tu vas faire ? Tu vas compter ton argent devant lui et tu vas lui dire quoi ? J'aimerais que vous m'en donniez pour un mois, deux mois, six mois ?!...

— Non, soupirai-je, non, je crois que six mois seraient bien au-dessus de nos moyens.

Elle vint s'asseoir sur mes genoux. D'ordinaire, cela m'aidait à réfléchir, mais dans le cas présent j'avais bien peur que notre problème demeurât insoluble.

— Qui sait, grimaçai-je, s'ils ne sont pas en train de placer une bombe dans les sous-sols de l'hôtel !... Ils ont bien fait sauter une autoroute pour ce juge italien. Ils sont capables de faire dérailler un train ou de couler un navire en pleine mer, nom d'un chien ! Ne crois pas qu'ils soient tous comme Tony Soprano, ne crois pas ça !... Ne te fais pas d'illusions !...

Bien sûr que je m'énervais ! Oui, bien sûr que j'exagérais ! Patrick Vandhoeren n'était pas le sultan d'Égypte et je ne pensais pas qu'ils emploieraient à son encontre une armée d'hommes de main ni des moyens aussi énormes. Ce n'était malheureusement pas nécessaire. Pour m'être penché depuis des jours sur le sujet, pour avoir contacté quelques bonnes relations que j'entretenais encore dans la presse, je savais qu'ils n'auraient pas à se casser la tête pour s'occuper d'un écrivain. L'occasion pouvait se présenter plusieurs fois par jour. À la limite, l'affaire pouvait être improvisée, conclue à la faveur d'un trou dans leur emploi du temps, ou même à la fin d'une journée, s'il leur restait un moment. Il n'y avait même pas d'urgence. Un boulot tellement facile que l'on y affecterait les seconds couteaux ou de jeunes débutants ou une brute à moitié débile. Patrick Vandhoeren liquidé par un ignare qui n'avait jamais ouvert un livre ! Et je ne devais pas m'énerver !

Mais, en dehors d'Édith, personne ne voulait m'écouter.

Je n'étais pas le premier à faire cette douloureuse expérience. Des voix s'étaient élevées pour dénoncer de telles pratiques, pour tirer la sonnette d'alarme, pour empêcher l'inadmissible, pour arracher des innocents aux griffes de ces monstres, mais la puissance de ces groupes dépassait l'imagination et ces voix étaient rapidement réduites au silence ou discréditées ou traînées devant une justice qui se déshonorait par sa soumission à la loi du plus fort. Les exemples étaient nombreux. Les témoignages de ces crimes existaient, qu'ils fussent perpétrés contre un individu ou une population tout entière. Il y en avait des piles sur mon bureau, classés par catégories (extorsion, intimidation, subornation, élimination, et toute la gamme de leurs exactions à l'échelle planétaire qui provoquaient les guerres, les famines, les épidémies et la plupart des cancers dont celui du sein et celui de la prostate, à la seule fin d'assurer le pouvoir et l'enrichissement personnel d'une poignée d'assassins). Il y en avait des piles sur mon bureau, et davantage encore éparpillés sur le sol. Ici et là, chaque fois que le danger menaçait, des voix avaient retenti dans un épais silence. Des voix d'hommes et de femmes qui, au mépris de leur propre sécurité, avaient clamé leur dégoût et leur colère. Mais pour quel résultat ? Quelle engeance maléfique se prélassait aujourd'hui dans les palaces de la Côte ? Qui s'achetait les Champs-Élysées ou le cœur de New York ? Qui recevait les chèques du FMI ? Qui avait inventé le Terminator ? Qui donc manœuvrait les commandes et conduisait notre barque tel un capitaine ivre et stupide et grossier et méprisant et cruel et pourri jusqu'à la moelle ?

Patrick lui-même refusait de m'écouter. Je mesurais à présent combien mon emportement à l'encontre d'Henri, cette image trop suggestive du harpon lui transperçant la main, desservait mon discours. On me jugeait excessif. Une inclination qui déjà, depuis quelques années, m'était reprochée dans la profession, sous prétexte de quelques altercations dans les couloirs des éditions Sigmund. Je savais de qui ça venait, dans quelle vieille bouche édentée la rumeur avait puisé sa source, mais le poison avait agi. Or, maintenant que j'avais envoyé Henri à l'hôpital, mon sens de la mesure n'était plus mis en doute.

Je pouvais me vanter d'avoir fait leur jeu. J'étais le seul à les avoir percés à jour et je m'étais disqualifié sans coup férir ! Je pouvais descendre dans la rue et hurler sur la place publique sans la moindre chance d'être entendu. Aussi bien auraient-ils pu venir me féliciter et m'inviter à boire un verre. J'en étais bien conscient. J'en éprouvais un tel sentiment de rage et d'impuissance qu'il me sembla qu'une boule s'était formée au fond de ma gorge. Édith m'examina avec le manche d'une petite cuiller et une torche électrique mais ne découvrit rien d'anormal.

— Mais si tu te coiffais et si tu te rasais ?

— Bonne idée ! Et si je t'emmenais faire un tour ?

Pour des raisons personnelles, je ne pouvais pas m'approcher du crématorium toutes les cinq minutes. Mais l'on apercevait les bâtiments en contrebas et je ne connaissais pas d'autre endroit que ce parc où nous allonger dans l'herbe et avoir l'occasion de répéter à Suzanne que je n'allais pas baisser les bras et qu'elle pouvait dormir tranquille. Édith en fit de même, avec mon ventre pour oreiller et un grand marronnier en guise de parasol bien que nous allâmes vers le couchant.

Henri habitait un écrin de verdure, à l'ouest, dans un quartier résidentiel composé d'allées silencieuses et de bancs publics en teck. Les arbres formaient une tonnelle, le gazon poussait entre les dalles des trottoirs, des massifs exubérants débordaient des jardins et il y avait également des fleurs, toutes sortes de fleurs, des petites et des grosses.

De bon matin, les gens étaient en short et ils se mettaient à marcher, à courir, à faire du vélo, du skate, du roller ou de la trottinette dans une ambiance d'agréable voisinage, de sortie de messe et de brunch. Nous y avions autrefois joggé en long et en large, Henri et moi, une serviette éponge autour du cou, et j'avais été conquis par le charme confortable des maisons, l'étonnante douceur de l'air, si près de la capitale, et la politesse des voisins, au point que j'avais songé à devenir propriétaire si mon succès se confirmait et Henri était sûr qu'il allait se confirmer.

Je voulais que nous y déambulions encore une fois. Je voulais que nous y ayons encore une de ces conversations à cœur ouvert, au coude à coude, à petite foulée, le souffle court mais l'esprit clair et lumineux comme du cristal. Rien que lui et moi. Je n'étais pas en tenue, mais qu'importe ! J'avais mon équipement dans le coffre, s'il le désirait.

Je guettais sa sortie sur le trottoir d'en face, sous une cascade de bougainvillées. Je connaissais ses habitudes. Huit heures : jogging. Neuf heures : tennis. Dix heures : massage. Onze heures : au bureau. C'était le secret de sa forme, en dehors de la *Super Blue Green™ Algae.*

L'attendant, j'observais l'eau claire qui coulait le long du caniveau et miroitait dans la lumière matinale. Plus loin, elle disparaissait dans une bouche d'égout et je ne pus résister très longtemps au plaisir de m'en approcher. Puis, voyant qu'il n'y avait personne à l'horizon, je m'agenouillai et collai mon oreille sur la plaque de fonte déjà tiédie par les rayons du soleil : on aurait dit une cataracte, un torrent finissant sa course au bout du monde et plongeant dans les entrailles de la terre pour s'y engloutir à jamais. Du bel ouvrage. Dans ce quartier, les services de la voirie étaient irréprochables. On avait affaire à des gens qui aimaient leur métier, qui entretenaient des écoulements dignes de ce nom.

« Les êtres innombrables sortent (du non-être), et je les vois y retourner. Ils pullulent, puis retournent tous à leur racine.

« Retourner à sa racine, c'est entrer dans l'état de repos. De ce repos, ils sortent pour une nouvelle destinée. Et ainsi de suite, continuellement, sans fin » (Lao-Tseu).

Avec cela, je faillis louper Henri qui s'éloignait déjà sous les frondaisons taillées en ogive au-dessus de l'allée, agitant leurs petites amulettes d'un vert si tendre. Mais il n'allait pas vite. Il marchait avec une canne.

« Une canne ? Et pourquoi une canne ? Depuis quand ?... »

Il me considéra avec une grande tristesse dans le regard, sans cesser sa faible progression de handicapé, lui qui passait pour le plus sémillant quinquagénaire du coin. J'étais embêté, mais ce qui était fait était fait.

« Ce n'est rien, une petite complication... finit-il par m'expliquer. Ils ont dû rouvrir et ils ont touché un nerf. Mais ça, rassure-toi, tu n'y es pour rien. Ce n'est pas ta faute... »

Je ne relevai pas. Je comprenais parfaitement qu'il pût nourrir certaine acrimonie à mon endroit, mais n'était-il pas aussi torturé par un inévitable sentiment de culpabilité ? Quelle force l'empêchait de me briser sa canne sur les reins, si ce n'était la conscience de son crime ? Avait-il imaginé que les choses iraient si loin ? Avait-il imaginé qu'il pourrait contrôler la clique d'assassins qu'il baptisait avec fierté ses « partenaires » et qui lui passeraient demain sur le corps si besoin était ? À moins d'avoir renoncé à la dernière parcelle d'humanité qui devait subsister en lui, n'avait-il pas été effrayé par la mort de Suzanne ? N'avait-il pas senti le doigt du Seigneur pointé sur lui ?

Il nous fallut cinq bonnes minutes pour parcourir la centaine de mètres qui nous séparait du bois (quelle agréable surprise, à l'époque où j'envisageais de m'installer dans les parages, de découvrir, si proche, cette merveilleuse usine à chlorophylle dont l'air était saturé !) et ni l'un ni l'autre n'avait prononcé un traître mot. Néanmoins, ce silence n'en était pas un pour moi. Je m'efforçais de convaincre Henri que notre amitié voulait encore dire quelque chose. J'y pensais très fort.

Il s'arrêta à l'orée d'un chemin bordé de fougères et m'examina d'un œil fixe. Mais des différents sentiments qui s'y exprimaient et qui défilaient à grande vitesse, lequel retenir ?

— Est-ce que c'est douloureux ? demandai-je.

Il hésita à répondre. Il prit une profonde inspiration, puis son regard glissa par-dessus mon épaule.

— Oui, admit-il, c'est très douloureux. Je ne vais pas te mentir.

Au cas où je n'aurais pas compris, il sortit un mouchoir de sa poche et s'en épongea le front et la nuque. Je lui touchai le bras :

— Oui, mais Henri… Suzanne est morte. Et nous tous avons beaucoup souffert, ces derniers temps. Tu sais, je ne marche pas avec une canne, mais ça ne vaut guère mieux, crois-moi… Que dirais-tu si nous allions nous asseoir ?

Je venais de repérer ce banc, moucheté par la lumière qui dansait à travers la passoire du feuillage.

— Je ne sais pas.

— Tu ne sais pas quoi ?

— Si j'ai envie de m'asseoir avec toi. Je n'en sais rien, Francis... Tu ferais peut-être mieux de partir.

Je le regardai presque tendrement :

— Tu sais bien que je ne vais pas partir. Nous avons à parler, n'est-ce pas ? Même si tu n'es plus mon ami, tu es toujours mon éditeur et tu ne peux pas refuser de me parler. Nous avons un contrat en cours, ne l'oublie pas...

Il me sembla qu'il évaluait ses chances de m'échapper à la course. Puis, de mauvaise grâce, il exécuta les quelques pas qui nous séparaient du banc :

— Mais qu'est-ce que tu veux ?!... fit-il en prenant place, saisissant sa jambe à deux mains telle une fragile relique pour l'installer devant lui.

— Ce que je veux ?!... Henri... Henri, Henri, Henri, je ne te demande pas la lune !... Tu sais très bien ce que je veux. Je veux que tu arrêtes la machine infernale que tu as mise en marche.

Il renversa la tête en arrière et gloussa de manière étrange.

— Tu recommences ?!... Que va-t-il m'arriver, cette fois ? Hein, quel sort m'as-tu réservé, dis-moi ?...

— Suzanne ne leur a pas suffi ? Ils ne sont pas encore rassasiés ?... Bon, écoute, je vais te proposer quelque chose. Puisqu'il s'agit d'une question d'argent, réglons ça avec de l'argent. Qu'en dis-tu ? Vous laissez Patrick tranquille et je renonce à mes droits d'auteur pour mes trois prochains romans. Ça te semble équitable ?

Il me dévisagea un instant puis cligna des yeux vers l'horizon où il s'abîma avant de me fournir sa réponse :

— Eh bien, à vrai dire, je ne pense pas que ta situation fiscale te permette de me faire une telle offre. Et quand cela serait, je ne l'accepterais pas. Je ne veux pas de ton argent.

— Parles-en à tes partenaires, insistai-je. Trois romans. Ils trouveront un moyen de contourner les problèmes fiscaux, sois tranquille. Je peux aller jusqu'à quatre.

— *Mes partenaires !!...* soupira-t-il comme un agonisant. Mais qu'est-ce que tu crois, à la fin ?! Quoi, *mes partenaires* ?! Vas-tu me poursuivre encore longtemps avec ça ?!...

— Non, je ne t'en parlerai plus.

— Mais si ! Vidons cette querelle une fois pour toutes ! Écoute-moi bien, Francis : tu es en plein délire paranoïaque, est-ce que tu le sais ?! Est-ce que tu t'en rends compte ?!... Quand je t'ai dit que mes partenaires n'allaient pas apprécier la conduite de Patrick, je n'ai pas dit qu'ils allaient mettre la ville à feu et à sang, nom d'un chien ! Nous avons d'autres moyens de régler une affaire, figure-toi. Et même si ces moyens ne sont pas entièrement à ton goût, ils ne sont pas aussi dingues que tu l'imagines, est-ce que tu m'as compris ?! Est-ce que c'est clair ?!...

Je croisai les bras et le considérai avec mansuétude. Il semblait tellement y croire.

— Très bien ! grinça-t-il. Tu préfères ton histoire à la mienne ? Alors laisse-moi te dire ceci pour clore la discussion : si les choses sont telles que tu le prétends, comment voudrais-tu que je puisse arrêter quoi que ce soit ? Hein, dis-moi : quelle espèce de pouvoir serais-je en mesure d'opposer à de telles forces ? Réponds-moi. Sois logique avec toi-même, pour une fois !

— Transmets-leur ma proposition.

— Non, elle ne m'intéresse pas.

— Et si je te fournissais des algues jusqu'à la fin de tes jours, ainsi qu'à Isabelle, je veux dire : en plus de mes romans ?

Il poussa un bref gémissement, décocha une grimace vers le ciel.

— Henri, écoute-moi... murmurai-je. Henri, as-tu regardé une dernière fois Suzanne dans son cercueil ? Oui ? As-tu remarqué comme elle était belle, comme son visage était serein ? As-tu remarqué comme elle était *humaine* ? Hum ? Sais-tu pourquoi ? J'ai honte d'avoir douté d'elle, si tu savais... Tellement honte, à présent... Je croyais qu'elle était... tu sais, qu'elle était... ou plutôt qu'elle n'était plus, tu sais... eh bien, *comme avant*... Je croyais qu'elle n'était plus la même... Oui, je l'ai pensé... Oui, j'ai douté d'elle, mais tu l'as vue ? Belle comme le jour, rayonnante comme un soleil !... Et toi aussi, Henri ! Je sais que tu es toujours là et que tu m'entends. Je sais qu'ils ne t'ont pas entièrement changé. J'aimerais te tendre un miroir à cet instant et te montrer comme tu es beau. Je ne plaisante pas. Je crois qu'en t'infligeant cette blessure j'ai extirpé le mal qui s'accumulait à l'intérieur de toi. Enfin, c'est une image. Mais il fallait que le poison s'écoule hors de toi, Henri, est-ce que tu comprends ?

On aurait dit que je venais d'attraper la gale, tant il me considéra avec répugnance.

— Tu veux dire que je suis un salaud ?

— J'essaye de t'expliquer les choses autrement.

À ce moment, nous avisâmes Isabelle, plantée au milieu de l'allée. Apparemment, elle venait de sauter du lit. Elle était encore en chaussons. Elle tenait les pans de son peignoir serrés contre sa poitrine et nous observait avec inquiétude, n'osant pas s'approcher.

— Henri, est-ce que tout va bien ? lança-t-elle d'une voix hésitante.

D'un geste agacé, il lui signifia que tout allait bien.

— Tout va bien ? Tu en es sûr ?

— Hello ! fis-je.

— Rentre, Isabelle ! Ne t'inquiète pas !

Elle faillit ajouter quelque chose, renonça, puis tourna les talons à regret.

— Qu'est-ce qu'elle a ?

— Je ne sais pas, à ton avis ?

Il n'était pas tout à fait débarrassé de ses mauvaises influences. Par intermittence, son œil brillait encore d'un éclat hostile.

— Pourquoi me fixes-tu ainsi ? demandai-je.

— Tu n'es pas le seul à te poser des questions. J'ai moi aussi du mal à te reconnaître.

— Ah, tu vois !... Mais tu es sur le bon chemin. Ils n'ont pas réussi à avoir Suzanne et ils ne t'auront pas, j'en mettrais mon bras à couper !...

— Bon, eh bien, me voilà rassuré... Beau temps, n'est-ce pas ?

Qu'Henri me prît pour un imbécile ou un illuminé, voire un pauvre diable tout juste bon pour l'asile ne me contrariait pas trop. Je pouvais très bien concevoir qu'il n'eût même pas conscience de sa sujétion aux puissances du mal et par là jugeât mon discours incohérent ou opaque : l'important était qu'il transmît ma proposition de négociation à qui de droit puisqu'il n'était pas en mesure d'en décider seul. Ce qui ne m'avait guère étonné.

En fait, le malheureux était bien plus atteint que je ne le lui avais laissé entendre. Il n'était pas complètement fichu car la saignée que je lui avais imposée se révélait malgré tout bénéfique, mais le chemin de la rédemption serait long et douloureux. On ne se frottait pas impunément à une bande de salopards planquée dans les limbes, tout brillant et prestigieux éditeur que l'on fût.

Il m'avait fait pitié lorsque je l'avais regardé s'éloigner, courbé telle une vieille souche merdique et gémissante sous une lumière de rêve. Il m'avait brisé le cœur. Oh ! comme j'avais espéré qu'il se retournât une seconde, ne m'envoyât qu'un simple regard furtif par-dessus l'épaule afin que je bondisse jusqu'à lui et l'étreignisse contre ma poitrine ! Oh ! que de chaudes larmes eussions-nous versées et quelle invincible équipe eussions-nous formée alors pour partir au combat !

While going the road to sweet Athy,
Hurroo ! Hurroo !...

Il me jeta une pierre noire et glacée au fond de l'âme. Olga se moqua gentiment de mon affliction mais refusa de se laisser peloter sous prétexte que la paix de mon esprit ne lui semblait pas une raison suffisante et ne l'excitait pas beaucoup.

J'essayai d'argumenter. En vain. Pourtant, elle prenait le soleil sur sa terrasse et je n'aurais fait qu'une bouchée de son maillot de bain, eût-il été taillé d'une pièce dans une matière caoutchouteuse avec des zips métalliques. J'ai l'air de plaisanter, mais les déceptions de cette journée me poussaient à ricaner pour un rien, à secouer la tête comme un mulet, à glousser sur mon infortune. Cette vie était si drôle, par certains côtés. Lorsque j'appris qu'Olga et Nicole se voyaient régulièrement et poursuivaient sans moi leurs ébats sexuels, ma joie fut à son comble.

— N'empêche, quel gâchis !... déclarai-je. Tu ne pourrais pas lui parler ? Lui dire que j'ai fini mon livre ?

— Tu l'as terminé ?

— Bien sûr que non, je ne l'ai pas terminé !... Crois-tu que je puisse me concentrer dessus dans le contexte actuel ?!... Suis-je en mesure de lui donner le meilleur de moi quand je suis harcelé de tous côtés ?! Si au moins je pouvais baiser Nicole... Si j'avais la possibilité d'avoir ce moment de répit dans la journée, matin ou soir, ça m'est égal... Qu'en penses-tu ?

Elle haussa les épaules :

— Tu es marrant !...

— Bon Dieu ! Ne sois pas si égoïste pour une fois ! Je suis *déprimé* par cette maudite abstinence, tu comprends, je me sens affaibli ! Et Dieu m'est témoin que le moment est mal choisi. Je suis *déprimé*, tu m'entends, mais je ne peux pas me payer ce luxe !...

Sous mes yeux, les toits de la ville ondulaient dans une brume de chaleur et le souvenir de Nicole, mêlé au parfum d'huile solaire dont Olga s'était servie, me projetait dans un brasier étourdissant, au point que je crus défaillir.

— Seigneur Dieu ! Quel tempérament elle avait ! Elle était exceptionnelle, n'est-ce pas ?!...

Hein, je n'exagère pas ?!... Est-ce qu'elle te parle de moi ?

— Non, pas spécialement.

— Quoi ! Après tout ce que nous avons fait ! Tu te moques de moi, j'espère ?!... J'ai connu Nicole incapable de se relever, figure-toi, se traînant vers la salle de bains à quatre pattes. Comme une loque ! Alors ne me raconte pas d'histoires ! Et souviens-toi que tu l'as rencontrée grâce à moi. Alors aie un peu de reconnaissance !... Ne nous sommes-nous pas toujours entraidés, toi et moi ? À moins que tu n'aies décidé de me lâcher, comme Henri ? Est-ce ton tour à présent ?!...

Depuis la mort de Suzanne, j'éprouvais un fort sentiment d'abandon. Si Édith n'avait pas été là, si elle n'avait à elle seule comblé le vide qui s'étalait autour de moi et se répandait de plus belle, j'aurais été en mauvaise posture. Une épreuve en entraînait une autre. Mes troupes se débandaient comme des feuilles au vent d'automne. Là où je croyais pouvoir m'appuyer, le terrain s'effondrait.

— Prends un rafraîchissement.

— Non, je me fous de tes rafraîchissements !... Tu sais, ne crois pas que tu vas la convertir !... Nicole n'a rien contre la pénétration, et ce n'est pas toi qui vas y changer quelque chose, je te le garantis !... Il serait temps que tu y réfléchisses.

— Réfléchir à quoi ? Je suis désolée de te décevoir, mais elle s'en passe très bien jusqu'à maintenant.

— Je t'en prie, Olga… Je t'en prie, pas à moi !… soupirai-je. Sais-tu que je la retrouvais parfois sur moi, à cheval sur moi, lorsque à bout de forces je m'étais endormi ? En train de se baiser toute seule, d'une certaine manière ? En train de s'offrir une *pénétration* supplémentaire, ni vu ni connu ?!…

— Je n'ai pas dit qu'elle n'aimait pas ça…

— Ah, eh bien, heureusement que tu ne l'as pas dit !

— Mais je pense que si tu nous voyais ensemble, tu ne serais plus aussi catégorique… Et, franchement, elle me tue, moi aussi. Oh, d'ailleurs c'est bien simple : je n'avais jamais rencontré une fille pareille.

— Quoi !? Comment ça ?! fis-je, me raidissant un peu.

— Eh bien, tu me connais, je peux très bien jouir deux ou trois fois sans problème, mais *dix-sept fois* ? Tu imagines ? Je les ai comptées, Francis, *dix-sept fois* au cours de la même nuit ! C'est à peine croyable, non ? Je ne savais même plus ce qu'elle me faisait, à la fin, tu vois le genre… Je crois qu'elle m'a arraché des larmes. *Dix-sept fois*, te rends-tu compte ?

— La moitié ne t'aurait pas suffi ?! Vas-tu continuer à te goinfrer quand je te tends une main misérable ?!…

— Calme-toi. Tu sembles oublier que je ne peux décider à sa place…

— Mais lui en toucher un mot, c'est au-dessus de tes forces ?!...

— Bon, bon, très bien... Ça va, je verrai ce que je peux faire. Mais si tu veux mon sentiment, elle ne marchera pas.

— On verra ça. Dis-lui que mon roman est terminé. Tu veux savoir ? Je me sens comme un arbre en pleine tempête ! Et j'aime ça quand j'écris, mais quand je n'écris pas, je ne sais pas quoi faire. Est-ce qu'il suffit de serrer les dents ? Tu es sûre que tu ne veux pas baiser ? Plutôt que d'attraper un cancer de la peau...

Je tendis une main vers son manuscrit qui ronflait sous le parasol, au milieu des revues féminines et des verres d'orangeade.

— Alors ? Quoi de neuf ? fis-je, le soupesant. Est-ce que Nicole t'a donné des idées ?

— Écoute, je préfère que tu ne viennes pas me voir quand tu es de cette humeur. Tu n'as aucune raison d'être agressif envers moi.

Je renvoyai le manuscrit à sa sieste.

— Mais je ne suis pas agressif *avec toi*... ricanai-je. Je regarde autour de moi et je tire des enseignements du monde qui m'entoure. Et je le vois tel qu'il est, figure-toi. Je ne fais pas semblant de voir autre chose. Je vois le monde dans toute sa duplicité, dans tout son simulacre, je vois derrière le décor, je vois la comédie infâme qu'il est en train de nous jouer et, au cas où tu ne serais pas au courant, eh bien, cette fois, ça se passe juste devant notre porte !

— Quoi… encore cette histoire avec Patrick ?!…

— *Quoi… encore cette histoire avec Patrick ?!* grimaçai-je en me moquant d'elle.

— Et alors ? Que se passe-t-il au juste ?!…

— Rien ! Il ne se passe rien du tout ! Tu devrais te remettre de l'huile. Ne te casse pas la tête.

— Pourquoi, je suis rouge ?…

Tandis qu'elle s'inspectait avec inquiétude, j'étendis mes jambes sur un siège et me remis à réfléchir au meilleur moyen de protéger Patrick contre un attentat. Bien entendu, j'avais lu de nombreuses choses à propos de la protection des personnes dans ce type d'affaires et ce n'était pas aussi simple. D'autant que Patrick ne voulait pas m'entendre. Les mésaventures d'un Frank Zappa ou la fin tragique d'un John Lennon lui entraient par une oreille et sortaient par l'autre. Il n'y en avait que pour le rattrapage de sa couverture médiatique et pour ses ventes qui s'effondraient (et pour cause : les librairies ne recevaient plus ses livres qu'au compte-gouttes !). Bien qu'une vente perdue fût une vente perdue, il me parlait d'intenter un procès à Henri quand je lui parlais de sa sécurité. Croyez-moi, il était d'une insouciance totale, il était sur une autre planète. Si bien que je ne pouvais compter sur sa coopération. Vous voyez le problème ? Je devais agir vite, sans le soutien de personne et avec des moyens inexistants. Quelle était ma marge de manœuvre, selon vous ? Auriez-vous trouvé une solution meilleure que la mienne ?

— As-tu la prétention de pouvoir porter tout le malheur du monde sur tes épaules ? m'interrogea-t-elle en se retournant sur son matelas à rayures.

— Le malheur du monde ? Je ne te parle pas du malheur du monde mais de sa face cachée et de notre application à le laisser tel qu'il est, à l'abandonner aux mains des plus forts. Qui ne sont pas les plus reluisants d'entre nous, comme tu dois t'en douter… Non, mais attends, sais-tu par exemple qui ils envoient aujourd'hui, pour signer un auteur ? Ils envoient un type qui travaillait dans les shampooings et un autre qui fabriquait de la farine pour nourrir les vaches. Rien de moins. Est-ce que ça n'explique pas bien des choses ? Est-ce que considérer les faits signifie que l'on raconte des conneries du matin au soir ?

Je me levai pour vaporiser les plantes. C'était l'heure la plus agréable de la journée. Olga proposa d'aller inspecter son réfrigérateur pour voir ce que nous pourrions manger. Elle se redressa, abandonnant son soutien-gorge sur le matelas. Comme je sortais des buis, nous nous trouvâmes un instant face à face.

Plutôt que d'aligner de grands discours, je lui vaporisai les seins de deux giclées d'eau tiède. Puis nous les observâmes ensemble, constellés de petites loupes et s'égouttant sur le carrelage de terre cuite, mais elle finit par décider que ça ne la tentait toujours pas.

Huit mois plus tard, elle est à mes genoux et me suce consciencieusement. Il y a encore de larges auréoles de neige au pied de la baie et ses buis sont tout blancs. Les cheminées fument sur les toits. Cette fois, c'est moi qui me suis fait prier, mais je me rends compte que j'ai plutôt bon cœur.

J'éprouve une sorte d'amour pour Olga et je suppose qu'il en va de même pour elle, en ce qui me concerne. Certes, nous avons chacun notre caractère et nous n'avons pas l'habitude de nous faire de cadeau mais le temps n'a aucun effet sur nous, rien n'a d'effet sur nous, j'entends sur notre relation, et c'est très bien ainsi. Je lui décharge en pleine poire. Une fois la surprise passée, elle tire la langue et se nettoie le contour de la bouche où dégouline mon foutre.

Ensuite, nous regardons l'émission. Elle pense que notre séance l'a calmée et qu'elle est prête à surmonter l'épreuve.

Nous nous installons dans le canapé. Son appartement est très bien chauffé mais toute cette blancheur au-dehors nous incite à garder le haut, un polo de laine et polyester pour moi et un cardigan d'angora pour elle. Je l'assois entre mes jambes, attrape la manette de la télé d'une main et de l'autre je lui glisse un doigt dans la fente. « Prête ? », je l'interroge. Elle prend sa respiration et acquiesce.

Que d'histoires pour un bouquin descendu ! Ce coup de téléphone en larmes, cette mine de papier mâché, cet urgent besoin sexuel (auquel je me suis soumis sans enthousiasme car Patrick m'a éreinté quelques heures plus tôt au cours d'une partie de tennis), que d'histoires pour pas grand-chose ! Sans doute, comme le répète Olga, ne s'agit-il pas de *mon* livre, du fruit de mes entrailles, de mon bébé, etc. Oui, sans doute. Se faire descendre n'est jamais agréable, surtout à la télé.

Elle se mordille l'ongle du pouce tandis que le logo de la célèbre émission littéraire apparaît sur l'écran. Je lui masse un instant les trapèzes pour la décontracter. Puis je pose mon menton sur son épaule et la tiens dans mes bras. Cela me rappelle quand nous faisions de la luge, Édith et moi, dans le Vermont, à deux sur le même engin, jusqu'à ce que je me casse une jambe en heurtant la lame d'un chasse-neige qui remontait la route en sens inverse. D'ailleurs, il se remet à neiger. Un mois de mars épouvantable, glacé comme la mort, balayé par un vent infatigable.

— Cette conne de maquilleuse !... gémit-elle. Regarde la tête que j'ai !

— Tu es très bien. Tu es parfaite.

Je déboutonne son cardigan. Ses deux obus ont fière allure. Ils m'étonneront toujours. Elle les caresse avec moi tout en gardant les yeux fixés sur l'écran où l'on présente les invités et les critiques.

— Tiens, le voilà ! Le voilà, *c'est lui* !!…

— Ah ! Angelo Rinaldi !… soupiré-je.

— Mais non, ce n'est pas Rinaldi ! Qu'est-ce que tu racontes ?!…

— Ah bon ? Il lui ressemble… Sais-tu qu'un jour il a déclaré que j'étais de la merde dans un bas de soie ? Il est impayable, non ?

Elle m'enjoint le silence. L'évocation sereine de mes propres mésaventures avec la critique ne la déride pas une seconde. Elle veut souffrir. Elle veut revivre chaque seconde de ce désastre. Elle ne veut pas en perdre un mot. D'après ce que j'ai compris, je suis là pour lui donner la force de parcourir à nouveau ce chemin de douleur. Je lui mets mon majeur dans le vagin et je la branle. Mais pas trop, car l'émission dure cinquante-deux minutes. Ce sont à présent de gros flocons qui tourbillonnent dans la nuit et s'écrasent mollement contre la baie vitrée tout irisée de givre. Or, le printemps est là depuis une semaine.

« Tu l'entends ?! *Non, mais tu l'entends ?!…* »

Du plat de la paume, j'effectue un mouvement concentrique qui effleure son ventre et son estomac. Une technique de la médecine taoïste très efficace contre le stress. Mais elle me prend bientôt la main et la dirige vers sa chatte. C'est elle qui voit. Elle passe alors ses jambes par-dessus les miennes. J'écarte sa fente et il y a un grand miroir aux moulures dorées dans lequel je peux admirer mon œuvre.

— Tu vois ?!… Il me coupe la parole ! Il ne me laisse pas parler ! Tu as vu ça ?!!…

— Oui, le bougre !… Il connaît bien son boulot…

— Oh, quel type atroce !…

Le ton monte. La mine ulcérée, elle se penche en avant pour lorgner son exécuteur de plus près. J'interviens d'un doigt enrobé de salive que je lui fourre dans le cul. Il était temps. « Pauvre petit bonhomme de rien du tout !… », lui dit-elle en prenant le parti d'en rire.

Sur le plan sexuel, Olga a beaucoup changé en quelques mois. Avec moi, du moins, elle est beaucoup plus permissive. Nous avons fini par trouver nos marques, me semble-t-il. Nous baisons mais je n'éjacule pas en elle : nous avons ainsi trouvé un terrain d'entente dont nous nous estimons satisfaits l'un et l'autre. Je peux aussi l'enculer, à condition de respecter la même consigne. Au fond, tout n'était qu'une question de confiance et j'ai prouvé à Olga que je suis homme à respecter sa décision, malgré que j'en aie.

Nous nous sentons plus forts ainsi. Plus à même d'affronter certaine mélancolie inhérente à nos existences. Au reste, qui d'autre que moi aurait-elle sous la main pour exorciser sa peine et son humiliation en un soir si funeste ? J'entends : un compagnon au fait des us et coutumes de la maison, un parfait gentleman. Je lui soulève les fesses pour rabattre ma queue entre ses jambes. Elle griffe l'écran où apparaît le visage du sale bonhomme.

— Mais regarde-moi ce connard de misogyne ! Mais pourquoi ne lui ai-je pas flanqué mon poing dans la gueule ?!…

— Je ne crois pas que ce soit spécialement dirigé contre toi. Tu sais, il n'a pas le choix. Il se doit d'avoir la dent dure. Il ne se fera pas un nom avec des compliments.

— Ah, je t'en prie ! Ne le défends pas !

Je l'enfile. Elle me jette un coup d'œil par-dessus son épaule. Si jamais elle en a douté, elle sait maintenant qu'elle n'est plus seule, que je suis à ses côtés, dans son ventre, aussi proche qu'il m'est possible. Désormais, elle peut espérer tenir le coup. Mais, encore une fois, que d'histoires pour une émission littéraire ! Je pense à la neige qui s'accumule sur mon toit et qui mettra bientôt mes canalisations à rude épreuve, mais j'ai confiance. Je me crache dans les mains et très vite ses seins glissent entre mes doigts comme de gros suppositoires.

Quand la peau de vache déclare qu'un insondable ennui l'a saisi puis accompagné tout au long de la lecture du dernier roman d'Olga Matticcio, je n'attends pas qu'elle réagisse. « Mais qu'est-ce qu'il dit ?!… », gémit-elle, tout étonnée de se retrouver à quatre pattes sur le tapis avec ma bite au cul. « Laisse-le dire…

déclaré-je d'une voix apaisante. Ne te mets pas martel en tête pour si peu. »

Elle choisit d'être courageuse. Elle fixe son détracteur, qui poursuit sans vergogne, droit dans les yeux. Mais aussi, ne fallait-il pas s'y attendre ? Avait-elle travaillé avec sérieux, avait-elle travaillé avec ardeur, avait-elle défié le monde entier au risque d'être broyée pour toujours ?! Je l'avais plutôt trouvée lézardant sur sa terrasse ou fréquentant des lieux où l'on n'a rien à faire lorsque l'on écrit un livre. Comment s'étonner du résultat ? Bien sûr que son livre est ennuyeux, mal fichu et sans âme. Comment pourrait-il en être autrement ? Je me glisse entre ses jambes et la lèche copieusement mais cela y changera-t-il quelque chose ? Ce connard a raison, mille fois raison.

Je la couche sur le dos. Ainsi, elle voit l'écran à l'envers et ce n'est pas plus mal car nous en sommes enfin arrivés à l'instant de la mise à mort. Depuis quelques minutes, j'ai remarqué un éclat gourmand dans l'œil du critique et il ne m'a pas échappé que le thème de l'érotisme dans l'œuvre d'Olga Matticcio n'a pas encore été abordé.

Devant la caméra, le visage d'Olga est décomposé. Il ne vaut guère mieux à présent. Se voyant en si mauvaise posture, elle se mord le poing et se branle avec l'énergie du désespoir. « Maintenant, si vous le permettez, je vais vous donner mon avis sur vos scènes érotiques... », fait le gars en clignant des yeux.

Nous y voilà. Le loup va dévorer l'agneau. L'agneau fainéant et stupide qui va payer pour son errance et le choix de la facilité. Certes, une scène terrible, mais obéissant aux lois de la nature. Olga me jute furieusement dans les doigts. Je ne sais si elle couine de douleur ou de plaisir, mais elle émet un son ininterrompu, aux harmonies étranges. « Chère madame Matticcio, est-ce que vous vous moquez du monde, par hasard ?... » Sans perdre une seconde, je la reprends dans le cul, lui mets deux doigts dans la chatte, manipule son clito et lui lèche la plante d'un pied, ainsi que les espaces entre les orteils. Ce type est sans pitié. Une démolition systématique et plutôt bien argumentée. Mais nous résistons. Olga perd un peu la tête. Elle se relève, va coller son cul contre l'écran de la télé et l'y frotte, tout en agonisant le gars d'injures. Ensuite elle pose une jambe sur le poste et me demande de venir la baiser à la barbe de ce pauvre mec dont l'image, dorénavant, est barbouillée d'humeurs translucides. Je pense que nous allons y arriver. Olga est forte. Elle refuse de s'effondrer et assiste à son estocade « ... votre érotisme de bazar qui est si navrant de ridicule... » sans défaillir, me présentant son cul et sa fente écartée des deux mains, les mâchoires serrées et la mine altière. Fièrement pointée hors de son cardigan, sa poitrine insensée qui m'étonnera toujours.

Le lendemain matin, en me réveillant, je trouvai Édith encore couchée. Cela me remplit de joie, bien entendu, mais je fronçai dans le même temps les sourcils : il était déjà neuf heures.

« Eh bien, plaisantai-je, à quoi avons-nous droit, aujourd'hui ? Une grève dans les transports ? Une manifestation étudiante ? Un nouveau Tchernobyl ? »

Elle se tourna vers moi en grognant. Je la fixai une seconde puis touchai son front : elle était brûlante. Je me levai aussitôt.

Confronté à la maladie de mes proches, je me suis toujours montré très efficace et très maladroit à la fois. Je suis en même temps paniqué et calme. Je suis du genre à conduire à tombeau ouvert jusqu'à l'hôpital, et de main de maître, puis à m'évanouir dans le couloir quand il n'y a plus rien à craindre.

Ainsi, je dévastai l'armoire à pharmacie pour dénicher le thermomètre : des pots et des flacons explosèrent sur le sol. Ensuite, lorsque je découvris qu'Édith avait plus de quarante de fièvre, je respirai un grand coup et devins très calme.

Je fis couler un bain glacé et ramassai les morceaux de verre avec soin. Pendant que la baignoire se remplissait, j'allai chercher des glaçons. Je les roulai dans un torchon tandis que, le téléphone collé à l'oreille, je commandais des médicaments à la pharmacie. Dehors, la neige avait cessé mais le temps demeurait exécrable et des bourrasques ronflaient dans le jardin transi. Le ciel était blanc, les immeubles alentour d'une pâleur lugubre.

Édith frissonnait. Elle leva les yeux vers moi. « Ne crains rien. Je suis là... », lui déclarai-je. D'une main calme, je tâtai sa gorge. Des ganglions gros comme des œufs de pigeon. Je m'y attendais. Elle m'avait déjà fait deux angines carabinées : une en Australie, l'année où les enfants s'y étaient installés et une autre en Engadine, à Sils-Maria, pour avoir couru autour du lac, après le fantôme de Nietzsche.

Je lui appliquai les glaçons sur le front. La pauvre délirait déjà, s'inquiétait des enfants, si je les avais emmenés à l'école. Un de mes grands plaisirs, autrefois. Une des raisons, et sans doute la plus profonde, pour lesquelles mes matinées étaient de véritables usines en marche, où ma capacité de travail était stupéfiante. Quand écrire un paragraphe, aujourd'hui, au moins depuis ces derniers mois, me demandait des jours et des jours, et pour un résultat qui n'était pas meilleur.

Quand son épouvantable bain fut prêt, je pris Édith dans mes bras et la transportai jusqu'à la baignoire. Je grimpai dedans pour m'éviter un tour de reins et rien que d'y tremper mes mollets me secoua comme si j'avais reçu une décharge électrique. J'y immergeai Édith avec une grimace douloureuse. Tel un homard plongé dans l'eau bouillante, elle se mit aussitôt à claquer des dents et s'accrocha à mes avant-bras. « Je suis là, ma chérie… Je reste avec toi… » Pavese déclarait avec juste raison que les femmes rendent l'homme fou, mais je ne souhaitais rien d'autre.

Elle redescendit à quarante. Je filai à la pharmacie.

Plus tard, je lui préparai du bouillon. Je n'avais pas souvent l'occasion de m'occuper d'Édith car elle avait une santé de fer et ne se plaignait jamais, mais les rares fois où cela se produisait, quand bien même je fusse dévoré d'inquiétude, j'y prenais un immense plaisir.

Il ne fallait pas venir me casser les pieds.

Nicole choisit pourtant ce jour-là pour me rendre visite.

Interdit, je restai sur le seuil avec mon éplu-che-légumes à la main.

« Je ne te dérange pas ? Je peux entrer ? »

Les premiers mots qu'elle m'adressait depuis huit mois ! Je m'écartai cependant tout d'un bloc pour lui laisser le passage.

« Comment vas-tu ?... », murmura-t-elle en se dirigeant vers le salon. Sans lui répondre, je retournai à la cuisine.

Je coupai les carottes en rondelles au-dessus d'une casserole d'eau frémissante. Elle finit par me rejoindre quand je taillais les poireaux.

— Je vais tuer Patrick, me déclara-t-elle. Et je voudrais que tu m'aides.

— Que je t'aide ?!... ricanai-je. Et en quel honneur ?!

Après le départ de Nicole, je remontai dans la chambre et ne quittai plus Édith. Les médicaments firent baisser la fièvre et nous épargnèrent un nouveau bain glacé dont la pénible éventualité rôda sur nos têtes une bonne partie de l'après-midi. Malheureusement, elle n'était pas en état de discuter.

Je changeai les draps. Je vaporisai de l'essence de thym dans la chambre. Je la coiffai. Je surveillai la taille de ses ganglions. Je la forçai à avaler quelques tasses de bouillon, lui fis la lecture, conservai sa main dans la mienne et m'allongeai près d'elle de temps à autre.

Dieu soit loué, j'avais baisé Olga la veille au soir ! Et Dieu soit loué, si je puis dire, Édith était malade ! Privé de ces deux boucliers, aurais-je été capable de garder mon sang-froid devant Nicole ? Franchement, je n'en sais rien. Elle exerçait toujours sur moi une telle attirance... Au point que je me demandais parfois si elle n'était pas de plus en plus vive, si j'allais m'en débarrasser un jour. Je ne pouvais même plus visionner les vidéos sans finir en larmes et seul un inexplicable et irréductible excès d'amour-propre m'avait empêché de reprendre contact avec elle. Mais, de son côté, elle n'avait pas essayé non plus.

Je l'apercevais de temps à autre. Dans le quartier des antiquaires ou à la faveur d'une soirée qu'il me fallait quitter sur-le-champ (et le bruit courait que je devenais encore plus asocial que par le passé) pour cause de dérangement sexuel. Je n'allais jamais chez Patrick, sauf si j'étais certain de ne pas tomber sur elle. Les rares fois où il m'invita à dîner, je me défilai, ou bien je n'y allai pas, et, quand il m'appelait pour savoir ce qui m'était arrivé, je racontais n'importe quoi, que j'étais resté coincé dans un ascenseur ou sous une avalanche.

Je ne parvenais pas à concevoir par quel miracle Patrick n'était toujours pas au courant de ma liaison avec Nicole. Cela dépassait l'entendement. Certes, il n'avait pas trop cherché à savoir ce qu'elle avait fabriqué durant leur séparation, mais il aurait pu l'apprendre sans se donner trop de mal ou au moins s'en douter au regard de mon obsession à éviter sa femme. Mon air s'assombrissait lorsqu'elle était dans les parages. Si nous étions en train de discuter et qu'elle arrivait, je me levais aussitôt de ma chaise et le saluais séance tenante, le laissant se demander quelle mouche me piquait. Au fond, je me fichais éperdument de savoir s'il le découvrirait un jour et ses réactions à ce sujet ne m'importaient guère.

Mais je pense que de son côté cette situation lui convenait. Je pense qu'il ne tenait pas beaucoup à réunir les détenteurs de son petit secret et qu'une franche camaraderie entre Nicole et moi l'aurait plutôt mis mal à l'aise. Je lui avais d'ailleurs laissé entendre que j'évitais Nicole pour cette raison, que je ne voulais pas avoir l'air d'entériner une chose pour laquelle j'éprouvais toujours la plus extrême aversion et qui torturait ma conscience. Plutôt faiblarde et tirée par les cheveux, comme explication, mais il semblait s'en être contenté. Une manie de plus à mettre au compte de ce sacré Francis, qui aurait pu s'en étonner ?

Vers la tombée du soir, alors que nous écoutions le *Raga du début de la nuit*, ce qui ne pouvait lui faire que du bien, Édith était pratiquement tirée d'affaire. Avec force grimaces, mais aussi quelques prudents et rassurants sourires, elle avala une petite portion de légumes ainsi qu'un yaourt au lait de brebis parfumé à la mélisse dans lequel j'avais écrasé de la vitamine C.

Puis elle me prit la main et s'endormit.

Je la regardai : après m'avoir poussé sur la pente d'une sexualité sans âme, à laquelle j'étais à présent coutumier (et quand j'y pense, avec quelle facilité je m'y étais laissé entraîner !...), je me demandais comment elle réagirait à la proposition de Nicole. Car si cette dernière était assez folle pour envisager la voie du sang, je n'étais pas certain qu'Édith s'en effrayât outre mesure. Non qu'elle n'eût aucun respect pour la vie d'un homme ou se moquât des Commandements, mais elle était capable, dans sa logique féminine, d'étudier la question à partir d'un autre point de vue et, de là, bâtir une stratégie indiscutable contre laquelle vos dernières objections viendraient s'écraser tels de pauvres insectes aveuglés sur un pare-brise indemne.

Je décidai de ne pas mettre Édith au courant. Je ne pris pas cette décision de gaieté de cœur et luttai toute la nuit pour m'y tenir et ne pas céder à la tentation de tout lui dévoiler. Jamais je n'avais caché une seule chose à Édith. Jamais, et encore moins depuis le sombre anniversaire de mes quarante-cinq ans, je ne lui avais caché quoi que ce soit. Autant vous dire que ce ne fut pas aisé. Ce qui l'emporta ? Je ne sais pas. Il semblait que je ne voulusse pas me défausser sur elle de certaines erreurs que je pourrais commettre, le cas échéant. Ne lui reprochais-je pas de temps à autre mes égarements sexuels ? C'était un peu facile, n'est-ce pas ? Pas complètement faux, mais un peu facile... Ce qui l'emporta ? Ce qui l'emporta *réellement* ? Un voile noir s'étend sur mon esprit quand je force la réflexion et je ne peux rien y faire. Il y a certaines limites que je ne puis franchir. Il y a certaines douleurs que je ne puis m'imposer. Je n'ai pas cette force. Je l'ai eue, mais je ne l'ai plus. Je l'ai utilisée d'un coup.

— Nicole veut t'assassiner, lui dis-je.

— Moi aussi, j'aimerais la tuer, me répondit-il. Elle claque tout mon blé, mais ça ne lui suffit pas !

— Patrick, *elle va t'assassiner* ! Est-ce que tu comprends le français ?!

— Oui, je le sais. Elle me le répète tous les jours. Elle a acheté un revolver. Oui, cette conne a acheté un revolver, figure-toi ! Mais, tu vois, je suis toujours là. Il faut peut-être que je lui montre comment on met les balles, qu'est-ce que t'en penses ?

— Écoute, je crois que ce n'est pas une bonne idée de faire revenir cette fille.

— Ah ! elle t'a mis au courant ? C'est en train de faire le tour de la ville, j'imagine... Eh, détends-toi !... Je suis le plus heureux des hommes !

Dans son peignoir blanc, au bord de sa piscine intérieure, allongé sur un transat en polyuréthane sans articulation et parfaitement stable, le plus heureux des hommes donnait le change à coup sûr. Par un mystère que je n'avais pas éclairci, sa chevelure était plus volumineuse et jouissait d'une souplesse étonnante, d'un éclat bouton-d'or qui ne courait pas les rues. Certes, Nicole et lui n'avaient emménagé dans leur nouvelle demeure (située à un jet de pierre de celle d'Henri bien que l'un et l'autre eussent pris le parti de l'ignorer) que vers la fin de l'été et il était tout à fait compréhensible de trouver Patrick en maillot de bain au milieu de la journée plutôt qu'enfermé dans son bureau à travailler comme un âne. Mais était-ce aussi simple ? Il semblait en pleine forme, recevait les fournisseurs en caleçon, tripotait les manettes de son matériel hi-fi, payant sa femme de ménage en liquide, rangeait son vin à la cave, surveillait le bon fonctionnement de son arrosage automatique et s'apprêtait à passer son permis de conduire, mais pouvait-il me bluffer ? Pouvait-il songer une seconde à me cacher la réalité ? Oh, j'admettais volontiers qu'il fût dans une période où l'on pouvait encore repousser l'évidence et s'accorder un ultime délai, mais ne savais-je pas trop bien comment cela se terminait ?

À quel moment m'était venu ce besoin de confort, ce besoin de matérialiser ma réussite ? À quel moment m'étais-je mis au tennis ?

Patrick m'envoyait promener quand j'avais le malheur d'aborder le sujet. Il prétendait que tout allait bien, qu'il songeait déjà à son prochain livre, mais à qui croyait-il s'adresser ? Son incapacité à me regarder franchement dans les yeux était des plus risibles. On s'était fichu de moi lorsque j'avais imaginé le pire et, certes, on n'avait pas attenté à ses jours. Non, pas exactement. Comme l'avait déclaré Henri, ils avaient d'autres moyens de régler une affaire. On avait enseveli Patrick sous une montagne de billets.

Je regardai son abdomen, cisaillé par l'élastique de son maillot. Une fois encore, je le voyais criblé de balles.

— Qu'est-ce que tu regardes ?!

— Pourquoi est-ce que je m'inquiète pour toi, tu veux me le dire ?... Au fond, qu'est-ce que je te trouve ? Tu commets les mêmes erreurs que moi et je sais comment ça va finir. Je peux te donner tous les détails, si ça t'intéresse.

— T'es chiant ! Tu sais que t'es chiant ? Tu le sais ?!...

Oui, je le savais. Je jouais un rôle ingrat. Je le savais.

— Bon, admettons !... soupirai-je. Mais pour en revenir à Nicole : et si elle ne plaisantait pas ?

Il fronça les sourcils :

— Eh, pas de conneries !... Madonna arrive dans deux jours !... T'as pas l'intention de me séquestrer encore une fois, j'espère ?!... Hein ? Hé ! Tu me réponds ?!

— Te *séquestrer* ?!... Tu ne crois pas que tu y vas un peu fort ?! Tu te mets à parler comme la police, à présent ?! T'ai-je maltraité ? As-tu manqué de quelque chose ? Trois jours aux frais de la princesse et tu appelles ça te *séquestrer* ?!... Alors que j'ai fait ça pour ton bien ?! Mais si j'avais eu raison, tu n'aurais pas eu assez du restant de tes jours pour me remercier, espèce de salopard ! Mais tu as raison, pourquoi voudrais-je te sauver la vie ?! Je ferais sans doute mieux de m'intéresser à un Houellebecq ou un Echenoz, parce que avec toi je perds mon temps !

— Mais t'en es pas si sûr, hein, n'est-ce pas ?... Je te flanque la frousse mais tu sais que je suis encore capable de t'étonner... C'est pas vrai ?

— Je n'en sais rien. Nous verrons ça. En attendant, cesse de tirer sur la corde, avec Nicole. Ne te crois pas invulnérable. Enfin, si tu veux, je peux coucher ici durant quelques jours...

Nicole trouva que j'avais eu une merveilleuse idée car ainsi je serais à pied d'œuvre.

« Sans doute. Mais je n'ai rien décidé. Tu m'entends, Nicole, *je n'ai rien décidé* ! J'aimerais que nous soyons bien d'accord là-dessus et que toi-même, de ton côté, tu y réfléchisses avec soin. Quand bien même Patrick serait le pire des hommes, un meurtre est un meurtre, ne l'oublie pas. Oui, j'ai bien dit un meurtre. Et j'emploie ce mot terrible à dessein afin que tu prennes bien conscience de la gravité de ton projet car ensuite il sera trop tard !... »

Peu ou prou, voilà le discours que je lui préparais et répétais à voix haute en bouclant ma valise.

— Si tu savais comme ils me cassent les pieds !... déclarai-je à Édith qu'une mauvaise toux clouait encore à la maison. Et qu'est-ce que ma présence va y changer ?

— Ma foi, s'ils le pensent... S'ils estiment qu'en te prenant à témoin les choses peuvent s'arranger... Tu sais, chaque couple est un cas particulier et, puisqu'ils te le demandent, on ne sait jamais, ça peut marcher...

— Eh bien, que le Ciel t'entende !... Enfin, tu sais où je suis. N'hésite pas à téléphoner. Et quand les Vandhoeren auront fini d'emmerder le monde, j'aimerais que nous partions quelques jours, toi et moi. Nous l'aurons bien mérité !

Au moment où je démarrai, j'aperçus Olga qui descendait de sa voiture et se préparait à sonner à ma porte. Elle me parut bien pâle.

« Oui, je sais... J'ai vu l'émission, acquiesça Patrick en me conduisant vers la chambre d'ami. J'ai assisté au massacre. Mais je te l'ai dit : le sexe et la littérature, ça fait deux !... »

Peut-être avait-il raison, après tout. Peut-être était-ce une situation sans espoir. Mais quelle importance ? Choisissait-on ce que l'on écrivait ? Est-ce que l'eau se souciait des chemins qu'elle empruntait ? N'était-ce pas ce qui la rendait insaisissable ? Connaissait-elle le doute ? Hésitait-elle à plonger des sommets ? Connaissait-elle la honte, l'intérêt, le calcul ? Cherchait-elle à vous en mettre plein la vue ?

La chambre était spacieuse. Elle possédait sa propre salle de bains et l'on y avait placé le canapé en peau de buffle sur lequel, déclara

Patrick, je pourrais travailler confortablement. Puis il m'énuméra les consignes :

1°) Tu n'es pas plombier, alors tu ne touches à rien.

2°) Tu surveilles Nicole mais tu ne prends aucune initiative.

3°) Tu prends une douche avant de plonger dans la piscine.

4°) Tu frappes avant d'entrer dans ma chambre.

5°) Le dernier couché éteint toutes les lumières.

6°) Ne me fais pas regretter de t'avoir invité.

Car cet animal pensait me faire un cadeau. Voyant que je me souciais à nouveau de sa sécurité, il consentait à me laisser traîner dans les parages comme une vieille mère toquée et méfiante que l'on hésite encore à flanquer à l'asile. Je me demandais même s'il ne préférait pas ainsi m'avoir à l'œil pendant que Madonna serait là, plutôt que de risquer une de mes apparitions intempestives. Fallait-il que je fusse un fidèle d'entre les fidèles pour accepter cette humiliation sans broncher ! Fallait-il que j'eusse éprouvé pour lui des sentiments obscurs, une sorte d'affection infrangible dont il n'était sûrement pas digne !

Nicole ne montra pas son nez de tout l'après-midi. D'après Patrick, elle délaissait l'agence et passait le plus clair de son temps à courir les magasins, à dépenser l'argent à tort et à travers dans la seule intention de le contrarier. Il me désignait avec une grimace de dégoût les tableaux accrochés aux murs, les tapis, les bibelots ainsi qu'une sculpture de cinq cents kilos à la Niki de Saint Phalle qui trônait dans le hall. À la faveur d'une rapide incursion dans la chambre de la bougresse, il me montra les penderies pleines à craquer, la double commode dont les tiroirs regorgeaient de précieux articles en provenance de chez Edward Cotten-Saul (mais rien de trop fantaisie).

— C'est une guerre des nerfs !... me confia-t-il. Elle veut me pousser au divorce et m'attend avec un bataillon d'avocats.

— Voire !... Nicole a certainement beaucoup de défauts. C'est une femme, ne l'oublions pas, mais je ne crois pas qu'elle soit intéressée. Ce n'est pas son genre. Et puis, il y a ce revolver... Nous ne sommes pas à l'abri d'un coup de sang, figure-toi.

Plus tard, alors que nous avions traversé sa piscine en tous sens et épuisé les joies des exercices aquatiques, il m'avoua que c'était lui qui avait persuadé Nicole de reprendre la vie en commun.

« Je sais pas ce qui m'a pris... Un sursaut de fierté mal placée, j'imagine... Mais, tu sais, j'arrivais pas à me faire à l'idée qu'elle avait trouvé quelqu'un, ça me restait dans la gorge... Et tout ce bazar que j'ai découvert, tous ces trucs de pute, non, tu te souviens ?! Alors qu'avec moi elle était froide comme une planche !… Tous ces trucs insensés, tu les as vus ?!… Seulement, tu crois que ça l'avait changée ? Non, elle est redevenue telle qu'elle était, ou encore pire… Un vrai bout de bois ! Non, sincèrement, je sais pas ce qui m'a pris… »

Nous finîmes de nous éponger en silence. Derrière les baies, dans un océan de nuages immobiles, le soleil luisait faiblement, comme une lune maladive dans un cauchemar de Martin Amis. Néanmoins, il s'agissait là de notre premier jour d'accalmie. La veille au soir, alors que je frictionnais Édith avec une essence résolutive, le vent était tombé et les dernières plaques de neige glissaient des toits et fondaient sur le sol détrempé. Il était temps de penser au printemps.

« Tu veux savoir ? J'ai manqué de courage. Tu veux avoir de bonnes raisons de te foutre de moi ? Je suis le genre de gars qui a besoin d'une *madame* Vandhoeren. Hein, avoue que c'est pas très reluisant. Que je mérite que ça me revienne dans la gueule !… Je l'ai pas volé, non ?!… Tout ce bordel, toute cette bagarre quotidienne, cette guerre de tranchées, avoue que je l'ai pas volé !… Madame Vandhoeren se promène dans la maison avec un revolver à la main ? Ben, que veux-tu que j'y fasse ?!… Seulement, vois-tu, je ne l'ai pas forcée à revenir avec moi. Je ne l'ai pas suppliée de reprendre son rôle, tu me suis ? Il y avait du *monsieur* Vandhoeren aussi, quelque part, sois tranquille !… Qu'est-ce que tu crois ?!... Avec son revolver, elle va tirer dans le plafond, même pas dans un lustre... Qu'est-ce que tu crois ?!... »

Je me contentai de l'écouter, sans faire de commentaires. Je ne voulais pas lui montrer que ses aveux me réconfortaient. Et moi qui pensais qu'il se la coulait douce dans sa nouvelle demeure ! Moi qui l'imaginais repu et bronzé alors qu'il était tout blanc ! Ah, comme tout cela était bon pour l'écriture, comme tout cela vous trempait un style, comme cela était prometteur ! Patrick se voyait tel qu'il était et ma confiance en lui remontait au zénith, eût-il révélé certaine faiblesse en matière de pornographie, mais qu'importe !

Dès la première nuit, j'entendis un craquement dans le couloir.

Il était tard mais je ne parvenais pas à m'endormir. Nous avions bu quelques verres, Patrick et moi, à l'occasion d'une lamentable partie d'échecs, pour lesquels il ne manifestait toujours pas la moindre étincelle de progrès. Étonnantes, chez lui, cette incapacité à anticiper et surtout cette lourdeur qui, malgré sa volonté d'adopter des abords assez frustes, était l'exact contraire de sa nature profonde ! Un esprit aussi vif avec des doigts si grossiers !

Nicole nous avait ignorés. Elle était arrivée après que nous eûmes terminé un semblant de repas, juchés sur les tabourets de la cuisine qui ressemblait à un bloc opératoire pissant l'inox et dans laquelle nous ne nous étions pas attardés. Elle nous avait trouvés en pleine partie, buvant du vin et fumant des cigares, et elle avait été parfaite : je n'avais pas eu le temps de me lever tout à fait que déjà elle m'avait embrassé sur les deux joues avec indifférence et oublié dans la foulée.

— Francis va rester quelques jours, avait déclaré Patrick. Nous avons des trucs à voir ensemble.

— Ah bon ? avait-elle fait en examinant son courrier.

Et moi :

— À moins que ça ne dérange...

Et elle :

— Non, personnellement ça m'est égal...

Sur un ton si distant, sans même nous prêter attention... Ah ! Patrick ne devait pas rigoler tous les jours dans une telle ambiance ! Le regard entendu qu'il m'avait décoché ne laissait planer aucun doute là-dessus. À l'évidence, le couple allait à vau-l'eau. Quel désagréable moment avions-nous passé en sa compagnie avant qu'elle ne se décidât à rejoindre sa chambre sans nous souhaiter bonne nuit. De quelle froideur méprisante nous avait-elle traités en vaquant à ses occupations sans jamais nous adresser la parole !

Il était aux environs d'une heure du matin lorsqu'une lame de parquet grinça fort à propos dans le silence de la nuit. Et comme le vin m'empêchait de dormir et qu'une vie entière de soucis et de préoccupations intimes en profitait pour alimenter mon cerveau, je me trouvai aussitôt sur le qui-vive. J'allai coller mon oreille à la porte. Or, la disposition des lieux était telle que pour se rendre de sa chambre à celle de Patrick, Nicole devait passer devant la mienne.

Mais elle ne projetait pas de tuer son mari cette nuit-là, bien qu'une lune terrifiante promenât son lugubre halo à ma fenêtre. C'était moi que Nicole venait voir.

— Tu fais quoi ?

— Je ne fais rien, répondis-je. Et toi, qu'est-ce que tu fais ?

Elle ne savait pas trop. Elle venait voir comment j'étais installé, si j'avais besoin d'une couverture supplémentaire ou n'importe quoi d'autre.

— Non, tout est parfait. Le matelas est un peu mou, mais je vais m'y habituer.

Elle s'y assit une seconde, le testa, mais ne le trouva pas trop mou.

— Écoute, lui dis-je, nous ne faisons rien de mal, mais imagine que Patrick se réveille ?

Elle proposa d'aller boire un verre d'eau à la cuisine, puisque c'était ainsi.

Nous grimpâmes sur les tabourets. Elle portait un peignoir de coton blanc alvéolé, de même qu'une paire de mules. Elle alluma une cigarette.

— Une supposition qu'il nous trouve au lit, toi et moi. Crois-tu que ça me gênerait ? Tu crois qu'il se gêne ? Je te l'ai dit, Francis, nous en sommes à un point de non-retour. Tous les ponts sont coupés entre nous. Qu'il crève ! C'est tout ce que je souhaite.

— Je me suis permis d'apporter le Yi-King. Nous verrons bien ce qu'il pense de tout ça... Enfin, gardons-nous d'agir à la légère.

— Je me dis parfois, rien que pour voir la tête qu'il ferait... Juste pour avoir ce plaisir... Et avec toi, par-dessus le marché ! Je parie qu'il en serait malade... Tu n'es pas de mon avis ?

— Oui, ce n'est pas impossible... Il y a déjà ce sentiment confus de rivalité entre deux écrivains... Je vois à quoi tu penses.

De lentes et capricieuses volutes de fumée dansaient autour de nous. Il m'était très pénible de penser que je n'étais pas là pour ça, mais au contraire pour contrôler une situation dont j'étais le seul, visiblement, et une fois de plus, à mesurer la gravité.

— Mais, d'un autre côté, soupira-t-elle, je ne gagnerais rien à coucher avec toi. C'est une histoire sans issue, n'est-ce pas ? On ne peut pas se contenter de relations sexuelles qui ne mènent à rien. Il faut leur résister. Il faut se placer au-dessus de ça.

— Ma foi, c'est l'éternel débat... Bien sûr, ce n'est pas le moment d'en discuter, mais je ne suis pas aussi catégorique. Il y a certaines choses, il me semble, que l'on ne peut évacuer du revers de la main.

— Ne m'entraîne pas sur ce terrain, s'il te plaît. Ce ne serait pas chic de ta part... Ça n'a pas été facile pour moi.

— Ça n'a été facile pour personne.

Elle me considéra avec perplexité. De mon côté, je vivais un drame antique, tiraillé entre mes bas instincts et mes obligations morales. Malgré tout, ces dernières l'emportaient. Il s'agissait de la vie de Patrick et j'avais encore le sens des priorités.

Elle s'étira :

— Nous ferions mieux d'aller nous coucher, non ?...

Je hochai doucement la tête. Je dodelinais toujours en la regardant s'éloigner, blanc feu follet dans la vallée des ombres.

Je me réveillai tard, le lendemain matin, après avoir passé une nuit agitée. Nicole était déjà partie et Patrick était sur le point de le faire. Il était très nerveux car il allait chercher Madonna, *sa* Madonna, à l'aéroport.

« Tiens-tu réellement à pousser Nicole à bout ? »

Il ne me répondit pas. Il se jeta un dernier coup d'œil dans le miroir de l'entrée et sortit en claquant la porte. J'eus le temps d'apercevoir un coin de ciel bleu, puis une bouffée d'air printanier m'enveloppa.

Pourtant, j'étais sidéré de voir la tournure que prenaient les événements. Sidéré de constater à quoi nos vies se résumaient, à quelles forces nous obéissions et à quoi nous occupions le plus clair de nos pensées. Certes, quelques-uns parvenaient (mais à quel prix ? au nom de quel autre vice ? par quel miracle ?) à conduire fermement leur barque, refusant de participer à la comédie humaine en ce qu'elle a de plus éternel, de plus élémentaire et de plus risible. Quelques-uns refusaient de s'embusquer derrière une porte, de s'enfermer dans un placard, de passer par les toits, de s'enfuir au petit matin, mais combien étaient-ils ? Combien reculaient devant l'extravagance, la déraison, l'aveuglement, le ridicule ? Qui n'y avait pas succombé au moins une fois ? Et qui n'en redemandait pas, d'une manière ou d'une autre ? Qui ne rêvait pas de se conduire en misérable trou du cul dans une histoire sentimentale à deux sous, fût-ce en compagnie du Christ ou de la Vierge ? Qui aurait voulu que ça change ?

Nous étions en plein vaudeville, mais pouvions-nous être ailleurs ? Au mieux, transcendions-nous autre chose ? J'étais en pyjama, dans le hall des Vandhoeren, et je songeais que si un jour je relatais ces faits dérisoires, j'allais donner une piètre idée de la vie quotidienne d'un écrivain au temps de la révolution informatique. Au temps où les avions pouvaient aller chercher une femme au bout du monde et où l'écrivain plaquait son ordinateur aussitôt pour sauter dans un taxi et plus rien d'autre ne comptait. Voilà le fin mot de l'histoire. Et soit la femme arrivait, soit elle n'arrivait pas. Il n'y a rien d'autre. *Toutes les histoires sont des histoires d'amour,* malheureusement. Et parfois la femme n'arrivait pas.

J'appelai Édith pour l'informer de la navrance de l'épisode en cours, mais elle était en pleine séance d'inhalations et ne me prêta pas une oreille très attentive. C'était sans importance. Entendre le son de sa voix me suffisait.

Une fois habillé, je m'installai devant la fenêtre de ma chambre et travaillai à mon roman qui découvrit son premier rayon de soleil depuis des mois. Je le laissai s'aérer un instant, plaisantai avec lui à propos de certaines choses que je lui épargnais bien qu'elles fussent mon pain quotidien à l'heure présente et méritassent leur consignation au même titre que de plus nobles car la vie est ainsi faite, de grandeur et de misère, de cimes et de gouffres... mais il n'aimait pas beaucoup que je plaisante avec ça. À l'entendre, ce n'était pas ainsi que j'allais moissonner mes rameaux de lauriers.

Je l'abandonnai dans l'après-midi, dissipé par l'accorte lumière du dehors. J'allai observer les bourgeons, les nouvelles pousses, me penchai sur les espèces inconnues du jardin des Vandhoeren, inspectai leur collecteur d'eau de pluie (je collai un mot sur la cabane à outils à l'attention du jardinier afin qu'il y jetât un œil et réparât les résultats de son indolence) puis m'en allai faire un tour.

Nous étions un samedi et les sportifs de tout poil sillonnaient le quartier en tirant la langue, affichant une mine ravie sous l'effort tandis que les oiseaux planaient dans le ciel et que d'autres astiquaient leurs voitures ou s'enfuyaient par les toits.

Passant devant chez Henri, j'enjambai sa barrière.

Dans le salon, Isabelle était à son courrier. Je l'embrassai, lui promis que j'aurais son absinthe quelques jours plus tard et nous nous félicitâmes de l'arrivée du printemps bien qu'elle fût allergique au pollen. Henri était derrière la maison, m'indiqua-t-elle, occupé par sa pelouse qu'une vilaine mousse avait envahie.

Je le trouvai assis, en train d'examiner un bidon de *Roundup*® comme s'il s'agissait d'un engin merveilleux tombé du ciel. Je tiquai mais renonçai à aborder le sujet et pris place à ses côtés.

— Je passe quelques jours chez les Vandhoeren. Mais, rassure-toi, je ne suis pas en vacances, je continue de travailler...

— Tu es libre d'aller où bon te semble. Libre de choisir tes amis, Francis...

— Oh, je m'en serais bien passé ! ... Ça ne va toujours pas fort entre eux et je doute que ma présence y change quoi que ce soit, sinon, tu vois, leur épargner de pénibles tête-à-tête...

— Je ne te demande pas comment ils vont. Ça ne m'intéresse pas.

Ce cher Henri ! Sous sa carapace, on sentait bien que battait un cœur. Qui sait s'il ne rôdait pas, la nuit, devant leur maison, prêt à leur porter secours au cas où les choses tourneraient mal ? Sans hésiter, il avait démoli le livre de Patrick dont les ventes avaient plafonné à vingt mille exemplaires quand il aurait dû en vendre vingt fois plus, mais il l'avait fait sans le moindre plaisir, soyez tranquille ! Il mourait d'envie d'avoir de leurs nouvelles mais se serait plutôt cousu la bouche que de l'avouer. Il agissait d'ailleurs de même avec moi : il m'aimait, personne en ville ne pouvait en douter, mais le laissait peu paraître.

— Patrick me confiait encore l'autre soir : « Malgré le tort qu'il m'a causé, je n'éprouve que du respect pour Henri. » Que dis-tu de ça ?

— Ne te fatigue pas, Francis... Cette crapule me traîne devant les tribunaux. Tu ne le savais pas ? Eh bien, je te l'apprends... Mais c'est sans doute à moi de le remercier, car dans cette histoire j'ai sauvé ma tête et je n'en dirais pas autant de la sienne. En ce qui le concerne, de toi à moi, l'heure n'est plus à sabrer le champagne, chez Claris. Il n'a pas encore écrit une seule ligne, n'est-ce pas ?... Dis-moi une chose : persistes-tu à penser que c'est moi qui lui ai fait le plus de mal ? Est-ce moi qui l'empêche de travailler ?

— Il prétend qu'il va s'y mettre.

— Eh bien, réjouissons-nous : voilà une bonne nouvelle !

— Tu sais, Henri... si jamais vous l'avez tué... que ce soit toi ou les autres, peu importe... eh bien, vous m'aurez sur le dos jusqu'à la fin de mes jours. Tu le comprends, n'est-ce pas ? En d'autres circonstances, je sais que tu ferais la même chose à ma place. Tu n'as pas oublié Melville ? « Soyez fidèle aux rêves de votre jeunesse. » Au fond, ce n'est pas très compliqué, il suffit de s'en donner les moyens...

Il se caressa le menton de cette main que j'avais meurtrie, que Melville avait marquée au fer rouge, mais pour quel résultat ?

— Francis... ne t'est-il jamais venu à l'esprit que Patrick s'était tué lui-même ?...

— Dans ce cas, je chercherai qui lui a mis l'arme entre les mains.

— Seigneur !... J'en ai connu, des enragés, mais toi, c'est quelque chose !... Alors c'est donc ça ? Ta rédemption par n'importe quel moyen ?!... Je pensais que tu en avais fini avec la littérature, que le tennis te suffisait...

Je lui souris : Henri avait un certain goût pour les discussions fumeuses et malheur à celui qui s'y laissait entraîner. Déjà, lorsque nous étions plus jeunes et que plusieurs nuits sans sommeil ne nous faisaient pas peur, il parvenait à m'assommer avec ses discours.

Il secoua la tête puis porta son attention sur le bidon de *Roundup*® qu'il inclina pour se lancer dans la lecture du mode d'emploi.

— Douleurs gastro-intestinales, déclarai-je. Vomissements, engorgement des poumons, pneumonie, perte de conscience, destruction des globules rouges… Surtout ne viens pas te plaindre !… Tu le fais exprès, ma parole !

— Allons bon ! Quoi encore ?!

— Jusque dans ton propre jardin ! Mais vas-tu ouvrir les yeux une seconde ?! Est-ce du vice ou de l'inconscience ?! Monsanto ! Je te l'ai expliqué, n'est-ce pas ?! Le saccage de la planète ! L'asservissement de l'humanité tout entière ! Je te l'ai expliqué, oui ou non ?! L'érosion des sols, le transfert des populations ! Oui, Monsanto et quelques autres ! Les fabricants de produits agrochimiques, oui, les hormones, les semences transgéniques, les herbicides, les défoliants et tout l'arsenal mis au point pour une guerre bioéconomique tous azimuts ! Oui, le maïs tolérant au *Roundup*, le soja tolérant au *Roundup*, le coton, la betterave, le colza tolérant au *Roundup* ! Cela te dit quelque chose ? Cela ne te fait pas réfléchir ? Le cancer de la prostate, ça ne te fait pas réfléchir ? Et le *Terminator* ? Et l'aspartame qui pourrait provoquer des tumeurs au cerveau ? Et les abeilles qui ne sont plus capables de reconnaître le parfum des fleurs ? ! Hein, et la pollinisation ? ! Et sais-tu ce qu'ils nous annoncent ? Que l'information génétique va doubler tous les ans, ce qui va provoquer une croissance exponentielle du nombre des produits innovants. Et ils vont tomber entre les mains de qui, d'après toi, ces produits innovants ? Est-ce que cela ne suffit pas à faire frémir tout homme sain d'esprit ? Est-il concevable, est-il possible, est-il décent de s'inquiéter d'autre chose ?!... Sommes-nous si faibles, si lâches, si stupides qu'il nous faille accepter la loi de quelques-uns ?!

En revenant, je déposai le bidon de *Roundup*® dans le hall. Je n'avais pas encore réfléchi au moyen de m'en débarrasser sans causer certains dégâts. Un retour à l'envoyeur par colis postal avec une demande de remboursement en bonne et due forme, accompagnée d'une lettre circonstanciée et de mes compliments à l'attention de Bob Shapiro qui privait le globe de ses vers de terre et de ses coccinelles ?

Nicole était rentrée et je lui conseillai de ne pas y toucher.

Je lui expliquai qu'il ne s'agissait pas d'empoisonner Patrick mais d'un service que je devais rendre à Henri, chez lequel je venais de passer un moment très constructif.

Comme le soir n'allait pas tarder à venir, j'allumai un feu. Je devais m'occuper car il n'était pas facile de tenir normalement compagnie à une femme dont j'avais naguère, dans la minute où nous nous trouvions en présence, exploré l'entrejambe et dévoré la bouche avec une passion non feinte. Malgré les crépitements du petit bois qui s'embrasait à l'envi, j'entendais le froissement de ses bas lorsqu'elle croisait les jambes, installée dans un fauteuil juste derrière moi.

— Mais le poison ? Ma foi, je ne suis pas contre…

— Ne plaisante pas. Ne plaisante pas avec ça.

— Je me suis renseignée. Avec un bon avocat, le crime passionnel ne va pas chercher très loin. Au regard des années qu'il s'apprête à me gâcher, ça ne me semble pas énorme.

— Mais la préméditation, Nicole… La préméditation !…

Elle haussa les épaules :

— Bien sûr, c'est un risque à courir… Mais vois-tu une autre solution ? Je ne te cache pas qu'à un moment l'idée d'une vraie relation avec toi aurait pu changer les choses, mais aujourd'hui ?… Est-ce une vie, pour moi ? Dois-je me contenter d'une relation sexuelle à droite ou à gauche ? J'ai essayé de m'y tenir durant ces derniers mois, mais quelle tristesse, mon Dieu !… quel ennui j'ai dû supporter !… Sincèrement, je préférais encore ce que j'avais connu avec toi, même si tu as tout fait pour que ça ne mène à rien. Alors là, sans hésitation !…

Juste à ce moment, ma chemise prit feu. Le discours de Nicole m'avait cloué sur place, à savoir accroupi contre la cheminée ronflante, figé par l'infinie mélancolie du tableau qu'elle dressait devant moi ainsi que par l'excellent point de vue que j'avais sur son entrecuisse.

Je me relevai d'un bond et arrachai le vêtement qui songeait à me transformer en torche vivante de façon bien plus radicale que Nicole n'en était capable, malgré d'inquiétants picotements à mes extrémités.

J'allai dans ma chambre chercher une nouvelle chemise. Nicole erra dans la pièce tandis que je m'affairais. Elle finit par s'asseoir sur le canapé en peau de buffle dont elle caressa le coussin d'une main hésitante, le visage éclairé par l'écran de mon ordinateur.

— *Page mille trois cent soixante-dix-huit ?!!...* fit-elle comme si le plafond lui tombait sur la tête.

— Oui, souris-je. Quatre millions et demi de caractères. Environ six cent cinquante-sept milles mots. Vingt-quatre mille sept cent soixante-dix-huit paragraphes. Mais je ne sais pas quand ça va se terminer. Parfois, ça me semble sans fin...

Elle secoua la tête, le souffle coupé :

— Mais Francis... Mais Francis... Mais c'est monstrueux !...

— Bah, continuai-je sur le ton de la plaisanterie, c'est une espèce de rempart. Mais je ne sais pas contre quoi au juste... Je suppose que c'est l'époque qui veut ça. Peut-être devons-nous construire des remparts, des digues, des forteresses... Il faut se préparer à résister. La puissance de ceux d'en face dépasse l'imagination, tu peux me croire. Mais si tu savais, les mots sont de petites briques si minuscules... C'est un travail de fourmi.

Soudain, nous faisant sursauter, un sombre Patrick parut dans l'encadrement de la porte :

— Qu'est-ce que vous faites là ?! Qu'est-ce que vous foutez ?!...

— Tout va bien, j'ai mis le feu à ma chemise et...

— C'est quoi, ce machin ?!... poursuivit-il en brandissant le bidon de *Roundup*®.

Nicole se leva, le fusillant du regard. Malgré tout, et de mauvaise grâce, il dut s'écarter pour la laisser sortir.

— Patrick, tu tiens dans tes mains une bombe à retardement. Et imagine-toi que cet idiot d'Henri s'apprêtait à...

— Je suis pas d'humeur à entendre parler d'Henri. Vraiment pas d'humeur ! Madonna a raté son avion.

— Bigre !... Et à part ça, est-ce que tu as faim ? Veux-tu manger quelque chose ?

L'ambiance n'était pas idéale. Patrick rongeait son frein devant la cheminée, secouant les bûches de la pointe du pied et ruminant sa déconvenue avec une mèche terrible sur le front. Quant à Nicole, elle avait choisi le canapé le plus éloigné et était absorbée par la lecture d'un magazine féminin dont je vous livre le gros titre : MILLE ET UN TRUCS POUR SE PASSER

DES HOMMES ! Je leur servis deux grands verres d'alcool et m'en allai préparer des pâtes à la cuisine.

Patrick me rejoignit à l'instant où l'eau bouillait :

— Explique-moi une chose : comment a-t-elle pu rater son avion si elle avait tellement envie de me voir ?

— Écoute : moi, cette fille, je ne la sens pas. Je t'ai toujours dit ce que j'en pensais.

— Tu la sens pas ? Ça veut dire quoi « Je la sens pas » ?!

— Ça veut dire qu'on l'a payée pour se jeter à ton cou.

— Et alors ? Je suis prêt à la payer !... Je lui ai envoyé son billet d'avion et elle aura tout ce qu'elle veut !... Qu'est-ce que j'en ai à foutre ?!...

— Eh bien, tu m'excuseras, mais je persiste à penser que ce n'est pas une bonne idée de la faire venir. Premièrement, parce que Nicole ne le supportera pas et que ça risque de finir en drame. Deuxièmement, parce qu'il est temps que tu te mettes à travailler sérieusement. Enfin, pour l'amour du Ciel, Patrick, est-ce que tu veux finir comme moi ? Es-tu décidé à te ressaisir ?! Parce que ce n'est pas cette fille qui va t'y aider, je te le garantis !

Il me considéra avec une grimace puis fit demi-tour.

Il n'était pas en état d'entendre quoi que ce soit mais je savais que mes paroles resurgiraient tôt ou tard dans son esprit. Serait-il encore temps ? Je l'espérais de tout mon cœur. J'étais prêt à l'aider s'il le désirait. M'enfermer avec lui dans une cabane au fond des bois avec quelques rames de papier pour unique compagnie et quelques masturbations matinales pour nous libérer l'âme. J'étais à sa disposition et pour le temps qu'il faudrait. J'étais prêt à recopier ses brouillons au propre, à m'occuper de son linge et de la cuisine, à tenir les bêtes sauvages en respect, à entretenir le feu et à le soigner si nécessaire tandis qu'il accomplirait son chef-d'œuvre. Écrire à la pseudo-Madonna que je lui casserais les deux jambes à coup de barre à mine si jamais elle pointait son nez m'avait coûté. Mais on n'a rien sans rien. Un livre ne se ramasse pas sous les sabots d'un cheval.

Nicole vint me demander si elle pouvait m'aider.

— Je peux t'aider ? Tu sais, je me disais parfois : « Est-ce que je lui manque ? Est-ce qu'il pense à moi ? Est-ce que je ne devrais pas me satisfaire de ce qu'il me donne ? » Car enfin, tu me donnais bien quelque chose, n'est-ce pas ?

— Oui, je t'ai donné tout ce que je pouvais.

— Bien sûr, ce n'était pas grand-chose. Alors, tu comprends, j'ai préféré arrêter… Mais avec Olga, parfois, j'avais l'impression que tu étais là. Incroyable, non ? Je suis tombée un jour sur un type qui m'a attachée aux quatre coins du lit, mais j'ai été prise d'un tel fou rire qu'il m'a abandonnée en claquant la porte !

— Tu m'étonnes !...

Elle me dévisagea un instant puis ses yeux s'embuèrent :

— Oh, Francis, nom d'un chien !...

Elle tourna aussitôt les talons. Franchement, cette morne soirée s'annonçait de plus en plus pénible. Je me demandais où je trouvais la force de vivre ce genre de choses. La plupart des écrivains passaient leur temps au Flore, à La Closerie ou chez Lipp, dans une ambiance intellectuelle et feutrée, en compagnie de *beautiful people*, or voyez ce qui m'échoyait !

Patrick réapparut pendant que je dénoyautais des olives avec un instrument ultra-moderne qui propulsait les noyaux vers le plafond.

— Je donne des conférences à travers le monde !... grogna-t-il. J'ai eu des prix. Des universitaires ont salué mon travail. Salman Rushdie m'a envoyé une lettre de félicitations écrite à la main. J'ai vendu mes droits au cinéma. Angelo Rinaldi essaye de me rencontrer. Je fais la couverture des journaux branchés. Est-ce que je sais ?!... Qu'est-ce qu'elle voudrait encore ?!... Je suis pas assez bien pour elle ?!...

— Tu es trop bien pour elle, voilà ce que je crois ! lui répondis-je en faisant filer un noyau à travers la pièce.

Il me retourna l'instrument dans les mains, signe que je le tenais à l'envers.

— Aujourd'hui, on peut être écrivain et plein aux as ! Est-ce qu'elle sait ça ?!... Est-ce qu'elle a peur de se retrouver dans une mansarde avec un poêle à charbon ?!...

— Écoute, cesse de t'occuper de cette femme. Cesse de t'occuper des femmes en général et mets-toi au travail, tu m'entends ?! Cesse de faire l'imbécile !

— Eh ! Je t'ai demandé quelque chose ?! Je t'ai demandé de me dire ce que j'avais à faire ?!

Blanc de rage, il s'en retourna au salon. Il faillit bousculer Nicole qui venait me voir.

— Francis, excuse-moi pour tout à l'heure... Ne te méprends pas. Ce ne sont pas des larmes que tu as vues.

— Oui, calme-toi. Je n'ai rien vu du tout.

— Eh bien, c'est parfait. Tu ne vois jamais rien, de toute façon... Te souviens-tu du concert des *Sex Pistols* ?

— Et comment ! Quel groupe fabuleux ! Sais-tu que je les écoute encore ?

— Je voulais te parler de notre premier rapport sexuel... Mais ça n'a pas d'importance. D'ailleurs, pourquoi est-ce que ça en aurait ? Francis, tu es comme une espèce de puits sans fond, est-ce que tu le sais ?

Un peu plus tard, à table, je me mis à désespérer de l'avenir de la littérature et de mes chances d'entretenir des rapports simples avec une femme. Je sentais que Patrick ne trouverait pas l'énergie nécessaire pour accomplir une grande œuvre et que Nicole avait toujours en tête certaine revendication que je ne pouvais satisfaire. Peut-être me trompais-je, mais la force de ce double sentiment le rendait presque palpable. Ils étaient pâles, tous les deux, et sans doute l'étais-je aussi. Quelque chose en nous s'effaçait, se diluait, et bientôt le flot nous emporterait, nous étions tombés du ciel et bientôt nous serions emportés vers les cataractes, vers les torrents qui s'enfoncent au cœur du monde et c'était bien ainsi.

Je décidai donc de les quitter. Pas de les quitter physiquement, car l'existence est avare de bons partenaires au tennis et de femmes rompues aux techniques du *Nawa Shibari*, mais de les quitter d'une manière ou d'une autre.

Et Nicole le sentit bien.

Quant à Patrick, il vint s'asseoir près de moi, dans le jardin, et me demanda comment ça se passait quand on se trouvait dans ma position, il voulait dire par là quand on avait connu la gloire et que le calme était revenu.

« Eh bien, plaisantai-je, tu rôdes comme un fantôme au-dessus de sombres immensités et, parfois, avec un peu de chance, tu aperçois un point lumineux et tu vas voir ce que c'est. Mais la bonne surprise est extrêmement rare... Quant à ton propre travail, ma foi, tu n'as plus guère que tes propres yeux pour en juger et c'est un merveilleux cadeau qui t'est offert. Sauf qu'il est difficile de l'apprécier. Surtout à ton âge. »

Il se caressa l'estomac en plissant les yeux et je lui donnai quelques enzymes en lui rappelant de me passer bientôt sa commande.

« Mais rassure-toi, lui déclarai-je, tu n'es pas encore mort. Sinon, je le saurais... »

Il rentra et je les entendis bientôt se disputer. J'en profitai pour appeler Édith. Or, bien que nous eussions la conversation la plus banale du monde, je fus saisi soudain d'une violente émotion et me mis à hurler comme un porc qu'on égorge. Du moins le pensai-je un instant, car ma douleur était si atroce, ma souffrance était si intolérable, que mes clameurs auraient dû déchirer la nuit. En fait, je m'aperçus qu'il ne sortait de ma gorge qu'un long couinement incertain, une espèce de hhiiiiiiii lamentable et affreux dont je croyais m'être débarrassé à jamais. Édith s'emporta à l'autre bout du fil. « Tu avais juré, Francis !!... Tu avais juré !!... Tu entends, j'avais ta parole !!... » Elle menaça de disparaître si je ne mettais pas fin immédiatement à cette sinistre effusion. Édith cautérisait les blessures au fer rouge.

— Désolé pour cette seconde d'attendrissement ! fis-je entre mes dents. Désolé d'avoir éclaboussé tes chaussures avec mon sang !

— Nous ne pouvons nous permettre *ça*. Ni l'un ni l'autre. C'est hors de question.

— Ça ne m'amuse pas plus que toi. Je fais tout mon possible !

— Ce n'est pas suffisant. Tu dois faire plus encore. Tu dois te battre.

— Je ne suis pas allongé sur un lit avec un cancer ! Me battre contre *quoi* ? ! Tu ne veux plus de mes déclarations ?

— Non. Pas celle-là. Pas comme ça.

J'envoyai un coup de pied dans une pierre qui partit pour l'Atlantique Nord. La lune se voila d'un nuage ajouré comme une fine cotte de mailles. J'aurais souhaité traîner Édith par les cheveux sur un lit de braises incandescentes, puis sur des chardons, sur des silex aiguisés, dans les ronces, dans les orties, et sauter sur son corps à pieds joints.

— Eh bien, ma chérie, il ne fallait pas épouser un écrivain. Le pisseur d'entre les pisseurs. Le braillard d'entre les braillards. La sensibilité faite homme.

— Je n'ai pas besoin d'un écrivain. J'ai besoin d'un être humain debout sur ses deux jambes.

— Mais je ne me suis pas roulé par terre, qu'est-ce que tu crois ?!

— Et cette espèce de cri à fendre l'âme ! Tu te moques de moi ?!...

Vous savez comment cette histoire se termine ? Vous ne devinez pas ? Eh bien, c'est moi qui dois m'excuser, une fois de plus. C'est moi qui dois m'excuser, m'excuser et m'excuser. Moi qui dois ravaler mes sarcasmes, lécher mes plaies en silence, tendre l'autre joue et m'estimer satisfait. Moi et mon mea-culpa. Moi et mes efforts pour lui arracher un sourire. Moi et mes nouveaux serments pour obtenir mon baiser du soir. Cette femme finira par me faire marcher sur la tête. Cette femme finira par m'envoyer au Paradis.

Un homme qui passait derrière la haie me salua en soulevant son chapeau. L'air du soir avait un parfum d'acacia et de lune rousse. Mes mains étaient de belles mains, avec quelques poils argentés sur les doigts. Les nichons de Nicole, qui venaient de se poser sur ma tête, étaient chauds et sucrés comme des gaufres. Mon téléphone portable était un vieux modèle mais la voix d'Édith y perdurait comme dans un coquillage des mers lointaines. Toute ma vie, je n'ai porté que des 501 et j'en porterai jusqu'à ma mort.

Passant une main derrière mon dos, je la remontai sous les jupes de Nicole. Comme elle ne portait pas de culotte et obéissait sans doute à un élan irrésistible, je tombai sur une chatte en plein émoi, plus gorgée qu'une éponge, plus bavarde qu'un perroquet, plus collante qu'une banane écrasée, plus souple qu'une anguille.

Une seconde, elle s'accroupit dans mes reins. Ses fesses étaient fermes, son trou du cul nerveux, sa fente… j'hésitai entre la taille d'une selle de bicyclette et la semelle d'un fer à repasser. Quelle mouche l'avait piquée ?

Et quelle mouche la piqua encore ? Sans un mot d'explication, elle m'abandonna sur les marches du perron et s'engouffra à l'intérieur avant que je n'eusse le temps de me tourner vers elle. Perplexe, je frottai son jus entre mes doigts, puis le goûtai du bout de la langue.

Mais je l'ai signalé : Nicole avait senti qu'il se passait quelque chose. Il ne fallait pas attendre une telle perspicacité de la part de Patrick qui n'était pas du genre à étudier mes réactions à la loupe. D'invisibles amarres avaient cédé entre nous mais Patrick n'y avait vu que du feu. Ainsi donc, plus réceptive aux désordres silencieux dont j'étais le frais émoulu théâtre, Nicole avait-elle tenté quelque opération kamikaze qu'elle n'avait eu le courage de mener à son terme ? Songeait-elle à brandir encore les derniers pétards oubliés d'une fête qu'elle avait si brutalement interrompue ou finissait-elle par accepter de guerre lasse ce qui de mon côté tenait toujours ? J'étais prêt à lui concéder un soir par semaine si elle se montrait raisonnable les autres jours. Je me faisais fort, pour cette dérogation à mes lois d'airain, d'obtenir la bénédiction d'Édith. La balle était dans le camp de Nicole.

Elle se chauffait les fesses devant la cheminée mais son air était grave. Pour une raison inconnue, elle avait défait son chignon et son apparente sévérité s'en était allée, cédant la place à un registre plus mélancolique et plus souple.

« Tu me fais devenir folle ! », m'annonça-t-elle tandis que je secouais mes mocassins sur le seuil.

Bien que je ne me sentisse coupable en aucune manière, je m'avançai vers elle et tâchai de la consoler au moyen de petites tapes affectueuses entre les omoplates. S'étant abandonnée une seconde contre mon épaule, elle me repoussa brusquement. Ça ne lui plaisait pas.

« Qu'est-ce qu'il faut faire, dis-moi ? ! »

Je ne répondis pas car elle connaissait très bien les données du problème. Attiré par les merveilleuses braises de la cheminée (du bois de maître, à n'en point douter, de l'abricotier ou du chêne de l'année passée), je me baissai devant l'âtre. Du coin de l'œil, je lorgnai ses merveilleuses jambes sur lesquelles un voile de Lycra étincelait.

« Mais espèce d'imbécile ! grogna-t-elle. À quoi joues-tu ?!... »

D'une bourrade, elle me fit perdre l'équilibre et m'envoya rouler sur le sol. Puis elle me regarda sans dire un mot.

Puis elle me contourna et vint planter ses jambes de chaque côté de ma tête. Puis elle troussa sa jupe. Puis elle s'accroupit sur ma figure.

Mais cela ne dura qu'un court instant. Disons trente secondes, pas une de plus. Après quoi elle se releva et remit sa jupe en place.

« Tu vois ?!... Ne joue pas à ce petit jeu avec moi !... menaça-t-elle d'une mine écarlate. Tu as vu ?!… Je suis encore capable de garder mes esprits ! »

Je me relevai en silence. Je trouvai un mouchoir de papier je ne sais où et m'en épongeai le visage. Mais je ne regrettais qu'à moitié l'incident et décidai de ne pas m'en offusquer. D'un doigt à sa lèvre inférieure, Nicole m'indiqua une souillure oubliée à la mienne. Je l'effaçai et jetai au feu le mouchoir qui se recroquevilla et se tordit dans les flammes.

« Enfin, je dois tout de même te confier une chose, déclarai-je. Sache que je suis aussi capable que toi de garder la tête froide. »

Je l'embrassai alors à pleine bouche. Puis j'ouvris ma braguette. Puis je la soulevai dans mes bras. Puis je lui enfilai ma queue.

Mais cela ne dura qu'un court instant. Disons trente secondes, pas une de plus. Après quoi, chacun titubant de son côté, je la remis dans mon pantalon.

« Tu vois ? déclarai-je. Ce n'est pas si difficile !… »

À nouveau postée devant les bûches dont le cœur tapi sous la cendre rougeoyait intensément, Nicole se tordait les mains. Quant à moi, j'essayais de penser à autre chose.

« Je donnerais très cher pour que le jour se lève… fit-elle dans un souffle. Je voudrais être à demain. »

De mon côté, des phrases entières me brûlaient la bouche. À présent que j'avais compris ce qu'elle avait derrière la tête, à défaut d'estourbir son mari je ne voyais aucune objection à passer la nuit dans ses bras, quitte à y passer la dernière. Je pouvais lui fournir toutes les bonnes raisons du monde. Je ne doutais pas d'être très persuasif et de renverser toutes ses barrières les unes après les autres. Mais je ne pouvais pas faire ça. Je ne pouvais pas lui faire ça. Pour elle, j'en étais sûr, il s'agissait d'un véritable dilemme. Je la croyais lorsqu'elle prétendait avoir mis fin à notre relation parce qu'elle n'en attendait plus rien. Je savais également que si nous recommencions, il n'y aurait pas de raison que ça s'arrête et qu'elle n'obtiendrait rien de plus pour sa peine. Je ne pouvais pas lui faire ça. Profiter d'un moment où elle était vulnérable, où les pires solutions se bousculaient dans son esprit, où une arme traînait dans la maison ? Non, je n'en avais pas le courage. Non, je la désirais certainement de toutes mes forces, peut-être plus encore que je ne l'avais jamais désirée, et Dieu m'est témoin que ce n'était pas rien, que tout mon être chancelait au bord d'un précipice insondable, mais je ne pouvais pas faire ça.

Je me levai et me retirai dans ma chambre.

Un quart d'heure plus tard, comme je me rendais à la cuisine pour me servir un verre d'eau, je vis qu'elle n'avait pas bougé de place.

« Veux-tu que nous regardions un film ? lui proposai-je. Ou un documentaire ? »

Pas de réponse. Je remarquai alors une grande auréole sur sa jupe, à la hauteur de son bas-ventre. La masturbation ! Voilà à quoi nous en étions réduits ! Mais aussi, quelle idée de rester plantée devant les braises ! Pourquoi pas dans un bain à bulles ou sur une grille de métro ?! « Ah, et puis laissons-la… me dis-je. Elle est assez grande !… »

Je retournai dans ma chambre. Au passage, je vérifiai que Patrick avait fermé à clé, puis, jetant un coup d'œil par la serrure, je le vis en pyjama, assis sur son lit, le téléphone à la main. J'entendis qu'il était aux prises avec une opératrice d'outre-Atlantique et qu'entre eux l'information passait mal. Un sourire satisfait se dessina sur mes lèvres. Je me redressai, quand soudain, sortant de la pénombre, une main résolue jaillit et tira sur le pantalon de mon kimono qui dégringola à mes chevilles. À la même seconde, une cavité chaude et humide se referma sur ma bite.

Alors mon sang ne fit qu'un tour. J'attrapai Nicole par un bras et, sans ménagement, la poussai vers la cuisine en tâchant, les mâchoires serrées, de ne pas oublier mon bas de kimono en route.

« As-tu perdu la raison ? la sermonnai-je à voix basse et me rajustant. As-tu juré de finir cette soirée par un drame ? »

Elle ricana dans l'obscurité. Je remarquai à cet instant qu'elle ne portait plus que son tee-shirt à manches longues. Qu'avait-elle fait du reste ?

Je m'installai sur un tabouret et lui glissait un doigt dans la fente. Elle leva une jambe et la cala sur le repose-pied.

« Je ne te comprends pas... », soupirai-je.

Pour toute réponse, elle sortit ma queue du kimono et commença à la sucer tandis que je la branlais plus ou moins, ne sachant où tout cela allait nous mener.

« Non seulement je ne te comprends pas, poursuivis-je, mais je n'ai pas envie de te comprendre. J'ai l'impression que nous ne sommes pas sur la même planète... »

J'ôtai le rouleau de Sopalin de son support, un simple tube d'inox vissé sur un socle, et me penchai dans son dos pour lui viser le cul. Elle suspendit un instant sa besogne afin de me décocher un coup d'œil plein de complicité.

« Et je sais très bien ce que tu me réserves, repris-je. Ce sera moi le coupable. Moi qui aurai profité de la situation. Oh, je vois très bien la scène ! N'essaye pas de t'en défendre !... »

Je la pris à cheval sur mes genoux, face à moi, lui fourrai ma queue dans la chatte et la fis se pencher en avant contre ma hanche, pour continuer à manipuler l'ustensile dans les meilleures conditions. Sensible à cette double pénétration (j'eus un sourire facile en songeant à certaine assertion d'Olga), Nicole émit quelques gargouillis d'aise.

Cependant, je ne comptais pas m'éterniser sur ce tabouret, tout à fait inconfortable. Je fis donc descendre Nicole qui, râlant un peu, tomba en arrêt sur ma queue dégoulinante et tiède. J'avais à peine posé un pied au sol qu'elle me l'enfourna jusqu'au ras des couilles, mais ça, je n'avais aucune chance d'y couper. Je la laissai donc faire, bien qu'elle prît son temps et me l'astiqua avec une lenteur effroyable, presque sadique (ce n'était certes pas moi qui allais la plaindre si elle s'en écopait une giclée en pleine fiole), mais pour finir elle me la rendit propre et brillante comme un sou neuf.

« Nicole, écoute... Il est encore temps de se poser la question. Ensuite, je te le garantis, il sera trop tard !... »

Elle eut un instant d'hésitation. Se mordillant les lèvres, elle pressait ma queue dans sa main, s'amusait à faire sortir le gland qu'elle contemplait d'un air vague.

« Enfin... pourquoi serais-je la seule à prendre mes responsabilités ?... »

Je la retournai et l'accoudai à la paillasse pour l'enculer.

« Nicole, nous avons chacun notre manière de voir les choses. Il faut que tu comprennes que je ne peux pas changer... Alors réfléchis. »

Je lui passai une main entre les jambes, ramenai du jus dans sa raie des fesses et lui collai ma queue dans le cul. Sans la moindre brutalité mais avec le ferme espoir qu'elle avait bien conscience des étapes que nous franchissions.

À travers son tee-shirt, j'attrapai ses deux seins qui pointaient désespérément vers le sol comme les échappés d'un asile de fous furieux. Nicole en frissonna, faisant siffler l'air entre ses dents.

« Tu n'es qu'un salopard sans vergogne !... murmura-t-elle en plongeant une main entre ses cuisses pour me caresser les couilles. Tu te moques de mes sentiments !... »

Là, elle y allait trop fort. Sans hésitation, je retirai ma queue. Je retournai Nicole et la saisis par les épaules :

« Ne me dis surtout pas que je me moque de tes sentiments !... Je ne me moque pas de tes sentiments, tu m'entends ? Le problème n'est pas là ! »

Adossée à la paillasse, en appui sur les coudes, elle regarda par-dessus mon épaule. Mais comme elle tendait le ventre en avant et que ma queue battait contre son aine, je lui soulevai une jambe et lui baisai la chatte.

Elle chancela. Je corrigeai l'incident en fléchissant les genoux.

« Nous n'en sortirons pas !... », se lamenta-t-elle en se laissant choir sur un matelas à rayures, au bord de la piscine. L'idée était de moi. L'endroit était agréable, simplement éclairé par les projecteurs encastrés sous l'eau, ce qui dispensait alentour une jolie lumière couleur de lapis-lazuli et surtout il était situé à l'autre bout de la maison, à l'opposé de la chambre de Patrick.

« Nous en sommes revenus au point de départ !... reprit-elle sur un ton las, ramenant ses jambes contre sa poitrine, puis passant la langue entre ses lèvres. Veux-tu m'attraper un coussin, s'il te plaît ? »

Que faire ? J'attrapai un coussin et le lui glissai sous les reins, que faire d'autre ? Se laisser envahir par la tristesse et succomber à la tragédie inhérente à toute espèce d'existence ?

Je fus ravi de constater qu'elle s'entretenait toujours la motte avec soin et me la livrait aussi intacte et lisse qu'à l'époque où je m'en occupais moi-même. « Allons donc, ne sois pas amère... déclarai-je en lui écartant la fente de mes deux pouces. On ne revient jamais au point de départ. La vie n'est qu'une longue fuite en avant. »

Si elle savait me sucer la queue, je savais lui bouffer la chatte. Nous nous étions formés l'un et l'autre. Et aussi bien lui lécher le cul. Et aussi bien accomplir les deux opérations en parallèle. J'avais pris le présentoir de Sopalin avec moi et je m'en servais pour lui baiser indifféremment le cul ou la chatte, sans lever le nez de son clito. J'avais tellement à cœur qu'elle ne regrettât point cette séance, sachant combien il lui en coûtait... J'espérais tant égaliser les plateaux de la balance... Lorsque je m'écartai et la vis pisser en l'air avec un râle de plaisir et d'abandon qui n'était pas de la comédie, je repris confiance.

Quoi qu'on en dise, une once de désespoir n'est pas à bannir d'avance de tout rapport sexuel. C'est même un plus. Nicole en fut galvanisée. Chaque fois que nous changions de position, elle se jetait à mes pieds et se mettait ma bite à la bouche comme s'il se fût agi d'un tuyau branché sur une réserve d'oxygène. Une fois, elle courut chercher sa culotte au salon, celle-là et pas une autre, or Dieu sait qu'elle en avait des propres et de bien sèches dans sa commode, et elle s'en servit comme d'une écharpe pour m'enrouler la bite. Je la regardai faire et je dois dire que ça me plaisait. Lorsqu'elle se mit à me sucer en m'enfonçant un doigt dans le cul, je ne tardai pas à lui en mettre plein la gueule. Elle poussa un cri de joie et se mit à applaudir comme si j'avais accompli un exploit drolatique.

Très vite, je pus la reprendre en levrette. Nous étions en effet sortis dans le jardin et je l'avais branlée avec le tuyau d'arrosage en réglant le jet sur une faible pression mais en visant juste. Après la levrette, elle s'écroula. Je n'en tins pas compte. Je la remis à quatre pattes et l'enculai tout en lui massant les fesses avec la crème solaire que Patrick employait pour son visage.

Le désespoir. Le sentiment tragique de la vie. La mystérieuse violence du sexe. L'étrange beauté de la pornographie. Tel un vol d'oiseaux sombres, ils tournaient dans mon esprit et m'accompagnaient durant mon périple nocturne, ululant et croassant dans le lointain.

Il était bien tard lorsque je songeai à regagner ma chambre. Nicole et moi avions fini par nous échouer dans le couloir, ivres de fatigue mais cherchant encore, par quelque réflexe irraisonné, à nous donner du bon temps. C'est simple : nous ne tenions même plus sur nos jambes. Je la baisais contre le mur lorsque nous avions glissé petit à petit jusqu'au sol, abandonnant sur le papier peint une large trace humide en forme d'impeccable arc de cercle.

Nicole s'était installée dans une phase d'orgasmes à répétition dont on ne voyait plus la fin et je ne comprenais plus la moitié des mots qu'elle proférait. Elle était affalée sur moi et se branlait contre ma cuisse tandis que j'essayais d'atteindre la poignée de la porte pour me redresser. Ses cheveux étaient en bataille, son regard troublé, sa lippe luxurieuse, son menton et ses joues zébrées de traînées de foutre auxquelles elle ne prenait plus garde depuis un bon moment. Personnellement, je ne me voyais pas, mais la peau de mon visage me tirait et mes narines étaient collées, ainsi que le coin de ma paupière droite.

« Je crois que j'ai envie de te lécher... », fis-je en m'apercevant qu'elle perdait conscience et que je n'aurais pas la force de m'en sortir tout seul, risquant de rester cloué là, sous le poids d'un corps de femme exténué.

Elle se laissa rouler sur le côté, les cuisses écartées et tremblantes, une sourde litanie aux lèvres et déjà un majeur tendu qu'en attendant elle se plongea dans la fente.

Je réussis à m'asseoir. Le dos au mur, je repris mon souffle en observant Nicole qui semblait prise de légères convulsions et m'encourageait, d'une voix faible mais égrillarde, à continuer de la branler ainsi avant de la baiser à mort.

Malgré diverses tentatives, je ne pus me remettre debout et regagnai ma chambre à quatre pattes.

Mais dès l'aube je fus tiré d'un profond sommeil pour vivre un cauchemar.

Le toit de la maison s'abattit sur ma poitrine, me coupant le souffle.

Je poussai un cri et ouvris des yeux incrédules pour découvrir Nicole à cheval sur mon ventre et braquant un revolver sur mon front.

Elle était habillée et avait refait son chignon. Elle me tenait par le revers de mon pyjama-kimono. Elle me fixait d'un regard terrible.

« Je ne suis pas assez bien pour toi, n'est-ce pas ?!... », me déclara-t-elle sur un ton plein d'amertume, et encore suis-je loin du compte.

Je levai une main en signe de paix mais elle me frappa violemment au visage. Comment avait-elle retrouvé de telles forces ?

« Je te dis adieu, Francis... Nous nous retrouverons dans l'autre monde. »

Je fermai les yeux.

« Tu ne me laisses pas le choix !... reprit-elle. Tu crois que je n'ai que ça à faire, de baiser avec toi ?! Tu crois que je vais continuer à perdre mon temps avec toi, à ton avis ?! »

Je les rouvris. Je scrutai son visage et compris que ma dernière heure pouvait encore sonner. Je ne m'y étais pas préparé mais ce n'était pas plus mal ainsi. Je me sentais fatigué.

Comme je refermais les yeux, Patrick fit irruption dans la pièce.

« Mais c'est quoi, ce bordel ?!!… »

Sans se retourner, Nicole tira une balle dans le plafond.

« Toi, tu sors d'ici !! »

Imaginons un instant la nuit qu'il avait passée au téléphone. Imaginons l'état de frustration dans lequel il se trouvait. Imaginons son humeur vis-à-vis des femmes. Imaginons une seconde ce qu'il ressentit en essuyant cette féminine et cinglante rebuffade, et sous son propre toit, de bon matin, avant le petit déjeuner. Doit-on vraiment s'étonner qu'il lui volât dans les plumes ? Sans pour autant lui donner raison, doit-on forcément l'accabler de reproches ?

Hélas, un second coup de feu retentit pendant qu'ils basculaient par-dessus ma couette et roulaient sur ma descente de lit.

Le temps demeura incertain, jusqu'à l'enterrement de Nicole. Quelques-uns d'entre nous portaient encore leur manteau et des écharpes volaient au vent dont la température changeait d'une minute à l'autre, de même que la lumière. De nombreux écrivains étaient là, le front soucieux, les mains jointes, mais guère surpris par la cruauté et les aléas de l'existence. Des gens de l'édition, des critiques, enfin tout ce que détestait Nicole.

Édith me cramponnait fermement par le bras.

Je ne pleurais pas. Olga pleurait.

J'avais mal à la poitrine car j'avais donné un violent coup de freins en traversant le quartier des tours et le volant m'avait plus ou moins enfoncé une côte. Derrière une énorme vitrine, un bidon de *Roundup*® géant vantait les avantages du glyphosate, aussi bien pour le jardin que pour l'agriculture mondiale, présente et future. Mais je ne voulais pas être en retard à l'enterrement de Nicole.

Édith me cramponnait fermement par le bras, comme si j'allais m'envoler.

Les paroles du prêtre s'éparpillaient au vent et allaient je ne sais où. Olga me prit la main et la serra contre sa joue. Henri, qui nous observait, me regarda droit dans les yeux. Je lui fis : « Hou ! » Plus loin, en contrebas, près de quelques limousines, les chauffeurs attendaient et l'un d'eux courut tout à coup après sa casquette. Je pensai qu'il ne pourrait jamais la rattraper. Non, c'est fou ?

Patrick toussait. Il avait pris froid.

Je l'avais aidé à ranger la chambre de Nicole. Longuement, il s'était interrogé à voix haute sur les agissements de sa femme, en cette aube affreuse et funeste, sans parvenir à leur donner un sens. Je ne lui fus quant à moi d'aucun secours. Par poignées entières, nous jetâmes les sous-vêtements de Nicole dans des cartons.

Édith me cramponnait fermement par le bras. Je suppose qu'elle était un peu inquiète. Elle n'aime pas que je me conduise, comme elle dit, de façon irrationnelle. Mais comment se comporter face à la folie meurtrière de certains ? De mon côté, je ne voulais plus y penser. Je voulais penser à Nicole. Je voulais penser au grand fleuve qui en emportait quelques-uns mais notre tour viendrait bientôt et nous délivrerait enfin de toutes nos souffrances.

Je restai droit devant le cercueil, Édith à mon bras. Je dis à Nicole que j'avais brûlé toutes les vidéos mais qu'elle vivrait éternellement dans mon esprit. Je suis celui qui surveille les canalisations, débouche les conduits et entretient le grand réseau qui unit le ciel et la terre. J'espère que je ne suis pas le seul. Du coin de l'œil, je repérai un peu d'agitation en bas, du côté du serpent-limousine aux écailles de chrome : les chauffeurs discutaient avec des types.

« Ne t'en fais pas, murmurai-je à Édith. Personne n'a été blessé. » La vitrine s'était effondrée dans un fracas épouvantable mais personne ne l'avait prise sur la tête. Sans me presser, je ramassai un peu de terre et la jetai sur Nicole qui n'avait pas voulu comprendre qu'il n'y avait eu et n'y aurait jamais d'autre femme dans ma vie que celle qui me tenait fermement par le bras et se tracassait pour une simple vitrine brisée, mais moi j'appellerais ça une horreur insupportable, une simple vitrine brisée par un retour à l'envoyeur et ainsi j'avais pilé, je m'étais pris le volant dans les côtes, mais j'étais descendu, j'étais pressé mais j'étais descendu, j'avais ouvert mon coffre, j'avais attrapé le bidon de *Roundup*® et je l'avais balancé sur le gros, sur le géant, moi, petit David, je leur avais foutu leur bidon de glyphosate à travers la gueule. Et je ne regrettais rien, mais comment m'avaient-ils suivi jusque-là ? Il y avait certainement un mouchard sous ma voiture ou l'on m'avait pris en photo.

Mais le combat n'était pas terminé. Le combat ne faisait que commencer. Certains mouraient, certains abandonnaient en cours de route mais la littérature avait encore de beaux jours devant elle. Pornographie ou pas, il fallait croire que de nouvelles voies s'ouvriraient à l'infini au cours des millénaires. Pas à pas, il faudrait les explorer, les visiter, les habiter, quitte à s'attirer quelques ennuis, quelques remontrances, et ces gars-là n'avaient pas l'air de plaisanter. Ils étaient trois qui remontaient entre les tombes, la mèche au vent, du genre coriace.

Édith et moi, nous nous éloignâmes discrètement.

DU MÊME AUTEUR

Aux Éditions Gallimard

SOTOS, roman, 1993 (Folio n° 2708)

ASSASSINS, roman, 1994 (Folio n° 2845)

CRIMINELS, roman, 1996 (Folio n° 3135)

SAINTE-BOB, roman, 1998 (Folio n° 3324)

VERS CHEZ LES BLANCS, roman (Folio n° 3574)

Aux Éditions Bernard Barrault

50 CONTRE 1, histoires, 1981

BLEU COMME L'ENFER, roman, 1983

ZONE ÉROGÈNE, roman, 1984

37°2 LE MATIN, roman, 1985

MAUDIT MANÈGE, roman, 1986

ÉCHINE, roman, 1988

CROCODILES, histoires, 1989

LENT DEHORS, roman, 1991 (Folio n° 2437)

Chez d'autres éditeurs

LORSQUE LOU, illustré par M. Hyman, *Futuropolis,* 1992

BRAM VAN VELDE, *Éditions Flohic,* 1993

ENTRE NOUS SOIT DIT : CONVERSATIONS AVEC JEAN-LOUIS EZINE, *Presses Pocket,* 1996

Composition Nord Compo.
Impression Brodard et Taupin
à La Flèche (Sarthe),
le 15 octobre 2001.
Dépôt légal : octobre 2001.
Numéro d'imprimeur : 9922.

ISBN 2-07-041944-4 / Imprimé en France.

2379